*Das Medium ist die Botschaft.*
Marshall McLuhan

# I

»Können Sie uns erklären, Frau Kollegin, warum Sie dieses Thema gewählt haben?«

Katerina trägt eine rote Bluse und ihre Lieblingsjeans. Ihre Kleidung wirkt vollkommen alltäglich. Den einzigen Unterschied macht die blaue Jacke mit der Brosche am Kragen, die sie speziell für diesen Anlaß angezogen hat. Auf ihrer Stirn glänzen Schweißperlen, sowohl vor Nervosität als auch wegen der schwülen Junihitze in Thessaloniki.

»Weil ich glaube, Herr Professor, daß manche Aufgaben weder nur auf juristischer noch auf rein politischer Ebene zu lösen sind. Ich wollte aufzeigen, daß für das Problem des Terrorismus ein interdisziplinärer Ansatz notwendig ist.«

Katerinas Blick ist auf die Professoren geheftet. Sie hält ihre Finger fest ineinander verschränkt, vielleicht um fahrige Bewegungen zu unterdrücken. Sie vermeidet es, den Blick in den Zuschauerraum zu richten, wo wir sitzen. Vermutlich fürchtet sie, vor lauter Aufregung den Faden zu verlieren.

Wie viele Jahre habe ich auf diesen Augenblick gewartet? Anfangs zählte ich nur die Jahre bis zum Diplom, vier, na ja, vielleicht auch fünf, falls sie bei einigen Prüfungen Anlaufschwierigkeiten hätte. Dann kam noch die Doktorarbeit hinzu, und es wurden acht Jahre daraus. Acht Jahre lang zählte ich immer wieder nach, ob sich mein Gehalt nicht vielleicht doch erhöht hätte, ich zählte nach, wieviel wir für Miete und Lebensunterhalt brauchten, für meine Kleider und Hemden, für Adrianis Schuhe, ich kam mit dem Nachzählen gar nicht mehr nach... Irgendwann begannen dann anstelle der Tausend- und Fünftausend-Drachmenscheine Zwanzig- und Fünfzig-Euro-Scheine an mir vorbeizudefilieren, doch das kümmerte mich wenig.

Ich zählte nach und fragte mich, wie wir acht Jahre lang mit den Kosten von Katerinas Studium über die Runden kommen sollten.

»Ist ein Tötungsdelikt im Rahmen einer terroristischen Tat juristisch gleichwertig mit einem, das im Zuge eines Eigentumsvergehens begangen wird?«

»Und was fängt sie dann mit dem Studium an?« fragten mich die Kollegen im Polizeikorps. »Bei einem Sohn, okay. Er muß Karriere machen, weil er bald heiraten und eine Familie gründen wird. Aber bei einer Tochter? Schreib sie doch in die Polizeischule ein, dann kriegt sie eine Beamtenstelle auf Lebenszeit mit einem sicheren Gehalt. Und wenn sie nicht Polizistin werden will, dann schick sie in die Berufsschule und laß sie eine Lehre machen, dann kann sie was dazuverdienen.«

Als ich ihnen erklärte, daß sie an der Juristischen Fakultät in Thessaloniki eingeschrieben sei, warfen sie mir seltsame Blicke zu, mit einer Miene, die besagen sollte, daß sie mich für eine Niete hielten, es aber wohlweislich nicht aussprachen. Ab und zu fragten sie, wie es Katerina gehe, wie das Studium vorankomme, wann sie ihren Abschluß mache. Als ich halbherzig und fast beschämt erzählte, daß sie nach dem Diplom noch den Doktor mache, verbreitete sich dieselbe Grabesstille wie fünf Jahre zuvor bei Erwähnung der Universität. Nur Tsavaras von der Abteilung für Wirtschaftskriminalität meinte: »Da läßt du dich aber auf was ein...«

»Wenn im einen Fall die politische Verzweiflung eines unterdrückten Volkes als Tatmotiv fungiert und im anderen Habgier, so handelt es sich zwar in beiden Fällen um dasselbe Delikt, doch könnte der Richter im Strafmaß eventuell eine Differenzierung vornehmen.«

Ich werfe einen Blick zu Adriani, die drei Plätze weiter Platz genommen hat, weil sie vis-à-vis von Katerina sitzen wollte, um sie besser sehen zu können. Sie hat sämtliche Schmuckstücke angelegt, die ihr von ihrer Mutter vermacht wurden, ihren Verlobungs- und ihren Ehering sowie die Halskette, die ich ihr zu Katerinas Geburt geschenkt habe.

»Was ist in dich gefahren, daß du dich so herausputzt? Gehen wir vielleicht zu einem Empfang?« fragte ich sie, als sie fertig angezogen war.

»Wenn ich den Schmuck nicht einmal heute tragen darf, da mein Kind Grund zum Feiern hat, wann dann? Höchstens noch einmal bei ihrer Hochzeit, und dann sperre ich alles in einen Tresor.«

»Wie soll die Rechtsordnung dem Phänomen des Terrorismus begegnen?«

Bei jeder neuen Frage zeichnet sich in Adrianis Gesicht Angst ab, und ihr Blick heftet sich auf ihre Tochter. Sie zittert – wie damals bei der Aufnahmeprüfung zur Universität – innerlich vor Furcht, Katerina könnte die Antwort nicht wissen und durchfallen. Ihre Hand krampft sich um ein Taschentuch. Bislang hat sie es nicht benützt, sie hat es für den Notfall dabei.

»Wozu denn Uni und Doktortitel? He Kostas, eine gute Hausfrau soll sie werden und einen netten jungen Mann kennenlernen. Ganz ungebildet muß sie ja nicht bleiben, damit sie auch ein Gehalt nach Hause bringt und nicht von ihrem Mann abhängig ist. Heute lassen sich ja die meisten Ehepaare am nächsten Tag schon wieder scheiden. Klar, sie sollte finanziell nicht in der Luft hängen. Aber Studium und Doktorat... Wozu soll das gut sein?«

»Der repressive Umgang mit dem Terrorismus ist notwendig, aber unzureichend. Ohne vorbeugende Maßnahmen, welche die Motive für den Terrorismus eindämmen, wird die Rechtsordnung, die Justiz, seiner Ausbreitung tatenlos zusehen müssen. So wie im Umgang mit Krebs Prophylaxe notwendig ist, so sind auch im Umgang mit dem Terrorismus Vorsorgemaßnahmen angezeigt.«

Glücklicherweise habe ich mir weder von meiner Frau noch von meinen Kollegen einen Floh ins Ohr setzen lassen. Ich habe meinen Kopf durchgesetzt und recht behalten. Der einzige, auf den ich hörte, war Kalamitis, Katerinas Schuldirektor, der damals kurz vor der Rente stand.

»Lassen Sie sie studieren, Herr Kommissar«, hatte er gemeint. »Ihre Tochter ist außergewöhnlich begabt. Sie wird es zu etwas bringen.«

Dieses »Sie wird es zu etwas bringen« gab den Ausschlag. Kalamitis hatte nicht gesagt »Sie wird gut abschneiden«, »Sie wird es schaffen« oder »Sie wird vorankommen«, sondern: »Sie wird es zu etwas bringen«. Die Tochter eines Bullen, die es »zu etwas bringt«. Da entschloß ich mich, alle

Einwände in den Wind zu schlagen und meinen Kopf durchzusetzen.

»Gibt es, Frau Kollegin, ein Recht auf den Tod?«

Ich sehe, wie sich Adriani unwillkürlich bekreuzigt und wie Fanis, der allein in der letzten Reihe sitzt, lächelt. Er ist am einfachsten von uns allen gekleidet. Er trägt ein T-Shirt und Jeans, und seine bloßen Füße stecken in Mokassins.

Er bemerkt meinen Blick und zwinkert mir aufmunternd zu. Von uns dreien bewahrt er die größte Ruhe, entweder weil er davon überzeugt ist, daß Katerina mit der Situation zurechtkommt, oder weil er in seiner Eigenschaft als Arzt gelernt hat, bei schwierigen Fällen nicht die Fassung zu verlieren.

»Zweifellos besitzt der Mensch das unbeschränkte Recht auf sein Leben, außer es würde Dritte oder die Rechtsordnung in Mitleidenschaft ziehen. Das Recht auf unseren Tod rundet den Begriff vom Recht auf unser Leben ab.«

Der Vorsitzende wendet sich an die übrigen Mitglieder. »Ich denke, wir können hier abbrechen. Gibt es weitere Fragen?« Die meisten schütteln den Kopf, ein oder zwei fügen noch ein leises »Nein« hinzu.

»Frau Kollegin, bitte warten Sie draußen.«

Katerina erhebt sich von ihrem Platz und geht direkt zur Tür, ohne nach rechts oder links zu blicken. Adriani und ich tauschen verlegene Blicke aus. Sollen wir bleiben oder auch hinausgehen? Adriani zuckt mit den Schultern, während ich mich zu Fanis drehe. Er bedeutet mir sitzen zu bleiben. Vorne an dem langen Tisch halten sich die Mitglieder der Prüfungskommission Katerinas Doktorarbeit wie einen Paravent vor den Mund, um ungestört zu konferieren. Nach nicht einmal zehn Minuten kommen sie zu ihrem Ergebnis, doch mir kommt es wie eine Ewigkeit vor.

Katerina betritt den Saal, doch wiederum weicht sie unseren Blicken aus. Sie stellt sich vor die Prüfungskommission.

»Herzliche Gratulation, Frau Kollegin«, sagt der Vorsitzende. »Mit sechs zu einer Stimme ernennen wir Sie mit der Note *sehr gut* zur Doktorin der Rechte.«

»Sie wird es zu etwas bringen, Herr Kommissar«, hatte Kalamitis gesagt. »Sie wird es zu etwas bringen.«

2

Wir kehren in Fanis' Fiat Brava nach Athen zurück. Katerina hat mich an Fanis' Seite genötigt, damit ich bequemer sitze, und mit Adriani auf dem Rücksitz Platz genommen. Ihre Mutter ist nach der feuchtfröhlichen Feier von Katerinas Doktortitel mit Tsipouro und Fischhäppchen in einer Taverne in Kalamaria noch etwas wackelig auf den Beinen. Nun ist es zehn Uhr vormittags, und wir haben Platamonas bereits hinter uns gelassen, da uns Fanis' Eltern in Volos zum Mittagessen erwarten. Wir haben uns seit ihrem ersten Höflichkeitsbesuch bei uns zu Hause nicht mehr gesehen.

Adriani öffnet hin und wieder halb die Augen und sagt besorgt: »Fahr nicht so schnell, Fanis. Wir wollen am Eßtisch und nicht im Krankenhaus landen.«

Bevor sie Fanis' Antwort hören kann, ist ihr Kopf schon wieder vornübergesunken und wippt auf und nieder. Nach kurzer Zeit wacht sie wieder auf und sagt denselben Satz noch mal. Das zerrt an meinen und Katerinas Nerven, doch Fanis findet einen Weg, sie zu beruhigen, vielleicht weil er sie nie ernst nimmt.

»Nur keine Angst, Adriani«, meint er. »Ich fahre nur hundert, aber du bist an den Mirafiori deines Mannes gewöhnt, der über dreißig nicht hinauskommt, deshalb meinst du, wir rasen.«

»Ich steige niemals in das Auto meines Mannes, Fanis«,

fährt ihm Adriani über den Mund. »Denn ich habe keinerlei Lust, zu schieben und in meinem Alter mitten auf der Straße ein Schauspiel zu bieten.«

Ich fühle Fanis' Blick auf mir ruhen, doch ich betrachte durch die Windschutzscheibe lieber wortlos den vor uns fahrenden Mercedes 280 Kompressor, um nicht an einem so hochoffiziellen Tag die aktuellen und künftigen Familienmitglieder offen zu beleidigen.

Seit Jahren habe ich die Nationalstraße Athen–Lamia nicht mehr benützt. Genauer gesagt habe ich seit Jahren keine einzige Nationalstraße über die Grenzen von Elefsina oder Malakassa hinaus benützt. Die einzige darüber hinausgehende Fahrtroute der letzten Jahre ging übers Meer zur Insel, wo meine Schwägerin Eleni wohnt. Mein Heimatdorf in Epirus habe ich seit dem Tod meiner Mutter aus meinen Fahrplänen gestrichen. Nach Thessaloniki, wo Katerina studierte, bin ich bis auf gestern kein einziges Mal hochgefahren. Vielmehr geduldete ich mich, bis sie in den Weihnachts- und Osterferien zu uns nach Athen kam.

Wir biegen in die Straße nach Velestino ein, um nach Volos zu gelangen. Fanis' Eltern wohnen ein wenig außerhalb, an der Straße zum Ostpilion, in einer Maisonette griechischen Zuschnitts: unten der Laden und oben die Wohnung. Und auch der Laden ist eine Gemischtwarenhandlung griechischen Zuschnitts, die von Kurzwaren wie Näh- und Futterseide bis zu Makkaroni und Tomatensoße alles im Sortiment hat. Zunächst führen sie uns den Laden vor, und mit einemmal überkommt mich Heimweh nach der Zeit, als mein Vater, Unteroffizier bei der Gendarmerie, Ziegendieben und ich Taschendieben hinterherjagten. Und wenn ich damals einen Ehrenmord aufzuklären hatte, ging ich zum Haus des Mörders, der auf einem Stuhl sitzend mit hängendem Kopf darauf wartete, daß ich ihm Handschellen anlegte. Nun haben Supermärkte die Krämerläden griechischen Zuschnitts verdrängt, und ich jage Mafiosi hinterher, die gewissermaßen das Personal in den Supermärkten des Verbrechens sind, wo alles im Angebot ist: von Ukrainerinnen und Rauschgift bis zu Nachtlokalen und großen Bürokomplexen.

»Den meisten Umsatz machen wir sonntags, wenn die anderen Geschäfte zu sind«, erläutert Sevasti. »Wie gut, daß den Griechen viele Dinge immer erst in letzter Minute einfallen.«

»Seitdem ich die Feldarbeit aufgegeben habe und mich nur mehr auf den Laden beschränke, habe ich das Sortiment erheblich aufgestockt«, ergänzt Prodromos, ihr Mann.

»Pflanzt du keinen Tabak mehr an?« frage ich. Als sie uns besuchten, hatte er von seinem Tabakanbau erzählt.

Prodromos schüttelt traurig den Kopf. »Ich bin zu alt für die Feldarbeit, Kostas. Notgedrungen und nur halbherzig habe ich den Acker hergegeben.«

»Den hättest du schon viel früher aufgeben sollen«, mischt sich sein Sohn ein. »Dann hättest du dir den Rücken nicht kaputtgeschuftet und müßtest kein Stützkorsett tragen.«

»Ich weiß, aber die Feldarbeit ist eben mein Leben.« Er lacht wieder auf. »Gut, daß hinter dem Haus ein kleiner Garten liegt. Den bepflanze ich und tröste mich über die Tatsachen hinweg.«

»Jedenfalls haben wir das Geld für das Grundstück gut angelegt«, fügt Sevasti hinzu. »Wir haben einen Kredit aufgenommen und das Elternhaus meiner Mutter – zweistöckig mit fünf Zimmern – in Tsangarada hergerichtet. Das vermieten wir und verdienen mehr als mit dem Tabak.«

»Ihr vermietet Zimmer auf dem Pilion und wohnt in Volos?« wundert sich Adriani.

»Nein, wir vermieten das ganze Haus gleich für drei Monate an zwei oder drei deutsche Familien, die es abwechselnd benützen. So kassieren wir die Miete vorab und müssen uns nicht darum kümmern.«

»Ich kann mich noch erinnern, in der Besatzungszeit haben unsere Eltern davor gezittert, die Kommandatur könnte ihr Haus beschlagnahmen«, lacht Prodromos. »Heute stehen sie Schlange, um teures Geld dafür zu bezahlen. Das nenne ich Fortschritt.«

Ein Bravo den Deutschen, die es geschafft haben, von der Beschlagnahme zur Miete überzugehen, sage ich mir. Denn wir tun seit der Gründung des griechischen Staates stets dasselbe: Wir vermieten eine Wohnung oder verpachten einen Laden, einen Acker oder eine Lagerhalle und halten uns mit den Einkünften daraus über Wasser. Olympic Airlines fliegt mit gemieteten Flugzeugen, Taxibesitzer vermieten ihre Wagen an Taxifahrer und Busunternehmer ihre Fahrzeuge an die Fernbuslinie KTEL. Und auch der Durchschnittsgrieche lebt von Mieteinnahmen und Krediten.

Der Eßtisch gehört zur alten Garde, mit Politur und geschwungenen Beinen, die in breiten Tischfüßen enden. Er ist gedeckt wie in den französischen Filmen über die Bourgeoisie: weißes Tischtuch, weiße Damastservietten, zwei Gedecke und zwei Bestecke sowie drei Gläser, ein kleines, ein mittelgroßes und ein sehr großes. Das große und das mittelgroße identifiziere ich als Wein- und Wasserglas, doch das kleine bleibt mir ein Rätsel, bis mir Prodromos Ousounidis die Lösung verrät.

»Hieraus trinken wir zuerst einmal einen Tsipouro, Kostas, und dann machen wir mit Wein weiter«, erklärt er und füllt mein Gläschen.

Ich erhebe es und stoße auf Katerinas Erfolg an. Dann trinke ich es halbleer, wobei es im Rachen wie Feuer brennt. Ich lasse noch Platz für ein Glas Wein während des Essens, das mit Artischocken in Zitronensoße und einer Wildkräuterpastete beginnt und mit Lamm in Weinblättern und Reis endet.

»Die Weinblätter und die Frühlingszwiebeln für die Artischocken stammen aus unserem Garten«, fügt Prodromos hinzu.

Ich blicke in die fünf Gesichter, die um den Tisch versammelt sind. Mit Ausnahme von Katerina und Fanis hat das Wort »Doktorat« für alle eine diffuse Bedeutung. Ich bin stolz darauf, weil das Doktorat Katerina helfen wird, es zu etwas zu bringen. Adriani sieht, daß ihre Tochter mit »sehr gut« bewertet wird, und ist stolz auf ihren Erfolg. Aber genauso stolz war sie, als Katerina das Lyzeum mit »sehr gut« abschloß. Prodromos und Sevasti betrachten Katerina als künftige Schwiegertochter und erwerben so das Recht, mit uns zusammen ihren Erfolg zu feiern. Was die Promotionsurkunde betrifft, so wissen wir nur, daß es eine Art Wertpapier darstellt, das über das Diplom hinausgeht. Und das reicht uns schon. Griechenland ist eine riesige Börse, wo alle mit ihren Papieren handeln, vom Aktienpaket bis zum Universitätsdiplom, vom Masterabschluß bis zur Promotion.

Damit sichert man sich Positionen und erwirtschaftet sich Gehaltszulagen, ohne daß irgend jemand weiß, worin ihr tatsächlicher Wert eigentlich liegt. So kann man sich mit einem Juradiplom auf der Sternwarte und mit einem Physikabschluß bei der Polizei wiederfinden. Wie an der Börse handelt man einfach mit seinem Papier.

Es ist schon nach fünf, als wir aufbrechen. Das Essen und der Tsipouro schläfern mich ein und ich döse an Adrianis Seite vor mich hin, während ich in der Ferne Katerinas und Fanis' flüsternde Stimmen höre, die sich auf den Vordersitzen miteinander unterhalten. Als wir beim Café Levendis anlangen, schlägt Fanis vor, eine Kaffeepause einzulegen, da er fürchtet, daß ihm sonst die Augen zufallen.

Ich weiß nicht, was mich veranlaßt, mitten im Café, wo sich vor den Kassen Schlangen gebildet haben, Kinder kreischen und Eltern sich mit vollen Tabletts bewehrt auf leere Tische stürzen, Katerina plötzlich zu fragen: »Wann wirst du dich als Richterin bewerben?«

Adriani und Fanis haben nicht erwartet, daß ich nach fünfstündiger Reise mit eingeschobenem Gelage in Volos eine solche Frage stelle, und blicken mich erstaunt an. Katerina hingegen wirkt eher verlegen. Etwas liegt ihr auf der Zunge, und sie sucht nach einem Weg, es mir auf die sanfte Tour beizubringen.

»Petropoulos, der Professor für Strafrecht, hat mir vorgeschlagen, in seine Forschungsgruppe einzutreten«, sagt sie schließlich. »Er stellt mich als wissenschaftliche Mitarbeiterin ein. Sobald eine Lektorenstelle ausgeschrieben wird, könnte ich mich bewerben.«

Diese Nachricht wirkt auf mich wie eine kalte Dusche.

Wenn der erste Teil des Traums der Erwerb des Doktortitels war, so bildete den zweiten und längerfristigen der Wunsch, sie als Richterin den Vorsitz führen zu sehen, während ich stolz im Publikum sitze. Das hatte ich ihr zwar nie direkt gesagt, aber wir hatten unzählige Male über meinen Traum gesprochen, und sie wußte davon.

»Findest du, daß ... die Abgeschiedenheit der Wissenschaft besser zu dir paßt?« Ich beiße im letzten Augenblick die Zähne zusammen und spreche von »Abgeschiedenheit« und nicht von »Mief«.

Die Worte gehen ihr nur langsam über die Lippen, als müßte sie erst nach ihnen suchen. »Im Zuge der Doktorarbeit habe ich festgestellt, daß mir die Forschung Spaß macht. Und da mich der Professor für Verfassungsrecht dazu aufforderte, meine Dissertation in einem Postgraduiertenkolleg vorzustellen, ist mir klargeworden, daß mir auch das Unterrichten Spaß macht.« Sie macht eine kurze Pause und fährt dann fort: »Was erwartet mich als Richterin? Ein Leben lang werde ich mich mit ungedeckten Schecks, Veruntreuungen und Scheidungen herumplagen und geduldig auf meine Beförderung ans Oberlandesgericht warten oder es darauf ansetzen, mich zum Obersten Verwaltungsgericht hochzudienen. Und auch das gelingt mir nur, wenn ich Glück habe und eine der wenigen Frauen bin, die auf diese Posten gelangen.«

»Ja, aber ist ein Richtergehalt nicht viel höher als ein Professorengehalt, Katerina?« fragt Adriani.

Katerina zuckt mit den Schultern. »Danach habe ich mich nicht erkundigt, aber ich nehme an, in den höheren Rängen wird das Richtergehalt viel höher sein.«

»Nach jahrelangem mühseligen Studium willst du den schlechter bezahlten Posten nehmen?« Adrianis Hausverstand begreift nicht, wie es möglich sein kann, ein längeres Studium und ein niedrigeres Gehalt zu wählen.

Nebenbei gesagt verstehe ich das auch nicht. »Was meinst du denn?« frage ich Fanis, der sich bislang an der Diskussion nicht beteiligt hat.

Fanis hebt verlegen die Arme hoch. »Ich meine, sie muß selbst entscheiden. Bei solchen Fragen spielt Geld manchmal die Hauptrolle und manchmal gar keine«, fügt er mit einem Blick auf Adriani hinzu. »Nachdem ich mein Jahr als Landarzt hinter mir hatte, war für mich klar, daß ich im Krankenhaus arbeiten möchte. Als ich das meinen Eltern eröffnete, ist für sie eine Welt zusammengebrochen. Sie hatten sich eine gutgehende Praxis in Volos oder Almyros für mich erträumt. ›Warum eröffnest du nicht hier eine Praxis, mein Junge?‹ fragte mich Sevasti. ›Weißt du, wie sehr man in Volos gute Ärzte braucht? Die Patienten werden Schlange stehen.‹ Ein Studienkollege hat in Velestino eine Praxis aufgemacht, und jetzt besitzt er zwei Wohnungen in Volos, ein Landhaus auf Thassos, und die Praxis gehört ihm auch. Er fährt einen BMW, seine Frau einen Audi, und sie haben sogar ein Motorboot. Alle naselang ruft er mich an: ›Einer meiner Patienten hat ernste Probleme, kennst du einen guten Arzt?‹ fragt er mich. ›Und was bist du?‹ antworte ich ihm dann. ›Meine Weisheit endet bei den Medikamenten, die mir die Vertreter der Pharmaindustrie bringen‹, erklärt er. ›Ich scheffle Geld, aber wenn ein Patient wirklich ernstlich krank ist, suche ich einen guten Arzt, damit er mir nicht draufgeht und mir die Sache auf der Seele liegt.‹«

Wir brechen in Lachen aus, denn Fanis kann gewisse Dinge locker und entspannt rüberbringen. Katerina greift nach meiner Hand und blickt mich zärtlich an.

»Bist du auch mit dem halben Kuchen zufrieden?« fragt sie.

»Wie meinst du das?«

»Ich nehme Petropoulos' Vorschlag an, reiche aber gleichzeitig meine Unterlagen bei der Richterschaft ein. Sowohl die Ausschreibung der Lektorenstelle als auch die Aufnahme in die Richterschaft werden ohnehin Jahre dauern. Sehen wir mal, was zuerst klappt. Dann können wir immer noch entscheiden.«

Das ist zwar nur der halbe Kuchen, doch im Zeitalter der Ratenzahlungen und Kreditkarten ist derjenige, der die ganze Summe in bar verlangt, reif für die Klapsmühle.

# 3

Die zweite Enttäuschung erwartet uns am nächsten Morgen und trifft vorwiegend Adriani. Wir sitzen in der Küche und trinken Kaffee. Eine süße und entspannte Lethargie hat uns nach der angsterfüllten Intensität der vergangenen Tage überkommen. Noch können wir nicht recht glauben, daß Katerina endgültig zu uns zurückkehrt. Irgendwie haben wir das Gefühl, in ein oder zwei Wochen fährt sie wieder, so wie in den vergangenen acht Jahren. Auch die Tatsache, daß sie ihre Wohnung in Thessaloniki geräumt hat, ändert nichts daran, nicht einmal, daß wir wissen, daß ihre Sachen im Lager des Umzugsunternehmens in der Liossion-Straße warten.

Vielleicht ist das der Grund, warum Adriani das Gespräch eröffnet. »Wann holst du deine Sachen aus dem Lager?« fragt sie Katerina.

»In ein paar Tagen. Gönn mir eine kleine Verschnaufpause.«

Richtig, aber Adriani haßt es, Angelegenheiten im Haushalt auf die lange Bank zu schieben. Alles muß stets sofort und perfekt erledigt werden. »Sicher, mein Schatz, die hast du verdient. Nur weiß ich nicht, wo wir all die Dinge, die sich über die Jahre in Thessaloniki angesammelt haben, unterbringen sollen. Allein deine Bücher füllen schon ein ganzes Zimmer.«

»Und was sollen wir machen, Mama? Sollen wir jetzt anfangen, meine Besitztümer zu zählen?«

»Natürlich nicht!« Sie hat die nervende Angewohnheit, einem recht zu geben, gleichzeitig jedoch weiterzubohren. »Wir könnten alles, was du nicht brauchst, im Lager lassen, aber ich frage mich, ob es nicht günstiger käme, eine größere Wohnung zu mieten, statt zwei Mieten – für die Wohnung und für die Lagerung – zu bezahlen.«

Letzteres ist an mich gerichtet. Bevor ich antworten kann, unternimmt Katerina einen weiteren Versuch, ihr den Wind aus den Segeln zu nehmen.

»Laß mal, Mama. Darüber unterhalten wir uns, wenn wir aus Kreta zurück sind.«

Sie und Fanis haben eine Woche Urlaub auf Kreta gebucht, einerseits um die Promotion zu feiern, andererseits um Katerina ein bißchen Erholung zu gönnen. Sie wollen die Abendfähre nehmen.

»Wie du meinst. Reden wir dann darüber. Es war ja nur so ein Gedanke. Aber wenn wir eine Wohnung suchen sollen, müssen wir uns ranhalten.«

»Gucken wir erst mal, was wir mieten wollen.«

»Eine Wohnung natürlich«, entgegnet Adriani. »Ein Einfamilienhaus wäre toll, aber unerschwinglich.«

»Ich will auf etwas anderes hinaus. Vielleicht mieten wir eine größere Wohnung, oder aber Fanis und ich ziehen zusammen.« Diese Äußerung schlägt ein wie eine Bombe, und sie beeilt sich, sie zu erläutern. »Alles hängt von Petropoulos ab. Wenn er den Vertrag über die wissenschaftliche Mitarbeiterstelle ab Herbst unterschreibt, dann habe ich ein eigenes Einkommen und kann mit Fanis zusammen eine

Wohnung mieten. Wenn Petropoulos sich als Schaumschläger erweist, dann liege ich euch weiter auf der Tasche, bis ich einen Job finde.«

Die letzten Worte serviert sie mit einem warmen Lächeln. Adriani starrt sie immer noch mit weit aufgerissenen Augen an.

»Na schön, Katerina, ihr wollt heiraten und verliert kein Wort darüber? Und warum habt ihr das nicht gestern bei Tisch angekündigt, als wir alle zusammensaßen?«

Katerina lacht auf. »Vom Heiraten ist nicht die Rede. Wir wollen zusammenziehen.«

Darauf breitet sich Schweigen aus. Ich hatte es schon halb begriffen, aber Adriani wurde auf dem falschen Fuß erwischt. Katerina wiederum schweigt, um uns Zeit zu geben, die Sache zu verdauen.

»Wieso wollt ihr nicht gleich heiraten, wenn ihr schon beschlossen habt zusammenzuleben? Dann ist die Sache ein für allemal erledigt«, meint Adriani.

»Weil wir nicht wissen, ob wir zusammenpassen. Vielleicht stellt sich im gemeinsamen Haushalt heraus, daß wir zu verschieden sind.«

Adriani wirft mir einen auffordernden Blick zu, ich möge in meiner Eigenschaft als Vater eingreifen, doch ich fühle mich dazu außerstande. Ich erinnere mich, als ich mit Adriani zum zweiten Mal ausgegangen war, quälte mich bereits die Furcht, sie zu verlieren. Und Adriani ging es genauso, so daß unsere Eltern uns nach drei Monaten ihren Segen gaben und ich von da an das Recht hatte, Arm in Arm mit ihr auszugehen. Wie soll ich Adriani den Unterschied erklären zwischen damals, als man fürchtete, den anderen zu verlieren, und heute, da man fürchtet, den anderen auf Lebenszeit zu behalten?

Adriani deutet mein Schweigen als Wunsch, meine Tochter nicht zu betrüben, und als Aufgabe für sie selbst, allein die Kastanien aus dem Feuer zu holen. Daher wirft sie mir einen wütenden Blick zu und wendet sich erneut an Katerina.

»Ihr seid zwei Jahre zusammen. Wißt ihr nicht schon alles voneinander?«

»Mama, wir sind zwar zwei Jahre zusammen, aber wir waren nur gemeinsam in Urlaub, zusammengelebt haben wir noch nicht.«

»Das reicht doch vollauf. Alles andere findet sich mit der Zeit. Laßt euch doch überraschen.«

»Wir wollen aber keine Überraschungen, schon gar keine Scheidung, die heutzutage keine Überraschung, sondern nur Anwaltskosten und etliche weitere Ausgaben bedeutet. Als Juristin weiß ich, wovon ich rede.«

Adriani erkennt, daß sie mit Schreckschüssen nicht weiterkommt, und fährt schwerere Geschütze auf. »Denkst du gar nicht an deinen Vater? Was werden seine Kollegen und seine Vorgesetzten sagen, wenn sie erfahren, daß seine Tochter in wilder Ehe lebt?«

Mir ist klar, daß jetzt der Augenblick gekommen ist, einzuschreiten und zu erklären, daß ein Zusammenleben meiner Tochter mit Fanis meine Laufbahn kaum beeinflussen wird. Seit Jahren bin ich nicht befördert worden, obwohl ich offiziell verheiratet bin. Zurückstufen können sie mich auch nicht. Das alles müßte ich nun sagen, doch das Schlimme bei mir ist, ich verfüge nur über zwei Techniken des Diskutierens: entweder ich schimpfe, oder ich schweige. Und da ich kein Öl ins Feuer gießen will, schweige ich lieber.

»Papa, bekommst du dadurch Schwierigkeiten?« fragt mich Katerina unvermittelt.

»Hm, wir bei der Polizei sind der Meinung, daß Wissenschaftler und Künstler zu allem fähig sind.«

»Siehst du, genau das sage ich auch. Findest du es schön, wenn man von deinem Papa sagt, seine Tochter sei verrückt geworden?«

»Papas Kollegen sind nicht die einzigen, die mich für verrückt halten, weil ich meine schönsten Jahre vergeude, um eine Doktorarbeit zu schreiben. Da solltest du erst meine ehemaligen Schulfreundinnen hören.«

Hier bricht sie das Gespräch ab mit der Ausrede, sie müsse für die Reise noch ein paar Besorgungen machen. Was bedeutet, daß Adriani nun meine Nerven strapazieren wird, um sich abzureagieren. Vorläufig betrachtet sie noch die hochgewachsenen Pflanzen auf der schmalen Veranda, die als Sichtschutz dienen und gerade noch Platz lassen für ein Tischchen und zwei Stühle. Ich benutze die Veranda nie, während Adriani manchmal im Sommer draußen sitzt, aber nur, wenn sie Okraschoten oder grüne Bohnen putzt.

»Ist das wohl ihr Ernst?« fragt sie, sobald die Haustür ins Schloß fällt.

Ich sage immer noch nichts. Um die traurige Wahrheit zu gestehen, auch ich würde eine Heirat vorziehen. Andererseits ist Katerina eine vernünftige junge Frau. Vor zwei Tagen hat sie es noch unter Beweis gestellt. Folglich wird sie wissen, was sie tut, selbst wenn mich der Gedanke nicht begeistert.

»Was sollen bloß Fanis' Eltern über Katerina denken? Klar, es sind nette Leute und sie mögen sie gern, aber – schließlich sind sie aus Volos, vergiß das nicht.«

»Du quälst dich ganz umsonst«, beruhige ich sie. »Sie haben sich gern und kommen gut miteinander aus... In sechs Monaten werden sie aus eigenem Antrieb den Bund fürs Leben schließen wollen.«

»Also wirklich, ich verstehe dich nicht. In all den Jahren siehst du tagaus, tagein nur Tote, Mordopfer, Blut und Leichen. Wie kannst du da so optimistisch sein? Das ist mir ein Rätsel! Jedenfalls sage ich dir, in sechs Monaten sind Fanis und Katerina höchstwahrscheinlich pleite. Sie werden ständig auswärts essen, da Katerina doch nicht kochen kann. Und wenn sie sich endlich dazu entschließt, es zu lernen, weil sie finanziell am Ende sind, wird Fanis um seine Versetzung nach Volos bitten.«

»Dann bringst du ihr eben das Kochen bei.«

»Wo denn? Sie wird nicht mehr jeden Tag zu uns nach Hause kommen, begreifst du das nicht? Und es ist ausgeschlossen, daß ich zu ihr gehe.«

»Wieso ist das ausgeschlossen?«

»Weil ich auf keinen Fall im Haus des Freundes meiner Tochter ein- und ausgehen will. Habe ich vielleicht Fanis je in seiner Wohnung besucht und mich um ihn gekümmert? Wären sie verheiratet, dann sähe die Sache anders aus. Dann würde ich sogar für sie kochen.«

Um der Diskussion ein Ende zu setzen, beschließe ich, mich auf den Weg zur Dienststelle zu machen.

Man merkt, daß es Juni ist: Die Aufnahmeprüfungen finden statt und die Mütter warten aufgeregt vor den Schulen auf die Ergebnisse ihrer Kinder. Ich atme tief durch: All das habe ich nun hinter mir – Prüfungen, Universität, Doktorat. Nun ist ein für allemal Schluß damit.

Ich komme im Präsidium an und fahre schnurstracks zum Büro von Kriminaldirektor Gikas, meinem Vorgesetzten, hoch. Die Glückwünsche für den Erfolg meiner Tochter möchte ich zunächst bei den oberen Chargen ernten.

Die erste, die ich sehe, ist Koula, seine Sekretärin. Sie ist zwar keine obere Charge, aber ich habe eine Schwäche für sie. Sie springt von ihrem Platz hoch und läuft mir entgegen.

»Herzlichen Glückwunsch, Herr Charitos! Wie froh und stolz müssen Sie sein! Wie fühlen Sie sich jetzt, wo Katerina fertig ist mit ihrem Studium?«

»Wie ein Marathonläufer, der acht Jahre lang unterwegs war und beim Einlaufen ins Stadion am Zusammenbrechen ist.« Sie lacht auf. »Wann kommen Sie uns besuchen? Adriani hat sich schon beschwert, daß Sie sie ganz vergessen haben.«

»Sobald ich aus den Ferien zurückkomme. Ab Montag bin ich im Urlaub.«

Sie deutet auf Gikas' Büro. »Sie können reingehen. Schon seit heute morgen fragt er nach Ihnen und ob Sie heute vorbeikommen.«

Gikas sitzt an seinem wie immer leeren und wie ein Tanzparkett polierten Schreibtisch. Sobald er mich erblickt, erhebt er sich und kommt mir entgegen.

»Glückwunsch, Kostas«, sagt er. »Keiner hat es für möglich gehalten, aber Sie haben es geschafft.«

Wortlos schlucke ich den ersten Halbsatz hinunter, denn er bezieht sich auf das spöttische Grinsen und die abwertenden Kommentare wie »Charitos' Tochter promoviert? Daß ich nicht lache!«, die hinter meinem Rücken all die Jahre ausgetauscht wurden. Er scheint sich darüber zu freuen, daß ich alle in die Schranken gewiesen habe. Und es überrascht mich, obwohl ich eigentlich wissen müßte, daß es Teil seines Machtspielchens ist: sich zu freuen, wenn jemand alle anderen düpiert.

»Also sagen Sie mir, wann sie sich bewirbt, damit ich ein gutes Wort für sie einlegen kann.«

Ich bin ganz überrascht. »Wo sollte sie sich denn bewerben?«

»Na, in der Rechtsabteilung der Polizei.«

»Hm, ich weiß nicht, ob sie daran gedacht hat.«

»Sagen Sie bloß, sie sucht nach einem Job, wenn sie als Tochter eines Polizeibeamten einen sicheren Posten in der Rechtsabteilung haben könnte!« sagt er mit demselben Gesichtsausdruck, den er immer annimmt, wenn ich seiner Meinung nach etwas nicht ganz kapiere.

»Ehrlich gesagt haben wir darüber noch gar nicht gesprochen. Ich sage Ihnen Bescheid, sobald ich weiß, was sie davon hält.«

»Schön, dann höre ich also von Ihnen. Und sagen Sie ihr: Die Zeiten sind hart, und keiner kann es sich leisten, lange herumzuprobieren. Sicherheit ist angesagt.« Offensichtlich hat jeder wieder andere Vorstellungen vom idealen Posten.

Ich trete in den Fahrstuhl und fahre in die dritte Etage hinunter, wo mein Büro liegt. Doch im letzten Augenblick ändere ich meine Meinung und drücke den Knopf zur Cafeteria. Ich kann es nicht erwarten, die Glückwünsche all derer entgegenzunehmen, deren Spott ich jahrelang getrotzt habe.

# 4

Das Klingeln des Telefons im Flur reißt mich aus dem Schlaf. Zunächst halte ich es für unseren Wecker und öffne halb die Augenlider, um auf die Zeiger zu blicken. Es ist zehn vor vier. Adriani protestiert verschlafen, schlägt ihre Augen jedoch nicht auf. Wenn es um diese Zeit klingelt, kann es nur für mich sein. Ich stehe auf und verfluche abwechselnd Gikas und Adriani. Gikas, weil er mich sicher wieder wegen irgendeiner läppischen Messerstecherei weckt, statt einen meiner Assistenten zu benachrichtigen. Und Adriani, weil sie keinen Telefonapparat im Schlafzimmer duldet, schließlich wolle sie nicht aus dem Schlaf gerissen werden.

Ich greife nach dem Hörer und gebe ein knappes, verschlafenes »Ja?« von mir, erhalte jedoch keine Antwort. Nur so etwas wie Schluckauf oder Schluchzen ist zu hören. »Ja, wer ist denn da?« Wieder keine Antwort, doch diesmal ist das Schniefen sehr deutlich zu hören, während jemand nach Worten ringt.

»Wer ist da! So reden Sie doch!«

»Das Fernsehen, Herr Kommissar... Schalte das Fernsehen ein... Oh, mein Gott!...«

»Wer ist denn da, verdammt noch mal?!«

»Ich bin's, Sevasti. Mach den Fernseher an...«

Ich lasse den Hörer fallen und laufe zur Fernbedienung.

Mein erster Gedanke gilt der Linienfähre, die Katerina und Fanis nach Kreta bringen sollte. Ich schicke ein Stoßgebet zum Himmel, sie möge nicht mit Mann und Maus untergegangen sein. Doch gleichzeitig mache ich mir Mut mit dem Gedanken, daß die Route nach Kreta zu den meistbefahrenen zählt und keine Seelenverkäufer eingesetzt werden wie zu manchen abgelegenen Inseln.

Die Lautstärke des Fernsehers zerreißt die Stille der Nacht. Ich verfluche Adriani, weil sie die Angewohnheit hat, den Fernseher als Radio zu mißbrauchen, wenn sie in der Küche Essen zubereitet oder bügelt. Gleichzeitig drücke ich auf den Knopf, um leiser zu stellen. Verlorene Liebesmüh, denn niemandem, der aus dem Bett hochgeschreckt ist, nützt es mehr etwas.

Zuallererst sehe ich die Überschrift am oberen Rand des Bildschirms: »Sondersendung: Terroranschlag auf die El Greco.« Dies ist das einzige tragische Ereignis, das mir nicht durch den Kopf gegangen ist, und mit Ausnahme des Ertrinkens das schlimmste. Der Moderator spricht mit dem Korrespondenten des Senders, der in ein Fensterchen am rechten Bildschirmrand gepfercht ist. Während ich ihm zuhöre, dringt Adrianis Stimme an mein Ohr.

»Was ist denn in dich gefahren, daß du mitten in der Nacht fernsiehst?«

Eine Antwort ist überflüssig, denn ihr Blick fällt auf die Überschrift, und ich höre nur noch ein »Oh, mein Gott!«.

»Wie hast du es erfahren? Hat die Polizei dich angerufen?«

»Nein, Sevasti.«

Und ich deute auf den Apparat. Sie sieht den auf der

Ablage liegenden Hörer und begreift, daß die Verbindung noch steht. Sie packt ihn und schreit: »Sevasti!«

»Laß das Telefon«, brülle ich, denn ich kann den Korrespondenten nicht verstehen. »Meinst du, Sevasti weiß besser Bescheid als das Fernsehen?«

Sie läßt den Hörer los und setzt sich neben mich aufs Sofa. Sie umschlingt meinen Arm und drückt sich an mich.

»Bis zu diesem Augenblick, Andreas, gibt es keinerlei Kontakt zum Schiff. Das Hafenamt Chania hat versucht, den Kapitän zu kontaktieren, doch ohne Erfolg.«

»Folglich wissen wir nicht, ob es Tote gibt.«

»Wir wissen überhaupt nichts, Andreas.«

»Gibt es zumindest Hinweise auf die Identität der Terroristen?«

»Auch diesbezüglich herrscht völlige Unklarheit. Sie haben keinen Kontakt zu den Behörden aufgenommen und keinerlei Forderung gestellt, woraus man etwas schließen könnte. Ebenso hat bislang keine Organisation die Verantwortung für den Terroranschlag übernommen. Die vorherrschende Meinung ist jedenfalls, daß es sich um eine Entführung nach dem Vorbild der Achille Lauro handelt.«

Ich zerbreche mir den Kopf, um mich an den Fall der Achille Lauro zu erinnern. Einzig die Tatsache, daß er weltweit Aufsehen erregt hat, kommt mir in den Sinn.

»Es handelt sich um das italienische Kreuzfahrtschiff, das 1985 von einer Gruppe Palästinenser unter der Führung des berüchtigten Abu Abbas gekapert wurde«, frischt der Korrespondent meine Erinnerung auf. »Die Entführung endete nach zwölf Tagen, glücklicherweise war nur ein Opfer, ein Amerikaner, zu beklagen.«

»Wo befindet sich die El Greco jetzt gerade?«

»Sie liegt vor dem Hafen von Souda. Und das beunruhigt die zuständigen Behörden sehr, weil –«

»Jannis, ich muß unterbrechen, da uns die Erklärung des Regierungssprechers vorliegt. Wir melden uns gleich wieder, sobald es etwas Neues gibt.«

Das Korrespondentenfenster wird geschlossen, doch anstelle des Regierungssprechers erscheint eine junge Frau, die gerade aus einem Vodafone-Laden tritt, während ihr ein Hüne hinterherläuft, um ihr das Werbegeschenk zu ihrem Handy zu überreichen.

»Rohlinge!« schreit Adriani. »Gewissenloses Pack!«

Sie hätte noch weitergeschimpft, wenn nicht in diesem Augenblick das Telefon geklingelt hätte. Sie schnellt zum Apparat. »Ach, Sevasti, was für ein Unglück!« ruft sie in den Hörer. Sie hört kurz zu, dann wirft sie mir völlig aufgelöst zu: »Sie gehen nicht an ihre Handys!«

Da erinnere ich mich wieder daran, daß Katerina ein Mobiltelefon besitzt. Ich wähle die Nummer, um sicherzugehen, daß Sevasti sich vor lauter Aufregung nicht vertippt hat. Das Telefon läutet, aber keiner geht ran. »Weißt du Fanis' Nummer auswendig?«

»Mach dir keine Mühe, Fanis nimmt auch nicht ab.« Mit einemmal bricht sie schreiend zusammen: »Mein kleines Mädchen ist verloren! Mein ganzer Stolz!«

»Sei still!« rufe ich. »Ruhig! Rede das Unglück nicht herbei! Noch wissen wir nichts!«

Ich schüttle sie, um sie zur Vernunft zu bringen, doch sie ist nicht zu bändigen. Sie schlägt sich zeternd an den Kopf: »Sie haben mir mein kleines Mädchen umgebracht! An ihrem Freudentag haben sie es umgebracht! Raus mit all den Ägyptern, Syrern, Pakistani, Sudanesen! Solln sie ins Meer zurück, wo sie rausgefischt wurden! Mitsamt ihrer Green Card, die sie legalisiert! Die Green Card bezahlt jetzt deine Tochter mit ihrem Leben!«

Ich hebe die Hand und versetze ihr zwei Ohrfeigen, nicht um die Araber zu unterstützen, sondern um sie aus ihrer Hysterie zu reißen. »Ruhig Blut! Hysterie hilft uns nicht weiter«, sage ich sanft zu ihr. »Laß uns hören, was der Regierungssprecher zu sagen hat, und dann sehen wir weiter. Als Kommissar verstehe ich was davon.« Ich verstehe zwar auch nur Bahnhof, aber was sollte ich ihr sonst sagen?

Die Gestalt des Regierungssprechers flimmert schon über die Mattscheibe. »Bis zu diesem Zeitpunkt haben wir noch keinen Kontakt zur El Greco«, erklärt er. »Folglich kennen wir die Identität der Terroristen und die Lage an Bord nicht. Alle zuständigen Stellen haben Vertreter nach Chania entsandt, und die Antiterroreinheit unter der Führung von Loukas Stathakos hat die Einsatzkoordination übernommen. Der Premierminister steht in ständigem Kontakt mit dem Minister für öffentliche Ordnung, der sich ebenfalls in Chania befindet. Sowie sich etwas Neues ergibt, werden wir die Öffentlichkeit informieren.«

»Glauben Sie, daß es Ähnlichkeiten des Terroranschlags von heute nacht auf die El Greco und der Entführung des italienischen Kreuzfahrtschiffes Achille Lauro aus dem Jahr 1985 gibt?«

»Es gibt in der Tat Ähnlichkeiten.«

»Kann man daraus schließen, daß die Terroristen so wie damals Palästinenser sein könnten?«

»Derzeit können wir nichts ausschließen. Doch ich rufe in Erinnerung, daß die Palästinenser seit etlichen Jahren keine Terroranschläge auf internationaler Ebene mehr durchgeführt haben.«

»Halten Sie eine Aktion der al-Qaida für wahrscheinlicher?«

»Ich möchte mich nicht festlegen«, entgegnet der Regierungssprecher genervt. »Kann sein, daß es al-Qaida ist oder auch irgendeine andere Terrororganisation, möglicherweise auch eine Gruppe, die zum ersten Mal auftritt. In diesem Augenblick wissen wir absolut nichts, wir haben keinerlei Kontakt zum Schiff. Ich sage noch einmal: Sobald wir etwas Neues wissen, werden wir die Öffentlichkeit informieren.«

Das Bild des Regierungssprechers erlischt. »Nun bringen wir, sehr geehrte Zuschauer, eine Übersicht über die Berichterstattung der ausländischen Medien zu diesem Fall.«

Ich lasse Adriani allein vor dem Fernseher zurück und laufe zum Telefon. Ich rufe das Einsatzzentrum an und bitte um eine Verbindung mit Gikas' Büro. Am anderen Ende höre ich Koulas Stimme.

»Sekretariat Kriminaldirektor Nikolaos Gikas.«

»Koula, Charitos hier. Ist der Chef da?«

»Der Kriminaldirektor muß bereits auf Kreta sein, Herr Charitos. Er ist vor zwei Stunden per Helikopter aufgebrochen.«

»Ich muß ihn sprechen.«

Wie zu erwarten war, zögert sie. Nach einer Pause sagt sie: »Das wird nicht einfach sein, Herr Charitos, aber ich versuche es.«

»Koula, hören Sie zu. Katerina ist auf dem Schiff.«

Nun folgt eine längere Pause, und dann fragt sie, als handele es sich um einen schlechten Scherz: »Was sagen Sie da?«

»Genau das. Katerina und Fanis sind auf dem Schiff. Sie waren unterwegs in den Urlaub nach Kreta.«

Ich handele mir das dritte »Oh, mein Gott!« dieser Nacht ein.

»Deshalb muß ich ihn sprechen. Er muß es erfahren, aber es darf nicht durchsickern, daß die Tochter eines Polizeibeamten unter den Passagieren ist.«

Sie hat ihre Beherrschung wiedergefunden. »Ich rufe Sie zurück.«

Ich setze mich an Adrianis Seite. Sie hält ihren Blick auf die Mattscheibe geheftet und lauscht einem amerikanischen Spezialisten, der sich mit der CNN-Nachrichtenmoderatorin unterhält. Da ich bis zu Koulas Rückruf nichts Besseres zu tun habe, lese ich die Untertitel mit der Übersetzung.

»Wäre es nach dem Muster von Madrid oder London gegangen, hätten sie das Schiff in die Luft gesprengt, entweder durch Fernzündung oder durch ein Selbstmordattentat«, meint der Spezialist zur Nachrichtenmoderatorin. »Piraterie paßt nicht zum üblichen Vorgehen, und ich weiß nicht, welchen Zweck man damit verfolgt. Die Islamisten haben seit Jahren keine Geiselnahmen oder Entführungen vorgenommen.«

»Heißt das, Ihrer Meinung nach deutet nichts auf eine Beteiligung von al-Qaida hin?« fragt die Moderatorin.

»Nein, aber wir können nichts ausschließen, solange wir keinen Kontakt mit den Terroristen und dem Schiff haben.«

In diesem Moment läutet das Telefon. Adriani springt

zuerst auf, doch ich halte sie zurück. »Laß, das wird Koula sein. Sie wollte Gikas informieren.«

Der Kriminaldirektor höchstpersönlich ist am Apparat. »Sagen Sie mir, daß das nicht wahr ist«, ist sein erster Satz. »Sagen Sie mir, daß es sich um einen Scherz handelt.«

»Leider ist es wahr. Sie war mit ihrem, ähm..., Verlobten unterwegs in den Urlaub.« Sieh einer an, sage ich mir, ich wage selbst in dieser Stunde nicht zu sagen »mit ihrem Freund« und verlobe sie gegen ihren Willen.

»Es tut mir leid, Kostas. Es tut mir aufrichtig leid.«

»Das muß geheimgehalten werden, Herr Kriminaldirektor. Es könnte sie gefährden.« Ich spreche mit gesenkter Stimme, damit mich Adriani nicht hört und wieder hysterisch wird. Ich danke dem Herrn, daß ihr das bislang noch gar nicht in den Sinn gekommen ist.

»Einverstanden, aber ich muß den Minister und Stathakos, den Einsatzleiter, informieren. Die beiden müssen Bescheid wissen.«

»In Ordnung. Und ich komme nach Kreta.«

Er antwortet nicht sogleich. »Nein. Ich verstehe Ihre Angst, aber es ist besser, Sie bleiben in Athen«, meint er entschieden. »Vor Ort können Sie nichts für Ihre Tochter tun. Das hier fällt nicht in Ihren Aufgabenbereich, wir kümmern uns schon um das Nötige. Sie dürfen uns jetzt nicht mit Ihrer sicherlich berechtigten Angst reinreden. Bleiben Sie also in Athen, jemand muß ja die Stellung im Präsidium halten. Ich geben Ihnen mein Wort, daß ich Sie über jede neue Entwicklung auf dem laufenden halte.«

»Ich kann unmöglich hierbleiben. Wahrscheinlich haben Sie recht, aber ich kann nicht.«

»Kostas, treiben Sie mich nicht so weit, Sie zwangszuverpflichten. Bleiben Sie dort, und wir entscheiden dann, je nach Lage der Dinge.« Und er hängt ein, bevor ich weiter insistieren kann.

»Mit wem hast du gesprochen?« fragt Adriani.

»Mit Gikas. Er ist auf Kreta. Ich habe ihm gesagt, daß ich auch kommen möchte, aber er besteht auf meiner Anwesenheit in Athen.«

Sie springt auf. »Mir ist egal, was Gikas sagt. Du kannst ja bleiben, wenn du willst. Ich nehme den ersten Flug nach Kreta. Wenn das Leben meines Kindes in Gefahr ist, kann ich nicht in Athen sitzen und Däumchen drehen.«

Was Adriani sagt, stimmt. Erneut rufe ich Gikas' Sekretariat an.

»Koula, ich möchte Sie um einen Gefallen bitten. Können Sie Ihre Beziehungen bei Olympic Airlines spielen lassen und mir zwei Plätze im nächstmöglichen Flugzeug nach Chania reservieren? Auf meinen Namen und auf meine Kosten. Und wenn Gikas nachfragt, haben Sie keine Ahnung davon.«

»Verstanden, er will also nicht, daß Sie hinfliegen. Gut, ich melde mich gleich bei Ihnen zurück.«

Eine Viertelstunde später benachrichtigt sie uns, daß sie den Flug um 5 Uhr 50 für uns gebucht hat.

»Ich packe schnell den Koffer, es dauert nicht lange«, sagt Adriani.

Soll mich Gikas ruhig aufs Abstellgleis schieben oder mir eine Dienstaufsichtsbeschwerde anhängen: Ich folge dem Gebot der Stunde.

5

Das Einsatzzentrum wurde in der Militärbasis von Souda eingerichtet, die über Räumlichkeiten mit den modernsten Beobachtungs- und Kommunikationssystemen verfügt. So kann man das Schiff rund um die Uhr überwachen, durch Zoom heranholen, scheibchenweise fotografieren und die kleinste Bewegung an Deck oder im Navigationsraum registrieren. Ein kleinerer Einsatzraum wurde im Hafenamt eingerichtet. Dort befindet sich Panoussos, der erfahrenste Unterhändler der Antiterrorabteilung. Diese Informationen verdanke ich dem Fahrer des Einsatzwagens, der mich von der Polizeidirektion Chania nach Souda gebracht hat.

Die Fähre ist wenig vor der Hafeneinfahrt vor Anker gegangen und wirkt wie ausgestorben. An Deck rührt sich nicht das geringste. Augenscheinlich haben sie die Passagiere in den Salons zusammengepfercht, um sie besser unter Kontrolle zu halten. Von dem Hubschrauber aus, der ununterbrochen über dem Schiff kreist, wurden bislang nur drei Mitglieder der Mannschaft im Navigationsraum ausgemacht sowie ein schwarzgekleideter und maskierter Typ, der mit einer Kalaschnikow auf ihn zielt.

Die Kommunikation mit den Terroristen ist gleich Null. Es liegt weder ein Bekennerschreiben oder -anruf noch eine Erklärung im Internet vor, die ihre Identität lüften würde. Panoussos hat zwar ein paar Mal versucht, Kontakt aufzunehmen, doch im Endeffekt stundenlang ins Leere geredet. Die einzig erfreuliche Tatsache ist, daß bislang weder Leichen ins Meer geworfen wurden noch Schüsse zu hören waren. Da der Hafen von Souda gesperrt ist, laufen alle Linienschiffe Rethymno statt Chania an.

Als ich um halb neun Uhr morgens in der Militärbasis ankomme, erblicke ich schon von weitem das Schiff. Und ich weiß, daß dort irgendwo, in einem Salon oder in einer Kabine, Katerina und Fanis sind – vielleicht gemeinsam, vielleicht auch getrennt, falls man Frauen und Männer auseinanderdividiert hat.

Der Fahrer des Einsatzwagens hat mir erklärt, daß ich alle dort vorfinden würde: den Minister, den Staatssekretär, Gikas und Stathakos, den Leiter der Antiterroreinheit. Doch im Einsatzraum finde ich nur die beiden letzteren vor. Gikas trägt Uniform, während Stathakos wie gewohnt in voller Montur erschienen ist. Die beiden stehen hinter den Mitarbeitern, die über eine Reihe von Bildschirmen die Außenwelt betrachten. In diesem Augenblick ist die Außenwelt auf das Format einer Fähre zusammengeschrumpft: die El Greco. Zwei Bildschirme zeigen eine vollständige Übersicht, die übrigen Teilansichten. Ein weiterer Bildschirm zeigt eine kleine, zur Militärbasis gehörige Bucht, wo die Kampfschwimmer mit ihren Schlauchbooten untergebracht sind.

Gikas und Stathakos bemerken mein Eintreten nicht, da sie gerade Panoussos' Stimme aus dem Lautsprecher lauschen, der von der Fruchtlosigkeit seiner Bemühungen berichtet.

»Es gibt keine Funkverbindung, Herr Einsatzleiter«, höre ich Panoussos sagen.

»Gut, bleiben Sie dran. Wir können nur abwarten.«

»Vielleicht sollten wir folgende Erklärung im Fernsehen verbreiten: Wenn sie Frauen, Kinder und Kranke freilassen, sind wir gesprächsbereit.«

»Tun Sie Ihre Arbeit und halten Sie sich mit Vorschlägen zurück. Das ist unsere Aufgabe«, fährt ihm Stathakos über den Mund und ist drauf und dran, die Verbindung abzubrechen, als Gikas einschreitet.

»Gikas hier... Panoussos, klären Sie mich über eine Sache auf: Warum nehmen sie keinen Kontakt mit uns auf?«

»Ich glaube, sie möchten unsere Nerven strapazieren und uns in die Position des Bittstellers bringen, Herr Kriminaldirektor.«

»Das klingt überzeugend«, meint Gikas und beendet die Verbindung. Dann wendet er sich an Stathakos: »Fassen Sie den von ihm angeregten Aufruf ab und leiten Sie ihn an die Sender weiter. Wozu haben wir ihn Psychologie studieren lassen, wenn wir seine Vorschläge in den Wind schlagen?«

Stathakos' entnervter Blick spricht Bände. »Mit seiner Aussage hat er sich doch selbst widersprochen.«

»Wie denn?«

»Daß die Terroristen uns in die Position des Bittstellers zwingen wollen. Zeigen wir nicht genau das mit dem Aufruf? Unsere Schwäche?«

»Stathakos, was reden Sie da? Die haben dreihundert Geiseln auf dem Schiff in ihrer Gewalt. Glauben Sie, wir könnten uns erlauben, die Helden zu spielen?« Stathakos glaubt es nicht, und daher schweigt er. »Wir sind hier in Griechenland, wenn sich auch nur einer eine blutige Nase holt, wird man uns die ganze Verantwortung aufhalsen und an die

Wand stellen. Geben Sie die Order aus, den Aufruf zu formulieren«, ergänzt Gikas und beendet die Diskussion.

Als sich Stathakos zum Gehen wendet, läuft er mir in die Arme. Mein Anblick begeistert ihn wenig, und er beschränkt sich auf ein trockenes »Ah, du auch hier?«. Seine Reaktion überrascht mich nicht, denn alle im Präsidium wissen, daß Stathakos und ich wie Hund und Katz sind. Er hält mich für einen altmodischen Bullen, der den neuen Methoden nicht das geringste abgewinnen kann, und ich betrachte ihn als Idioten, der in seiner Eigenschaft als komplexbeladener Grieche den Rambo spielt.

Gikas hat sich beim »Du auch hier?« umgewandt und blickt mich wortlos an. Ich gehe auf ihn zu und bleibe vor ihm stehen. »Wenn Sie eine Dienstaufsichtsbeschwerde oder ein Disziplinarverfahren gegen mich anstrengen«, sage ich zu ihm, »fände ich das durchaus berechtigt und nähme es Ihnen nicht übel. Aber ich kann nicht in Athen bleiben, wenn Unbekannte dort drin mein Kind in Geiselhaft halten.«

Und ich deute auf den Bildschirm mit der Fähre. Er blickt mich weiter an, nicht zornig, sondern eher traurig.

»Ich werde weder eine Dienstaufsichtsbeschwerde noch ein Disziplinarverfahren einleiten«, sagt er. »Und ich habe nicht erwartet, daß Sie in Athen bleiben würden, obwohl es mir lieber gewesen wäre. Das Spiel hier zielt darauf ab, daß wir die Nerven verlieren. Und ich weiß nicht, wie lange Sie durchhalten werden.« Er hält inne und fügt hinzu: »Aber ich kann Ihnen eine Aufgabe übertragen, an der Sie sich abarbeiten können.«

»Was für eine Aufgabe?«

So schnell wie er mir Appetit gemacht hat, so schnell will er ihn mir wieder verderben. »Nichts Besonderes. Erstens sind Sie ja kein Fachmann, und zweitens brauchen Sie eine Ablenkung. Es geht um Lotsendienste.«

»Lotsendienste?«

»Ich möchte, daß Sie Parker vom FBI betreuen.«

»Ist er hier?« frage ich verdattert.

»Er kommt demnächst. Sie schicken ihn uns wieder. Parker ist kein Typ, den man unbeaufsichtigt lassen kann. Sie erinnern sich, was wir durchgemacht haben. Sie beide haben sich anfangs überhaupt nicht verstanden, doch zum Schluß waren Sie dicke Freunde. Daher sollen Sie seine Betreuung übernehmen. Ich vertraue Ihnen.«

Fred Parker war der Sicherheitschef der US-amerikanischen Olympiamannschaft. Er stand uns damals ständig im Weg herum und fand an allem etwas auszusetzen. Jedesmal, wenn wir zu widersprechen wagten, drohte er damit, der US-Präsident könnte eine Reisewarnung aussprechen oder die US-Olympiamannschaft werde den Spielen fernbleiben. Besonders ich war ein rotes Tuch für ihn. Nichts, was ich unternahm, paßte ihm. Bis er in einem Fall in die falsche Richtung ermittelte, ich die Lösung fand und er den Hut vor mir ziehen mußte. Seit damals hatten wir uns angefreundet, doch das bedeutete nicht viel. Er rief einfach nur »*Costas, Costas!*« und klopfte mir auf die Schultern, während ich die Hiebe einsteckte und innerlich »Mach mal halblang, du Trottel!« murmelte.

»Wann kommt er?«

»Per Hubschrauber aus Athen. Er muß in Kürze eintreffen.«

Plötzlich fühle ich mich ein bißchen leichter. Weil ich nicht unverrichteter Dinge zurückkehren muß, sondern eine Aufgabe erhalte, und weil ich weiß, was mit Parker auf mich zukommt.

Stathakos kehrt mit einem Blatt Papier zurück und überreicht es Gikas. »Wenn Sie einverstanden sind, können wir den Aufruf weiterleiten.«

Während Gikas die Erklärung überfliegt, wendet er sich mir zu. »Ich habe erfahren, daß deine Tochter und ihr Verlobter auf dem Schiff sind. Da kann man nichts machen.«

Ich beiße mir auf die Lippen, um keine Derbheit von mir zu geben, und beschränke mich auf einen entsetzten Blick. Er erfaßt dessen Bedeutung und lächelt selbstzufrieden. »Reg dich nicht auf. Ausgeschlossen, daß von hier drin etwas durchsickert. Hier sind alle vertrauenswürdig und von mir persönlich ausgewählt.«

Gikas reicht den Aufruf an Stathakos zurück. »Sieht o. k. aus, aber lassen Sie ihn auch Panoussos gegenlesen. Wenn auch er zustimmt, können wir den Text veröffentlichen.« Stathakos starrt ihn an und weiß nicht, ob er sauer sein soll oder ob er hinnehmen muß, daß er es mit einem Trottel zu tun hat. »Schauen Sie mich nicht so an«, platzt Gikas heraus. »Panoussos führt die Verhandlungen. Also muß er sein Placet geben.«

Stathakos stürzt ans rote Telefon, um mit Panoussos zu sprechen. Gikas blickt ihm hinterher und wendet sich dann mir zu.

»Ich weiß, daß ihr zwei nicht gut aufeinander zu sprechen seid, aber haltet euren Zwist aus dieser Angelegenheit raus. So etwas können wir uns nicht leisten.« Dann meint er, es sei nötig, Stathakos mir gegenüber zu verteidigen. »Lassen Sie sich nicht täuschen, er ist ein fähiger Mann. Er will nur immer das Sagen haben.«

Weil er ein komplexbeladener Grieche ist und kein Rambo, sage ich mir. Ergo ist meine Analyse korrekt. Genau im richtigen Moment öffnet sich die Tür und Parker tritt ein: ein richtiger Rambo. Daher muß er es auch nicht beweisen. Als ich ihn in Gikas' Büro zwei Monate vor den Olympischen Spielen kennenlernte, war er mir wie ein Filialleiter bei der National Bank erschienen. Heute ist er legerer gekleidet, trägt Jeans und ein buntes Hemd, so wie es nur US-Amerikaner oder USA-Fans zu tragen wagen. Auf seiner Hemdtasche prangt ein ähnliches Namensschild wie dasjenige, das man mir am Empfang der Militärbasis ausgestellt hat. Gikas und ich gehen auf ihn zu. Zunächst streckt er Gikas die Hand entgegen. »*Hello, Nick*«, sagt er, als wäre seit der Olympiade kein Tag vergangen. Dann folgen ein Händedruck und ein »*Hi!*« in Richtung Stathakos, dann wendet er sich mir zu. Herzlich drückt er mir die Hand. »*Costas, I know. They told me. I'm so sorry.*« Ich habe auf seine mitfühlenden Worte nichts zu entgegnen und erwidere stumm seinen Händedruck.

Parker ist der Meinung, jetzt habe er der Etikette Genüge getan, und meint zu uns allen dreien: »*Okay, let's talk.*«

Stathakos öffnet eine Tür und führt uns in einen Durchgangsraum, der durch einen rechteckigen Tisch und sechs Stühle zum Konferenzzimmer umfunktioniert wurde. An der Wand hängt eine Schultafel und daneben steht ein Fernsehbildschirm, der die El Greco zeigt.

»*Well, in my opinion there is good news and bad news*«,

meint Parker, nachdem er von Stathakos über die neuesten Entwicklungen aufgeklärt worden ist. »Es gibt eine gute und eine schlechte Nachricht. Die gute ist: Wenn es sich um Selbstmordattentäter handelte, hätten sie das Schiff schon längst in die Luft gesprengt. Folglich können wir grundsätzlich davon ausgehen, daß es sich um keine Untergruppe der al-Qaida handelt. Stimmen Sie bis hierher zu?« Er läßt seinen Blick durch die Runde schweifen und nimmt zur Kenntnis, daß wir alle drei zustimmend nicken. »Die schlechte Nachricht ist: Wir wissen nicht, wer die Entführer sind. Sie sprechen nicht, enthüllen ihre Identität nicht, liefern uns keinen Anhaltspunkt. Das ist grundsätzlich schlecht, da wir nicht wissen, worauf sie hinauswollen und wie ihre Pläne aussehen. Vielleicht haben sie eine größere Sache in Vorbereitung, sind aber noch nicht soweit.«

»Was sollten sie in Vorbereitung haben?« fragt Gikas mit gespielter Naivität. »Was auch immer sie vorbereiten, was nützt es ihnen, Zeit und Kräfte zu vergeuden, indem sie ein Schiff mit dreihundert Passagieren in ihrer Gewalt behalten?«

Parker zuckt mit den Schultern. »*I wish I knew*«, meint er. »Das wüßte ich auch gern. Vergessen Sie nicht, daß die Terrororganisationen in letzter Zeit eine gewisse Autonomie entwickelt haben. Folglich wissen wir nicht, welches Ziel die einzelnen Gruppierungen verfolgen. Vielleicht wählen sie in diesem Augenblick Passagiere zur Erschießung aus.«

Drei Augenpaare richten sich gleichzeitig auf mich. Ich weiß es, man sagt mir nichts Neues, keine Sekunde geht mir diese Möglichkeit aus dem Kopf. Parker berührt leicht meinen Arm.

»*I'm sorry, Costas,* aber wir können es nicht wissen. Aber wenn sie anfangen zu töten, kommen zuerst Amerikaner und Israelis dran. Keine Griechen.« Sein Gedanke ist logisch und der einzige Trost, der mir bleibt.

»Auf dem Schiff sind weder Amerikaner noch Israelis«, erläutert Stathakos. »Es gibt zwölf Deutsche, zehn Briten, sechs Italiener, sieben Russen und vier Holländer. Die übrigen zweihundertachtundfünfzig Passagiere sind Griechen.«

»Wenn sie mit Exekutionen beginnen, dann fangen sie mit den Briten, den Italienern und den Holländern an, die ein rotes Tuch für sie sind«, meint Gikas. »Nicht ausgeschlossen, daß sie sich nach den Erschießungen auf Verhandlungen einlassen.«

»Für mich ist es kein Zufall, daß der Anschlag vor der Militärbasis von Souda passiert ist«, erklärt Stathakos.

»*How do you know?*« frage ich auf englisch, um Parker miteinzubeziehen.

Stathakos wirft mir einen jener arroganten Blicke zu, die alle anderen zu Vollidioten erklären. »Was soll denn heißen: Woher weißt du das? Siehst du nicht, wo das Schiff liegt?« Und er deutet auf den Bildschirm.

»Da wir keinen Kontakt zur Fähre haben, können wir nicht wissen, wann es zu dem Anschlag kam«, erläutere ich. »Am wahrscheinlichsten ist, daß es zwischen zwei und drei Uhr morgens zu dem Übergriff kam, als die meisten Fahrgäste schliefen, um Aufsehen und Widerstand zu vermeiden. Dann haben sie möglicherweise den Kapitän gezwungen, das Schiff zur Hafeneinfahrt zu fahren.«

»*Good thinking, Costas*«, sagt Parker befriedigt. »Guter Gedankengang. Doch es gibt noch eine andere Möglichkeit.« Er hält inne und blickt uns nacheinander an. »Sagt Ihnen der Begriff Achille Lauro etwas?«

»Natürlich. Daran habe ich gleich gedacht. Der Anschlag ist ganz der Entführung der Achille Lauro nachempfunden«, entgegnet Gikas.

»Ist es ausgeschlossen, daß es Palästinenser sind?«

Wir blicken ihn alle drei an, doch keiner wagt als erster zu antworten. Zumindest Gikas und ich, die ihn schon in Aktion erlebt haben, wissen, daß er imstande ist, die unwahrscheinlichsten Theorien zu wälzen.

Ich erinnere mich an die Worte des Regierungssprechers und wiederhole seine Argumente, aber eher um ihn zu provozieren. »Seit Jahrzehnten gehen keine Geiselnahmen mehr auf das Konto der Palästinenser.«

»*That's right.* Aber vergessen Sie nicht, daß die Lage in Palästina auf der Kippe steht. Sharon räumt den Gaza-Streifen von den jüdischen Siedlern. Und Abbas will mit Israel verhandeln. Das paßt weder der Hamas noch den al-Aksa-Brigaden. Nicht auszuschließen, daß sie auf das Muster der Achille-Lauro-Entführung zurückgegriffen haben, um mit Hilfe einer großen Terroraktion die Annäherung zwischen Israel und Palästina zu untergraben.«

Keiner von uns kann darauf etwas erwidern. Er ist wie gesagt imstande, jede Theorie plausibel zu machen.

»Wenn sie mit den Erschießungen anfangen, könnte sich diese Theorie als die wahrscheinlichste erweisen«, ergänzt Parker. Dann wendet er sich mir zu: »Es ist wie eine Operation, *Costas*«, erklärt er. »Die ersten achtundvierzig Stunden sind kritisch, dann wissen wir, ob der Patient überleben wird. Wenn sie in den ersten achtundvierzig Stunden niemanden umbringen, wissen wir, daß es nicht ihr Ziel ist zu töten, sondern etwas zu erpressen.«

Bis hierher kann ich ihm folgen. Das Schlimme ist nur, daß ich den Patienten nicht besuchen kann, um ihm Mut zu machen.

# 6

Der Streifenwagenfahrer, der mich von Souda nach Chania bringt, läßt mich vor der Markthalle aussteigen. Er hätte mich auch bis vors Hotel Samaria gefahren, doch ich zog es vor, zu Fuß zu gehen, um mit einem Dilemma zu Rande zu kommen, das mir während der ganzen Fahrt von Souda ins Stadtzentrum nicht aus dem Kopf ging: Was tue ich, wenn ich morgen in die Anatomie gerufen werde, um Katerina zu identifizieren? Werde ich der Bulle sein, der düster und ausdruckslos vor der Bahre seines Kindes steht und am nächsten Tag in den Zeitungen lesen muß: »Tragödie: Polizist identifiziert Tochter als Terroropfer.« Oder werde ich der am Boden zerstörte Vater sein, der über dem Leichnam seines Kindes schluchzend zusammenbricht, selbst wenn er dadurch den Fernsehsendern ein gefundenes Fressen liefert? Bislang war es mir gelungen, den Bullen und den Familienvater fein säuberlich auseinanderzuhalten. Auf der Dienststelle benehme ich mich anders als zu Hause. Meine Kollegen kennen mich als Bullen und wissen nicht, wie ich mich meiner Tochter gegenüber verhalte. Und meine Tochter kennt mich als Vater, weiß jedoch nicht, wie ich im Dienst agiere. Mein Dilemma ist, welchen von beiden ich Gikas, Stathakos, Parker, den Gerichtsmedizinern und allen anderen offenbaren soll: den Bullen oder den Menschen. Was uns Linke und Studenten seit je vorhalten, enthält ein

Körnchen Wahrheit: Bullen und Menschen gehören nicht derselben Spezies an. Uniform, Dienstgrad und Dienstwaffe (selbst wenn man sie seit Jahren nicht mehr gebraucht hat) sowie die Erwartungen der anderen drängen einen in eine bestimmte Rolle. Und in diesem Verhaltensmuster hat öffentlich zur Schau gestellte Trauer keinen Platz. Aber da ich weder zu den Größen meines Fachs noch zu den Shooting Stars des Polizeikorps, wie etwa Stathakos, gehöre, können sie mir alle den Buckel runterrutschen. Ich werde mich im Angesicht sämtlicher Massenmedien über Katerina werfen und losheulen, selbst wenn ich danach meinen Assistenten nicht mehr in die Augen sehen kann.

Ich bin noch zwei Schritte vom Hoteleingang entfernt, als ich plötzlich instinktiv spüre, daß sich eine Nachricht wie ein Lauffeuer verbreitet. Leute hasten vorbei, fahren bei Rot über die Ampel und drücken ihre Nasen an den Schaufenstervitrinen mit den laufenden Fernsehern platt.

»Was ist los?« frage ich einen Passanten.

»Die Terroristen haben sich gemeldet.«

Ich hechte vorwärts ins Hotel. Alle, selbst die Angestellten an der Rezeption, haben sich in der Lobby vor dem Fernseher versammelt, wo es drunter und drüber geht. Mein Blick sucht Adriani, und ich finde sie auf dem Boden sitzend vor, einen halben Schritt von der Mattscheibe entfernt. Ich drängele mich zur Tür, dem einzigen Punkt, von dem aus man den Bildschirm gut sehen kann.

»Wann ist es zur Kontaktaufnahme gekommen, Andreas?« fragt der Moderator den Reporter, der den ganzen Bildschirm einnehmen darf.

»Genau um zwanzig nach acht, Jannis. Genauer gesagt

haben sich nicht die Terroristen, sondern der Kapitän der El Greco gemeldet. Er hat sich an die Hafenbehörden gewendet.«

»An dieser Stelle, verehrte Fernsehzuschauer, spielen wir Ihnen das Gespräch des Kapitäns mit dem Hafenamt vor, so wie es uns von den Polizeibehörden vor kurzem übermittelt wurde.«

Zunächst ist das Knacken des Senders zu hören, dann beginnt das Funkgespräch, das gleichzeitig in schriftlicher Form auf der rechten Seite über den Bildschirm flimmert.

»Hier spricht der Kapitän der El Greco. Hier spricht der Kapitän der El Greco.«

»Wir hören Sie gut, Kapitän.«

»Wir haben Kranke an Bord und benötigen Medikamente.«

»Welche Medikamente?«

»Wir brauchen Adalat, Frumil, Norvasc 5 und 10 sowie Pensordil 5 für Patienten, die an Bluthochdruck und Herzkrankheiten leiden. Des weiteren Insulinspritzen für Diabetiker sowie Säuglings- und Kindernahrung.«

Ich zeichne Panoussos symbolisch mit einem Orden aus. Die Terroristen haben zwar nicht, wie im Aufruf gefordert, Frauen, Kinder und Kranke freigelassen, aber Medikamente und Kindernahrung angefordert.

»Benötigen Sie eventuell ärztliche Hilfe, Kapitän? Sollen wir einen Arzt hinüberschicken?« höre ich Panoussos mit seiner ruhigen, fast gleichmütigen Stimme sagen, die nichts von seiner Anspannung preisgibt.

»Nein, nicht nötig. Unter den Passagieren befindet sich ein Arzt.«

»Das ist Fanis!« höre ich plötzlich Adriani aufschreien. »Es ist Fanis! Gott sei Dank, heilige Jungfrau!«

Ich bin drauf und dran, sie zu packen und im Zimmer einzuschließen, denn nun werden sich alle Journalisten auf sie stürzen, um herauszukriegen, wer Fanis ist und woher sie ihn kennt. Glücklicherweise verpflichtet ein kollektives »Psssst!« alle zu absolutem Stillschweigen.

»Können Sie uns etwas über die Identität der Geiselnehmer sagen und worauf sie hinauswollen?« Das ist wieder Panoussos' Stimme.

»Sie werden verstehen, daß meine Verantwortung für das Leben der Passagiere mir nicht erlaubt, mehr zu sagen.«

»Alles klar, Kapitän. Sie brauchen nichts weiter zu sagen. Wir fragen, und Sie antworten ja oder nein. Wissen Sie, ob die Geiselnehmer Araber sind?«

»Nein.«

»Nein oder unklar?«

»Unklar.«

»Wissen Sie, ob es Palästinenser sind?«

»Unklar.«

»Wissen Sie etwas über ihre Identität?«

»Nein.«

»Wie verständigen sie sich?«

»Auf englisch oder schriftlich.«

»Heißt das, sie sprechen nicht?«

»Nein, mit Ausnahme von kurzen Befehlen auf englisch, die sich an die Mannschaft und an die Passagiere richten.« Dann folgt eine Unterbrechung, als nähme der Kapitän Anweisungen entgegen, schließlich setzt er das Gespräch wieder fort. »In einer Stunde melden wir uns und geben be-

kannt, wie die Übergabe der Medikamente ablaufen soll.«
Unmittelbar danach bricht der Funkkontakt ab.

»Das war das Gespräch zwischen dem Kapitän der El Greco und dem Hafenamt, verehrte Fernsehzuschauer«, ergänzt der Moderator. »Bleiben Sie dran. In Kürze folgt ein Interview mit dem Leiter der Abteilung für Terrorismusbekämpfung, Loukas Stathakos.«

Ein neues Bild taucht auf: Ein junger Mann, der kurz vor der Einweisung in die Klapsmühle zu stehen scheint, fuchtelt mit seinem Handy und fragt uns, wer die niedrigste Grundgebühr, die preisgünstigsten SMS und freie Gesprächsminuten biete. Ich bedeute Adriani, wir sollten auf unser Zimmer gehen. Alle anderen verbleiben auf ihren Plätzen.

Ich fahre mit Adriani zu Zimmer 406 hoch. Sobald die Tür hinter uns ins Schloß fällt, rufe ich Parker auf seinem Handy an.

»Was sagen Sie dazu?« frage ich.

»Nichts Umwerfendes, aber ein Anfang«, meint er.

»Was ist die gute und was die schlechte Nachricht?« Ich kenne ihn mittlerweile ganz gut und weiß, daß er üblicherweise beides im Angebot hat.

»Erfreulich ist, daß sie Medikamente und Kindernahrung verlangt haben. Das heißt, grundsätzlich wollen sie die Versorgung von Kindern und Kranken sichern.«

»Und die schlechte Nachricht?«

»Daß sie ihre Identität nicht preisgeben. Haben Sie gehört, was der Kapitän gesagt hat? Sie verständigen sich schriftlich, weil sie nicht wollen, daß man anhand ihrer Aussprache merkt, woher sie stammen.«

»Haben sie deshalb das Gespräch zwischen Kapitän und Panoussos gestattet? Weil sie diese Unsicherheit bezüglich ihrer Identität auch auf uns übertragen wollen?«

»Richtig«, lacht er. »Aber gerade das beunruhigt mich. *It makes me nervous.* Da steckt etwas dahinter, auf irgend etwas wollen sie hinaus, aber mir ist nicht klar, was es sein könnte.«

Ich zögere vor der nächsten Frage, weil ich fürchte, dumm dazustehen. »Fred, könnte es sein, daß es gar keine Terroristen sind, daß sie nur so tun als ob?«

»Was sollten sie denn sein?«

»Mafiosi... Waffenhändler... Was auch immer...«

Er lacht auf. »*Costas,* die Mafia macht keine Spielchen. Innerhalb einer Stunde hätten die ihre Forderungen gestellt und würden jetzt schon die ersten Geiseln erschießen.«

Wahrscheinlich liegt er mit seiner Einschätzung richtig. Unter anderen Umständen wäre ich nie auf diese Idee gekommen, aber bekanntermaßen klammert sich der Ertrinkende an jeden Strohhalm.

Adriani hat den Fernseher angeschaltet und zappt durch die Sender: Auf dem einen erscheint jemand, der grundlos »Eeeh!« und »Oooh!« schreiend herumhüpft, auf dem anderen jagt der Typ wieder der jungen Frau hinterher, um ihr das Werbegeschenk für ihr Handy zu überreichen, und auf dem dritten trinkt eine Gruppe junger Leute genüßlich Kaffee-Frappé.

»Gleich nach den Nachrichten brauchst du nicht nach einer Sondersendung zu suchen«, sage ich. »Da läuft bloß Werbung. Gehen wir lieber was essen und schalten danach wieder ein.«

»Ich gehe nirgendwohin«, entgegnet sie. Ihre Hand umklammert die Fernbedienung, und ihr Blick heftet sich auf die Mattscheibe. »Appetit auf Essen! Das fehlte mir noch.«

»Eine Fasten- und Fernsehkur bringt uns Katerina auch nicht schneller wieder.«

Sie springt auf, die Fernbedienung gleitet ihr aus der Hand und kracht auf den Boden. »In diesem Augenblick setzt vielleicht jemand die Waffe an Katerinas Schläfe, und du denkst nur an deinen Hunger!« schreit sie außer sich.

»Hör auf, Katerina für tot zu erklären! Und wir gehen auch nicht zum Leichenschmaus, sondern einfach nur essen!«

Sie wirft mir einen Blick zu, als hielte sie mich für ein Monster. »Nur ein Bulle kann so denken. Nur ein Bulle spielt den harten Kerl, während das Leben seines Kindes auf dem Spiel steht.«

»Ist dir erst jetzt klar geworden, daß du mit einem Bullen verheiratet bist? Ist dir nicht aufgefallen, daß ich in Uniform zur Hochzeit erschienen bin? Ich kann doch nichts dafür, daß du dich so viele Jahre taub und blind stellst. Aber ich sage dir noch etwas: Auch Bullen beklagen Schicksalsschläge, genauso wie alle anderen auch. Weißt du, warum ich es nicht tue? Nicht etwa, weil ich den harten Kerl markieren will, wie du meinst, sondern weil ich glaube, daß ich mit Weinen und Klagen Katerinas Unglück erst heraufbeschwöre!«

Am liebsten würde ich mich aufs Bett werfen und losheulen, aber mein Bullen-Ego läßt es nicht zu, vor ihren Augen zusammenzubrechen.

Ich öffne schon die Tür, um aus dem Zimmer zu stürzen,

als sie mich im letzten Moment am Ärmel zurückhält. Ich wende mich um und begegne ihrem hilfesuchenden Blick. Da löse ich meine Hand von der Türklinke und lege meinen Arm um ihre Schultern. Sie lehnt den Kopf an meine Brust, und ihr Körper wird von einem Schluchzen geschüttelt.

»Tut mir leid«, stammelt sie. »Das hätte ich nicht sagen dürfen. Ich weiß, wie sehr du Katerina liebst und wie du leidest.«

»Auch ich hätte nicht so mit dir sprechen sollen. Aber wenn wir schon in den ersten vierundzwanzig Stunden die Selbstbeherrschung verlieren, dann sind wir nach drei Tagen Fanis und Katerina überhaupt keine Hilfe mehr, weil man uns ins Krankenhaus einliefern wird.«

»Du hast recht, aber du bist ja auch ein Bulle und kennst dich in solchen Dingen aus.« Sie blickt mich an und lächelt mir unter Tränen zu.

»Gehen wir jetzt einen Happen essen?«

»Ja, eine Kleinigkeit. Mit leerem Magen kann man diese Anspannung schwer ertragen.«

# 7

Chania ist zur Stadt der Tränen geworden. Wo man auch hinblickt, liegen Menschen einander weinend in den Armen, Frauen schlagen sich klagend an die Brust, und wieder andere brechen mitten auf der Straße zusammen, während im Fernsehen ein Interview auf das andere folgt.

Wir sind ins Restaurant Karnajio gegangen, das am Alten Hafen gleich neben dem Großen Arsenal liegt. Es wurde mir vom Fahrer des Streifenwagens mit folgenden Worten empfohlen: Dort bekomme man mit Sicherheit das beste Essen in ganz Chania, wenn nicht von ganz Kreta. Vielleicht stimmt das ja, aber für mich ist Essen ein notwendiges Übel, während Adriani es aufgrund ihrer professionellen Ansprüche sowieso auswärts nie richtig genießen kann.

»Hierher hätten wir unter anderen Vorzeichen kommen müssen.«

»Wieso?«

»Dann würde ich den Koch fragen, wie er diese köstlichen Schnecken zubereitet hat.«

»Wir werden Katerina und Fanis hierher einladen, sobald sie frei sind.« Sie blickt mich wortlos an, denn der Bissen ist ihr im Hals steckengeblieben. »Sie werden bald frei sein«, beharre ich. »Mein Wort darauf.« Wenn das Schicksal es will und sie nicht freikommen sollten, wird sie mir mein falsches Versprechen schon nicht vorhalten.

»Komm, noch ein letzter Schluck.« Und ich fülle ihr Gläschen mit Raki. Ich möchte mich zwar nicht mit ihr betrinken, jedoch unter den gegebenen Umständen wäre es günstig, mit Hilfe von Alkohol die richtige Bettschwere zu erreichen. Daß Raki – anders als Tsipouro – nicht betrunken macht, weiß ich zu diesem Zeitpunkt noch nicht.

»Darf ich dich um einen Gefallen bitten?« fragt Adriani.

»Einen Gefallen? Sogar ein Gelübde würde ich ablegen und zur Muttergottes nach Tinos pilgern.«

»So weit mußt du gar nicht fahren, obwohl es vielleicht etwas nützen würde. Ich möchte nur, daß du Prodromos und Sevasti Flugtickets verschaffst. Sevasti hat mich völlig aufgelöst angerufen und erzählt, die Flüge von Athen seien alle ausgebucht.«

»Kann ich gerne machen, aber das hättest du auch erledigen können.«

»Wie denn?«

»Indem du Koula anrufst und ihr versprichst, wenn sie dir zwei Tickets besorgt, bringst du ihr bei, wie man Sepia in Weinsoße zubereitet.«

Unwillkürlich lacht sie auf. »Ach, die Gute«, sagt sie, und mit einem Schlag kippt das Lachen in Weinen um.

Ich beuge mich zu ihr hinüber und flüstere ihr mit Nachdruck zu: »Du solltest nicht in aller Öffentlichkeit in Tränen ausbrechen. Und auch nicht, wie vorher im Hotel, mit Fanis' Namen herausplatzen.«

»Warum denn nicht?«

»Weil besser niemand weiß, daß unsere Tochter und Fanis auf dem Schiff sind. Ich bin doch Polizist, hast du das vergessen?«

Sie blickt mich entgeistert an, zieht ein Taschentuch heraus und wischt sich rasch die Tränen fort. »Stimmt«, meint sie dann.

Als wir gerade aufbrechen wollen, trifft eine größere Gesellschaft ein. Darunter befindet sich auch der Journalist Sotiropoulos, mit dem mich eine jahrelange Haßliebe verbindet. In der letzten Zeit tendieren wir zwar beide mehr zur Liebe als zum Haß, doch das hat nicht viel zu sagen. Schon morgen können wir wieder die Klingen kreuzen.

Er eilt sogleich auf mich zu, um mich zu begrüßen. »Was führt Sie denn hierher?« fragt er. »Selbst Sie hat man aufgeboten? Ich verstehe: Räuber, Mörder, Kindsverderber tanzen jetzt in Athen.«

»Mir wäre lieber, die Geiseln und ihre Angehörigen hätten bald was zu feiern«, entgegne ich, wobei er keine Ahnung hat, wie sehr ich mir das tatsächlich wünsche.

Ich stelle ihm Adriani vor, und er schüttelt ihr die Hand. »Ihr Ehemann treibt mich immer wieder zum Wahnsinn«, lacht er.

»Wie lange kennen Sie ihn?«

»Wie lange wohl, Kommissar? Seit 1995, also zehn Jahre, oder irre ich mich?«

»Was soll ich dann sagen? Ich seit bald dreißig«, meint Adriani.

Sotiropoulos lacht aus vollem Herzen. Doch mit einem Schlag wird er ernst und blickt uns an: »Daß Sie hier sind, gut und schön. Aber Ihre Frau? Sagen Sie bloß nicht, die Geiselnahme ist für Sie Anlaß für Ferien auf Kreta! Da steckt doch etwas dahinter, Kommissar. Sie halten etwas vor mir geheim.«

»Mit Ausnahme der offiziellen Presseerklärungen halte ich alles vor Ihnen geheim, Sotiropoulos«, entgegne ich mit Nachdruck. »Meinen Sie, es wäre der Situation angemessen, Ihnen streng geheime Informationen zuzuflüstern?«

Er lacht auf. »Da liegen Sie nicht falsch, das geht nicht. Und wissen Sie, warum? Weil die Polizei ohnehin nicht mehr weiß als wir Journalisten.«

Ganz klein wenig mehr weiß ich allerdings mit Sicherheit. Als ich nach der Rechnung verlange, läutet mein Handy. »Die El Greco läuft aus.« Gikas wirft mir die Neuigkeit so unvorbereitet an den Kopf, daß mich auch der Schlag hätte treffen können.

»Wohin?« würge ich hervor.

»Zielhafen unbekannt. Mich hat man auch gerade erst benachrichtigt. Ich stehe gerade im Einsatzzentrum und sehe auf dem Bildschirm, wie sie den Anker lichtet. Zwei Helikopter – einer von uns und einer von der Marine – stehen zu ihrer Verfolgung bereit.«

Während ich Gikas' Erläuterungen lausche, bemerke ich, daß auch Sotiropoulos in sein Mobiltelefon spricht. Unsere Blicke kreuzen sich, und wir wissen sofort, daß uns dieselbe Nachricht erreicht hat.

Adriani versucht, in meinem Gesicht zu lesen, und zerrt an meinem Arm. »Was ist passiert? Wenn du es mir nicht sagst, drehe ich durch!« zischt sie angsterfüllt.

Ich antworte nicht, da ich immer noch Gikas' Ausführungen zuhöre. »Wo sind Sie gerade?«

»In einer Taverne, neben dem Großen Arsenal.«

»In einer Viertelstunde holt Sie ein Streifenwagen ab.«

Ich beende das Gespräch zeitgleich mit Sotiropoulos.

»Haben wir über denselben Gegenstand gesprochen?« fragt er mich.

»Anzunehmen.«

»Soll ich Sie mitnehmen?«

»Danke, nicht nötig. Ein Streifenwagen kommt vorbei.«

Ich habe es geschafft, Adriani auf die Palme zu bringen, obwohl sie sich eisern zu beherrschen versucht. »Du quatschst mit Gott und der Welt, und mich, die es am meisten betrifft, hast du völlig abgeschrieben. Sagst du mir nun endlich, was passiert ist?«

»Die El Greco läuft aus.«

Einen Augenblick lang bleibt ihr die Spucke weg, dann stammelt sie: »Oh, mein Gott, nur das nicht! Sag, daß das Schiff nicht ausläuft!«

»Reiß dich zusammen. Vielleicht hat es nichts zu bedeuten. Ich muß weg, ein Streifenwagen holt mich ab.«

»Meldest du dich?«

»Wozu denn? Dreh den Fernseher an, da kannst du alles verfolgen.« Doch sogleich wird mir mein Fauxpas bewußt, und ich versuche, die Sache wieder ins Lot zu bringen. »Wenn etwas Außergewöhnliches vorfällt, rufe ich dich auf jeden Fall an.«

Sie läßt mich stehen und läuft schnurstracks zum Hotel. Glücklicherweise ist Sotiropoulos schon weg und hat die Szene nicht mitverfolgt.

Der Streifenwagen trifft mit Verspätung ein, da er zunächst einmal Parker abgeholt hat. Parker wirft mir im Rückspiegel einen Blick zu und lächelt.

*Think positive*«, sagt er. Positives Denken, ha! Parker hört sich an wie ein Rechtsverdreher: Er biegt alles so hin, wie es ihm in den Kram paßt, und am Schluß klingt alles positiv. Die Psychologie, die beim FBI gelehrt wird, hat das Niveau eines Schullesebuchs aus meiner Kindheit: »Die Sonne scheint, und die Vöglein zwitschern.« Ich aber gehöre der Schule des Rembetiko-Musikers Tsitsanis an, in dessen Liedern am Himmel stets die Wolken hängen.

»Wieso fahren sie ab? Das gefällt mir nicht.«

»Sehen wir uns mal die Tatsachen an. *Let's look at the facts.* Zunächst laden sie die Medikamente und die Kindernahrung ein. Zwei Stunden später beginnen sie den Anker zu lichten. Das ist im Grunde ein gutes Zeichen.«

»Wollen Sie damit sagen, weil sie sonst, wenn sie das Schiff in die Luft sprengen wollten, sich nicht die Mühe gemacht hätten, Medikamente und Kindernahrung an Bord zu nehmen?«

»Genau.«

»Warum fahren sie dann ab?«

Er zuckt mit den Schultern. »Sie fahren weg, weil sie etwas vorbereiten und dabei nicht in der Nähe der Militärbasis sein wollen.«

»Und was bereiten sie vor?« frage ich wie ein Vollidiot.

»Wenn ich das wüßte«, meint er.

Hier erstirbt auch das Gespräch, denn uns sind die Theorien ausgegangen. Daher konzentrieren wir uns auf die vor uns liegende und von den Autoscheinwerfern beleuchtete Straße. Der Fahrer hat die Sirene eingeschaltet, um sich zwischen den Kleintransportern der Fernsehkanäle, den Jeeps der Journalisten und den Autos der Angehörigen der Opfer oder auch der Schaulustigen, die morgen etwas zu erzählen haben wollen, seinen Weg zu bahnen.

All diese Gefährte drängeln sich hupend auf der Straße nach Souda, einem Boulevard griechischen Zuschnitts – einer zweispurigen Buckelpiste. Die meisten weichen auf die leere Gegenfahrbahn aus, da zu dieser Tageszeit niemand in Richtung Chania unterwegs ist.

Die Militärbasis ist hell erleuchtet. Streifenwagen und Militärfahrzeuge werden durchgewinkt, während die Medientransporter an der Pforte angehalten werden, um die Akkreditierung der Journalisten und Fernsehteams zu überprüfen. Innerhalb der Militärbasis herrscht ein genauso großes Durcheinander. Jeeps rasen durch die Gegend, so daß die Matrosen immer wieder zur Seite springen müssen. Aus dem Nichts werden verschiedene Befehle gebellt, es ist wie in einem Hollywoodfilm. Parker neben mir lächelt selig. Eine Gruppe von Journalisten steuert unter der Führung eines Marinesicherheitsmannes die Pressekonferenz an.

Die Monitore im Einsatzzentrum zeigen alle dasselbe Bild: ein Geisterschiff, das mit gelöschten Lichtern durch die Nacht gleitet, und zwei Helikopter, die es aus der Luft überwachen. Hinter den Bildschirmen und den beobachtenden Beamten hat sich eine zweite Reihe formiert, die auf das Schiff starrt. Darunter sind der Minister, Gikas, der Leiter der Militärbasis und Stathakos. Parker löst sich von mir und geht auf sie zu. Ich bleibe im Hintergrund und versuche nachzuvollziehen, welche Angst diese Reise ins Unbekannte bei den Geiseln, unter denen sich meine Tochter und Fanis befinden, auslösen muß. Ich trete näher an die Monitore heran, um meine beharrlich wiederkehrenden Gedanken in der lärmigen Geschäftigkeit des Einsatzzentrums zu ersticken.

Zwei Gesprächsleitungen sind gleichzeitig über die Freisprechanlage zu hören: Die eine Verbindung geht zu den Hubschraubern und die andere zu Panoussos.

»In diesem Augenblick hat sie Paleosouda passiert und befindet sich nun auf der Höhe des Flughafens«, höre ich die Stimme des Piloten. »Aber sie hält weder auf das Kretische Meer zu, noch folgt sie dem Kurs der Fähren in Richtung Piräus. Sie bleibt in Küstennähe und folgt fast dem Kurs der Küstenwache.«

»Panoussos, hören Sie mich?« höre ich Stathakos' Stimme.

»Ich höre, Herr Einsatzleiter.«

»Konnten Sie Kontakt aufnehmen?«

»Nein. Der Sprechfunk ist abgeschaltet.«

»Versuchen Sie es noch mal.«

»Ich versuche es ständig.« Und als wolle er dies bestätigen, wendet sich Panoussos an das Schiff: »Hafenamt ruft El Greco!« Er wiederholt es einige Male, doch er bleibt ohne Antwort.

Allgemeines Schweigen macht sich breit, niemand sagt ein Wort. Allen sind sowohl Hypothesen als auch Vorschläge ausgegangen. Nur Parker monologisiert neben mir, all dies sei sehr seltsam und ergebe keinen Sinn. »*This is very curious. It doesn't make sense.*« Die anderen haben ihren Blick auf das Schiff geheftet, dessen dunkler Schatten durch die Nacht gleitet. Doch nun ist es nicht mehr allein im weiten Meer, denn zu seiner Linken sind die schwarzen Umrisse der Küste zu erkennen.

»Also entweder ist der Strand krumm oder der Kurs«, ist die Stimme des Helikopterpiloten zu hören.

»Was meinen Sie? Drücken Sie sich klarer aus«, höre ich Panoussos auf der anderen Leitung.

»Die Fähre hält sich nach links, Richtung Golf von Chania.«

»Helikopter eins, geben Sie Ihre Position durch«, ist Stathakos' Stimme zu hören.

»Wir haben das Gouverneto-Kloster hinter uns gelassen und halten auf die Katholikou-Höhle zu.«

»Ich kann mir nicht vorstellen, daß sie die Geiseln zum Kaffeeklatsch zum Alten Hafen fahren«, spottet jemand, aber die strenge Stimme des Ministers fährt dazwischen.

»Jetzt ist nicht der Zeitpunkt für Scherze.«

»Nicht auszuschließen, daß sie eine abgelegene Bucht suchen, um vor Anker zu gehen. Denn das würde uns den Zugriff erschweren«, verkündet Stathakos seine Meinung.

»Warum sollten sie eine abgelegene Bucht suchen? Löschen sie vielleicht Schmuggelware?« fahre ich dazwischen, bereue meinen Einwurf jedoch sogleich, da auch nicht der richtige Zeitpunkt ist, meine offenen Rechnungen mit Stathakos zu begleichen.

Der Minister wendet sich scharf um und durchbohrt mich mit seinem Blick. »Wer ist der Herr?« fragt er Gikas.

»Kommissar Charitos von der Mordkommission.«

Die Miene des Ministers verändert sich, und er mustert mich von Kopf bis Fuß. Daraufhin beschränkt er sich auf ein »Aha«, ohne weiteren Kommentar.

»*Costas is right*«, ertönt nun Parkers Stimme. »Sie spielen weder Verstecken noch Katz und Maus mit uns. Sie wollen uns unsere Ohnmacht spüren lassen und dadurch unsere Nerven strapazieren.«

Keiner entgegnet etwas, nicht einmal der Minister. In Anwesenheit des Prinzipals schweigen die Lakaien, sage ich mir. In diesem Moment ertönt heftiger Lärm auf dem Flur vor dem Raum, wo die Pressekonferenz stattfindet. Zahlreiche Schritte laufen in dieselbe Richtung.

»Was ist da draußen los? Schluß mit den Überraschungen!« ruft der Minister, als wäre er in der Lage, Überraschungen zu untersagen.

Ich gehe zur Tür und öffne sie halb. Die Journalisten verlassen gerade die Pressekonferenz und laufen zum Ausgang.

»Die Reporter gehen gerade«, verkünde ich in die Menge und gleichzeitig ins Leere.

»Souda verliert seine Anziehungskraft«, bemerkt Gikas.

»Helikopter zwei an Basis«, ertönt da die bekannte Stimme über die Freisprechanlage. »Herr Einsatzleiter, gerade fährt die El Greco in die Bucht von Chania ein.«

»Und wo fährt sie hin? Nach Kumkapi oder in Richtung Venezianischer Hafen?«

»Sie hält geraden Kurs, in Richtung Kolymbari.«

Gikas hebt entmutigt die Hände. »Ich verstehe gar nichts mehr!« ruft er verzweifelt.

Parker, der bislang neben mir vor den Monitoren stand und das Schiff verfolgte, tritt auf eine große Kreta-Karte zu, die sich unter den Bildschirmen befindet. Er nimmt ein Lineal und beginnt zu suchen. Wir lassen das Schiff kurz aus den Augen, und alle Blicke richten sich auf ihn, ohne daß wir begreifen, wonach er genau sucht. Das Lineal hält an einem bestimmten Punkt an, und Parker fragt: »*What are these?*«

»Das sind die Thodorou-Inseln«, antwortet einer der Beamten, die vor den Monitoren sitzen. »Offiziell heißen sie Ajii Theodori, aber die Einwohner von Chania nennen sie Thodorou.«

»Dorthin wollen sie«, sagt Parker. »Sie liegen Chania direkt, aber in sicherer Distanz gegenüber. Sie fahren dorthin, um in der Nähe der Stadt, aber weit genug von der Militärbasis Souda entfernt zu sein, so daß sie keinen Überraschungscoup fürchten müssen.«

Nach einer halben Stunde müssen ihm alle recht geben, und die El Greco geht vor den düsteren Umrissen der Thodorou-Inseln vor Anker.

## 8

Er heißt Igor Schaljapin, und er spricht gebrochen Griechisch, mit starkem russischen Akzent. Wie er uns wissen läßt, hat er es gelernt, als er während der Perestroika Zweiter Botschaftssekretär in der diplomatischen Vertretung der ehemaligen Sowjetunion war, was bedeutet, daß er damals KGB-Agent gewesen sein muß. Nun gibt er seinen wahren Dienstgrad an: Sekretär des Sicherheitsrates der Russischen Föderation.

Er wurde uns heute morgen auf Weisung des Premierministers vom Innenministerium hergeschickt. Unserem Minister war es gar nicht recht, daß der Kollege Innenminister sich in seine Angelegenheiten einmischte, doch aufgrund der »Weisung des Premierministers« mußte er die bittere Pille schlucken.

Wir sind alle im Konferenzraum versammelt, das ganze griechisch-amerikanische »Team«. Diese Bezeichnung haben auch wir uns aufgrund der Olympiade angeeignet, nur der Minister nicht. Er akzeptiert es zwar, Schaljapin nach »Weisung des Premierministers« zu empfangen, doch nach dem obligaten Händedruck übergibt er ihn an uns und befaßt sich nicht weiter mit ihm.

Igor Schaljapin wirft einen Blick in die Runde und beginnt, auf englisch zu sprechen. Im Gegensatz zu seinem Griechisch klingt sein Englisch tadellos. Nur allzu verständlich, denn Griechenland ist kein so bedeutendes Land, als daß man beim KGB Griechischunterricht für notwendig hielte.

»Könnte ich den letzten Stand der Dinge aus erster Hand erfahren, meine Herren? Mein ganzes Wissen stammt aus den Nachrichtensendungen.«

Stathakos übernimmt die Aufgabe, doch nach zehn Minuten ist schon alles gesagt. Während Schaljapin ihm lauscht, umspielt eines jener Lächeln seine Mundwinkel, die oftmals einem Wutausbruch vorangehen.

»Lassen Sie uns also zusammenfassen«, sagt der Russe, sobald Stathakos geendet hat. »Die Terroristen könnten eine Unterabteilung der al-Qaida sein, doch die Vorgangsweise, der *modus operandi*«, meint er und hebt das Fremdwort besonders hervor, »paßt nicht dazu. Lassen wir uns nicht in die Irre führen. Würden die Islamisten ihre übliche Taktik anwenden, hätten sie die Angelegenheit schon längst erledigt und das Schiff in die Luft gesprengt.«

»Außer, ihr Ziel ist, uns vorerst ihre Forderungen an den Kopf zu werfen und dann, wenn sie alles erreicht haben, das Schiff in die Luft zu sprengen«, bemerkt Gikas.

»Ja, aber damit riskieren sie, daß man ihr Spiel durchschaut und einen Befreiungsversuch startet – unter dem einfachen Motto: Jede überlebende Geisel ist ein gerettetes Opfer.«

»Wenn sie die Fähre nicht schon mit Sprengstoff vermint haben«, bemerkt Stathakos.

»Diese Möglichkeit besteht zwar, aber davon gehen wir erst mal nicht aus«, entgegnet Schaljapin mit einem schlauen Lächeln.

Ich würde am liebsten aufspringen und davonlaufen, doch ich bleibe sitzen. Vielleicht tue ich es aufgrund eines gewissen Masochismus, der einen dazu bringt, stets die schlimmste Nachricht zu befürchten statt auf eine gute zu hoffen.

»Nehmen wir einmal an, es wären Palästinenser«, fährt Schaljapin fort. »Glauben Sie im Ernst, daß sie die Entführung der Achille Lauro imitieren? Die Lage ist ganz anders als 1985.«

»*We spoke to Mossad*«, wendet Parker ein. »Der Mossad wollte es nicht ausschließen, aber nur in der Theorie. Im übrigen sind sie der Meinung, die Palästinenser hätten derzeit weder das auswärtige Personal noch die Geldmittel, noch die Infrastruktur für solche Aktionen.«

Schaljapin beeilt sich zuzustimmen. Danach lehnt er sich in seinem Stuhl zurück, stützt beide Arme auf die Tischplatte und blickt uns mit dem klassischen Gesichtsausdruck von jemandem an, der eine äußerst ernste Mitteilung zu machen hat. »Meine Herren, haben Sie an die Möglichkeit gedacht, daß die Terroristen Tschetschenen sein könnten?«

Wie ich aus den Mienen der Umsitzenden schließe, hat keiner, einschließlich Parker, auch nur im entferntesten an diese Möglichkeit gedacht. Schaljapin stellt befriedigt fest, daß die Bombe voll eingeschlagen hat.

»Darf ich Sie daran erinnern, daß die Tschetschenen immer noch Geiselnahmen durchführen? Sie haben es im Oktober 2002 im Musical-Theater in Moskau versucht, wobei es hundertneunundzwanzig Todesopfer gab. Sie haben es am 1. September 2004 in Beslan wieder versucht, diesmal mit dreihundertdreißig Toten. Weder in Moskau noch in Beslan haben sie irgendeine ernstzunehmende Forderung gestellt. Sie haben einfach mit uns gespielt, um Panik zu verbreiten und einen Nervenkrieg auszulösen. Es gab auch keine Organisation, die offiziell die Verantwortung übernommen hätte. Nach einiger Zeit hat Basajev für sich beansprucht, er hätte die beiden Anschläge geplant.« Er hält kurz inne und fährt dann fort: »Dasselbe Problem besteht auch hier. Die Terroristen enthüllen ihre Identität nicht, und sie stellen keine Forderungen. Und nun komme ich auf Ihre Anmerkung von vorhin zurück, Herr Stathakos. Wenn es Tschetschenen sind, dann haben sie das Schiff mit Sicherheit vermint.«

Mit einem Schlag spüre ich, wie mir der kalte Schweiß ausbricht. Wenn Schaljapins Einschätzung zutrifft und es sich wirklich um Tschetschenen handelt, dann können Prodromos und ich schon eine Bestattungsfirma beauftragen. Ich bin zwar kein Fachmann in Terrorismusfragen, doch mein Halbwissen sagt mir, es hat bislang keinen Angriff von Tschetschenen gegeben, bei dem die Zahl der Toten die der Überlebenden nicht bei weitem übertroffen hätte.

»Warum sollten die Tschetschenen einen Anschlag in Griechenland und sogar auf offener See riskieren?« fragt Parker, der am gefaßtesten von allen reagiert. Es sei dahingestellt, ob es darauf zurückzuführen ist, daß er der Erfahrenste oder ob er einfach der am wenigsten Betroffene von uns allen ist. »Was haben sie davon?« Und er fügt mit leichtem Spott hinzu: »Wir können nicht von uns behaupten, daß wir die USA so gut abschirmen, daß ein Terroranschlag auszuschließen wäre. Schirmen Sie Rußland so gut ab, daß die verzweifelten Tschetschenen nun mit ihren Anschlägen nach Griechenland ausweichen müssen?«

Schaljapin lächelt selbstbewußt. »Wie viele russische Passagiere befinden sich an Bord?«

Stathakos zieht seine Unterlagen zu Rate. »Sieben. Drei Männer und vier Frauen.«

»Einer von den dreien ist ein General, der in Grosny gedient hat. Und ein anderer ist Terrorismusspezialist und war zunächst in Afghanistan und danach in Tschetschenien im Einsatz.«

»Und Sie glauben, wegen dieser beiden riskieren sie einen ganzen Terroranschlag?« fragt Gikas.

»Wissen Sie, was es für sie heißt, den Russen zu zeigen, daß die höheren Militärs und Geheimdienstoffiziere nirgendwo sicher sind, daß sie überall und jederzeit einem Anschlag zum Opfer fallen können? Und wissen Sie, was für ein Trumpf die beiden im Verhandlungspoker wären?«

Gikas wirkt von Schaljapins Argumenten wenig überzeugt. »Ich weiß nicht... Sicher ist, daß sie Medikamente für die Kranken und Nahrung für die Kinder verlangt haben«, sagt er zurückhaltend.

Schaljapin hat die Antwort schon parat. »Vergessen Sie nicht, was in Beslan passiert ist. Wie viele Frauen und Kinder getötet wurden. Die sind nicht dumm, die wissen, wie viele Sympathien sie dieses Blutbad gekostet hat, und wollen denselben Fehler nicht noch einmal machen. Mich würde es daher nicht verwundern, wenn sie diesmal Alte und Kinder freilassen und dann erst mit dem Töten beginnen.«

»Was ist deine Meinung, Fred?« wendet sich Gikas an Parker, der sich bislang dem Russen gegenüber zurückgehalten hat.

»Da wir zur Stunde ihre Identität nicht kennen, können

wir keine Wahrscheinlichkeit ausschließen. Alles ist im Bereich des Möglichen. Auch wenn die Annahme, daß es Tschetschenen sein könnten, weit hergeholt, *far fetched*, erscheint, so ist die Annahme, daß es sich um Islamisten oder Palästinenser handeln könnte, genauso unwahrscheinlich.«

Schaljapins Miene hellt sich auf, als er Parkers Worte hört. »Wir jedenfalls sind bereit, Hilfestellung zu bieten und Ihnen einen *modus operandi* aufzuzeigen.«

Da haben wir's, sage ich mir. Den *modus operandi* haben wir im Musical-Theater in Moskau und in Beslan gesehen. Ihr stürmt auf gut Glück hinein, egal wie hoch der Blutzoll auch wird, bis sich das Sprichwort bewahrheitet: »Wozu braucht man Feinde, wenn man solche Freunde hat?«

Gikas scheint denselben Gedanken zu haben, denn er meint höflich, aber unbestimmt zu Schaljapin: »Wir danken für Ihr Angebot, Herr Schaljapin. Aber wir haben uns entschlossen, noch einige Tage abzuwarten, ob sich eventuell ein entscheidender Hinweis ergibt. Dann können wir erneut darüber reden.«

Und prompt erhebt er sich, um das Ende der Sitzung anzudeuten. Parker und Schaljapin folgen ihm, und alle drei treten gemeinsam aus dem Konferenzraum. Bleiben nur die beiden Busenfreunde, Stathakos und ich, zurück.

»Sieh dir das an«, meint Stathakos und deutet auf die El Greco, die auf dem Monitor zu sehen ist. »Gestern haben sie Medikamente und Kindernahrung angefordert. Sobald wir sie übergeben hatten, lichteten sie die Anker, und wir stehen im Regen. Sie verhalten sich wie mein Sohn, der sich nur an mich erinnert, wenn ihm das Geld ausgeht.«

»Und du gibst ihm jedesmal etwas?«

»Ich gebe ihm was aus demselben Grund, aus dem wir die Medikamente und Nahrungsmittel an Bord gebracht haben: weil ich Schlimmeres verhüten möchte.«

Das ist vielleicht das erste Mal, daß er mir seine menschliche Seite offenbart, und da mich die Tragik meiner eigenen Situation anfällig für Melodramatisches gemacht hat, überkommt mich der Wunsch, ihn zu umarmen und zu küssen. Glücklicherweise hält Gikas, der in diesem Moment zurückkehrt, mich davon ab.

»Auf ein Wort«, sagt er und nimmt mich beiseite. »Es tut mir leid, Kostas, aber Sie müssen sofort nach Athen zurück.«

Mir ist, als würde mir der Boden unter den Füßen weggezogen. Natürlich hatte ich irgendwann damit gerechnet, doch nicht so schnell. »Warum so plötzlich?« frage ich und ringe nach Fassung.

»Zunächst einmal, weil der Minister nicht möchte, daß Sie hier sind. ›Ich habe für das Leid des Kommissars Verständnis, aber sein Platz ist an seiner Dienststelle‹, sagte er zu mir. ›Wenn er auf Kreta bleiben will, dann geben Sie ihm frei, damit er mit den anderen Angehörigen zusammen warten kann, aber nicht hier im Einsatzzentrum.‹« Ich hätte es an dem Blick merken müssen, den er mir gestern abend zugeworfen hat. »Ich könnte es noch ein paar Tage hinauszögern«, fährt Gikas fort, »aber leider haben wir einen Mord in Athen. Gerade eben wurde ich benachrichtigt.«

»Was für einen Mord?«

»Ein Werbestar ist ermordet aufgefunden worden.«

»Ich kenne Filmstars, ich kenne Fernsehstars... Seit wann haben wir auch Werbestars?«

Er blickt mich an und seufzt tief auf. »Manchmal kommt es mir vor, als lebten wir in verschiedenen Welten«, meint er, um mich anschließend wie einen Sonderschüler zu belehren: »Einen Filmstar sieht man in einem, vielleicht zwei Filmen pro Jahr. Einen Fernsehstar sieht man einmal pro Woche in einer Serie oder auch einmal pro Tag in der täglichen Soap. Einen Werbestar sieht man tagtäglich in allen Programmen, auf allen Kanälen, vor den Sendungen, nach den Sendungen und zwischendurch. Wer ist also der größere Star? Und unser Opfer war zudem noch besonders bekannt.« Er hält inne und spielt mir den Werbespot vor: »Wer bietet die niedrigste Grundgebühr und die preisgünstigste SMS? Und wer läßt Sie vier Stunden umsonst telefonieren? Na, haben Sie's?«

Jetzt, wo er ihn – und sei es auch noch so ungeschickt – nachahmt, taucht der Werbespot in meiner Erinnerung auf. »Wo wurde er umgebracht?«

»Seltsamerweise im Olympischen Sportkomplex Faliro.«

Ich bin wegen der angeordneten Abreise am Boden zerstört, aber ich kann nichts daran ändern. Gikas merkt es und klopft mir freundschaftlich auf die Schulter. »Sie können mich jederzeit anrufen, und ich werde Sie persönlich informieren. Meine Handynummer haben Sie ja.«

Den Abschied von Stathakos spare ich mir, weil ich ihn für fähig halte, durch eine Grobheit den menschlichen Eindruck, den er mir gerade erst vermittelt hat, wieder zunichte zu machen.

Gikas stellt mir einen Streifenwagen zur Verfügung, der mich zunächst nach Chania und dann zum Flughafen bringen soll. Von der Militärbasis aus hat man mir ein Flugticket für drei Uhr nachmittags reserviert. An der Rezeption erfahre ich, Adriani sei ausgegangen. Ich bitte den Fahrer des Streifenwagens, mich zum Alten Hafen zu fahren. Und tatsächlich finde ich sie in einem der Cafés vor, die den Thodorou-Inseln direkt gegenüberliegen, von wo aus sie versonnen die El Greco betrachtet. Sie ist überrascht, mich um diese Zeit zu sehen, und sie denkt sofort an das Schlimmste.

»Ich will keine Neuigkeiten hören«, schneidet sie mir das Wort ab, bevor ich überhaupt etwas sagen kann. »Ich will keine Nachrichten, weder mündlich noch vom Fernsehen. Lieber sitze ich hier, schaue auf das Schiff und versuche mich mit dem Gedanken zu trösten, daß es vielleicht Katerina und Fanis gar nicht so schlechtgeht, wie wir uns das in unserer Verzweiflung ausmalen.«

»Es tut mir leid, es gibt doch Neuigkeiten. Ich muß zurück nach Athen.«

Sie trägt es mit Fassung, da es weitaus schlimmer hätte kommen können. »Wieso?«

»Es ist ein Mord passiert, und ich muß an die Dienststelle zurück. Ich lasse dir mein Handy hier.«

»Nicht nötig, ich habe jetzt ein Kartenhandy. Ich habe es mir gestern hier gekauft.« Sie verstummt und blickt mich an. »Ich habe ihr eine Nachricht mit meiner Nummer geschickt. Wer weiß, vielleicht gibt man ihnen irgendwann ihre Mobiltelefone zurück.«

Ich beschließe, meinen Koffer dazulassen und so, wie ich bin, nach Athen zurückzukehren. Wenigstens habe ich dann die Illusion, nur vorläufig nach Athen zu fahren und gleich wieder nach Chania zurückzukönnen.

# 9

Auf der kurzen Strecke zwischen Flugzeug und Flughafenbus fährt mir die sommerliche Lavahitze Athens glühend ins Gesicht. Rasch durchquere ich die kühle Oase der Ankunftshalle und steuere auf den Ausgang zu. Vlassopoulos springt mir als Empfangskomitee am Kontrollschalter entgegen. Zumindest diesmal hat Gikas alles richtig gemacht, um mir das Leben nicht noch schwerer zu machen.

Vlassopoulos packt mich aufmunternd am Arm. »Nur Mut, Herr Kommissar«, flüstert er mir zu. »Hat man da noch Worte? Vorgestern haben wir Ihnen noch zu Katerinas Erfolg gratuliert, und heute, wo sie sich in den Händen dieser Perversen befindet, müssen wir Ihnen Mut zusprechen. Wie das Leben manchmal spielt...«

»Woher weißt du?« frage ich, während ich mich bemühe, meine Stimme natürlich klingen zu lassen.

»Kann man denn so etwas geheimhalten?«

»Man muß!« antworte ich heftig. »Denn wenn es sich rumspricht, daß sie die Tochter eines Polizeibeamten ist, ist ihr Leben vielleicht in Gefahr.«

»Meinen Sie, daß ich als Polizist nicht weiß, was Geheimhaltung heißt?«

Noch während ich ihm zuhöre, denke ich daran, daß jeder drittklassige Fernsehreporter einen Zuträger bei der Polizei hat, der ihm alles steckt.

Er hat den Wagen vor der Ankunftshalle geparkt. Wir fahren auf die Attika-Ringstraße und preschen los in Richtung Athen. Ich habe angeordnet, die Leiche nicht anzurühren, weil ich sie so sehen will, wie sie die Polizeistreife am Morgen vorgefunden hat.

»Wenn wir den alten Flughafen noch hätten, dann wären wir in zwei Minuten da«, bemerkt Vlassopoulos.

Ich entgegne nichts, denn meine Gedanken sind immer noch in Kreta. Doch ich bemühe mich, sie nach Athen zu zwingen. Vlassopoulos fährt auf die Imittos-Ringstraße, um zum Alimou-Boulevard und von dort zur Küstenstraße zu gelangen. Nach einer Dreiviertelstunde sind wir beim Olympischen Sportkomplex Faliro angekommen. Die Polizeistreife, welche die Leiche entdeckt hat, erwartet uns am Eingang.

Unter der Führung des Hauptwachtmeisters und des Fahrers des Streifenwagens lassen wir den Eingangsbereich hinter uns und finden uns auf einer Müllhalde wieder. Überall liegen Balken und Bretter herum, während auf der Esplanade in unzähligen Supermarkt-Plastiktüten Abfälle vor sich hin faulen.

»Welche olympischen Disziplinen wurden hier ausgetragen?« frage ich.

»Beach-Volleyball«, antwortet Vlassopoulos. »Hier war auch der Hafen für die Bootswettbewerbe.«

»Alles nur mehr Schall und Rauch«, kommentiert der Hauptwachtmeister aus dem Streifenwagen.

Im Gebäude mit den Umkleidekabinen und dem Materiallager herrscht dieselbe Tristesse. Die Regale wurden entweder aus der Verankerung gerissen, oder sie hängen windschief an den Wänden oder liegen auf dem Boden verstreut herum.

»Die Leute kommen hier rein und klauen die Regale«, erläutert der Hauptwachtmeister. »Und diejenigen, die sie nicht abmontieren können, bleiben dann schief hängen.«

»Wer klaut sie?«

Er zuckt mit den Schultern. »Kleingewerbetreibende, die für ihren Kramladen Regale brauchen. Albaner und Zigeuner, die alles Mögliche abmontieren, nach Hause schleppen oder weiterverkaufen. Anwohner, die Brennholz für ihren Kamin oder Gratismaterial fürs Heimwerken brauchen. Soll ich fortfahren?«

Er bleibt vor einem Raum stehen, dessen Eingangstür aus den Angeln gerissen wurde.

Mitten im Raum liegt ein durch ein Laken bedeckter menschlicher Körper. Vlassopoulos bückt sich und zieht das Laken zur Seite, um mir einen jungen Burschen um die fünfundzwanzig zu enthüllen: dunkelhaarig, mit langen Wimpern und einem Ohrstecker im rechten Ohr. Seine kurzen Haare, die in alle Himmelsrichtungen stehen, muß er mit einem Gel frisiert haben, denn sie glänzen immer noch. Er trägt ein T-Shirt und eine jener beigefarbenen Hosen, die wie kretische Pluderhosen aussehen und mit Taschen übersät sind.

In der Mitte der Stirn klafft ein Loch, garniert mit Schmauchspuren. Wenn es kein Selbstmord war, dann mit Sicherheit eine kaltblütige Erschießung.

»Hast du Handschuhe dabei?« frage ich Vlassopoulos.

Nachdem ich die Chirurgenhandschuhe, die er mir reicht, übergestreift habe, fasse ich dem jungen Mann an den Kopf und drehe ihn vorsichtig ein wenig nach links. Die Kugel ist aus dem Schädel getreten, doch der Zementboden ist sauber, ohne einen einzigen Tropfen Blut. Ich rücke den Kopf in seine Ausgangslage zurück und durchsuche die Hosentaschen. Nur zwei Zwanzig-Euro-Scheine kommen zum Vorschein, weder ein Handy noch ein Ausweis. Offenbar hat der Mörder alles mitgenommen, um uns auf Trab zu bringen.

»Sieh zu, daß du die Werbeagentur ausfindig machst, die den Spot mit ihm gedreht hat«, sage ich zu Vlassopoulos. Dann wende ich mich den Polizeibeamten zu. »Wann habt ihr ihn gefunden?«

»Heute morgen um sieben«, entgegnet der Fahrer. »Da der Olympische Sportkomplex nicht bewacht wird, fahren wir mit dem Streifenwagen morgens und abends vorbei und werfen einen Blick hinein. Normalerweise steigen wir nicht aus, sondern kontrollieren vom Wagen aus.«

»Und warum seid ihr heute ausgestiegen? Habt ihr was Auffälliges gesehen?«

Der Polizeibeamte blickt seinen Kollegen schweigend an. Der andere kriegt nur schwer den Mund auf.

»Ich bin ausgestiegen, um zu pinkeln«, sagt er schließlich. »Ich bin an die Hinterseite gegangen, damit mich keiner sieht. Und beim Pinkeln habe ich zufällig durchs Fenster geblickt und ihn da liegen sehen.«

Ich wende mich um und betrachte das Fenster, das genaugenommen ein viereckiger Mauerdurchbruch ist, denn der Fensterrahmen fehlt. Die Fragen kommen mir automatisch und mechanisch über die Lippen, weniger durch Nachdenken als durch langjährige Erfahrung.

»Habt ihr beide gestern abend auch Streifendienst gehabt?«

»Nein, andere Kollegen. Aber die dürften nichts bemerkt haben, denn sie haben nichts gemeldet.«

»Was entweder bedeutet, die Leiche war nicht hier, oder, die Kollegen waren nicht pinkeln.«

Sie blicken woandershin und sagen nichts. Zu Vlassopoulos meine ich: »Hast du den Gerichtsmediziner benachrichtigt?«

»Sobald ich erfahren hatte, mit welchem Flug Sie ankommen.«

An die Besatzung des Streifenwagens gewendet sage ich: »Informiert eure Kollegen, die gestern abend Dienst hatten, daß ich sie sprechen möchte.«

Derjenige, der beim Pinkeln die Leiche entdeckt hat, ist erleichtert, endlich der peinlichen Befragung zu entfliehen, und stürmt zum Streifenwagen. Ich blicke mich um. Prodromos' und Sevastis deutsche Untermieter würden es wohl kaum glauben, daß an diesem Ort vor gerade mal zehn Monaten olympische Wettkämpfe ausgetragen wurden. Er wirkt so trist, als wäre er seit mehr als zwanzig Jahren verlassen und verödet.

»Vlassopoulos, wo ist Dermitsakis?« frage ich, da mir plötzlich einfällt, daß ich auch noch einen zweiten Assistenten habe.

»Der wurde abkommandiert, Herr Kommissar. Man hat ihn vorläufig zu einer Einheit versetzt, die im Hafen von Piräus stationiert ist. Wegen der Geiselnahme werden die Fähren und ihre Passagiere jetzt schärfer kontrolliert.«

Und so bleibt mir nichts anderes übrig, als mit nur einem

Gehilfen und nur einem Viertel meiner Geisteskraft einen Mörder zu jagen. Die übrigen drei Viertel bleiben auf das Drama meiner Tochter und Fanis' gerichtet, während beinahe die gesamten Polizeikräfte Athens der Abteilung für Terrorismusbekämpfung und Stathakos zur Verfügung stehen. Dem Familienvater gibt dies Sicherheit, den Bullen bringt es in Rage.

Als ich die Sirene des nahenden Krankenwagens höre, trete ich zum Eingang. Dahinter folgt der Dienstwagen der Spurensicherung. Die hinteren Türen des Krankenwagens öffnen sich, und die Sanitäter klettern mit der Trage heraus, während vom Beifahrersitz Stavropoulos, der Gerichtsmediziner, aussteigt. Er kommt schnurstracks auf mich zu, und bevor ich ihn begrüßen kann, packt er meine Hand und drückt sie.

»Nur Mut«, sagt er. »Hoffen wir, daß alles gutgeht.«

Diesmal bringe ich mein Erstaunen gar nicht mehr zum Ausdruck, sondern beuge mich einfach meinem Schicksal. »Woher wissen Sie?«

»Kommen Sie, kann man solche Dinge geheimhalten?«

Mir fällt die Ähnlichkeit der Reaktion von Vlassopoulos und Stavropoulos auf, die mir mehr oder weniger sagt, daß es innerhalb einer Familie keine Geheimnisse gibt. Ich könnte Stathakos verfluchen, aber warum eigentlich Stathakos und nicht Gikas, oder warum eigentlich Gikas und nicht den Minister? Doch da in den letzten Jahren, sozusagen als Verwandte zweiten Grades, auch die Fernsehreporter in die Familie aufgenommen wurden, ist es nur eine Frage der Zeit, bis die Nachricht von einem der Sender aufgenommen wird.

Nun erwarte ich denselben mitleidigen Gesichtsausdruck auch bei Dimitriou, dem Leiter der Spurensicherungstruppe, doch der kommt mit einem Lächeln auf mich zu und bleibt neben mir stehen.

»Womit fangen wir an?« fragt er, und ich atme erleichtert auf.

Ich führe Stavropoulos und Dimitriou zum Fundort der Leiche. Dimitriou macht sich gleich an die Untersuchung der Umgebung, während Stavropoulos einen Augenblick stehenbleibt und den Toten betrachtet, dann beugt er sich zu seiner Arzttasche hinunter.

»Nach einer ersten Einschätzung muß der Tod vor zwölf bis fünfzehn Stunden eingetreten sein. Nach der Autopsie kann ich mehr sagen.«

Ich blicke auf die Uhr. Es ist sechs, folglich muß er zwischen drei und sechs Uhr morgens getötet worden sein. Nun hat Stavropoulos seine Aufmerksamkeit dem Einschußloch zugewendet. Nachdem er es ausführlich betrachtet hat, zieht er ein Lineal hervor, um es abzumessen.

»Man hat ihn aus nächster Nähe getötet«, bemerkt er. »Die Form des Gewehrlaufs ist gut zu erkennen sowie auch die ausgefransten Hautränder um die Schußwunde.« Er hält inne, um das Einschußloch weiter zu untersuchen, dann hebt er den Kopf. »Ist die Kugel gefunden worden?«

»Nein, ist auch nicht wahrscheinlich. Er wurde nicht hier umgebracht.« Er blickt mich neugierig an. »Heben Sie mal den Kopf an, dann verstehen Sie.«

Er folgt meinem Rat und erblickt die Blutkruste am Schädel einerseits und den blitzsauberen Zementboden andererseits. »Keine Blutspuren.«

»Genau. Können Sie mir sagen, welche Tatwaffe verwendet wurde?«

Er sieht mich baff an. »Wann? Jetzt gleich? Ich habe doch keine seherischen Fähigkeiten. Jedenfalls sieht es auf den ersten Blick so aus, als wäre eine 9-mm-Patrone verwendet worden. Dann wird es nicht schwer sein, die Waffe zu identifizieren.« Er erhebt sich. »Man kann ihn abtransportieren. Genauere Angaben bekommen Sie bis morgen mittag.«

Alles ist gesagt, und ich trete auf die Esplanade oder auf das, was von ihr übrig ist. Ich sehe, daß der zweite Streifenwagen neben dem ersten geparkt hat. Die beiden Polizeibeamten lehnen rauchend an der Motorhaube. Ich lasse Dimitriou und sein Team ihre Arbeit verrichten und gehe auf die beiden zu.

»Hattet ihr gestern abend Dienst?« frage ich die beiden Neuankömmlinge, und beide nicken. »Ist euch irgend etwas aufgefallen, als ihr eure Runde gedreht habt?«

»Überhaupt nichts. Alles war so wie jede Nacht.«

»Und in der Anlage drin?«

»Wir sind nicht reingegangen, Herr Kommissar.«

»Warum nicht?«

»Was sollen wir da? Nur das Gebäude selbst hat man noch nicht geklaut. Drinnen ist nichts mehr übrig. Alles ist ausgeräumt.«

»Da ist noch etwas«, ergänzt sein Kollege mit gepreßter Stimme.

»Was denn?«

Der Beamte wirft seinem Kollegen einen Blick zu, doch der starrt gerade in die umliegende Natur, die aus sechsstöckigen Wohnhäusern besteht. »Nachts schlafen hier ein paar armselige Afghanen«, sagt er. »Wenn wir hineingehen, müssen wir sie festnehmen, aber da sie uns leid tun, drücken wir beide Augen zu.«

»Was machen diese Afghanen?«

»Was anliegt, irgendwelche Hilfsarbeiten hier im Umkreis.«

»Macht euch auf die Socken und holt sie mir her. Vielleicht haben sie etwas gesehen. Und jemand soll heute abend hier Wache schieben. Sei's auch nur vorsichtshalber, denn wenn sie tatsächlich etwas gesehen haben, kommen sie sicherlich nicht wieder.«

Ich ordne Vlassopoulos an, den Leiter der Polizeiwache von Paleo Faliro zu kontaktieren und um Mithilfe bei der Suche nach den Afghanen zu bitten.

Der Krankenwagen mit der Leiche wendet gerade, um das Gelände zu verlassen. Ich steige mit Vlassopoulos in unseren Streifenwagen, und wir folgen ihm. Dahinter reihen sich die anderen beiden Streifenwagen ein. Mit den Wagenkolonnen offizieller Würdenträger während der Olympischen Spiele hat unser trauriger Zug allerdings wenig gemein.

10

Wir benötigen nur eine knappe Stunde und drei aufeinanderfolgende Telefonate, um die Identität des Opfers festzustellen. Es handelt sich um Stelios Ifantidis. Im Auftrag der Firma AD-Hellas hat er alles mögliche, von Mobiltelefonen über Autos bis hin zu Kartoffelchips, beworben. Seine Wohnung liegt in der Plapouta-Straße, eine Querstraße am unteren Ende der Kallidromiou-Straße. Ich diskutiere mit Vlassopoulos die Frage, ob wir gleich zu Ifantidis' Wohnung fahren sollen, doch schließlich verschieben wir es auf den nächsten Tag, damit wir sie bei Tageslicht und mit Unterstützung der Spurensicherung besichtigen können.

Da wir noch einen kleinen Rest Arbeitszeit totschlagen müssen, beschließe ich, zusammen mit Vlassopoulos dem Firmensitz der AD-Hellas einen Besuch abzustatten. So sitzen wir nun in einem Büro, das von einer Kombination aus Aluminiumröhren, Holz und Kunstleder dominiert wird, einem gewissen Thanos Petrakis, dem Geschäftsführer der Firma, gegenüber. Hinter Petrakis' Rücken kann man durch das Fenster die Gerichtsgebäude in der Evelpidon-Straße erkennen, die zu dieser Stunde dunkel und verlassen daliegen.

»Eine doppelte Tragödie«, meint Petrakis kopfschüttelnd.

»Wieso doppelt?« wundert sich Vlassopoulos.

»Zunächst einmal sind wir nun gezwungen, einen überaus erfolgreichen Werbespot abzusetzen. Wer will schon Werbung mit einem Toten oder gar mit einem Ermordeten sehen? Und zweitens müssen wir jetzt einen neuen, genauso gelungenen Spot produzieren, wofür wir den geeigneten Darsteller suchen müssen, der die Konsumenten genauso anspricht.«

»Wie sind Sie auf Ifantidis gekommen?« frage ich Petrakis.

»Durch Casting.«

An meiner Miene kann er ablesen, daß mir diese Praxis nichts sagt, und er beschließt, sie mir mit einem gelangweilten und der Aufklärung eines Uneingeweihten angemessenen Gesichtsausdruck zu erläutern.

»Wir arbeiten mit einigen Agenturen zusammen, die uns Models vermitteln. Wenn wir ein bestimmtes Model suchen, setzen wir uns mit ihnen in Verbindung und geben ihnen die nötigen Richtlinien vor, also Geschlecht, Alter, Haut- und Haarfarbe etc. Die Agenturen schicken uns dann eine Reihe von Fotos. Daraus treffen wir eine erste Auswahl, aufgrund derer wir entscheiden, wen wir zum Casting einladen. Nach Ansicht der Videos gelangen wir zur endgültigen Entscheidung.«

»Und welche Agentur hat Ihnen den jungen Mann empfohlen?«

»Keine Ahnung, damit befasse ich mich nicht«, meint er kühl, als habe ihn die Frage beleidigt. »Aber bestimmt kann Ihnen Frau Kourteli weiterhelfen.«

Und im Handumdrehen erscheint die Genannte, eine dunkelhaarige, großgewachsene, schlanke und ungeschminkte

Mittdreißigerin. Sie trägt ein granatfarbenes Kostüm und hat die Haare streng im Nacken zusammengebunden. Gleich nachdem sie zwischen mir und Vlassopoulos Platz genommen hat, meint sie mit trauriger Miene: »Wie schade um den Jungen! Sie können sich nicht vorstellen, wie leid mir das tut. Was für ein sinnloser Tod!«

In der Firma funktioniert die Aufgabenteilung tadellos, sage ich mir. Petrakis bringt die Trauer über den geschäftlichen, die Kourteli diejenige über den menschlichen Verlust zum Ausdruck.

»Stella, kannst du dich erinnern, wer Stelios für uns gefunden hat?« fragt Petrakis die Kourteli.

»Es war Star Models.«

»Können Sie uns die Adresse nennen?« fragt Vlassopoulos.

»Mit dieser Frage habe ich schon gerechnet und alles für Sie vorbereitet. Es handelt sich um eine Agentur, auf die wir sehr oft zurückgreifen.« Und sie reicht Vlassopoulos einen Zettel.

»Wie gut kannten Sie Stelios Ifantidis?« frage ich sie.

Sie zuckt mit den Schultern, als bringe sie die Frage in Verlegenheit. »Am besten erkläre ich Ihnen die übliche Vorgehensweise, damit Sie es richtig einschätzen können. Wir sehen uns die Probeaufnahmen an, und wenn wir das Modell engagieren wollen, machen wir einen Vertrag mit ihm. Sobald der Dreh beendet ist, kommt das Modell her, holt sein Honorar ab, und wir sehen es nicht wieder. Es gibt, wie Sie merken, keinen näheren Kontakt mit irgendeinem Modell. Unser Grundsatz ist sogar, gar keinen Kotakt mit ihnen aufzubauen.« Sie hält kurz inne und fügt dann hinzu: »Mit Stelios allerdings habe ich mich ab und zu unterhalten.«

»Kennen Sie sich von früher?« frage ich, denn in solchen Fällen stellt sich des öfteren eine alte Bekanntschaft oder eine entfernte Verwandtschaft heraus.

»Nein, aber ich mochte ihn.« Als sie mein Erstaunen sieht, wie man jemanden mögen kann, den man gar nicht kennt, fügt sie erklärend hinzu: »Die meisten Models hampeln nur herum, Herr Kommissar. Sie wissen weder, wie man richtig steht, noch wie man geht, noch wie man sich bewegt. Es dauert Tage, bis man ihnen die Grundlagen beigebracht hat. Stelios war talentiert, klug und witzig. Als er bei den Probeaufnahmen war, rief uns der Regisseur an. ›Da haben wir ja einen Goldfisch an der Angel‹, meinte er. ›Der hat eine Bombenausstrahlung.‹ Und tatsächlich waren sein Ausdruck, sein Lachen und vor allem seine Bewegungen völlig spontan. Was man von ihm verlangte, gelang gleich auf Anhieb.« Sie pausiert kurz und fügt hinzu: »Wer weiß, vielleicht stimmt es ja wirklich, daß ihnen die Selbstdarstellung im Blut liegt.«

»Wem liegt sie im Blut?«

»Den Homosexuellen. Stelios war homosexuell.« Sie blickt mir in die Augen, um meine Reaktion darin abzulesen.

»War er Schauspieler?« frage ich.

Sie lacht auf. »Nein, Herr Kommissar. Wir nehmen nie Schauspieler.«

»Wieso nicht?«

»Weil sie meinen, sie müßten sich als Künstler aufspielen«, mischt sich Petrakis ein. »Wonach wir suchen, ist der persönliche Stil, nicht Schauspielerei.«

»Wissen Sie vielleicht, was er außer den Model-Aufträgen beruflich machte?«

»Ich glaube, er studierte irgendwo, aber ich müßte lügen«, ergreift wieder die Kourteli das Wort. »Vielleicht weiß die Lasaratou von den Star Models mehr.«

»Nun, dann ist ja alles gesagt«, meint Petrakis ungeduldig und erhebt sich.

Es juckt mich, ihn noch eine halbe Stunde mit abwegigen Fragen zu traktieren, aber ich bin nicht in der Stimmung, ihn Spießruten laufen zu lassen. Die beiden haben uns ohnehin nicht mehr zu sagen. Petrakis verabschiedet uns mit einem kurzen Händedruck, und die Kourteli begleitet uns zum Ausgang.

Draußen blicke ich auf die Uhr. Es ist bereits halb acht. Wenn ich die Lasaratou bei den Star Models besuchen will, verpasse ich die Acht-Uhr-Nachrichten und werde bis zur Nachrichtensendung um Mitternacht wahnsinnig vor Ungewißheit. Daher beschließe ich, der Angst um meine Tochter und meinen zukünftigen Schwiegersohn nachzugeben, und hebe mir die Lasaratou für den nächsten Tag auf. Vlassopoulos ordne ich an, er möge mit der Polizeiwache in Exarchia Kontakt aufnehmen, damit sie einen Streifenwagen zur Wohnung des Ermordeten schicken und sie versiegeln.

Vlassopoulos kehrt an die Dienststelle zurück, und ich nehme ein Taxi, um in die Aristokleous-Straße zu fahren. Dem Taxifahrer sage ich, er solle besser über die Patission- und die Stadiou-Straße fahren statt über das Panathinaikos-Stadion und die amerikanische Botschaft. Daraufhin wirft er mir einen schrägen Blick zu und meint kurz angebunden: »Willst du mir das Taxifahren beibringen?«

»Ich will dir gar nichts beibringen. Ich will nur vor acht Uhr zu Hause sein.«

»Das wirst du«, lautet seine entschiedene Antwort, und er biegt zum Obersten Gerichtshof ein.

In den Gassen des Stadtteils Gysi bleibt er stecken, und bis zur Kyrillou-Loukareos-Straße hat er alle seine Sünden abgebüßt. Zur Abrundung des Übels hat die Polizei, welche die amerikanische Botschaft bewacht, die Kokkali-Straße abgesperrt. Glücklicherweise erkennt mich ein Polizeibeamter und winkt uns durch. Während der ganzen Fahrt zeigt der Taxifahrer allen Vorbeifahrenden den Vogel und brüllt jeden an, der uns in den Weg kommt, während das Musikprogramm im Autoradio über billigen Rembetiko, Volksweisen und langatmige Klarinetten-Soli bis zur heiligen Messe alles im Repertoire hat. Bei der Lesung aus dem heiligen Evangelium langen wir vor meiner Haustür an, und ich stürme los, um den Anfang der Nachrichtensendung nicht zu verpassen.

Ich bin mir sicher, daß die El Greco die erste Schlagzeile bildet, doch anstelle des vor den Thodorou-Inseln ankernden Schiffes sehe ich das Bild von Stelios Ifantidis. Es muß sich um eine Archivaufnahme der AD-Hellas oder der Star Models handeln, denn ihre professionelle Qualität sticht ins Auge. Der junge Mann blickt mit einem gespielt naiven Lächeln direkt in die Kamera.

»Sie alle werden den jungen Stelios Ifantidis aus dem beliebten Mobilfunk-Werbespot kennen, der auf allen Kanälen gesendet wird«, sagt der Moderator, und prompt taucht der Ausschnitt auf dem Bildschirm auf, in dem Ifantidis das Handy in die Kamera hält und die allseits bekannte Meldung bringt: »Wer bietet die niedrigste Grundgebühr und die preisgünstigste SMS? Und wer läßt Sie vier Stunden umsonst telefonieren? Na, haben Sie's?«

Die Werbeaufnahme wird unterbrochen, bevor der Name des Mobilfunkanbieters genannt wird, und erneut taucht der Moderator auf dem Bildschirm auf.

»Gibt es Neuigkeiten im mysteriösen Mordfall Stelios Ifantidis, Thanos?« fragt er den Korrespondenten.

»Zur Stunde gibt es nicht einmal eine offizielle Verlautbarung der Polizei, Andreas. Leider herrschen aufgrund der Geiselnahme der El Greco bei der griechischen Polizei chaotische Zustände. Wir konnten einzig in Erfahrung bringen, daß das Opfer heute morgen von einem Streifenwagen im Olympischen Sportkomplex Faliro aufgefunden wurde. Weder die genaue Tatzeit ist bekannt noch, ob der Mord im Olympischen Sportkomplex selbst begangen wurde oder ob das Opfer erst später dorthin gebracht wurde.«

Und schon regnet es Aufnahmen der Sportstätten in Faliro in ihrem heutigen Zustand.

»Diesen traurigen Anblick, verehrte Zuschauer, bietet der Olympische Sportkomplex Faliro ein Jahr nach den Spielen«, kommentiert der Moderator. »Und hier, in diesen verfallenen Umkleideräumen, wurde die Leiche des unglücklichen Stelios Ifantidis gefunden.«

Das will ja wohl heißen, daß es keine Neuigkeiten von der Geiselnahme gibt, da sie diese sonst sofort verkündet hätten. Andererseits bin ich mir gar nicht sicher, ob die Geiselnahme der El Greco für die griechischen Fernsehsender eine wichtigere Meldung darstellt als der Mord an einem »Werbestar«.

»Stelios Ifantidis' Familie lebt in Chalkida«, fährt der Korrespondent fort. »Seine Mutter und seine Schwester sind untröstlich und beschweren sich, daß die Polizei noch keinerlei Kontakt zu ihnen aufgenommen hat.«

Wie sollen wir auch, wenn wir euch noch suchen, sage ich mir und rufe Vlassopoulos an. Ich sage ihm, er möge die Familie anrufen und unseren Besuch für morgen ankündigen, um weiteren Beschwerden zuvorzukommen.

Nun ist eine junge Frau um die Dreißig auf dem Bildschirm zu sehen, die vor einem mehrstöckigen Wohnhaus mit den Reportern spricht und ihren Bruder in den höchsten Tönen lobt. Geduldig lasse ich Petrakis und die Lasaratou vorbeidefilieren, die beide dasselbe Loblied auf das Opfer anstimmen, genauso vorgefertigt und verpackt wie die Croissants in Zellophanhülle, die ich jeden Morgen in der Kantine unserer Dienststelle kaufe: Er sei ein großartiger junger Mann gewesen, talentiert, allseits beliebt, Feinde seien auszuschließen. Über seine Homosexualität verlieren sie kein Wort.

Als nach einer halben Stunde für den Werbeblock unterbrochen wird, bin ich überzeugt, daß es absichtlich geschieht, um meine Nerven zu strapazieren. Ich schalte den Fernseher aus und rufe Adriani an.

»Irgendwelche Neuigkeiten?« frage ich sie.

»Nichts. Die haben es darauf angelegt, uns fertigzumachen, damit wir bis vors Schiff schwimmen und sie anflehen, die Geiseln lebend herauszulassen.«

»Das Schweigen ist das Schlimmste, ich weiß. Aber immerhin haben wir bislang keine Toten und Verletzten, nicht einmal irgendwelche abstrusen Forderungen.«

»Woher willst du wissen, daß es keinen Toten gibt? Es gibt doch keinen Kontakt mit dem Schiff.«

»Wenn Sie jemanden umbringen, werden sie ihn nicht in die Tiefkühltruhe legen. Sie werden ihn ins Meer werfen, damit wir es alle sehen und in Panik geraten. Sieh zu, daß du die Fassung nicht verlierst«, ermuntere ich sie. »Ich weiß, es ist schwer, wenn du allein so eine Aufgabe bewältigen mußt.«

»Glücklicherweise bin ich nicht mehr allein. Fanis' Eltern sind hier, sie sind heute mittag gekommen. Ich habe Sevasti dein Bett überlassen. Prodromos wohnt bei einem Cousin in Mournies. Warte, Sevasti will dich sprechen.«

»Kostas, vielen Dank für deine Hilfe mit den Flugtickets«, höre ich Sevastis Stimme.

»Spar dir die Danksagungen lieber für den lieben Gott auf, den werden wir nämlich noch brauchen.«

Ich lege auf und drücke nochmals auf die Fernbedienung. Diesmal erblicke ich die El Greco, die im Bildhintergrund vor den Thodorou-Inseln liegt. Im Vordergrund steht Stathakos in Dienstuniform und erklärt, die Terroristen gäben kein Lebenszeichen von sich und auf dem Schiff rühre sich nichts. Trotz allem sei die Polizei zuversichtlich...

11

Ein Geräusch, das mir wie das Klingeln des Telefons erscheint, reißt mich aus dem Schlaf, doch als ich die Augen aufschlage, ist einzig und allein der Müllwagen zu hören. Es ist zehn nach zwölf, was bedeutet, daß ich kaum mehr als zwei Stunden geschlafen habe. Nach dem Telefonat mit Adriani beschloß ich, eine Kleinigkeit zu mir zu nehmen – weniger aus Appetit als zum Zeitvertreib. Im Kühlschrank fand ich einen Teller grüner Bohnen vor, den sie am letzten Tag vor unserer überstürzten Abreise nach Kreta zubereitet hatte. Ich kostete zwei eiskalte Bissen davon, brachte sie jedoch kaum hinunter. Die Angst fraß mich auf, und in der leeren Wohnung fiel mir die Decke auf den Kopf. So verfiel ich auf die klassische Lösung der Verdrängung: Ich legte mich schlafen.

Ich lösche das Licht und drehe mich – in der Hoffnung auf baldigen Schlaf – auf die andere Seite. Doch nun wälze ich mich im Bett umher und zerknäule das Laken, während ich sämtliche Geräusche, sowohl innerhalb als auch außerhalb der Wohnung, wahrnehme: die mit heulendem Motor anfahrenden Motorräder, die von den wummernden Bässen der Autoradios zitternden Fensterscheiben und zu guter Letzt das Klirren der Obstschale auf dem anspringenden Kühlschrank. Nach einer Viertelstunde stehe ich auf und beginne durch die Wohnung zu geistern. Ich gehe ins

Wohnzimmer, schalte den Fernseher an und quäle mich durch eine Reihe von sinnlosen Schießereien, humorlosen Sitcoms und fruchtlosen Diskussionsrunden. Schon bald habe ich genug davon und trete auf den Balkon, um mir Luft zu verschaffen. Die Aristokleous-Straße liegt dunkel und verlassen unter mir. Ich nehme kurz Platz, doch die Ödnis der Straße überträgt sich auf mein Gemüt, und so stehe ich wieder auf. Ich kehre in die Küche zurück, öffne noch einmal den Kühlschrank, um – entgegen aller Hoffnungen – doch noch etwas Eßbares aufzufinden. Leider muß ich feststellen, daß mir nichts entgangen ist, und mache ihn wieder zu.

Nach meiner Rückkehr ins Schlafzimmer greife ich zu Dimitrakos' Wörterbuch und suche nach dem Eintrag »Terrorismus«.

*Terror, der; -s [lat. ›Schrecken‹]: 1. Zwang; Druck [durch Gewaltanwendung]. 2. Schreckensherrschaft: [systematische] Verbreitung von Angst u. Schrecken durch Gewaltaktionen (bes. zur Erreichung politischer Ziele): Laut* LENIN *ist die Anwendung von Gewalt (›Roter Terror‹) in der Auseinandersetzung mit dem ›Klassenfeind‹ gerechtfertigt, bes. dann, wenn dieser auch zu gewalttätigen Mitteln (›Weißer Terror‹) greift.*

Von allen durch Dimitrakos aufgezählten Bedeutungen ist nur noch die erste – Zwang und Druck durch Gewaltanwendung – aktuell. Ich frage mich, ob Katerina in ihrer Doktorarbeit den alten Terrorbegriff, wie er bei Dimitrakos gefaßt wird, und den modernen Terrorismus miteinander vergleicht. Aber ich kann es nicht sagen, da ich ihre Dissertation nie gelesen habe.

Ich stelle das Lexikon wieder ins Regal zurück und beginne mich eilig anzuziehen, als wollte ich eine längst getroffene Entscheidung endlich umsetzen. Aufs Geratewohl greife ich nach einem Hemd und einer Hose, dann verlasse ich die Wohnung, ohne die Lichter zu löschen. Der Mirafiori steht an der Straßenecke. Ohne konkretes Ziel fahre ich in die Nikoforidi-Straße, um von dort aus in die Filolaou-Straße abzubiegen. An der Kreuzung mit dem Vassilissis-Sofias-Boulevard biege ich nach links zum Syntagma-Platz ab, und in der leeren Amerikis-Straße finde ich einen Parkplatz. Die ganze Strecke habe ich mechanisch hinter mich gebracht, indem ich mich, ohne nachzudenken, den Bewegungen meiner Hände überließ.

Die Panepistimiou-Straße liegt in ein gelbliches Licht getaucht vor mir, wozu die spärliche Straßenbeleuchtung beiträgt. Die Bürgersteige sind fast menschenleer, und die Autos gleiten lautlos auf dem Asphalt dahin. Weder hupen sie, noch lassen sie den Motor aufheulen, noch haben sie die Autoradios bis zum Anschlag aufgedreht. Zum ersten Mal in Athen treffe ich auf diskrete Autofahrer, und ich frage mich, ob es sich um dieselben handelt, die auch am Tage unterwegs sind. Könnte es ein, daß die Athener Autofahrer in getrennten Tag- und Nachtschichten unterwegs sind?

Nach der Charilaou-Trikoupi-Straße sind etwas mehr Fußgänger unterwegs, doch ich biege kurz vor dem Omonia-Platz in die Eolou-Straße ein. Bis zum Kotsia-Platz wirkt auch sie wie ausgestorben. Nur zwei Gruppen, Albaner und Schwarze, haben sich in der Mitte des Platzes niedergelassen und diskutieren, jede für sich, lautstark. Nach der Sofokleous-Straße beginnt die Fußgängerzone der Eolou-Straße. Pärchen oder Grüppchen sitzen zu zweit oder zu dritt plaudernd auf den Mäuerchen der erhöhten Grünflächen.

Seit zehn Jahren bin ich nachts nicht mehr durch Athen spaziert, und plötzlich entdecke ich das ruhige, etwas bleiche und dennoch schöne Antlitz meiner Stadt. Die Eolou-Straße war zu meiner Zeit nach Ladenschluß wie ausgestorben. Die Kafenions, die den Passanten süßen Mokka oder Ouzo mit Häppchen bzw. den Däumchen drehenden Ladeninhabern ein Tavli-Spiel zum Trost für mangelnde Kundschaft servierten, ließen ihre Rolläden spätestens um neun herunter und überließen die Straße der Unterwelt rund um den Omonia-Platz. Nun sind die Bars und Speiserestaurants auf der rechten Seite der Eolou-Straße voll mit jungen Leuten, die Cappuccino oder Wodka auf Eis trinken und Salate mit bunten Nudeln essen, die an Karnevals-Papierschlangen erinnern. Ich schaue mir die Cafés an und frage mich gleichzeitig, ob auch Ifantidis hier seine Abende verbracht hat. Nicht ausgeschlossen, doch vielleicht trieb er sich auch in den Schwulenbars der Stadt herum.

Als ich an einem Café auf dem kleinen Platz vor der Ajia-Irini-Kirche vorbeikomme, kann ich der Versuchung nicht widerstehen und setze mich an ein Tischchen. Zunächst fühle ich mich unter all den jungen Leuten unwohl, doch als keiner mich beachtet, überwinde ich es rasch. Schlückchenweise trinke ich mit Blick auf das gelbe Gemäuer der Ajia-Irini-Kirche mein Bier, während die Musik nur ganz leise aus dem Inneren des Cafés dringt. Beim Blick auf die Uhr sehe ich, daß es bereits nach zwei ist, und die Neuankömmlinge sind gegenüber den Aufbrechenden immer noch in der Überzahl.

Mit einem Schlag muß ich daran denken, was wohl Katerina und Fanis gerade auf dem Schiff tun. Schlafen sie zusammengerollt auf dem Boden? Liegen sie auf dem Rücken und starren an die Decke, mit vor Angst weit aufgerissenen Augen, während rundherum Menschen stöhnen, Kleinkinder weinen und deren Mütter sich mühen, sie zu beruhigen? Oder läßt man sie vielleicht gar nicht schlafen? Oder stürzen sich diese Unmenschen jeden Abend blindlings auf die weiblichen Geiseln und tun ihnen aufs Geratewohl Gewalt an? Damit ist es mit meiner wenn auch nur künstlich aufrechterhaltenen Ruhe schlagartig vorbei, desgleichen mit einer gewissen Müdigkeit, die man als erste Ansätze von Entspannung hätte interpretieren können. Ich bestelle noch ein Bier, da ich merke, daß ich noch nicht reif für den Heimweg bin.

Doch wie es scheint, hat das nächtliche Athen die geheime Fähigkeit, mich zu beruhigen, wenn auch ein zweites Bier unerläßlich ist. Es gelingt mir, meine Ängste mit dem Gedanken zu überwinden, daß die beiden aller Wahrscheinlichkeit nach am Schlafen sind. Schließlich gibt es in jedem Wettkampf, in jeder Schlacht oder in jeder Auseinandersetzung drei Zustände, die stets siegreich bleiben: die Müdigkeit, der Schlaf und der Tod. Ich versuche, mich an die ersten beiden zu halten und den dritten zu vergessen. Und seltsamerweise schaffe ich das sogar. Wenn mich jemand in diesem Augenblick fragte, ob ich glaubte, daß die Terroristen die Geiseln freilassen, würde ich antworten: Ja, davon sei ich zutiefst überzeugt.

Ich erinnere mich an einen Ausspruch des Kommissars, der mich damals beim Drogendezernat ersetzt hat, als ich zur Mordkommission wechselte. Die Athener, sagte er, lebten den ganzen Tag in der Hölle, einzig und allein um nachts für ein paar Stunden im Paradies zu sein. Ein Jahrzehnt später und mit meiner Tochter in der Hand unbekannter Geiselnehmer an Bord einer entführten Fähre muß ich ihm recht geben.

Als ich die Eolou-Straße hinter mir lasse und die Kolokotroni- bis zur Amerikis-Straße hochlaufe, um den Mirafiori zu holen, bricht gerade die Morgendämmerung an, und die ersten Busse fahren die Stadiou-Straße entlang. Ich werfe einen Blick auf meine Uhr: Es ist kurz nach sechs. Vernünftigerweise sollte ich in die Risari-Straße einbiegen, aber ich passiere sie, um am Hilton abzubiegen. An der Ecke Vassilissis-Sofias- und Vassileos-Konstantinou-Boulevard stoppt mich die rote Ampel. Hätte ich nicht angehalten, wäre ich mit Sicherheit nach Hause gefahren. Als es grün wird, biege ich jedoch nach links ab und setze die Fahrt auf dem Vassilissis-Sofias-Boulevard fort. Urplötzlich hat sich die Idee in mir festgesetzt, nach Chalkida zu fahren, um Ifantidis' Familie zu befragen. Ich weiß, daß dies ein Fehler ist, und unter normalen Umständen würde ich so etwas niemals tun. Zuerst sollte ich die Wohnung des jungen Mannes untersuchen, denn dabei könnten sich wichtige Hinweise ergeben, die mit seinen Angehörigen abgeklärt werden müssen. So muß ich möglicherweise die Fahrt nach Chalkida zweimal auf mich nehmen. Zudem ist es taktisch unklug, bei den Eltern des Opfers im Morgengrauen aufzutauchen. Mit Sicherheit vergessen sie die Hälfte von dem, was sie zu einer vernünftigen Tageszeit erzählt hätten. So gingen wir zu Juntazeiten vor, wenn wir zur Wohnung eines Regimegegners fuhren und unter Gebrüll – »Aufmachen, Polizei!« – an die Tür hämmerten, um die Familie so sehr in Angst und Schrecken zu versetzen, daß sie beim Abtransport des Vaters oder des Sohnes keinen Mucks von sich gaben. Doch auch die jetzigen Umstände weichen so sehr vom Normalfall ab, daß es mir unmöglich ist, meine Gedanken zu ordnen und zu disziplinieren.

Das einzig Gute an dieser spontanen Entscheidung ist, daß die Fahrt bis Kifissia wie geschmiert läuft, als wäre ganz Athen in den Osterferien. Mit Ausnahme eines kleinen Halts an der Ampel in Psychiko läßt der Mirafiori die Ampeln problemlos hinter sich wie ein fehlerfreier Hürdenläufer. Mit demselben Schwung lasse ich Kifissia hinter mir und biege bei Nea Erythrea links auf die Nationalstraße Athen–Lamia ab.

Beim Anblick der Nationalstraße versuche ich mich zu besinnen, vor wie vielen Tagen wir sie auf unserer Rückkehr aus Thessaloniki mit Fanis' Wagen entlangfuhren und wie glücklich wir damals über Katerinas Doktorat waren. Ich bin drauf und dran, in Schwermut zu verfallen, doch glücklicherweise verbietet die Lage auf der Nationalstraße jegliche Ablenkung, da ich unerwartet mitten in einem Chaos aus Lastwagen, Linienbussen, Reisebussen, Kleintransportern, Pick-ups und PKWs stecke, die verzweifelt versuchen, einander zu überholen. Erinnerte Kifissia verkehrsmäßig an den Ostersonntag, so gemahnt die Nationalstraße an den großen Exodus am Gründonnerstag.

Auf der Höhe von Varybombi merke ich, wie meine Augenlider schwer werden. Ich versuche krampfhaft, sie offenzuhalten und mich auf die konfuse Straßenlage zu konzentrieren, die ich zu meistern habe. Ein paar Kilometer schaffe ich es noch, dann überkommt mich immer mehr das Gefühl, an der Kippe zu einer Art Sekundenschlaf zu stehen, in dem man kurzfristig das Bewußtsein verliert und beim Erwachen meint, aus dem Tiefschlaf zu erwachen.

Ein Verkehrsunfall wäre nun wirklich das letzte, was ich in meiner Situation gebrauchen könnte. Kurz nach dem Autobahnkreuz von Malakassa halte ich an einem Rastplatz an und schraube die Sitzlehne nach hinten. Kaum habe ich die Augen geschlossen, schlummere ich auch schon ein.

## 12

Das Klingeln des Handys reißt mich aus dem Schlaf, und schon dringt mir Vlassopoulos' besorgte Stimme ins Ohr. »Wo sind Sie, Herr Kommissar? Den ganzen Morgen suche ich Sie schon, und zu Hause ist keiner rangegangen.«

Mit einem Blick auf meine Uhr stelle ich fest, daß es bereits halb zehn ist. Ich muß etwa zweieinhalb Stunden geschlafen haben. »Ich bin auf dem Weg nach Chalkida.«

»Wie sind Sie denn darauf gekommen, am frühen Morgen nach Chalkida zu fahren? Gibt es einen besonderen Grund dafür?«

»Nein.«

»Wieso dann?«

Ich ahne, daß seine Besorgnis in gouvernantenhaftes Verhalten umzuschlagen droht, und treibe sie ihm am besten gleich aus.

»Einfach so.«

»Ich wollte nur fragen, ob ich die Spurensicherung in Ifantidis' Wohnung schicken oder Ihre Rückkehr aus Chalkida abwarten soll.«

»Schick sie los, damit wir keine Zeit verlieren.«

»Wo sind Sie jetzt?«

»Gerade habe ich Malakassa passiert.«

»Wie sind Sie unterwegs? Mit einem Streifenwagen?«

»Nein. Mit meinem eigenen Wagen.«

Hier tritt eine weitere Pause ein. »Herr Kommissar, finden Sie es richtig, daß Sie in Ihrem Zustand mit dem Mirafiori auf der Nationalstraße unterwegs sind?«

Er strengt sich wirklich mächtig an, mich auf die Palme zu treiben. »Was für ein Zustand, Vlassopoulos, und was hat der Mirafiori damit zu tun? Wenn ich eine Panne habe, rufe ich die Verkehrspolizei an.«

Ich trete voller Wut aufs Gaspedal, doch der Motor meines Mirafiori stöhnt auf und verfällt daraufhin ins Stottern, so daß ich meinen Zorn unterdrücke und die Reisegeschwindigkeit auf sichere sechzig drossele, damit er mir nicht liegenbleibt. Ich klemme mich hinter einen Lastwagen und halte mich an das vorgegebene Tempo, bis ich von der Nationalstraße auf die Straße nach Chalkida wechsle. Dort habe ich mit meinem Gefährt keine Probleme, denn die Straße ist so eng, daß selbst Schumacher kaum Tempo sechzig überbieten könnte.

Nachdem ich die Brücke überquert habe, fahre ich in den Ort hinein. Ifantidis' Familie wohnt in einer Parallelstraße zur Strand- und Flaniermeile, wo man an Pizzerias, Ouzoschenken, Fischtavernen und Cafés entlangspazieren kann, in denen um zehn Uhr morgens bereits die ersten Gäste vor ihrem Kaffee-Frappé, ihrem Mobiltelefon und ihrer Pakkung Marlboro plus Feuerzeug sitzen.

An der Hausnummer 27 finde ich das Klingelschild mit dem Namen »Sarsanou/Ifantidi« vor.

»Wer ist da?« fragt eine Frauenstimme.

»Kommissar Charitos, Mordkommission Athen.«

»Warten Sie, ich komme runter.«

Ich wundere mich, denn normalerweise – außer, die Tür

kann von oben nicht geöffnet werden – werde ich hochgebeten. Die junge Frau, die aus dem Fahrstuhl tritt, trägt Schwarz. Aus der Nähe sieht sie nicht älter als dreißig aus.

»Ich bin Eleni Ifantidi, Stelios' Schwester«, stellt sie sich vor. »Entschuldigen Sie, daß ich Sie nicht hinaufgebeten habe, aber meine Mutter ist gerade erst eingeschlafen, und ich wollte nicht, daß sie Sie beim Aufwachen antrifft. Ich stehe Ihnen jedoch zur Verfügung. Wollen wir irgendwohin gehen, um uns zu unterhalten?«

All dies äußert sie in einem Atemzug, als fürchte sie, etwas zu vergessen. »Verstehe, aber irgendwann werden wir auch Ihre Mutter befragen müssen.«

»Geben Sie ihr ein, zwei Tage Zeit, um wieder auf die Beine zu kommen. Ich bitte Sie.«

»Einverstanden, so eilig ist es nicht«, beruhige ich sie. »Reden zuerst wir beide, und wenn es notwendig erscheint, dann befragen wir auch Ihre Mutter.«

Sie führt mich in ein Café, das nicht an der Küstenstraße liegt. Wir bestellen zwei Kaffees: sie einen Cappuccino und ich einen süßen Mokka. Die Ifantidi zündet sich eine Zigarette an und inhaliert ein paar tiefe Züge.

»Was ist nur mit Stelios passiert!« bricht es aus ihr hervor. »Mein Gott, was nur!« Und obwohl sie die negative Antwort im vorhinein schon weiß, fragt sie: »Haben Sie ihn geschnappt?«

»Nein, leider haben wir noch keine Anhaltspunkte. Aber er wird uns nicht entkommen.« Das ist zwar überhaupt nicht sicher, aber ich will sie mit meiner Aussage moralisch aufbauen.

»Und wenn Sie ihn finden? Macht das Stelios vielleicht

wieder lebendig?« Plötzlich bricht sie in ein hysterisches Lachen aus. »Klingt großzügig, was? Alle sagen wir dasselbe: Macht es ihn etwa wieder lebendig?« Genauso plötzlich verschwindet ihr Lächeln wieder, und sie sagt: »Nein, er soll geschnappt werden! Ich will ihn auf der Anklagebank sehen, wie er lebenslänglich bekommt. Das will ich!«

»Wissen Sie, was für ein Leben Ihr Bruder in Athen geführt hat?«

»Nicht im Detail. Sehen Sie, meine Mutter und ich haben unseren Wohnsitz in Chalkida. Meines Wissens studierte Stelios Gestaltung und Design an der Kunsthochschule und finanzierte mit Werbespots sein Studium.«

»Wissen Sie, ob er Feinde hatte oder ob jemand eine Rechnung mit ihm offen hatte oder ihm etwas Böses wollte?«

Sie hebt die Schultern. »Was für Feinde sollte ein junger Mann haben, der Gestaltung und Design studiert und Werbespots dreht?« Doch schlagartig meint sie den tieferen Sinn der Frage zu verstehen. »Ah, Drogen jedenfalls hat er keine genommen, das garantiere ich Ihnen«, meint sie.

»Man hat uns darauf hingewiesen, daß er –«

»Homosexuell war!« Sie kommt mir zuvor, vielleicht aus Furcht, aus dem Mund des Bullen einen schlimmeren Ausdruck zu hören. »Das hat man Ihnen gleich gesteckt, was?« fügt sie bitter hinzu.

»Es ist aus der Befragung hervorgegangen.«

»Und weil er homosexuell war, muß er sich in zwielichtigen Bars herumgetrieben oder sich als Transvestit verkleidet auf dem Syngrou-Boulevard prostituiert haben, was?«

Sie stößt es provokant, nahezu vulgär hervor, weniger um

mich zu treffen, als um sich selbst zu quälen. »Was machen Sie beruflich?« frage ich.

»Ich bin Sozialarbeiterin.«

Und da erinnere ich mich an einen Vergleich, den Fanis in einem Gespräch angestellt hat. »Hören Sie, polizeiliche Ermittlungen sind ein wenig wie eine ärztliche Diagnose. Man beginnt beim Offensichtlichen. Das wären in der Medizin die allgemein verbreiteten Krankheiten, bei der Polizei sind es die Feinde des Opfers, verdächtige Beziehungen, anrüchige Zirkel... Zunächst einmal schließen wir das aus, und dann machen wir weiter. So ermitteln wir immer, und nicht nur im Fall Homosexueller.«

»Wäre Stelios nicht homosexuell gewesen, hätte er bestimmt eine Familie gegründet, Herr Kommissar. Er war so ein ruhiger und ordentlicher Junge.«

»Folglich ist es ausgeschlossen, daß sein Tod auf Feindschaften oder Zwistigkeiten mit Leuten aus solchen Kreisen zurückzuführen ist.« Ich zögere einen Augenblick, doch schließlich füge ich den schmerzlichen Appendix hinzu. »Ich beharre darauf, weil der Mord an Ihrem Bruder den Eindruck einer Hinrichtung hinterläßt.«

Einen Augenblick schließt sie die Augen und preßt die Finger an die Schläfen. Ihre Stimme dringt nur mehr als Flüstern an mein Ohr. »Ich habe Ihnen doch gesagt, Stelios lebte in Athen und wir in Chalkida. Daher kenne ich solche Kreise nicht. Ich weiß allerdings, was für ein Mensch mein Bruder war, und daher erscheint es mir extrem unwahrscheinlich.« Sie erkennt, daß ich kurz vor dem Aufbruch stehe, und fühlt die Notwendigkeit, sich zu rechtfertigen. »Entschuldigen Sie, daß ich vorhin bezüglich der

Homosexualität meines Bruders so überzogen reagiert habe.«

»Das ist nur verständlich.«

»Wir haben sehr unter dieser Geschichte gelitten.« Mit einemmal kehrt ihr aggressiver Zynismus wieder. »Mein Vater hat uns verlassen, als er hinter Stelios' Homosexualität kam.«

»Wann war das genau?« Wenn er sie erst kürzlich verlassen hat, ist nicht auszuschließen, daß der Vater den Schandfleck auf der Familienehre ein für allemal tilgen wollte.

»Er ist nicht von sich aus darauf gekommen, jemand hat es ihm gesteckt. Mein Vater hat eine kleine Transportfirma. Eines Tages stritt er sich mit einem Kunden, der nicht zahlen wollte, er drohte, er werde ihn in Schwulitäten bringen, worauf der Kunde antwortete, diesbezüglich möge er doch lieber auf seinen eigenen Sohn achten. Stelios ging damals in die zehnte Klasse des Gymnasiums. Mein Vater kam nach Hause, packte ihn und begann ihn zu verhören. Offenbar erwartete er von seinem Sohn die Bestätigung, er sei ein ganzer Mann und ein rechter Grieche, doch der antwortete ihm nur, sein Liebesleben sei seine eigene Angelegenheit und er solle sich nicht einmischen. Mein Vater hat ihn damals grün und blau geschlagen. Dann hat er meiner Mutter die Schuld gegeben. Sie habe es zu verantworten, daß ihr Sohn eine Schwuchtel geworden sei. Dann haute er ab.«

»Warum hat er Ihrer Mutter die Schuld gegeben?«

Sie zuckt mit den Achseln. »Vielleicht weil sie ihn nicht genug geschlagen hat. Oder weil sie ihn zu einem Künstler gemacht hat, denn für meinen Vater sind alle Künstler Schwuchteln. Oder auch weil sie ihn mit den falschen Neigungen zur Welt gebracht hat. Sie können es sich aussuchen. Trotz dieser schrecklichen Familienkrise hat Stelios die Aufnahmeprüfung an die Kunsthochschule in Athen geschafft. Als er mit den Werbespots ins Geschäft kam, hat er sich riesig gefreut. Nicht, weil er Model werden wollte, sondern weil er damit Geld verdiente und meiner Mutter und mir nicht länger auf der Tasche lag.« Sie atmet tief durch und fügt hinzu: »Deshalb sage ich Ihnen: Mein Bruder war vielleicht homosexuell, aber sein Wille war stärker als der von zehn Männern.«

Sie blickt auf ihre Uhr und erhebt sich eilig. »Wenn Sie keine weiteren Fragen haben, gehe ich jetzt. Meine Mutter wacht gleich auf, und ich will nicht, daß sie mich erst suchen muß.« Sie streckt mir die Hand zum Abschied entgegen. »Wann wird die Leiche zur Bestattung freigegeben?« preßt sie mühsam hervor.

Die schwierigste Botschaft habe ich mir zum Schluß aufgehoben. »Eventuell schon morgen.«

Sie geht grußlos. Ich blicke ihr nach, als sie sich hastig entfernt, und denke, daß mir hier etwas nicht in den Kram paßt. Wenn Stelios Ifantidis so ein Heiliger war, wie seine Schwester behauptet, wieso sollte ihm dann jemand eine Kugel mitten in die Stirn verpassen? Denn seine Ermordung riecht zehn Kilometer gegen den Wind nach einer Exekution. Außer, er spielte in vollendeter Weise zu Hause die Rolle des »braven Jungen«, und in Athen steckte er bis zum Hals in der Scheiße. Es gibt aber noch eine weitere Möglichkeit, deren bloßer Gedanke mich schaudern läßt: daß wir es mit einem Serientäter zu tun haben, der es auf Schwule abgesehen hat. Nun ist es gewiß leichtfertig, aus einem einzigen

Mord an einem Homosexuellen solche Schlüsse zu ziehen. Ich muß sehen, wie sich die Dinge weiterentwickeln, und hoffen, daß ich Lügen gestraft werde.

Bevor ich von dem Café aufbreche, kontrolliere ich die Uhrzeit. Es ist schon elf. Ich rufe Vlassopoulos an, er möge mit der Lasaratou von der Firma Star Models einen Termin am frühen Nachmittag vereinbaren, damit ich zuvor noch Ifantidis' Wohnung inspizieren kann.

Ich steige wieder in den Mirafiori und trete den Rückweg nach Athen an. Die Ausfahrt aus Chalkida gestaltet sich noch einfach, doch der Verkehr wird dichter, je näher wir der Brücke kommen. Ich sehe schon voraus, daß der Weg bis zur Nationalstraße zur Qual wird, doch bevor ich auf die Brücke auffahre, läutet erneut das Handy, und Gikas' Stimme eröffnet mir: »Gute Neuigkeiten für Sie. Der Kapitän der El Greco hat uns benachrichtigt, wir sollten Motor- und Schlauchboote bereithalten, um Passagiere aufzunehmen. Daraus schließen wir, daß sie etwa achtzig vor allem Alte, Frauen und Kinder freilassen.«

»Wann sollen sie freikommen?«

»Weiß ich nicht genau. Wir stehen jedenfalls auf Abruf bereit und warten auf ihre Anweisungen. Auch die Fernsehteams sind informiert.«

»Vielen Dank, daß Sie mich benachrichtigt haben.«

»Ist doch selbstverständlich! Ich kann Sie doch nicht im ungewissen lassen«, bemerkt er, fast beleidigt.

»Was meint Parker dazu?«

»Er hält es für ein gutes Zeichen. Sobald sich etwas Neues ergibt, melde ich mich bei Ihnen.«

Die Straße, die zur Brücke führt, steigt leicht an. Ich

schere aus der Fahrspur aus, fahre an den Rand und beginne im Rückwärtsgang wieder hinunterzurollen – bespuckt, verflucht und begleitet von begeisterten Zurufen wie »Trottel!«, »Blödian!« und »Wer hat dir den Führerschein hinterhergeschmissen, du Verbrecher!«. Am Ausgangspunkt der Straße wende ich abrupt und reihe mich wieder in die Spur Richtung Chalkida ein, während ich Adrianis Handynummer wähle.

»Wir haben es gerade gehört!« ruft sie aufgeregt. »Wir gehen jetzt zum Alten Hafen. Bete zu Gott, daß sie Katerina und Fanis freilassen!«

Ich versuche ihre Hoffnungen zurechtzustutzen, um ihre Enttäuschung in Maßen zu halten. »Das ist kaum zu erwarten. Sie wollen nur Alte und Frauen mit Kindern freilassen. Katerina und Fanis gehören in keine der Kategorien.«

»Man kann nie wissen. Manchmal geschehen Zeichen und Wunder.«

»In jedem Fall ist es ein gutes Omen. Sie lassen Passagiere frei, und darüber hinaus werden wir aus erster Hand Informationen über die Bedingungen an Bord und über die Identität der Terroristen erfahren.«

Für sie ist es beschlossene Sache, daß sie Katerina und Fanis sehen wird, und mit weniger will sie sich nicht zufriedengeben. Ich nehme mir vor, sie gleich nochmals anzurufen, und halte am ersten Kafenion auf der Strecke an. Es ist ein klassisches Provinzkafenion an den Ausläufern von Chalkida und hat mit schicken Cafés nichts gemein. Zwei alte Männer spielen Tavli und vier weitere Karten.

»Meister, mach mal den Fernseher an«, sage ich zum Kafenionwirt.

Er unterbricht die Aufräumaktion an seiner Theke und blickt mich genervt an. »Wozu? Hältst du es ohne das Frühstücksfernsehen nicht aus?« fragt er spöttisch.

Ich bin drauf und dran, ihm zu sagen, daß ich es ohne meine Tochter und Fanis nicht aushalte, die als Geiseln auf der El Greco sitzen, doch ich beiße mir auf die Lippen.

»Nein. Aber die Entführer der El Greco lassen Geiseln frei.«

Alle sechs unterbrechen augenblicklich ihr Spiel. »Thanassis, mach den Fernseher an«, meint der eine.

Dem Wirt gefällt es offensichtlich wenig, im eigenen Lokal bevormundet zu werden, und er leistet nach wie vor Widerstand. »Und wer bist du? Journalist?«

»Bulle«, entgegne ich kurz angebunden und drücke auf die Fernbedienung.

Der Bildschirm zeigt die El Greco vor den Thodorou-Inseln. In der linken oberen Ecke befindet sich das Fensterchen des Moderators. Die Kamera verläßt nun das Schiff und die Inseln und kehrt zum Korrespondenten zurück, der niemand anderer als Sotiropoulos ist.

»In diesem Augenblick starten die Boote der Hafenpolizei, um sich dem Schiff zu nähern und die Passagiere aufzunehmen«, sagt Sotiropoulos. Die Kamera wendet sich wieder dem Hafen zu, und ich erkenne, wie die Boote der Hafenpolizei nacheinander Kurs auf die El Greco nehmen. »Die Angehörigen der Geiseln und Einwohner von Chania haben sich am Hafen versammelt und warten gespannt auf die Ankunft der von den Terroristen freigelassenen Passagiere.«

Die Schaulustigen stehen dicht gedrängt an der Küstenstraße. Ganz Chania gibt sich ein Stelldichein. Irgendwo dort müssen sich auch Adriani, Sevasti und vielleicht auch Prodromos befinden. Bloß ich bin nicht dort und verfolge statt dessen alles vor dem Fernseher. Wer keinen Platz im Parkett gefunden hat, läßt sich auf den Rängen nieder, mit dem Resultat, daß die Kafenions aus den Nähten zu platzen drohen. Die Kamera richtet sich auf die erste Reihe, in der einige mit ihren Fotoapparaten um den besten Platz rangeln, um die Szene zu verewigen.

»Völlig überfüllt sind die Kafenions an der Küstenstraße, he! Vollkommen überfüllt!« höre ich die Stimme des Wirts neben mir sagen. »Es heißt ja: Wenn zwei sich streiten, freut sich der dritte! Die einen zittern, und bei den anderen klingelt die Kasse!«

»Bei denen klingelt so oder so die Kasse«, bemerkt ein Gast. »Kreta hat jede Menge Tourismus.«

»Was heißt hier Tourismus? Durch eine Entführung am Anfang der Saison verdienst du in zwei Wochen soviel wie sonst im ganzen Jahr.«

»Fällt dir nichts Besseres ein?« echauffiert sich ein anderer Gast. »Was willst du eigentlich? Sollen wir in Chalkida eine Entführung organisieren, damit bei dir die Kasse klingelt?«

»Wieso, hab ich vielleicht ein Lokal an der Flaniermeile? Nein, einen Saftladen in einer Scheißgegend. Laß mich doch in Ruhe, ich bin eben eine verkrachte Existenz«, sagt der Kafenionwirt, als wiederhole er eine Selbsteinschätzung, die er sich von Kindesbeinen an zurechtgelegt hat.

Zum Glück endet hier die Diskussion, und ich kann meine Aufmerksamkeit auf Sotiropoulos richten, der ein

Mikrofon in der Hand hält und die Boote der Hafenpolizei beobachtet.

»Wie es scheint, tut sich etwas an Deck«, bemerkt der Moderator. »Ja, zum ersten Mal seit dem Tag der Entführung. Leider haben Polizeikräfte und Hafenpolizei den Fernsehteams aus Sicherheitsgründen keine Aufnahmen in der Nähe des Schiffes gestattet. Iakovos, wie nah kannst du rangehen?«

Anstelle einer Antwort fährt die Kamera näher an das Schiff heran. Die Distanz ist immer noch groß, doch es reicht aus, um die Personen zu zeigen, die sich an Deck versammelt haben. Vorne, neben den Rettungsbooten, sind zwei schwarzgekleidete Typen zu erkennen, die Kalaschnikows in Händen halten. Ihre Gesichter sind maskiert. Mittlerweile sind die Boote der Hafenpolizei fast bei der El Greco angelangt.

»Ich glaube, hiermit bekommen wir die Terroristen zum allerersten Mal zu Gesicht. Nicht wahr, Christos?«

»Genau«, entgegnet Sotiropoulos. »Zu Gesicht bekommen ist allerdings übertrieben, denn sie sind von Kopf bis Fuß vermummt.«

Das erste Boot der Hafenpolizei hat sein Ziel erreicht, und die El Greco läßt das Fallreep herunter. Die Kamera zoomt das Schiff in dem Moment heran, als die ersten Passagiere mit Hilfe der Polizisten ausgebootet werden. Die Frauen, die ihre Kinder im Arm halten, sind leicht zu erkennen. Die Alten kann man durch die Langsamkeit ihrer Bewegungen einordnen. Die Menschen am Hafen sind zwar nicht zu sehen, doch das Raunen ist zu hören, das durch die Menge geht, als die Passagiere in die Boote der Hafenpolizei steigen.

»Wie viele werden freigelassen, Christos?« fragt der Moderator.

»Eine genaue Zahl ist nicht bekannt. Die Hafenpolizei ließ verlautbaren, daß man mit etwa achtzig Personen rechne.«

Das erste Boot ist voll, doch statt Kurs auf den Hafen zu nehmen, fährt es mit einer Rechtskurve auf das offene Meer hinaus.

»Was geht hier vor?« fragt der Moderator verdattert.

Mir ist es klar, nur kann ich es ihm nicht soufflieren. Das Raunen der Menge sagt es ihm: »Sie bringen sie nach Souda! Sie bringen sie nach Souda!«

»Das wurde geheimgehalten«, meint Sotiropoulos verärgert. »Das wurde uns nicht mitgeteilt, um die Geiseln in aller Ruhe zuerst durch die Antiterrorabteilung befragen zu lassen, bevor sie sich den Fragen der Journalisten stellen.«

»So etwas ist nicht korrekt. So führt man nicht nur die Journalisten, sondern auch die öffentliche Meinung in die Irre«, ergänzt der Moderator erbost.

Die Kamera schwenkt wieder zum Hafen und erfaßt eine riesige Menschenmenge, die sich unter Püffen und Tritten von der Küstenstraße abwendet, um mit dem Auto Richtung Souda zu rasen.

»Wie es aussieht, Christos, werden Sie auch nach Souda aufbrechen müssen«, meint der Moderator zu Sotiropoulos.

»Das war ein geschickter Schachzug«, entgegnet Sotiropoulos nicht ohne Anerkennung. »Bis wir in Souda sind, haben sie die Passagiere in Empfang genommen und isoliert, so daß wir vor der Vernehmung keinen Kontakt zu ihnen aufnehmen können.«

Auch ich muß vor unseren Leuten den Hut ziehen. Der Organisator der Aktion hat gute Arbeit geleistet. Ein Boot der Hafenpolizei nähert sich dem Schiff, um die zweite Ladung aufzunehmen, doch die Ausbootung der Passagiere interessiert mich nicht weiter. Viel lieber möchte ich hören, was Gikas bei der Vernehmung in Erfahrung bringt.

Ich steige in den Mirafiori und begebe mich auf den Rückweg nach Athen. Als ich die Brücke überquere, kommt mir plötzlich ein Gedanke in den Sinn: Was wäre, wenn Igor Schaljapin recht hat? Wenn es nun tatsächlich Tschetschenen sind und sie die Alten und Frauen mit Kindern nur freilassen, um die übrigen dann hinzurichten, indem sie das Schiff in die Luft sprengen?

Das sicherste Mittel, aufkeimende Freude zu ersticken, ist Angst. Innerhalb kürzester Zeit ist jede Spur davon ausgemerzt. Ich versuche, meine Beherrschung wiederzuerlangen und logisch zu denken. Es ist nicht das erste Mal, so sage ich mir, daß Terroristen Alte und Frauen mit Kindern freilassen und die übrigen Erwachsenen als Geiseln zurückbehalten. Bei fast allen Flugzeugentführungen wird so vorgegangen. Ja, aber wie ist es zu erklären, daß bislang keinerlei Forderung gestellt wurde? Araber und Palästinenser übernehmen zumindest sofort die Verantwortung oder formulieren ihr Anliegen. Doch, genauer besehen, trifft auch das nicht zu. Bei den Bombenattentaten in London waren Tage verstrichen, bis al-Qaida die Verantwortung übernahm. Genauso wie zuvor in Madrid. Zunächst fand sich keine Organisation, die sich – direkt oder indirekt – zu dem Anschlag bekannte. Und was Forderungen im allgemeinen betrifft, so gehören sie ohnehin in die gute alte Zeit, als man noch durch ihre Erfüllung und die Bereitstellung einer Fluchtmöglichkeit für die Terroristen als Gegenleistung die Freilassung der Geiseln erreichen konnte. Folglich muß es sich nicht um Tschetschenen handeln. Es können genausogut Araber oder Palästinenser sein.

Da es mir nicht gelingen will, mich an den positiven Entwicklungen aufzurichten, greife ich auf Gikas zurück. Ich bleibe vor der Auffahrt auf die Nationalstraße stehen und rufe ihn auf seinem Mobiltelefon an.

Scheinbar hat er meine Nummer erkannt, denn er antwortet kurz angebunden »Ich rufe Sie gleich zurück« und legt auf.

Dieses »Gleich« dauert bis in die Nähe von Malakassa an, also etwa eine halbe Stunde, gerade als ich an einem Parthenon vorbeifahre, den ein größenwahnsinniger Neugrieche auf der linken Seite der Nationalstraße errichtet hat – mit Säulen, Pfeilern und einem Säulengang, der in der Mitte noch Platz für das Erechtheion läßt. Die Flucht des Neugriechen aus der Armut beginnt mit dem Bau eines Einfamilienhauses und gipfelt in einer originalgetreuen Kopie der Akropolis.

»Ich fasse mich kurz, weil ich zurück zur Vernehmung muß«, sagt Gikas. »Obwohl ich nicht glaube, daß wir noch mehr in Erfahrung bringen werden. Keiner konnte uns sagen, welcher Nationalität die Terroristen sind oder welche Sprache sie sprechen. Sie tragen stets Masken, sprechen überhaupt nicht, und wenn sie eine Anweisung geben müssen, dann nur kurz und auf englisch. Wir können uns nicht einmal ein Bild über ihre Aussprache machen. Sie haben nur Griechen und keine Ausländer freigelassen. Die Frauen halten sie im Salon der ersten Klasse fest, die Männer im Salon der Economy Class. Der einzige Kontakt zwischen den Gruppen wird durch einen Arzt aufrechterhalten, der sich um die Kranken kümmert und von einer jungen Frau namens Katerina begleitet wird. Könnte das Ihre Tochter sein?«

»Ja, und der Arzt ist ihr Verlobter. Sie wollten nach Katerinas Prüfung kurz Ferien auf Kreta machen.«

Obwohl Katerina vor vier Tagen angekündigt hatte, daß sie mit Fanis ohne Trauschein zusammenziehen wolle, um zu sehen, ob sie überhaupt zusammenpaßten, präsentieren wir die beiden nach wie vor als verlobtes Paar und betrachten Fanis' Eltern als Katerinas Schwiegereltern. So geht es immer, stelle ich ergeben fest: Tragische Ereignisse beschleunigen die Familienzusammenführung.

»Jedenfalls haben sie bislang keiner Geisel und keinem Besatzungsmitglied etwas zuleide getan«, höre ich wieder Gikas' Stimme. »Und das ist prinzipiell positiv.«

»Außer, es sind Tschetschenen, die zunächst die erste Stufe ihres Plans umsetzen, wie Schaljapin meinte.«

Er denkt kurz nach, bevor er antwortet. »Aber wieso haben sie dann drei ganze Tage bis zur Freilassung gewartet?«

»Ich weiß es nicht. Vielleicht, weil sie mit Schiffen keine Erfahrung haben und sie länger gebraucht haben als geplant, um die Fähre mit Sprengstoff zu präparieren.«

»Kann ich nicht ausschließen, aber das scheint mir übertrieben. Ich glaube, daß sie den Plan verfolgen, uns permanent zu verwirren.«

»Aus welchem Grund?«

»Keine Ahnung. Aber ich rechne damit, auch die Kehrseite der Medaille zu sehen: ihr grausames Gesicht. Es ist nur eine Frage der Zeit.«

Seine Meinung klingt überzeugend. Es ist unwahrscheinlich, daß ihr grausames Gesicht lange im Verborgenen bleibt. Ich rufe Adriani an und melde ihr die Neuigkeiten, ohne ein Wort über die weniger erfreulichen Szenarien zu verlieren. Als ich nun auch das zweite kurze Telefonat beendet habe, passiere ich gerade die Abfahrt nach Ajios Stefanos und lasse Adriani im siebten Himmel schweben.

# 13

Der Architekt, der Stelios Ifantidis' Apartment in der Plapouta-Straße entworfen hat, muß betrunken gewesen sein. Denn die Verhältnisse stimmen nicht: Die Dachgeschoßwohnung mißt gerade mal vierzig, doch die mit Bäumchen, Blumentöpfen und Balkonkästen vollgestellte Veranda mehr als siebzig Quadratmeter. Eigentlich hätte er zwecks besserer Wohnraumverteilung die Veranda bewohnen und das Apartment als Treibhaus für seine Pflanzen nutzen müssen.

Es besteht aus einem sichtbaren Wohnzimmer und einem unsichtbaren Schlafzimmer, das sich in einem Bettsofa verbirgt. Die Kochnische bietet kaum Platz für einen Kühlschrank, einen kleinen Herd und eine Spüle und der Bewohner mußte wohl ständig aufpassen, sich nicht den Kopf an den Küchenkästen zu stoßen.

Ich bleibe vor der Verandatür stehen, um den Technikern der Spurensicherung nicht im Weg zu sein. Der Einrichtung nach zu schließen muß ich Ifantidis' Schwester zustimmen. Dieses Mauseloch ist geschmackvoll eingerichtet. Ifantidis muß mit großer Geduld verschiedenen, durchaus wertvollen Kleinkram und Stoffe mit hellen, leuchtenden Farben zusammengetragen haben. Wo er Nullachtfünfzehn-Ware nicht vermeiden konnte, wie beim Bettsofa etwa, verbarg er deren Häßlichkeit unter hübsch gewebten Überwürfen.

Ich erwarte mir keine besonderen Erkenntnisse aus Ifantidis' Wohnung. Was sollte sich in einer Junggesellenwohnung von vierzig Quadratmetern verbergen? Sie verfügt nur über das Nötigste und hütet keinerlei Geheimnis. Wenn überhaupt, würde es sich im zweitürigen Einbauschrank verbergen, doch dort ist nichts zu finden. Kleider und Schuhe sind alle von einer Größe, was bedeutet, daß Ifantidis allein lebte und keine regelmäßigen oder kurzfristigen Mitbewohner hatte. Das Badezimmer bestätigt meinen Gedankengang. Alles ist tipptopp aufgeräumt und nur in einfacher Ausfertigung vorhanden: eine Zahnbürste, eine Zahnpastatube, eine Haarbürste. Die Wohnung blitzt vor Sauberkeit. Würde Adriani Preise für Haushaltsführung vergeben, so wäre Ifantidis ihr großer Favorit.

In der Mitte des Raumes thront, mit Blick auf die Veranda, ein Zeichentisch. Ich blättere die darauf liegenden Entwürfe durch, kann jedoch nichts Interessantes entdecken. Im Büroschrank nebenan stoße ich auf zwei Schubladen voll mit halbfertigen und abgeschlossenen Entwürfen, wobei alles peinlich genau geordnet ist.

»Habt ihr was gefunden?« frage ich das Team der Spurensicherung.

»Das Übliche, auf den ersten Blick nichts Auffälliges«, entgegnet Dimitriou, der Teamleiter. »Adreßbuch oder Terminplaner ist jedenfalls nicht aufgetaucht. Wir haben überall gesucht.«

Er muß ein Adreßbuch oder Filofax besessen haben, da er als Model gearbeitet hat. Nachdem wir auch kein Handy vorgefunden haben, muß es der Mörder gewesen sein, der alles verschwinden ließ.

Was die Wohnung nicht preisgibt, verraten möglicherweise die Nachbarn, sage ich mir. Ich stürme das Treppenhaus hinunter und beginne auf Klingelknöpfe zu drücken. In der vierten Etage liegen zwei Wohnungen, doch niemand öffnet. Daraufhin versuche ich mein Glück in der dritten Etage. Als ich schon drauf und dran bin, mein Schicksal zu verfluchen, höre ich, wie hinter mir die Tür des Fahrstuhls aufgeht und eine Frauenstimme fragt: »Suchen Sie jemanden?«

Die Mittvierzigerin, welche die Frage stellte, kommt offensichtlich gerade aus dem Frisiersalon. Ihr schweres Parfüm kitzelt mich in der Nase.

»Kommissar Charitos. Ich hätte da ein paar Fragen zu–«

»Ah, es geht um den jungen Mann, der umgebracht wurde, nicht wahr? Kommen Sie herein«, sagt sie zuvorkommend und schließt die Wohnungstür auf.

Sie führt mich in einen Flur, wo ein großer Tisch mit Marmorplatte und Marmorfüßen thront, über dem ein schwarz gerahmter Spiegel hängt. Genau gegenüber steht ein Gipsabguß des Diskuswerfers, allerdings nur halb so groß wie das Original. Die Frau führt mich durch den Flur ins Wohnzimmer, womit wir übergangslos von Perikles' Zeitalter zur Epoche Louis XIV. wechseln, denn im Wohnzimmer herrschen holzgeschnitzte Möbel mit vergoldeten Beinen und grüner Polsterung vor.

Ich nehme auf einem der goldgrünen Sessel Platz und die Mittvierzigerin mir gegenüber. »Darf ich Ihnen etwas anbieten?« schlägt sie vor. »Einen Kaffee vielleicht?«

»Nein, danke. Sagen Sie mir bitte Ihren Namen?«

»Ourania Nestoridou.«

»Kannten Sie Stelios Ifantidis?«

»Was für eine Frage, Herr Kommissar! Ist es denn möglich, ihn nicht zu kennen?« entgegnet sie nahezu beleidigt. »Jeden Abend war er auf allen Sendern zu sehen.«

»Das meine ich nicht, Frau Nestoridou. Meine Frage lautet, ob Sie ihn als Nachbarn kannten. Aus dem Wohnhaus.«

»Nur vom Sehen, und auch das nur selten. Er war ein ruhiger junger Mann. Soviel ich weiß, gab es keine Beschwerden über ihn. Er hat sich auch mit keinem anderen Mieter angelegt.« Sie hält kurz inne und fügt hinzu: »Vielleicht weil er keine Angriffsfläche bieten wollte.«

Ich verstehe sofort, worauf sie hinauswill, doch ich stelle mich unwissend. »Warum wollte er das nicht?«

Die Nestoridou zögert und blickt mich verlegen an. »Er war – andersrum, wissen Sie«, meint sie schließlich.

»Und das war der Grund, warum er keinen Anlaß für Kommentare bieten wollte?« Die Aussagen von Ifantidis' Schwester bewahrheiten sich nach und nach.

»Verstehen Sie denn nicht? Solche Leute schämen sich im Grunde doch. Sie haben ihre Ängste, ihre Komplexe. Natürlich gibt es auch da schamlose Typen, aber dieser arme Junge war alles andere als schamlos.«

»Haben Sie ihn je in Gesellschaft oder mit anderen Männern gesehen?«

»Nein. Immer wenn ich ihn traf, war er allein.«

Ich sehe, daß nichts Interessantes mehr herausspringt, und erhebe mich. »Vielen Dank, Frau Nestoridou. Nötigenfalls laden wir Sie zu einer Vernehmung vor.«

Sie gibt mir ihre Telefonnummer und begleitet mich zur Wohnungstür. Der Diskuswerfer ist nach wie vor bereit, sein Wurfgeschoß auf den Marmortisch zu schmettern und den Spiegel in tausend Stücke zu zerschlagen.

Als ich auf den Fahrstuhlknopf drücke, fällt mir ein, daß früher in den Burgen die Wachposten immer hoch oben lagen, in den modernen Wohnhausanlagen jedoch stets im Erdgeschoß zu finden sind. Dort wohnen diejenigen, welche die anderen Revue passieren lassen und beobachten. Bei meiner Ankunft hatte ich eine weißhaarige Dame bemerkt, die von ihrem schmalen Fenster im Erdgeschoß aus die Plapouta-Straße überblickte, während an ihrer Seite ein Hündchen die Schnauze hochreckte. Ich läute an ihrer Klingel, und sie ist, möglicherweise in der Hoffnung auf ein Schwätzchen, sofort an der Tür.

»Kommissar Charitos. Darf ich Sie kurz stören?«

»Es geht um Stelios, nicht wahr? Kommen Sie herein.«

Sie führt mich in ein kleines Wohnzimmer, eingerichtet mit Familienerbstücken aus den dreißiger Jahren. Ich nehme auf einem jener alten Sessel Platz, deren Armlehnen halbmondförmig bis zum Boden hinunter geschwungen sind. Die Weißhaarige setzt sich mir gegenüber in einen Stuhl.

»Afroditi Teloni«, stellt sie sich vor. »Buchhalterin im Ruhestand, verwitwet und kinderlos.«

Das Hündchen entfernt sich vom Fenster, stellt sich vor mir auf und beginnt mich anzukläffen. »Ruhig, Lucky«, sagt sie streng. Danach wendet sie sich mir zu. »Lucky ist für mich eine Art Altenpfleger. Seinetwegen kann ich nicht ins Altersheim gehen, denn Hunde sind dort nicht erlaubt.«

Sie bemüht sich redlich, mit mir ins Gespräch zu kommen, doch ich habe weder Zeit noch Lust auf eine Plauderei. »Kannten Sie Stelios Ifantidis?«

Sie drückt ihre rechte Hand an die Stirn. »Ach, erinnern Sie mich nicht daran. Zwei Tage schon schalte ich den Fernseher – meine einzige Gesellschaft – nicht ein, um sein Gesicht nicht zu sehen.«

»Kannten Sie ihn näher?«

»Herr Kommissar, in meinem Alter kennt man niemanden mehr näher. Nicht nur, weil mein Augenlicht nicht mehr mitmacht, sondern weil niemand eine Frau näher kennenlernen will, die aus einer anderen Zeit stammt.« Ein tiefer Seufzer entringt sich ihrer Brust, und sie fährt fort: »Aber Stelios' Gesellschaft hat mir Freude gemacht. Und es waren nicht nur der kurze Gruß und die paar Sätze im Treppenhaus, sondern des öfteren fragte er mich, ob er mir etwas einkaufen sollte, oder trug mir meine Einkaufstüten in die Wohnung. Lucky liebte ihn heiß, weil er mit ihm spazierenging, wenn mir nicht wohl war oder bei großer Kälte, weil ich dann ungern hinausgehe. Was soll ich Ihnen sagen? Er war ein wunderbarer junger Mann.«

»Wußten Sie, daß er Fotomodell war?« Ich frage danach, weil ich nicht weiß, wie ich nach seinem anderen Charakteristikum fragen soll.

»Sagte ich nicht schon, daß das Fernsehen mein einziger Trost ist? Also habe ich ihn jeden Abend gesehen. Ich habe es ihm gegenüber sogar direkt angesprochen, obwohl mir da keine Meinung zustand. ›Lieber Stelios, vernachlässige wegen einer Karriere als Fotomodell deine Ausbildung nicht‹, meinte ich zu ihm. ›Halten Sie mich für verrückt?‹ war seine Antwort. ›Ich will bloß Geld verdienen, damit ich zum einen meiner Mutter nicht auf der Tasche liege und damit ich zum anderen etwas auf der hohen Kante habe, wenn ich mich selbständig mache.‹ Er war ein vernünftiger junger Mann, sage ich Ihnen.«

Zunächst verfluche ich mich, weil ich nicht daran gedacht habe, Ifantidis' Schwester nach seinen finanziellen Verhältnissen und seinem Bankkonto zu fragen. Es war mir auch nicht einmal in den Sinn gekommen, Vlassopoulos darauf anzusetzen. Doch es ist wohl in meiner Situation nur allzu verständlich, daß ich im Moment solche Fehlleistungen begehe.

»Wissen Sie, ob er Freunde hatte?«

»Ich muß Ihnen wohl nicht sagen, daß er schwul war, das wissen Sie sicher schon.«

»Ich weiß. Hat er über Persönliches mit Ihnen gesprochen?«

»Vor mir hatte er keine Geheimnisse. Mir erzählte er von seinen Familienangelegenheiten und von seinem Liebesleben.«

Ich kann mir vorstellen, wie sie hier in diesem kleinen Wohnzimmer saßen und beim Mokka plauderten. Wenn die Teloni Kaffeesatz lesen kann, hat sie ihm sicherlich sein Schicksal gedeutet.

»Wissen Sie, ob er Liebesbeziehungen hatte?«

»Nur gelegentlich. Für eine Nacht oder für ein Wochenende, wie er es nannte. Nichts Festes.«

»Haben Sie gesehen, wie Freunde bei ihm ein und aus gingen?«

»Nein, in seiner Wohnung wollte er niemanden haben.«

»Warum? Um keinen Anlaß für Tratsch zu bieten?«

»Nein. Er wollte einfach nicht, daß andere in seine Privatsphäre eindrangen.«

Ich führe mir die Einrichtung von Ifantidis' Wohnung vor Augen und komme zum Schluß, daß die Begründung vermutlich stimmt.

»Nur zweimal habe ich gesehen, wie ihn ein junger Mann mit Motorrad vor dem Haus abgeholt hat...« Sie hält inne und fügt dann hinzu: »Er war ein wenig seltsam.«

»Was verstehen Sie unter seltsam?«

»Eine seltsame Erscheinung. Er trug einen Helm, hatte den Körperbau eines Ringers und trug eine Lederjacke mit goldenen Knöpfen und hohe Militärstiefel. Ich wollte Stelios nach ihm fragen, aber ich genierte mich.«

»Wieso?«

»Ich erinnerte mich an die Worte meines verstorbenen Mannes. Solche wie Stelios gingen nicht nur mit Männern, sondern sie hätten auch einen seltsamen Geschmack. So genierte ich mich zu fragen.«

Hätte sie ihn gefragt, so hätte Stelios ihr gegenüber wahrscheinlich irgendeine Ausrede gebraucht. Ob er wohl ein Gelegenheitslover oder ein regelmäßiger Besucher war? Aller Wahrscheinlichkeit nach werden wir das auch nie erfahren.

Ich habe keine Fragen mehr an die Teloni und erhebe mich. Sie begleitet mich zur Wohnungstür, während der Hund hinter ihr kläfft – froh, mich loszuwerden.

Als ich auf die Plapouta-Straße hinaustrete und zur Kallidromiou-Straße gehe, wo ich meinen Wagen abgestellt habe, läutet mein Handy. Ich nehme das Gespräch an, in der Hoffnung, von Gikas eine weitere gute Nachricht zu hören. Doch die Stimme am anderen Ende ist mir unbekannt.

»Palioritis aus dem Labor, Herr Kommissar. Könnten Sie kurz bei uns vorbeikommen? Wir sind auf etwas sehr Eigenartiges gestoßen.«

»Etwas Eigenartiges? Reden Sie Klartext.«

»Es ist schwer zu beschreiben. Sie müssen es aus der Nähe sehen.«

»Gut, ich komme.«

Wenn man mich auf dem Mobiltelefon anruft und ins Labor zitiert, muß es sich tatsächlich um etwas Außergewöhnliches handeln.

## 14

Ich brauche fast eine Dreiviertelstunde, um von der Plapouta-Straße zum kriminaltechnischen Labor zu gelangen. Wer das sanfte Dahinplätschern des Straßenverkehrs während der Olympiade bejubelte und das Athener Chaos für beendet hielt, wurde durch den wiederkehrenden alltäglichen Verkehrssumpf bald eines Besseren belehrt. »Ein kleines Wunder hält drei Tage an, ein großes höchstens vierzig«, behauptete meine Mutter selig. Das Wunder der Olympischen Spiele schaffte es auf knapp vierzig Tage, und danach war alles wieder beim alten.

Schweißgebadet treffe ich im Labor ein, wo Palioritis schon wie auf glühenden Kohlen sitzt. Er packt mich mit einem »Kommen Sie!« am Arm und führt mich schnurstracks zu seinem PC. »Setzen Sie sich, und sagen Sie mir, was Sie hier sehen«, meint er.

Was ich auf dem Bildschirm sehe, hat die Form eines von vorne besehenen Gewehrlaufs: ein kreisförmiges Loch und sternförmig auseinanderstrebende Linien.

»Ist es das Einschußloch auf der Stirn?«

»Ja, aber nicht nur das, auch der Abdruck des Laufs ist zu sehen, da der Schuß aus nächster Nähe abgefeuert wurde.« Sein Blick bleibt auf den Bildschirm geheftet, und er wispert, mehr zu sich selbst als zu mir: »Und hier fangen die Ungereimtheiten an.«

»Was für Ungereimtheiten?«

»Fangen wir mit dem Einfachsten an. Die verwendete Munition ist eine 9-mm-Parabellum. Solche Patronen sind durchaus gängig, daher war ich sicher, daraus gleich die Tatwaffe ableiten zu können. Doch dann habe ich festgestellt, daß der Lauf von einer alten Pistole stammt.«

»Wie alt?«

»Möglicherweise sogar aus dem Zweiten Weltkrieg.«

Ich blicke ihn überrascht an. Diese Reaktion hat er schon erwartet und lächelt befriedigt. »Herr Kommissar, die Tatwaffe ist entweder eine Pistole der deutschen Marke Luger oder ein US-amerikanischer Colt M 1911. Für beide wurden 9-mm-Parabellum-Patronen benutzt, und beide waren im Zweiten Weltkrieg im Einsatz.«

Ich blicke auf den dargestellten Abdruck auf dem Bildschirm, der für mich nichtssagend, für Palioritis jedoch eine Fundgrube ist und auf eine jahrzehntelang vergessene Waffe verweist, die jemand für eine solche Gelegenheit in seiner Schublade aufbewahrt hat.

»Können Sie mir eindeutig sagen, um welche Pistole es sich handelt? Um die deutsche oder die amerikanische?«

»Vorläufig noch nicht, aber mit Sicherheit nach Abschluß der Tests.«

»Wann wird das sein?«

»Spätestens morgen.«

Er begleitet mich zum Ausgang des Labors, und sein Gesichtsausdruck spiegelt die Befriedigung wider, die er über meine Irritation empfindet. Auf dem Flur rufe ich umgehend Vlassopoulos an.

»Frag telefonisch im Kriegsmuseum an, ob in der letzten

Zeit eine Pistole der Marke Luger oder ein Colt M 1911 abhanden gekommen sind.«

»Warum ausgerechnet im Kriegsmuseum?« fragt er verdattert.

»Weil es sich um ein Museumsstück aus dem Zweiten Weltkrieg handelt.«

»Damit ist er umgebracht worden?«

»Ja. Die Einzelheiten erzähle ich dir später. Nach der Sache mit dem Kriegsmuseum möchte ich, daß du zur Kunsthochschule fährst und ein paar von Ifantidis' Kommilitonen ausfindig machst. Die bestellst du mir morgen früh alle zusammen in mein Büro.«

Nach Beendigung des Gesprächs steige ich wieder in den Mirafiori, um mich auf den Weg zu den Büros von Star Models in der Paleologou-Straße in Maroussi zu machen. Ich fahre den Kifissias-Boulevard mit ähnlichen Gefühlen entlang wie ein Pilger, der den Kalvarienberg erklimmt. Doch meine Befürchtungen erweisen sich als gotteslästerlich, denn der Verkehr rollt flüssig und – bis auf eine kleine Verstopfung an der Brücke von Jerokomio – ohne größere Wartezeiten dahin.

Während ich mechanisch den Wagen lenke, sind meine Gedanken bei Ifantidis. Das Loblied seiner Schwester bestätigt sich auch durch die anderen Zeugen. Sowohl die Kourteli als auch die Teloni fanden nur gute Worte für das Opfer. Über die Aussagen hinaus bezeugt auch seine Wohnung, daß er ein kultivierter junger Mann mit Geschmack war. Aus welchem Grund sollte ihn jemand töten? Genauer gesagt: regelrecht exekutieren? Das nächstliegende Motiv wäre Eifersucht, was aber zu Stelios nicht passen will. Was für eine Leidenschaft wäre das, die keine Spuren des Zusammenseins, nicht einmal Spuren eines Besuchs hinterläßt? Denn die Teloni ist vollkommen überzeugt davon, daß Stelios keine Besuche in seiner Wohnung erhielt, und ich habe keinen Grund, ihre Aussage anzuzweifeln. Ich bin mir sicher, daß ihr nichts entgangen ist, nicht nur aus Neugier, sondern auch aus dem Beschützerinstinkt einer Großmutter gegenüber ihrem Enkel heraus. Bleibt nur noch der unbekannte »Ringer« übrig. Zu ihm würde die Erschießung auf jeden Fall passen. Doch hier verkompliziert die Pistole aus dem Zweiten Weltkrieg die Angelegenheit. Eine Tunte kann durchaus eine andere Tunte im Überschwang der Gefühle umbringen, wie auch ein Mann eine Frau oder umgekehrt. Doch wie kommt diese Pistole ins Spiel? Woher stammt sie? Ein Erbstück aus Großvaters Zeiten? Vielleicht, aber woher stammen die 9-mm-Parabellum-Patronen? Selbst wenn nachgewiesen werden kann, daß die Pistole aus dem Kriegsmuseum entwendet wurde, paßt ein Einbruch im Museum wiederum wenig zu einer Schwulenbeziehung. Die andere Variante wäre: Es handelt sich um einen Serienkiller. Zu ihm würde die Luger besser passen. Serienmörder möchten stets ihre persönliche Note hinterlassen, um Aufsehen zu erregen. Und die Pistole aus dem Zweiten Weltkrieg ist mehr als das, nämlich ein ganz persönlicher Stempel. Nun, wenn der Täter sie nicht aus dem Museum geklaut hat, dann könnte er sie tatsächlich von seinem Großvater geerbt oder von einem Sammler erworben haben.

Ich biege nach links in die Vassilissis-Sofias-Straße in Maroussi ein und von dort in die Paleologou. Die Büros von

Star Models liegen in der dritten Etage eines Firmengebäudes. Ich trete in einen Vorraum mit einem kleinen Schreibtisch in der Mitte, auf dem ein PC steht. Die Wände sind mit Porträts von Hollywoodstars behängt, die das Alter meiner verstorbenen Mutter haben: Ava Gardner, Clark Gable, Rita Hayworth, Steve McQueen, David Niven. Die wurden nun ganz gewiß nicht von der Agentur Star Models vertreten, sage ich mir. Die Galerie zielt auf eine andere Aussage ab: Kommt zu uns, und ihr werdet so berühmt wie sie. Eine junge Frau mit lackierten Zehen- und Fingernägeln und ein junger Mann mit Ohrring sitzen in schäbigen Sesseln und warten augenscheinlich darauf, den Beweis dafür anzutreten.

Ich wende mich an die junge Frau, die hinter dem Schreibtisch sitzt. Sie hebt den Blick von ihrem Computer und heftet ihn angeödet auf mich.

»Sind Sie wegen der Yaris-Werbung hier?« fragt sie.

»Nein, ich bin wegen des Ifantidis-Mordes hier. Kommissar Charitos.«

Ihre Miene wandelt sich von angeödet zu betrübt. »Ach, der liebe, arme Stelios! Seit ich es gestern erfahren habe, bin ich fix und fertig. Sie wissen nicht, was für eine Seele von Mensch er war!«

Ich bin drauf und dran, ihr zu gestehen, daß ich mittlerweile auch davon überzeugt bin, doch sie kommt mir zuvor: »Einen Augenblick, ich sage Frau Lasaratou Bescheid.«

Frau Lasaratou ist eine dickliche Fünfzigjährige, mit feuerrotem Haar und enormen Ohrklunkern. Sie trägt ein weißes T-Shirt mit einer riesigen griechischen Flagge genau auf ihrem wogenden Busen. Diese Mode mit der griechischen Flagge war während der Olympiade angesagt und geriet, genauso wie die Spiele selbst, unmittelbar danach in Vergessenheit. Daß die Lasaratou ihr immer noch frönt, beeindruckt mich. Sie folgt meinem Blick, der auf ihr T-Shirt gerichtet ist, und lacht auf.

»Ihnen ist mein T-Shirt aufgefallen?« fragt sie. »Ich trage es immer noch, um an die erfolgreiche Durchführung der Olympischen Spiele zu erinnern, mit der wir alle ausländischen Kritikerstimmen zum Schweigen gebracht haben.«

Ich bin nicht gekommen, um vergangene Großtaten zu feiern, daher lasse ich ihre Erklärung unerwidert. »Ich möchte Ihnen ein paar Fragen zu Stelios Ifantidis stellen«, sage ich. »Wenn ich richtig informiert bin, hat Ihre Agentur ihn vertreten.«

Sie stößt einen tiefen Seufzer aus. »Ich selbst, Herr Kommissar, war seine Agentin. Und es ist, leider Gottes, ein zweifacher Verlust. Sowohl für den jungen Burschen, der sein Leben verloren hat, als auch für mich, da mir bedeutende Einkünfte verlorengehen.«

»Kannten Sie ihn länger?«

»Seit dem Tag, als er seine Fotos vorbeibrachte, also seit zwei Jahren.« Sie beugt sich unvermittelt nach vorne und senkt ihre Stimme. »Um die Dinge beim Namen zu nennen: Ich kann mit Tunten nichts anfangen, Herr Kommissar. Das Getue und das ›Schätzchen‹ hin und ›Süße‹ her kann ich nicht leiden. Bei mir ist der Mann ein Mann und hat die Oberhand, während die Frau eine Frau ist und sich unterordnet. Wenn das auf den Kopf gestellt wird, geraten meine Wertevorstellungen ins Wanken.« Sie beugt sich noch mehr nach vorne und senkt erneut die Stimme, um noch Vertraulicheres mitzuteilen. »Natürlich sage ich das nicht laut. Ganz im Gegenteil, ich habe einen guten Draht zu Schwulen, mit Engelsgeduld höre ich mir ihre Ergüsse und ihre Liebesgeschichten an, weil in der letzten Zeit in der Branche große Nachfrage nach ihnen herrscht, und – Sie verstehen – ich will sie als Kunden nicht verlieren und beruflichen Schaden erleiden.«

Sie lacht auf, zufrieden mit ihrer Genialität. Ihr Busen wogt und die griechische Flagge gleich mit.

»Können Sie mir erklären, warum Sie mir das alles erzählen?« frage ich genervt, denn ihre Beziehung zu Tunten interessiert mich nicht die Bohne und kostet mich nur unnötig Zeit.

»Um Ihnen begreiflich zu machen: Stelios war zwar eine Tunte, aber er hatte Klasse. Bei ihm gab's kein Getue, kein ›Schätzchen‹ und keine ›Süße‹. Er war ein ernsthafter Mensch, mit mir sprach er nur über das Berufliche, über sein Privatleben schwieg er wie ein Grab.«

»Mit anderen Worten, Sie wissen nichts über sein Privatleben.«

»Nicht das geringste, außer daß er an der Kunsthochschule studierte.«

»Wissen Sie etwas von beruflichen Eifersüchteleien?« Ich frage bloß danach, um nicht mit leeren Händen abzuziehen.

»Sehen Sie, wenn man erfolgreich ist, hat man immer Neider. Speziell in dieser Branche. Jemand, der erfolglos bleibt, kann nicht hinnehmen, daß ein anderer ein hübscheres Gesicht, eine ansprechendere Gestalt, ausdrucksvollere Bewegungen hat. Also fängt er an, Verschiedenes zu verbreiten. Von der Aussage, ich würde nur Tunten fördern, bis zur Behauptung, Juden und Tunten würden die Welt regieren und ich sie unterstützen. Doch das bedeutet ja noch lange nicht, daß man Mordgedanken hegt.« Sie hält kurz inne und fährt fort: »Nur ein einziges Mal bin ich tatsächlich erschrocken, nämlich als sein Vater hier auftauchte.«

»Sein Vater? Wann?«

»Vor drei Monaten etwa.«

»Was wollte er denn?«

»Er stürmte in mein Büro und drohte, er würde mir etwas antun, wenn ich seinem Sohn weiterhin Aufträge gäbe. Dann wollte er, daß ich Stelios' Adresse und Telefonnummer herausrücke. Er war außer sich und trat nach den Möbeln. Ich bin zu Tode erschrocken. Bis ich schließlich Thekla, meiner Sekretärin, und ein paar jungen Männern, die draußen warteten, zurief, sie sollten die Polizei holen. Da kriegte er es mit der Angst zu tun und haute ab. Ich kann noch immer nicht verstehen, warum er verhindern wollte, daß ich seinem Sohn Aufträge vermittle...«

Ich verstehe es zwar, bemühe mich jedoch nicht, es ihr zu erläutern. Zum Zeichen des Aufbruchs erhebe ich mich. »Hier ist meine Handynummer, vielleicht fällt Ihnen ja noch etwas ein.«

»Sie können sie gerne hierlassen, aber mir fällt bestimmt nichts mehr ein. Ich habe Ihnen alles gesagt.«

Draußen wartet eine stattliche Anzahl von Männern und Frauen jeden Alters und mit so großer Geduld, als säßen sie in einer Zahnarztpraxis. Als ich in den Fahrstuhl trete, denke ich, daß ich so schnell wie möglich Ifantidis' Vater die Daumenschrauben ansetzen sollte. Erstens hat er sich die Mühe gemacht, die Agentin seines Sohnes ausfindig zu machen. Zweitens hatte er sie persönlich bedroht. Drittens verlangte er nach Stelios' Adresse. All dies macht ihn zu einem erstklassigen Verdächtigen, vor allem da ich keinen Besseren vorzuweisen habe.

## 15

Verlegen stehen sie auf dem Flur vor meinem Büro herum und warten auf mich. Es sind nicht die gewohnten Polizeireporter, denn die erfreuen sich an der kretischen Meeresbrise und beobachten die vor den Thodorou-Inseln schaukelnde El Greco. Mir werden nun die Medienreporter der Sender und Zeitungen auf den Hals geschickt. Nicht, daß die ersten sich wesentlich von den zweiten unterscheiden. Die zweiten sind bloß augenscheinlich nicht in ihrem Element, da es etwas anderes ist, irgendwelche TV-Sternchen zu interviewen, als auf einem Flur des Polizeipräsidiums auf die Ankunft des zuständigen Bullen zu warten. Ich gebe mich gleichgültig und tue so, als würde ich sie nicht bemerken, doch eine verlegene Frauenstimme hält mich zurück.

»Gibt es vielleicht etwas Neues im Ifantidis-Mord?«

»Ich rufe Sie gleich herein«, erkläre ich unbestimmt und trete in mein Büro.

Stavropoulos' Bericht erwartet mich schon. Ich überfliege ihn, indem ich alles weglasse, was mich nicht interessiert oder was ich schon weiß, und so komme ich zum Todeszeitpunkt. Stavropoulos setzt ihn zwischen elf Uhr abends und drei Uhr morgens an. Ich suche kurz nach einem Hinweis, ob das Opfer vor dem Mord Geschlechtsverkehr hatte. Doch der Bericht schließt es aus. Alles weitere ist für mich uninteressant. Ich öffne die Tür und rufe die Reporter herein.

Zögernd treten sie ein und blicken sich um. Sie sind an geräumige Büros und weitläufige Salons gewöhnt, und der Arbeitsplatz eines Bullen schlägt ihnen aufs Gemüt. Letztlich entschließen sich zwei der anwesenden Frauen, Platz zu nehmen. Die übrigen bleiben mangels weiterer Sitzgelegenheiten stehen.

»Bezüglich des Ifantidis-Mordes kann ich Ihnen nur wenig mitteilen. Vorläufig haben wir alles in allem zwei Anhaltspunkte. Erstens: Der Tod ist zwischen elf Uhr abends und drei Uhr morgens eingetreten. Und zweitens: Der Mörder hat sein Opfer aus nächster Nähe erschossen.«

Über die Pistole gebe ich keine weiteren Details bekannt, da ich Bauart und Baujahr der Waffe noch nicht enthüllen möchte. Zum Glück habe ich es mit unerfahrenen Neulingen zu tun, und es fällt ihnen nicht ein nachzuhaken. Wenn Sotiropoulos hier wäre, hätte er mir schon Löcher in den Bauch gefragt.

»Je nach Lage der Dinge wird es weitere Verlautbarungen geben«, ergänze ich, um sie loszuwerden. Sie begreifen, daß keine weitere Information für sie herausspringt, und verlassen einer nach dem anderen mein Büro.

Ich warte, bis hinter dem letzten die Tür ins Schloß fällt. Dann rufe ich Vlassopoulos herein und schildere ihm in groben Zügen den Laborbefund über die Pistole.

»Der Mörder hat sie jedenfalls nicht aus dem Kriegsmuseum entwendet. Sie haben sofort ihre Bestände überprüft und keinen Verlust festgestellt. Außerdem besitzen sie nur ganz wenige Luger, sondern vorwiegend amerikanische

M 1911. Die Deutschen haben uns normalerweise keine Pistolen geschenkt. Was die Munition betrifft, so sind 9-mm-Parabellum nicht mal als Ausstellungsstücke vorhanden.«

»Ich frage mich, wo er die Waffe herhat.«

Vlassopoulos hebt die Schultern. »Wenn es eine M 1911 ist, dann ist die Sache einfach: Das Militär hat sie im Bürgerkrieg verwendet.«

»Und wenn es eine Luger ist?«

»Hm, vielleicht hat sein Großvater sie einem deutschen Offizier abgenommen. Kann sein, daß er sie in einem der ehemaligen Ostblockländer gekauft hat, dort steht doch alles zum Verkauf. Was ich mich frage, ist: Warum sollte er sie überhaupt kaufen? Eine Antiquität, um einen Schwulen umzulegen?«

»Vielleicht handelt es sich um einen Serienkiller, der sich zum Ziel gesetzt hat, Griechenland von Schwulen zu säubern. Die Pistole dient dann als eine Art Markenzeichen.«

Er pfeift anerkennend. »Da haben wir es ja weit gebracht! Auf der einen Seite Terroristen, auf der anderen Serienkiller!«

»Immer mit der Ruhe. Es ist nur eine Theorie, die sich als falsch erweisen kann. Hast du Ifantidis' Kommilitonen benachrichtigt?«

»Ja. Morgen um halb zehn.« Er geht zur Tür, hält jedoch inne. »Ich muß gestehen, Dermitsakis fehlt mir.«

»Meine Tochter fehlt mir auch«, entgegne ich trocken.

»Stimmt, tut mir leid«, sagt er betreten, als hätte er den größten Fauxpas seines Lebens begangen.

Meine Tochter und Fanis gehen mir keine Minute aus dem Kopf. Doch wenn ich es, wie jetzt, laut ausspreche, wird es mir erst so richtig bewußt. Ein Blick auf meine Uhr sagt mir, daß es fast halb acht ist. Ich beschließe, alles stehen- und liegenzulassen und nach Hause zu fahren.

Als ich in die Spyrou-Merkouri-Straße einbiege, erinnere ich mich daran, daß ich seit gestern abend keinen Bissen zu mir genommen habe. Ich wähle das erstbeste Grillrestaurant und hole mir zwei Souflaki, das eine mit Gyros vom Schwein, das andere mit Bulette. Mit fünf Minuten Verspätung komme ich zu Hause an – die Acht-Uhr-Nachrichten haben schon begonnen. Sofort schalte ich den Fernseher an, um von der Küche aus wenigstens akustisch alles mitzukriegen, während ich meine Souflaki auspacke.

Ich habe sie gerade auf einem Teller mit Serviette angerichtet und bin für die ideale Kombination von Hingucken und Essen gerüstet, als ich den Moderator sagen höre: »Was ist dran an diesem Gerücht, Jannis, daß sich unter den Geiseln der El Greco ein Angehöriger eines höheren Polizeioffiziers befindet?«

»Es stimmt, Andreas. Diese Information wurde von zahlreichen freigelassenen Passagieren bestätigt.«

Der Teller gleitet mir aus der Hand und zerschellt, während die Souflaki auf dem Mosaikfußboden der Küche landen. Ich eile ins Wohnzimmer, doch bei meiner Ankunft ist der Korrespondent schon beim nächsten Thema und informiert den Moderator darüber, daß die Polizei unmittelbar nach der Freilassung der Geiseln mit einer Forderung der Terroristen rechnet.

Ich sitze auf glühenden Kohlen und warte ungeduldig die Interviews mit den freigelassenen Geiseln ab. Der Reporter vermeidet die Frage, ob unter den Geiseln auch die Tochter eines Polizeibeamten sei. Doch das beruhigt mich überhaupt nicht, und ich beginne zwecks Gegenprüfung mit dem Zapping. Nur in der letzten Nachrichtensendung stoße ich auf eine Fünfundzwanzigjährige, die ganz im Stil einer Kriegsberichterstatterin mit ärmelloser Weste, weiten Hosen und Sportschuhen ausgestattet gerade eine Fünfzigjährige befragt.

»Schwer zu sagen«, entgegnet die Fünfzigjährige. »Unter den Festgehaltenen sind auch junge Frauen. Keine Ahnung, ob jetzt eine davon die Tochter eines Polizeibeamten ist.«

Ihre Antwort beruhigt mich etwas, und da die Moderatorin zu den Auslandsmeldungen übergeht, schalte ich den Fernseher aus und rufe Gikas an.

»Von wem ist denn die Meldung über meine Tochter in Umlauf gebracht worden?« frage ich, bevor ich ihm überhaupt guten Abend wünsche.

»Von den freigelassenen Geiseln. Es scheint, daß Ihre Tochter mit der Tatsache, daß ihr Vater Polizist ist, nicht hinter dem Berg gehalten hat.«

Im Geiste lasse ich eine Schimpfkanonade auf sie los und fahre fort: »Was genau wissen die Journalisten?«

»Alles. Sie haben von Katerina erfahren, dann haben sie sich erinnert, daß Sie hier waren. Einige haben Ihre Frau kennengelernt. So haben sie eins und eins zusammengezählt.« Er pausiert kurz, dann fügt er hinzu: »Ich versuche sie mit Zähnen und Klauen daran zu hindern, nicht auf Sendung damit zu gehen, aber ich weiß nicht, wie lange ich sie noch in Schach halten kann.« Eine weitere Pause folgt, dann ergänzt er: »Ich hatte Ihnen gesagt, Sie sollten nicht herkommen, aber Sie haben ja nicht auf mich gehört.«

Sein Kommentar geht mir auf den Senkel. »Was hätten Sie denn an meiner Stelle getan?« frage ich heftig.

»Dasselbe wie Sie«, entgegnet er prompt. »Und hätte mich dann auch, wie Sie, mit den Folgen herumschlagen müssen.«

Gikas, wie er leibt und lebt: Zuckerbrot und Peitsche. Seine Aufrichtigkeit raubt mir meine Angriffslust. »Und was machen wir jetzt?«

»Wir versuchen, die Sache so lange wie möglich hinauszuzögern, und dann können wir nur beten.« Die Antwort ist richtig, aber nicht gerade aufbauend. Bevor ich etwas dazu sagen kann, kommt er mir mit einer Frage zuvor: »Was ist mit dem Mord an diesem Model?«

Ich informiere ihn über den Fortgang der Ermittlungen, hebe hervor, daß eine Pistole aus dem Zweiten Weltkrieg verwendet wurde, und füge zu meinem mündlichen Bericht noch die Befürchtung hinzu, daß wir es möglicherweise mit einem Serienkiller zu tun haben.

»Wie kommen Sie denn darauf?« fragt er besorgt. »Es ist doch noch zu früh, um einen solchen Schluß zu ziehen.«

»Schon, aber die altmodische Pistole läßt das befürchten.«

»Wieso?«

»Weil sie auf die spezielle Handschrift eines Serienmörders hindeuten könnte.«

Er läßt es sich durch den Kopf gehen und schließt es nicht ganz aus. »Hoffen wir, daß dem nicht so ist. Grundsätzlich jedoch müssen wir mit allem rechnen...«, seufzt er ergeben.

Bevor er auflegt, ersucht er mich noch, ihn jeden Abend

auf dem laufenden zu halten. Ich frage mich, ob ich gut daran getan habe, ihm meine Theorie so früh zu offenbaren, denn jetzt wird er mich tagtäglich löchern. Ich laufe in die Küche, um die Souflaki aufzulesen, bevor sie auf dem Fußboden Flecken hinterlassen und Adriani Grund zum Nörgeln bieten. Doch das Klingeln meines Handys hält mich davon ab.

»Hab ich's doch gewußt, daß hier was faul sein muß, wenn Sie samt Gattin in Chania auftauchen«, höre ich Sotiropoulos' Stimme sagen. »Und zu mir kein Wort, was? Nach so vielen Jahren halten Sie solche Dinge vor mir geheim?«

»Was hätte ich denn sagen sollen, Sotiropoulos? Warum sollte ich Sie mit meinen persönlichen Problemen belasten? Sind wir etwa verwandt oder verschwägert?«

Er begreift den Grund meiner Reaktion und fährt milder fort: »Okay, ich weiß, daß Sie schwer an der Geschichte zu tragen haben. Ich wollte Ihnen ja nur helfen.«

»Sie würden mir sehr helfen, wenn Sie Ihre Kollegen davon überzeugen könnten, nichts über meine Tochter zu berichten.«

Es folgt eine kurze Pause, dann seine zögerliche Antwort: »So weit reicht meine Macht nicht. In diesem Augenblick halten sie sich zurück, weil Gikas sie darum gebeten hat. Doch der eine spioniert dem andern hinterher. Beim geringsten Verdacht – Haben Sie das gehört? Verdacht! –, daß jemand als erster mit der Meldung auf Sendung geht, platzen alle damit heraus, um ihm zuvorzukommen.« Er atmet tief aus und ergänzt: »In dieser Welt herrscht das Gesetz des Dschungels, Kommissar: von den Massenmedien bis zu den

Terroristen. Das müßten Sie eigentlich wissen, aber leider sind Sie der einzige Polizist, der sich noch Selbsttäuschungen hingibt.«

»Dann tun Sie mir wenigstens den Gefallen und bringen die Meldung nicht als erster.« Ich bin mir sicher, daß er einen Weg finden wird, sich vor dem Versprechen zu drücken, und tatsächlich.

»Vielleicht wäre das gerade der richtige Schachzug.«

»Was?«

»Daß ich zuerst damit auf Sendung gehe. Ich würde ein Interview mit Ihrer Frau machen – voller unschuldiger, melodramatischer Fragen. Damit wäre sie als Interviewpartnerin abgehakt, und keiner würde sich mehr für sie interessieren.«

Jetzt, wo Sotiropoulos davon spricht, wird mir bewußt, daß die Journalisten Adriani gehörig in die Mangel nehmen werden, und Panik überkommt mich.

»Wagen Sie es ja nicht, sich meiner Frau zu nähern, sonst kriegen Sie es mit mir zu tun!« schreie ich Sotiropoulos an. »Sie denken doch nur daran, der erste zu sein, und dafür gehen Sie über Leichen!«

»Wofür halten Sie mich? Für ein wildes, reißendes Tier?«

»Wer hat von Dschungel gesprochen? Sie oder ich?«

Als seine Stimme wieder ertönt, klingt sie leise und wütend. »Sie haben mir nie vertraut. Immer haben Sie geglaubt, ich wollte Sie nur ausnutzen. Nun gut. Ich werde mich Ihrer Frau nicht einmal auf hundert Schritt nähern. Doch eines sage ich Ihnen: Sie werden es bitter bereuen, daß Sie mich nicht das Interview haben machen lassen.«

Er legt auf, bevor ich etwas entgegnen kann. Das kommt

mir nur gelegen, da ich es eilig habe, mit Adriani Kontakt aufzunehmen.

»Hast du gehört, was man über Katerina sagt?« frage ich, sobald ich ihr »Ja?« vernehme.

»Wie sollte mir das entgangen sein? Hier ist von nichts anderem die Rede.«

»Du mußt jetzt dichthalten. Du weißt von nichts.«

»Tu mir bitte den Gefallen und behandle mich nicht wie ein kleines Kind«, meint sie verärgert.

»Am besten wäre es, du kommst nach Athen zurück, um nicht zur Zielscheibe der Reporter zu werden«, fahre ich ungerührt fort. »Die Journalisten wissen, daß unsere Tochter an Bord ist, und sie werden dir keine ruhige Minute lassen.«

»Ich rühre mich von hier nicht weg!« Sie schreit so laut, daß ich gezwungen bin, den Hörer vom Ohr zu nehmen. »Ich werde mein Mädchen nicht schutzlos hier zurücklassen und in mein gemütliches Heim zurückkehren!«

»Wer spricht von gemütlichem Heim? Es geht darum, aus der Höhle des Löwen zu entkommen. Die werden alles daransetzen, um dich in der Luft zu zerreißen.«

»Mach dir keine Sorgen, ich weiß mich zu wehren.«

»Es gibt nur einen Weg, wie du dich wehren kannst. Schließ dich in dein Zimmer ein und geh nicht ans Telefon. Denk daran, daß unsere Tochter in Gefahr schwebt.«

»Hör auf, mich zu bevormunden!« kreischt sie wieder. »Ich weiß besser als du, was ich tun muß, um mein Kind zu schützen! Du hast kein Recht, mir Vorschriften zu machen! Ich bin weder ein Kleinkind noch deine Untergebene!«

»Wenn Katerina morgen auch nur das geringste zustößt, wirst du dir ein Leben lang Vorwürfe machen.«

»Wenn Katerina durch irgend jemand gefährdet ist, dann durch deine unfähigen Kollegen!« schreit sie in den Hörer und beendet das Gespräch.

Nun habe ich es geschafft, sowohl Sotiropoulos als auch meine Frau gegen mich aufzubringen, sage ich mir. Doch in diesem Moment bin ich davon überzeugt, das Recht auf meiner Seite zu haben. In solchen Situationen haben die Bullen das Sagen, auch wenn es manche nicht wahrhaben wollen.

Ich gehe in die Küche, um ein Glas Wasser zu trinken, da meine Kehle ganz ausgetrocknet ist. In der Eile rutsche ich auf dem ausgelaufenen Tsatsiki aus und wäre fast hingefallen. Ich sammle die Souflakireste und die Bruchstücke des Tellers auf, wische den Boden mit ein paar Papierservietten auf und gehe ins Bett.

Ich lege mich mit den Kleidern hin – in der sicheren Erwartung, daß eine weitere schlaflose Nacht auf mich zukommt.

## 16

Stelios Ifantidis' Kommilitonen sitzen auf Stühlen, die wir aus anderen Büros herangeschafft haben, zusammen mit einem niedrigen Tischchen, das Vlassopoulos als Ablage für das Aufnahmegerät aufgetrieben hat. Insgesamt sind es zehn, drei junge Männer und sieben junge Frauen, alle Anfang bis Mitte Zwanzig. Die meisten balancieren unbequem auf einer Pobacke. Die jungen Frauen tauschen heimlich Blicke aus, während die jungen Männer sich locker geben.

»Darf man rauchen?« fragt ein junger Mann mit glänzendem, hochstehendem Haar und Ohrstecker im linken Ohr.

»Nein. Das Büro ist klein und die Luft binnen kürzester Zeit zum Schneiden. Gedulden Sie sich ein wenig, wir werden nicht lange brauchen.«

Der junge Mann fügt sich in sein Schicksal, nur eine Rothaarige läßt einen abgrundtiefen Seufzer hören, um den zu erleidenden elementaren Mangel zu unterstreichen. Vlassopoulos beschließt, der Warterei ein Ende zu setzen.

»Also, Leute, wenn ihr etwas sagen wollt, dann zuerst Vor- und Nachnamen und dann die Wortmeldung. Sprecht immer zum Aufzeichnungsgerät, damit wir nachher eure Aussagen in schriftlicher Form festhalten können.«

Neuerliches Schweigen folgt, verlegen und befangen. In diesem Alter betrachtest du es als Verrat, Bullen auch nur zu offenbaren, wie viele Kaffees dein Freund am Tag getrunken hat.

»Ich stelle keine persönlichen Fragen«, sage ich gelassen. »Ich frage ganz allgemein, und wer etwas weiß, antwortet auf die von Kriminalobermeister Vlassopoulos vorgeschlagene Weise.« Ich beginne mit einer dummen Frage, einzig und allein um die Situation aufzulockern. »Wie gut kanntet ihr Stelios Ifantidis?«

»Wie gut wir ihn kannten...«, wiederholt eine Dunkelhaarige nachdenklich, die Flip-Flops, Jeans und ein T-Shirt trägt, auf dem *fuck the artists* steht. Als sie fortfahren will, unterbricht Vlassopoulos.

»Vor- und Nachname«, ruft er ihr in Erinnerung.

»Glykeria Papapetrou. Schauen Sie, wir sind eine kleine Klasse, und jeder kennt jeden. Nun, kennen ist vielleicht zuviel gesagt. Wir wissen voneinander, was man eben auf dem Weg von der Hochschule bis zur gegenüberliegenden Cafeteria so erfahren kann.«

»Und worüber habt ihr unterwegs gesprochen?«

Sie zuckt mit den Achseln. »Über den Unterricht... die Hausarbeiten... den Schultratsch... Welche Filme wir gesehen haben und welche uns gefallen haben...«

»Und außerhalb der Schule?«

»Vor der Abgabe von Hausarbeiten oder vor den Prüfungen haben wir uns häufiger getroffen, in der übrigen Zeit haben wir uns nur zwischen Hochschule und Cafeteria gesehen, und im Sommer haben wir uns ganz aus den Augen verloren.«

Ich habe zwei aufeinanderfolgende schlaflose Nächte hinter mir, und meine Nerven liegen blank. »Genug von diesem ›Nichts gesehen, nichts gehört, nichts gewußt‹! Das ist ja zum Aus-der-Haut-Fahren!« sage ich aufbrausend. »Ist es denn möglich, daß ihr zwei, drei Jahre mit einem Kommilitonen zusammen seid und nichts über ihn wißt? Wo er verkehrte, in welche Bars er ging, mit wem er sich traf? Also, entweder sagt ihr uns, was ihr wißt, oder wir fangen an, euch einzeln zu befragen. Mit anderen Worten: Dann bleibt ihr bis weit nach Mitternacht hier.«

Sie blicken mich an, und ihr Mienenspiel variiert: Die einen sind betreten, die anderen verdattert, die dritten abgestoßen. Schließlich bricht eine Rothaarige mit einem einzelnen Ohrklunker das verlegene Schweigen.

»Wir wollen nichts vor Ihnen verbergen, Herr Kommissar«, meint sie. »Stelios hat eben immer einen Sicherheitsabstand gewahrt. Fragen Sie Aleka, sie ist die einzige, die mehr mit ihm zu tun hatte und etwas darüber hinaus wissen könnte.«

Neun Augenpaare richten sich auf eine kleingewachsene, dickliche junge Frau mit runden Brillengläsern, die eher einer Beamtin aus der Stadtverwaltung gleicht als einer Kunststudentin. Sie gibt Alexandra Lambridou als ihren Namen an.

»Es stimmt, was die anderen sagen«, sagt sie dann. »Stelios wirkte auf den ersten Blick allen gegenüber offen und freundlich, doch wenn man ihm näherkam, hat er die Rolläden runtergelassen.« Sie hält einen Moment inne, denkt nochmals darüber nach und korrigiert sich: »Aber es war nicht immer so.«

»Helfen Sie mir weiter: Wann war es so und wann nicht?«
»Im Unterricht und bei den Übungen war es nicht so.

Dort hat er jedem bereitwillig geholfen. Und, nebenbei bemerkt, hatte er das gar nicht nötig, er hätte sich etwas darauf einbilden können, der Beste zu sein.«

»Wer hat ihn zum Besten gekürt? Also, da bin ich anderer Meinung«, greift der Typ mit den abstehenden Haaren ein. Und dann beugt er sich nach vorne und sagt ironisch ins Aufnahmegerät: »Lambis Kalafatis.«

»Komm schon, Lambis, laß die Spielchen«, protestiert die Dunkelhaarige mit dem *fuck-the-artists*-Leibchen. »Wir alle haben ihn als den Besten anerkannt. Nur du konntest das nicht ertragen.«

»Können wir weitermachen?« sage ich zu Aleka, um das Hickhack zu beenden. »Du hast gesagt, er war offen, wenn es um den Unterricht ging.«

»Richtig, aber sobald der Kontakt über den Unterricht hinausging und man persönlich wurde, hat er den Mund nicht mehr aufgemacht.«

»Doch mit dir hat er eine gute Beziehung gehabt, wie man hört.«

»Ja, die anderen konnten sich das nicht erklären, aber ich wußte, warum.«

»Also, warum?«

»Weil ich mit ihm über meine Probleme sprach. Wenn man sich ihm öffnete, diskutierte er das Problem des anderen und sagte seine Meinung. Aber über seine eigenen Angelegenheiten hat er kein Wort verlauten lassen, nur über seine Mutter und seine Schwester hat er gesprochen.«

Das ist das einzig Interessante, das bislang zutage getreten ist, und ich hake sofort nach. »Was hat er über seine Mutter und Schwester erzählt?«

»Über seine Mutter hat er gesagt, daß sie von seinem Vater getrennt lebe und es schwer habe. Ihn quälten Schuldgefühle, weil er zum Studieren fortgegangen war und sie allein zurückgelassen hatte. Als er in der Werbebranche Arbeit fand, war er überglücklich, weil er seine Mutter und Schwester finanziell unterstützen konnte. Eines Tages sagte er zu mir, von dem Geld, das er verdiene, behalte er nur das Nötigste und schicke den Großteil nach Hause.«

»Und über seine Schwester?«

»Er hatte Gewissensbisse, weil sie sich allein um die Mutter kümmern und gleichzeitig mit ihrem Job zurechtkommen mußte, während er in Athen ein Künstlerleben führen durfte.«

Nun gelangen wir zur unvermeidlichen Frage nach Ifantidis' Liebesleben, und ich weiß nicht, wie ich mich danach erkundigen soll. Wenn ich unbefangen frage, als wüßte ich von nichts, verstärke ich wahrscheinlich ihr Mißtrauen und ihre Vorbehalte und erhalte auch keine richtigen Antworten. So beschließe ich, mich voranzutasten und nach und nach meine Karten aufzudecken.

»Hört zu, Leute«, beginne ich in freundschaftlichem Ton. »Wir wissen alle, daß euer Kommilitone homosexuell war. Also sind wir gezwungen, seine Liebesbeziehungen in Augenschein zu nehmen, da nicht auszuschließen ist, daß wir es mit einem Verbrechen aus Leidenschaft zu tun haben.«

»Halte ich für wenig glaubhaft«, entgegnet Aleka sofort.

»Wieso?«

»Weil er in den ungefähr zwei Jahren, in denen wir uns kannten, niemals über sein Liebesleben gesprochen hat. Noch habe ich ihn je mit einem anderen Mann gesehen.«

Ich wende mich an die übrigen. »Hat vielleicht einer von euch etwas gesehen oder weiß etwas?«

Das Schweigen und einige verneinende Gesten zeigen mir, daß keiner etwas weiß. Ich bin schon soweit, das Thema abzuschließen, als der junge Mann mit dem hochstehenden Haar erneut vorprescht.

»Höchstwahrscheinlich hat er es aus Angst verheimlicht«, sagt er mit seinem spöttischen Grinsen, das mich auf die Palme bringt.

»Wovor sollte er Angst haben? Daß wir merken, daß er *gay* ist?« fragt eine Kommilitonin. »Stelios hat das nicht verborgen.«

Der junge Mann wendet sich mir zu. »Wissen Sie, Schwule sind in bezug auf ihre Liebespartner sehr unsicher«, erläutert er belehrend. »Sowie sie einen Freund finden, verheimlichen sie ihn, damit er ihnen nicht weggeschnappt wird.«

Ich will ihn schon zurechtweisen, als Aleka mir zuvorkommt, die völlig außer sich einwirft: »Lambis, Stelios ist tot, hast du das geschnallt?« ruft sie und ist drauf und dran, in Tränen auszubrechen. »Du brauchst ihn nicht mehr hinter seinem Rücken runterzumachen, und du brauchst auch nicht mehr eifersüchtig zu sein, weil er überall blendend abgeschnitten hat.«

»Okay, reg dich nicht auf. Es war nur ein Scherz.«

»Schöner Scherz«, entgegnet Aleka spöttisch. Danach wendet sie sich mir zu. »Stelios hat keine Angst gehabt, jemand könnte ihm seinen Freund wegschnappen, Herr Kommissar. Stelios hat einzig und allein vor seinem Vater Angst gehabt.«

»Hat er das so erzählt?«

»Er hat erzählt, daß der fähig wäre, jemanden umzubringen, wenn er in Rage sei, und daß er mit ihm überhaupt nicht gut auskam. Manchmal machte er den Eindruck, an Verfolgungswahn zu leiden. Einmal tranken wir gerade Kaffee, und plötzlich sprang er auf, weil er dachte, sein Vater sei vorübergegangen. Oder er schaute nachts aus dem Fenster, weil er meinte, jemand lauerte ihm unten auf der Straße auf.«

Schon wieder der Vater, sage ich mir. Zum dritten Mal taucht er auf und jedesmal mit derselben wütenden Grimasse. Ich werde mit ihm sprechen müssen, obwohl ich es für unwahrscheinlich halte, daß er seinen Sohn aus nächster Nähe erschossen hat. Und dann kommt noch das Rätsel mit der Pistole hinzu. Und was die drei jungen Kommilitonen betrifft, so hat keiner von ihnen die bullige Statur, die Frau Teloni an Stelios' Freund mit dem Motorrad aufgefallen war. Also sind Stelios Ifantidis' Kommilitonen in ihrer Eigenschaft als Zeugen gerade mal durch unsere Prüfung gekommen, während sie als potentielle Mörder durchgefallen sind.

Kaum habe ich den Gedanken zu Ende geführt, unterbricht mich das Telefon. Ich hebe den Hörer ab und höre Koulas Stimme.

»Herr Charitos, können Sie einen Augenblick hochkommen?«

»Geht es auch später? Ich bin gerade in einer Vernehmung.«

Sie zögert einen Moment, doch dann beharrt sie: »Es ist ziemlich dringend.«

»Mach du weiter«, sage ich zu Vlassopoulos. »Und wenn

du mit den jungen Leuten fertig bist, möchte ich, daß du mir den Vater ausfindig machst.«

Während ich auf den Fahrstuhl warte, um in die fünfte Etage zu fahren, verfestigt sich in mir das Gefühl, daß es sich bei der dringenden Sache nur um Gikas handeln kann, der von Kreta aus auf dem laufenden gehalten werden will. Offenbar hat ihn Koula in der Leitung und bittet mich deshalb, sofort hochzukommen.

Doch alles, was ich mir zurechtgelegt habe, wird über den Haufen geworfen, als ich in ihr Büro trete und es leer vorfinde. Die Tür zu Gikas' Büro steht offen, und Stimmen dringen heraus. Mir geht durch den Kopf, Gikas könnte zurückgekommen sein und mich sprechen wollen, aber bei meinem Eintreten sehe ich an Gikas' Stelle Koula auf seinem Stuhl sitzen und auf den Fernseher starren. Gikas hatte ihn vor seiner Abreise nach Kreta angefordert, um die Nachrichtensendungen verfolgen zu können.

Neugierig blicke ich auf den Bildschirm. Die El Greco liegt, wie an den vorangegangenen Tagen, reglos vor den Thodorou-Inseln.

»Achten Sie auf die Flagge am mittleren Mast«, sagt Koula.

Neben der griechischen Fahne weht eine dreifarbige Flagge im Wind: rot – blau – weiß, mit einem Emblem aus Kreuz und Krone in der Mitte. »Was für eine Flagge ist das?«

»Die serbische angeblich.«

»Sind Sie noch bei Trost, Koula?« rufe ich aus, mehr verdattert als verärgert. »Was wird da behauptet? Daß wir es mit serbischen Terroristen zu tun haben? Die Serben haben hier weder im Bosnienkrieg noch beim Kosovo-Konflikt Terroranschläge durchgeführt, noch als sie unter NATO-Beschuß standen. Und jetzt soll ihnen das eingefallen sein?«

»Nun ja, Herr Charitos, ich hätte auch nicht gewußt, wie die serbische Flagge aussieht. Aber so sagen sie es, und so gebe ich es Ihnen weiter.«

»Das kann nur so ein ungebildeter Journalist gewesen sein, der keine Ahnung von Tuten und Blasen hat.«

»Kommen Sie, wozu gibt es Enzyklopädien, Herr Charitos?« Der Kommentar ist fast eine Beleidigung für mich als eingeschworenen Lexikon-Anhänger, und ich halte lieber den Mund. »Wenn es Serben sind, ist das jedenfalls zu unseren Gunsten.«

»Wieso?«

»Weil die Serben keinem Griechen etwas zuleide tun werden. Nun können Sie und Frau Adriani beruhigt aufatmen.«

Die El Greco verschwindet vom Bildschirm, und an ihrer Stelle taucht der Nachrichtensprecher auf. »Bislang gibt es nichts Neues, verehrte Fernsehzuschauer«, kündigt er an. »Die gehißte Flagge läßt bei der Polizei die Vermutung aufkommen, daß es sich um Serben handeln könnte, obwohl diese Theorie mehr Fragen aufwirft, als löst. Die Polizei jedenfalls erwartet jeden Moment eine Kontaktaufnahme seitens der Geiselnehmer. Wir bemühen uns, unseren Korrespondenten in Chania bezüglich der allerletzten Entwicklungen zu erreichen. Dimos, hören Sie uns?«

»Ich höre Sie, Jannis, aber es gibt nichts Neues zu vermelden. Wie Sie schon erwähnt haben, erwartet die Polizei jede Minute eine Kontaktaufnahme seitens der Terroristen.«

»Gibt es einen konkreten Hinweis auf ihre Staatsangehörigkeit?«

»Keinen, mit Ausnahme der Flagge. Die Polizei schließt jedenfalls auch die Möglichkeit nicht aus, daß die Terroristen uns irreführen wollen.«

Ich ersuche Koula, den Fernseher leiser zu stellen, und rufe Gikas auf seinem Mobiltelefon an, doch es ist besetzt. Dann probiere ich es bei Adriani, doch sie geht nicht ran. Offenbar befindet sie sich an der Küstenstraße und hört es im Eifer des Gefechts nicht. In meiner Verzweiflung rufe ich Parker an, der sofort antwortet. Ich frage ihn nach seiner Meinung über die Flagge und wer wohl dahinter stecken könnte.

»*I don't know*«, ist seine ehrliche Antwort. »Vielleicht sind es tatsächlich Serben, die den Kosovo zurückfordern. Oder jemand versucht uns in die Irre zu führen.«

Gerade will ich ihn fragen, warum er glaubt, daß sie uns in die Irre führen wollen und was sie davon hätten, als er unser Gespräch abrupt beendet: »*Sorry, I have to go.* Da tut sich etwas auf dem Schiff.«

»*What?*« frage ich, erhalte jedoch keine Antwort, weil er aufgelegt hat.

Ich bleibe nicht lange auf meiner Frage sitzen, denn die El Greco taucht wieder auf dem Bildschirm auf. »Dimos, gibt es Bewegung an Deck?« fragt der Moderator.

»Ja, da tut sich etwas.«

»Kann die Kamera näher rangehen?«

Die Kamera fährt an das Schiff heran, und wir erblicken zwei Männer mit Kalaschnikows, die wie der leibhaftige Tod wirken, an der Reling stehen und zum Ende des Decks blicken. Zwei weitere bringen kurz darauf einen blonden Mann herbei, dessen Hände auf den Rücken gefesselt sind und dessen Augen eine Binde tragen.

»Dimos, haben Sie denselben Verdacht wie ich?« fragt der Moderator mit zitternder Stimme.

»Leider ja, es sieht nach einer Geiselerschießung aus«, entgegnet der Korrespondent.

Sie lehnen den Blonden an das Geländer der Reling, und einer der schwarzgekleideten Sensenmänner stellt sich hinter ihn. Dann ist ein dumpfer Knall zu hören, und der Körper des Blonden kippt langsam vornüber ins Wasser.

»Um Himmels willen!« höre ich Koula rufen, aber ich messe dem keine Bedeutung bei. Ich laufe zum Telefon und rufe Vlassopoulos an.

»Bist du fertig?« frage ich.

»Ich bin fertig und habe auch die Adresse von Ifantidis' Vater herausgefunden.«

»Geht mir am Arsch vorbei. Ifantidis' Mörder kann warten. Ich fahre zu mir nach Hause. Gerade haben die Terroristen die erste Geisel erschossen.«

Seine Reaktion warte ich nicht ab. Ich trete aus Gikas' Büro und laufe im Eilschritt die Treppe hinunter. Wenn ich könnte, würde ich einen Helikopter anfordern, um so schnell wie möglich auf der Dachterrasse meines Wohnhauses zu landen.

# 17

*Hört gut zu, was wir euch zu sagen haben, ihr publicitygeilen Politiker, ihr Kaffee trinkenden Sofapupser, ihr Geldsäcke, die ihr nur eure Euroscheine zählen könnt. Wir griechischen Freiwilligen haben an der Seite der serbischen Bosnier, unserer christlichen Brüder, gegen die islamische Barbarei und für die Freiheit und den orthodoxen Glauben gekämpft, als unsere von der NATO gekauften Politiker dem Bombardement Serbiens tatenlos zugesehen bzw. die griechischen Grenzen denjenigen geöffnet haben, welche die serbische Zivilbevölkerung, unsere christlichen Brüder, getötet haben. Und nun wollt ihr uns an das von den Amerikanern und der NATO kontrollierte Kriegsverbrechertribunal in Den Haag ausliefern. Das werden wir nicht zulassen! Die Passagiere und die Besatzung der El Greco sind in unserer Hand, und wir werden sie erst freilassen, wenn unsere Forderungen erfüllt sind.*

*Wir verlangen*

*1) die Einstellung der abgekarteten Ermittlungen der griechischen Behörden über unsere Teilnahme an dem Kampf um Srebrenica, die unsere Auslieferung an den Internationalen Gerichtshof in Den Haag zum Ziel haben; des weiteren die offizielle Feststellung seitens der griechischen Regierung, daß es kein Massaker in Srebrenica gegeben hat. Diese Lügenmärchen sind von den Amerika-*

*nern und ihren europäischen Stiefelleckern in Umlauf gesetzt worden. In Srebrenica ging es um die rechtmäßige Verteidigung der orthodoxen Christen gegen die moslemischen Schlächter. Wir Freiwilligen haben der griechischen Flagge, die wir in Srebrenica gehißt haben, alle Ehre gemacht.*

*Wir verlangen*

*2) die Veröffentlichung der Position des Erzbistums Athen zum Gerichtsverfahren in Den Haag und zu Srebrenica, die in der Akte ›Türkei – USA – Griechenland. Entwicklungen und Perspektiven‹ dargelegt ist, damit alle Griechen erfahren, daß die Orthodoxe Kirche Griechenlands auf unserer Seite steht, während die griechischen Politiker es vorgezogen haben, zum Fußabtreter und Laufburschen der Europäischen Union zu werden.*

*Wir verlangen*

*3) den offiziellen Aufruf seitens der Regierung, die griechischen Passagiere der El Greco mögen den Text, den wir Ihnen zugeschickt haben, unterzeichnen. Wer unterschrieben hat, wird sofort freigelassen und kann nach Hause gehen. Wir haben bereits bewiesen, daß wir orthodoxe und gute Christen sind, indem wir die Alten und Kranken freigelassen haben.*

*Das sollte jedoch nicht als Schwäche ausgelegt werden. Wir erklären ausdrücklich, daß wir keinesfalls bluffen und entschlossen sind, bis zum äußersten zu gehen. Jeden Tag werden wir eine weitere Geisel erschießen, bis unsere Forderungen erfüllt sind. Heute haben wir als Warnung die erste Geisel getötet: einen Albaner. Denn den Albanern war die NATO im Kosovo durch das Bombardement unserer ser-*

*bischen christlichen Brüder zu Hilfe geeilt. Nun hängt es von Ihnen ab, ob noch weitere Opfer folgen werden.*

*›Phönix‹, Organisation griechischer Freiwilliger für das serbische Bosnien.«*

Zum vierten Mal höre ich nun schon eine rauhe, pathetische Männerstimme den Text über das Bordfunkgerät vortragen, während der Sender den Text, als Hilfestellung für die Zuschauer, gleichzeitig über die rechte Bildschirmseite laufen läßt. Genau dort folgt auch die Erklärung, die nach der Bedingung der Organisation Griechischer Freiwilliger für das serbische Bosnien von den Geiseln mit Billigung der Regierung unterzeichnet werden soll:

»*Wir, die Passagiere und die Besatzung des Fährschiffs El Greco, erklären, daß wir die griechischen Freiwilligen vorbehaltlos unterstützen, die in Bosnien an der Seite unserer serbischen Brüder gekämpft haben. Wir verurteilen die scheinheilige Doppelmoral der Amerikaner und der* NATO, *die sich einerseits jeden Tag über den islamischen Terror erregen, während sie andererseits die Serben schlimmer als die Moslems behandeln und die rechtmäßige Verteidigung von Srebrenica gegen den islamischen Expansionismus als Massaker bezeichnen. Wir rufen das griechische Justizministerium auf, alle Ermittlungen und Verhöre bezüglich der Teilnahme griechischer Freiwilliger am angeblichen ›Massaker‹ von Srebrenica einzustellen. Wir rufen die griechische Regierung auf, sich dem Druck der Amerikaner, der* NATO *und der* EU *nicht zu beugen und die ehrenhaften griechischen Kämpfer dem Kriegsverbrechertribunal in Den Haag nicht auszuliefern. Die griechischen Passagiere und die Besatzung der El Greco.«*

Wenn nicht mein Innerstes vor Angst zitterte, würde ich mir auf die Schenkel klopfen vor Lachen. Alle möglichen Nationalitäten und Identitäten, von Islamisten über Palästinenser bis zu Tschetschenen, waren wir durchgegangen, und nun stellen sich die Geiselnehmer als griechisch-orthodoxe Christen heraus. Ich stelle mir den Blickwechsel zwischen Gikas und Parker lebhaft vor. Gikas wünscht wahrscheinlich, im Erdboden zu versinken, und Parker reibt sich die Hände, weil sich seine Theorie bestätigt hat, daß sich selbst Eskimos als Terroristen erweisen können.

Nach dem Ende des Textes sehe ich zum vierten Mal, wie der blonde Albaner langsam vom Deck der El Greco ins Meer kippt. Das Bild wechselt, und der Moderator taucht wieder auf. In einem Fensterchen vor dem Eingang des Maximou-Palais im Hintergrund steht der Korrespondent des Senders.

»Fangen wir bei Ihnen an, Manos«, meint der Moderator. »Gibt es etwas Neues?«

»Nein, Fotis. Das Treffen des Premierministers mit dem Innen- und dem Justizminister sowie mit dem Minister für öffentliche Ordnung ist noch im Gange. Die Informationen, die durchgesickert sind – und die ich ohne Gewähr weitergebe –, besagen, daß die Regierung prinzipiell die Geiseln ermuntern wird, die Deklaration der Terroristen zu unterzeichnen.«

»Und was bedeutet das? Daß wir bereit sind, ihren Forderungen nachzugeben?«

»Offenbar handelt es sich um einen taktischen Schachzug, Fotis. Wenn die Regierung nein zu den Bedingungen der Terroristen sagt, ist fast sicher, daß die Geiseln ihr nicht folgen und auf eigene Verantwortung die Erklärung unterzeichnen werden. Folglich zieht sie das kleinere Übel vor, das heißt, die Geiseln zur Unterzeichnung aufzufordern, statt den Eindruck eines ungehört verhallenden Appells zu riskieren.«

»Bleiben Sie dran. Wir unterbrechen kurz für Werbung und sind gleich wieder bei Ihnen.«

Da mir klar ist, daß die kurze Werbeunterbrechung um so länger dauert, je erschütternder die Ereignisse sind, rufe ich Gikas an, um eventuell noch weitere Neuigkeiten herauszubekommen.

»Ich weiß nichts, denn es gibt nichts Neues«, erklärt er. »In diesem Augenblick befindet sich der Premierminister in der Beratung, und alle warten ab, was dabei beschlossen wird. Wenn Sie meine Meinung hören wollen, wird man die Unterzeichnung der Erklärung und die Verlautbarung der Akte des Erzbistums akzeptieren. Schwierig wird es bei der Forderung nach Einstellung der Ermittlungen in betreff Srebrenica. Sollte die Regierung diese Bedingung akzeptieren, verliert sie das Gesicht, und sowohl die Amerikaner als auch die Europäer werden über uns herfallen.«

»Jedenfalls werden sich die Griechen mit dem Akzeptieren der beiden Bedingungen retten können, während es für die Ausländer schlecht aussieht.«

Er zögert einen Augenblick und sagt dann sehr zurückhaltend: »Eins nach dem anderen. Wir sollten erst einmal die Freilassung unserer Geiseln, die auch in der Überzahl sind, erreichen und dann sehen, was mit den anderen wird. Wenn morgen Frauen in Schwarz sich in den Sendern an die Brust schlagen, liegt die Regierung in der öffentlichen Meinung am Boden.«

Ich beende das Gespräch mit Gikas und rufe Adriani an, doch sie antwortet nicht. Einen Moment lang durchzuckt mich der Gedanke, sie schmolle aufgrund unseres gestrigen kleinen Streits, doch dann schließe ich es aus. Wahrscheinlich hat sich die Anspannung auf ihr Hörvermögen ausgewirkt. Als ich auflege, läutet mein Handy sofort. Palioritis, der Leiter des Polizeilabors, ist dran.

»Die Pistole ist mit Sicherheit eine Luger. Ich kann Ihnen sogar das Baujahr nennen.«

»Ich höre«, sage ich lustlos, denn in diesem Augenblick steht der Ifantidis-Mord auf der Warteliste, und es ist ungewiß, wann er wieder an die Reihe kommt.

»Sie stammt aus dem Jahr 1942 oder 1943«, fährt Palioritis ungerührt fort. »Wir haben ein Vergleichsstück im Kriegsmuseum gefunden.«

»Vielen Dank, Sie haben gute Arbeit geleistet«, bemerke ich und lege gleich nach dem Lob auf, da der Moderator wieder auf den Bildschirm zurückgekehrt ist, während ein weiterer Korrespondent des Senders vor dem erzbischöflichen Palais steht.

»Was gibt es Neues, Nassos?« fragt der Moderator.

»Momentan tagt die heilige Synode, während der Erzbischof in ständigem Kontakt zum Premierminister steht, Fotis. Bislang hat es keine offizielle Erklärung gegeben. Die Auffassung, die in Kirchenkreisen diskutiert wird, –«

»Nassos, ich unterbreche, weil wir gerade aus dem Pressezentrum vernehmen, daß sich der Regierungssprecher äußern wird.«

Sobald der Regierungssprecher im Presseraum erscheint, beginnen ihn die Redakteure mit Fragen zu bombardieren. Der Regierungssprecher hebt abwehrend beide Hände und erklärt: »Ich werde nur die Verlautbarung der Regierung verlesen, jedoch auf keine Fragen eingehen.«

Dann beginnt er die Presseerklärung herunterzuleiern, als wolle er so schnell wie möglich wieder an seinen Schreibtisch zurück. »Die griechische Regierung bringt ihre Empörung über die Geiselnahme auf dem Fähr- und Passagierschiff El Greco und gleichzeitig ihre tiefe Bestürzung darüber zum Ausdruck, daß diese Geiselnahme von Landsleuten mit dem Ziel durchgeführt wird, die griechische Justiz zu erpressen. Die griechische Regierung erklärt nachdrücklich, sie werde sich Erpressungen nicht beugen und keine Forderungen erfüllen, welche die geltende Rechtsordnung unterhöhlen. Sie ruft die Geiselnehmer auf, ausnahmslos alle Geiseln freizulassen und sich – im Hinblick auf mildernde Umstände – den zuständigen griechischen Behörden ohne Widerstand zu ergeben. Gleichzeitig hat die griechische Regierung weder vor, noch ist sie in der Lage, irgendeinem griechischen Staatsbürger oder dem Bürger eines anderen Landes zu untersagen, die Deklaration der Geiselnehmer bezüglich deren Teilnahme am Krieg in Bosnien zu unterzeichnen. Was die in der Akte des Erzbistums enthaltene Erklärung betrifft, liegt die Entscheidung über ihre Veröffentlichung und Verbreitung bei der Kirche Griechenlands.«

Gleich nach dem Ende des Vortrags bestürmen die Redakteure zum zweiten Mal den Regierungssprecher, der seine Aussage, er werde keine Fragen beantworten, wiederholt und den Schauplatz verläßt.

Ich schalte den Ton des Fernsehers ab und versuche, meine Gedanken zu ordnen. Innerhalb weniger Stunden ist alles auf den Kopf gestellt worden. Wir rechneten mit al-Qaida oder Tschetschenen, und nun sehen wir uns Landsleuten gegenüber, die die Helden spielen wollen. Das macht sie jedoch nicht weniger gefährlich. Ganz im Gegenteil, möglicherweise macht es sie unberechenbarer, da al-Qaida und die Tschetschenen ihre Gefährlichkeit nicht erst beweisen müssen. Die Regierung arbeitet mit Zuckerbrot und Peitsche. Einerseits gibt sie sich unnachgiebig und ruft die Geiselnehmer zur bedingungslosen Kapitulation auf, andererseits ermuntert sie die Geiseln indirekt, die Deklaration der Terroristen zu unterzeichnen. Sie veröffentlicht zwar nicht selbst den Abschnitt aus der Akte des Erzbistums, doch läßt sie es gewiß das Erzbistum selbst tun.

Als ich sehe, daß die Fensterchen am Bildschirm wieder bevölkert sind, schalte ich den Ton wieder an. Der Moderator diskutiert mit zwei Parlamentsabgeordneten und einem Journalisten. Alle sind gegen den Terrorismus, aber darüber hinaus zerbröckelt die Front rasch. Der eine Abgeordnete ist auf der Seite Serbiens, der andere auf der Seite der NATO, während der Journalist zwar für die NATO ist, aber nicht akzeptieren will, daß in Srebrenica ein Massaker stattgefunden hat. Im vierten Fensterchen erblicke ich einen Metropoliten, der seine griechischen Schäfchen dazu aufruft, die Gewalt zu beenden und zu kapitulieren, während im fünften ein direkt zugeschalteter amerikanischer Terrorspezialist die griechische Regierung und alle zuständigen Stellen drängt, den Forderungen der Geiselnehmer nicht nachzugeben, weil dies ein schrecklicher Schlag für den Kampf gegen den Terrorismus wäre. Ich kann den Grund nicht begreifen, warum es einen Sieg im Kampf gegen den Terrorismus bedeuten sollte, wenn morgen früh die Geiselnehmer anfangen, ihre Gefangenen einen nach dem anderen zu erschießen, oder wenn unsere Leute eine Befreiungsaktion durchführen müssen und dabei die Hälfte der Geiseln draufgeht.

Der Moderator unterbricht unvermittelt das Gespräch. »Aus dem Pressezentrum erfahre ich soeben, daß es neue Entwicklungen gibt«, informiert er die Runde. »Was gibt es, Rena?«

»Gerade eben ist die Bekanntmachung des Erzbistums herausgekommen.«

»Können Sie uns in groben Zügen sagen, worum es darin geht?«

»Zunächst einmal wird darin die Erlaubnis erteilt, den Abschnitt aus der Akte zu senden, Fotis. Obwohl man darauf besteht, daß die in Bosnien kämpfenden Griechen nicht an den Massakern beteiligt waren, wird die Vorgehensweise der Geiselnehmer, die Ermittlungen zu unterbinden, entschieden verurteilt.«

Über den Bildschirm laufen die Bekanntmachungen des Erzbistums, zuerst der Ausschnitt aus der Akte »Türkei – USA – Griechenland«.

*»Der Versuch, die griechischen Freiwilligen (jene orthodoxen Patrioten, die zum serbischen Kampf beigetragen haben) als schuldig hinzustellen und dem Den Haager Tribu-*

*nal wegen mutmaßlicher Teilnahme an der Ermordung von Moslems zu überantworten, ohne daß es augenscheinlich irgendein Belastungsmaterial bzw. Beweismittel gäbe, ist zu verurteilen und muß unterbunden werden...«*

Und auf dem Fuße folgt die Bekanntmachung des Erzbistums:

*»Obwohl die heilige Synode der Kirche Griechenlands anerkennt, daß die Anschuldigungen gegen die griechischen Freiwilligen, die am serbischen Kampf beteiligt waren, mit dem Ziel ihrer Auslieferung an das Kriegsverbrechertribunal in Den Haag unrechtmäßig und ungerechtfertigt sind, verurteilt sie indessen nachdrücklich die terroristische Vorgehensweise, zu der die Freiwilligen gegriffen haben, um ihre Rechte zu verteidigen. Dadurch wurde ein unschuldiger Mensch getötet, und weitere Tote werden möglicherweise auch weiterhin in Kauf genommen. Die heilige Synode der Kirche Griechenlands ruft die griechischen Freiwilligen dazu auf, alle Geiseln freizulassen und ihr Recht auf rechtmäßigem Wege einzufordern. Die Kirche Griechenlands ist bereit, sich für die Wiederherstellung der Rechtsordnung, aber auch für einen gerechten und unvoreingenommenen Prozeß gegen unsere Landsleute durch die Gerichte unserer Heimat einzusetzen.«*

Zum ersten Mal seit Tagen überkommt mich eine Art innerer Frieden, da ich sehe, daß wir der Freilassung der Geiseln sehr nahe gekommen sind. Praktisch wurden zwei der drei Bedingungen der Terroristen akzeptiert. Die Regierung ermuntert vielleicht die Geiseln nicht offen dazu, die Deklaration zu unterzeichnen, gibt ihnen jedoch freie Hand. Und die Forderung der Terroristen, die Ansicht der Kirche über das Haager Tribunal zu veröffentlichen, wird bis ins kleinste erfüllt, auch wenn die Kirche, wie zu erwarten, sich von dem terroristischen Akt distanziert. Natürlich kann die Regierung der Justiz nichts vorschreiben, trotzdem läßt sie ein Hintertürchen offen, indem sie die Kirche sagen läßt, man werde sich dafür einsetzen, sie in Griechenland vor Gericht zu stellen und nicht nach Den Haag auszuliefern.

Ich beginne nachzurechnen, wie lange ich noch warten muß, um – sei es auch nur telefonisch – Katerinas und Fanis' Stimmen zu hören. Plötzlich spüre ich auch, wie mein Magen knurrt. Ich überlege, ob es besser wäre, Souflaki zu holen oder – zur Feier des Tages – in einer Taverne einen Teller warmes Essen und ein Glas Wein zu bestellen.

Als ich mich schließlich für die Taverne entschieden habe, taucht der Korrespondent des Senders in Chania auf.

»Christos, wie ist die Stimmung in Chania?« fragt der Moderator.

»Die Anspannung, aber auch die Hoffnung ist auf dem Höhepunkt. Nach den Verlautbarungen der Regierung und des Erzbistums erwartet man jeden Augenblick die Freilassung der Geiseln. Ich habe hier an meiner Seite eine Dame, Gattin eines Polizeibeamten, deren Tochter sich unter den Geiseln befindet.«

Ich habe kaum Zeit, mich von dem Schrecken zu erholen, als Adriani in denselben Kleidern erscheint, mit denen sie aus Athen abgereist ist. Um die Wahrheit zu sagen, trifft mich ihr Auftauchen auf dem Bildschirm nicht ganz unvorbereitet. Ich habe das Übel kommen sehen, das unvermeidlich wie der Regen nach dem Südwind früher oder später eintrifft. Ich schiebe den Tavernenbesuch auf und setze mich wieder auf meinen Platz – bereit, in den sauren Apfel zu beißen.

»Glauben Sie, daß sich die Geiselhaft Ihrer Tochter dem Ende nähert?« fragt der Korrespondent Adriani.

»Nun ja, seit Tagen ist es diese Hoffnung, die uns durchhalten läßt.«

»Jedenfalls sieht es jetzt so aus, als wäre man der Freilassung der Geiseln näher denn je gekommen.«

»Hoffentlich, so scheint es, aber ich glaube es erst, wenn ich mein Mädchen in den Armen halte.«

Bislang gehen ihre Antworten in die richtige Richtung, sage ich mir: die gramgebeugte Mutter, die ihr eigen Fleisch und Blut so schnell wie möglich wieder in die Arme schließen möchte.

»Frau Adriani, sagen Sie mir ehrlich, wie haben Sie sich gefühlt, als sich herausstellte, daß die Terroristen Griechen sind? Haben Sie nicht eher mit Islamisten gerechnet, wie etwa bei den Attentaten von Madrid oder London?«

»Ich war tatsächlich überrascht, aber auch erleichtert.«

»Wieso?«

»Weil es trotz allem Landsleute sind. Und, wenn man es recht bedenkt, so haben sie ja kein Verbrechen begangen. Sie sind ihren christlichen Brüdern zu Hilfe geeilt. Ist es denn nötig, sie eines Kriegsverbrechens zu beschuldigen und sie vor ein ausländisches Gericht zu stellen? Seit unserem Eintritt in die EU lassen wir alles die Europäer bestimmen. Das kommt dann dabei heraus.«

»Sie glauben also, daß die Terroristen recht haben?«

»Welche Terroristen denn! Es sind griechische Landsleute, Christen, die ihren christlichen Nachbarn zu Hilfe gekommen sind. Ich erinnere mich, als ich klein war, lief das ganze Viertel herbei, wenn ein Nachbar in Not war. Heutzutage wird weggeschaut. Es wäre schlimm, wenn wir selbst die christliche Nächstenliebe vergäßen.«

Der Korrespondent hat erfaßt, daß er auf eine Goldmine gestoßen ist, und bohrt eifrig nach. Was mich betrifft, so bin ich drauf und dran, auf den Fernseher zuzuspringen, um sie zu packen und zur Räson zu bringen. »Sie sind Gattin eines Polizeibeamten. Glauben Sie, daß auch Ihr Mann, der – wenn ich nicht irre – den Rang eines Kommissars bekleidet, genauso denkt wie Sie?«

»Ich habe mit meinem Mann nicht darüber gesprochen, aber ich bin sicher, daß er auch so denkt. Unsere Familie hält fest zusammen.«

Der Korrespondent dankt ihr und wünscht, ihre Tochter möge bald wieder bei ihr sein. Adriani verschwindet vom Bildschirm, und ich stürze mich auf mein Handy.

»Was hast du da bloß erzählt?!« schreie ich.

»Wieso, hab ich es nicht gut gemacht?«

»Gut gemacht! Wo du den Terroristen einen Freibrief ausgestellt hast?«

»Um mein Kind zu retten, hätte ich auch dem Teufel einen Freibrief ausgestellt.«

»Die Anspannung ist dir zu Kopf gestiegen, und du weißt nicht mehr, was du sagst. Glaubst du, daß die Terroristen Katerina freilassen werden, nur weil du dich bei ihnen einschmeichelst?«

»Eine Hand, die man nicht beißen kann, muß man küssen. So lautet das Sprichwort. Und nach all dem, was ich diese Tage gesehen habe, kann die zahnlose Polizei nicht einmal mehr in ein weiches Brötchen beißen. Also bleibt mir nichts anderes übrig, als Hände zu küssen«, meint sie und drückt einfach die rote Taste.

Ich lasse den Fernseher laufen und die Lichter an und gehe kurz entschlossen aus der Wohnung. Nicht um in einer Taverne zu essen, sondern um mir auf den Straßen der Stadt Luft zu verschaffen.

18

Gegen vier Uhr morgens ist es mir endlich gelungen einzuschlafen. Ich muß einen Albtraum nach dem anderen gehabt haben, da ich mich beim Aufwachen zwischen all den erinnerten Traumbildern kaum zurechtfinde. Darunter waren viele Momentaufnahmen von Katerina, von denen einige an ihre Disputation erinnerten, die Ewigkeiten zurückzuliegen scheint. Danach abwechselnd vermummte Gestalten mit Kalaschnikows, Adriani, die mich ausschimpft, aber auch Schiffchen, die im ruhigen Wasser der Kykladen dahinziehen.

Es ist halb acht Uhr morgens, und ich laufe ungewaschen und ungekämmt zum Fernseher. Sowie ich den Einschaltknopf betätige, sehe ich die Namen der Passagiere, welche die Erklärung der Terroristen unterzeichnet haben. Mit Herzklopfen warte ich auf die Erwähnung von Katerinas und Fanis' Namen, und als ich sie lese, fühle ich mich überaus erleichtert, zugleich jedoch auch zutiefst erniedrigt. Mir ist, als klatschte und buhte ich gleichzeitig.

Kurz spiele ich mit dem Gedanken, vor dem Fernseher zu verweilen, um Katerina und Fanis beim Verlassen des Schiffes zuzusehen. Die Regierung hat, wenn auch nur indirekt, fast alle Forderungen der Terroristen akzeptiert, also ist es nur eine Frage der Zeit, bis die Geiseln freikommen. Doch ich überlege mir, daß meine Anspannung bis ins Unermeßliche steigen könnte. Und da ich keine Lust habe, neuerlich mit einem drohenden Herzanfall im Allgemeinen Staatlichen Krankenhaus zu landen, beschließe ich, meine Ermittlungsroutine stur einzuhalten und Stelios Ifantidis' Vater einen Besuch abzustatten.

Ifantidis' Transportfirma liegt in der Tertipi-Straße, ganz in der Nähe des Fernbusbahnhofs nach Zentralgriechenland und Euböa. Es ist halb neun Uhr morgens, und auf den Straßen ist die Hölle los. Bis ich beim Larissis-Bahnhof angelangt bin, droht dem Mirafiori die Puste auszugehen.

Mein Mobiltelefon läutet, als ich in die Tertipi-Straße einbiegen will. Adrianis aufgeregte Stimme dringt an mein Ohr: »Wir sind gerade unterwegs zum Hafen! Sie lassen alle frei. Die Hafenbehörde schickt Schnellboote zur Geiselübergabe!«

Da ich die akrobatische Übung, mit der Rechten zu lenken und mit der Linken das Handy zu halten und zu sprechen, noch nicht perfektioniert habe, zittert meine Hand, und ich verliere beinah die Kontrolle. Im letzten Augenblick gelingt es mir, das Steuer herumzureißen, um einem panzerartigen BMW auszuweichen. Sein Fahrer, ein kahlgeschorener baumstarker Kerl mit Ohrring, kurbelt das Wagenfenster herunter, schlägt sich wiederholt an die Stirn und brüllt: »Was willst du mit einem Handy in der Schrottkarre? Du hast Glück, daß du mir keinen Kratzer gemacht hast, sonst könnte man deine Bestandteile einzeln aufsammeln, Alter!« Wenn du ein Bulle bist und dir jemand in so abwertender Weise deine Freude vergällt, dann sehnst du dich ganz automatisch wieder in die Juntazeit zurück.

»Wo bist du denn?« fragt Adriani.

»Wieder dran, alles in Ordnung«, entgegne ich und gewinne meine Fassung wieder.

»Nimm dir zu Mariä Himmelfahrt nichts vor, denn wir fahren nach Tinos. Ich habe gelobt, der Gnadenmutter ein Silberkreuz zu spenden.«

»Kümmere dich zuerst um Plätze für den Flug nach Athen und dann um die Wallfahrt nach Tinos. Falls nötig, kann ich die Tickets auch von hier aus besorgen.«

»Wir finden Plätze, keine Sorge. Wenn wir weder ein Flug- noch ein Fährticket kriegen, dann schwimmen wir eben«, sagt sie und legt auf.

Beim Einbiegen in die Tertipi-Straße erkenne ich rechterhand die Aufschrift »›Das Schöne Euböa‹, Transportfirma Periklis Ifantidis«. Der Inhaber sitzt hinter einem kleinen Schreibtisch von der Art, wie wir sie früher bei der Polizei auch hatten, um riesige Schreibmaschinen der Marke Olympia oder Olivetti darauf abzustellen. Meine Erwartung, einen Schnurrbartträger mit verschwitztem Hemd und hervorquellender Wampe anzutreffen, wird enttäuscht. Der hinter dem Schreibtisch sitzende Typ ist mittelgroß mit Glatze, wobei der spärliche Haarkranz den Kopf wie ein Heiligenschein umgibt. Sein Körper wirkt durchtrainiert und kräftig. Er hebt die Augen über seine Brillenhälften und blickt mich an.

»Periklis Ifantidis?« frage ich forschend.

»Das bin ich.«

»Kommissar Charitos.«

Er wirkt einen Moment lang unentschlossen, ob er mir einen Platz anbieten oder mich stehen lassen soll. Schließlich deutet er auf einen Resopalstuhl ihm gegenüber.

»Setzen Sie sich.« Kaum habe ich Platz genommen, stellt er auch schon seine Position klar. »Mit meiner Familie in Chalkida habe ich jeden Kontakt abgebrochen. Also kann ich Ihnen nichts über Stelios sagen. Weder wie er gelebt hat, noch mit wem er Umgang hatte.«

»Das ist uns alles bereits bekannt. Von Ihnen möchte ich gerne wissen, warum Sie einen solchen Haß auf Ihren Sohn hatten. War die Tatsache, daß er homosexuell war, der einzige Grund, oder steckte noch etwas anderes dahinter?«

Einen Augenblick lang blickt er mich nachdenklich an. Dann meint er ruhig, fast im Plauderton: »Sie sind Polizist. Wenn Sie einen schwulen Sohn hätten und wüßten, daß man ihn hinter Ihrem Rücken Schwuchtel und Tunte nennt und Ihnen das bei der kleinsten Auseinandersetzung unter die Nase reibt, würde Ihnen das gefallen?«

»Nein, das würde mir nicht gefallen«, entgegne ich vollkommen aufrichtig. »Das wäre aber noch lange kein Grund, meine Frau zu verprügeln oder mein Kind bis zum Verfolgungswahn zu terrorisieren.«

»Okay, irgendwo mußte auch ich nach dem Schockerlebnis meinen Frust loswerden. Und es ist nun einmal so, daß sie ihn verhätschelt hat. Jeden Tag rief sie ihn auf dem Handy an, um ihn zu fragen, was sie für ihn kochen sollte. Zu Hause kam nichts Vernünftiges mehr auf den Tisch, nur mehr Stelios' Menü. Und wenn er eingeschlafen war, lief sie zu ihm hin, um ihn zuzudecken. Ich habe mir den Mund fusselig geredet, sie solle ihn nicht so verwöhnen. ›Ich bin doch kein Bauunternehmer mit öffentlichen Aufträgen, sondern LKW-Fahrer‹, sagte ich jeweils. Aber sie hat nicht auf mich gehört. Und jetzt soll mich die Schuld treffen? Das kann doch nicht sein!« Er läßt seinem Unmut freien Lauf, dann fügt er gemäßigter hinzu: »Seit ich aus dem Haus bin, habe ich weder zu meiner Familie noch zu meinem Sohn Kontakt aufgenommen.«

»Aber Sie sind zur Agentur gegangen, die für ihn TV-Auftritte vermittelt hat, und haben dort Drohungen ausgestoßen, weil Sie seine Adresse in Athen herausbekommen wollten.«

»Ich hatte vor, ihm Geld anzubieten, damit er nicht mehr auf der Mattscheibe erscheint. Ich habe es nicht mehr ausgehalten, wenn man mir sagte: ›Gestern haben wir deinen Sohn im Fernsehen gesehen‹, mit diesem hinterfotzigen Grinsen, das schlimmer ist als die wüsteste Beschimpfung.« Er holt Luft, beugt sich dann vor und blickt mir in die Augen. »Das Geld hätte ich mir vom Mund abgespart, nur damit er aufhört. Sie lesen das Schild ›Transportfirma‹, Herr Kommissar, und könnten meinen, hier handelte es sich um ein Unternehmen. Alles Humbug, einen LKW habe ich, und den fahre ich selbst. Ich bin Unternehmer und Angestellter in einer Person. Eine dicke Trine habe ich mir angelacht, damit jemand das Büro betreut, wenn ich auf Tour bin, denn mein Budget sieht keine Sekretärin vor.«

»Wo waren Sie an dem Abend, als Ihr Sohn ermordet wurde?« Ich werfe die Frage unvermittelt in den Raum, um seine Reaktion zu sehen. Aus der Schnelligkeit seiner Antwort schließe ich, daß er auf sie vorbereitet ist.

»Mit dem LKW in Larissa. Dort habe ich auch im LKW geschlafen und bin am nächsten Tag weitergefahren.«

»Um wieviel Uhr sind Sie aus Athen weggefahren?«

»Was soll diese Frage? Soll ich meinen Sohn umgebracht

haben? Okay, der Gedanke, daß mein Sohn schwul war, hat mich verrückt gemacht, aber ich hätte ihn nie umgebracht.«

»Waren Sie auf der Fahrt in Begleitung? Haben Sie irgendwo Rast gemacht?«

Er blickt mich ärgerlich an, weil er mich nicht überzeugen konnte. »Sie werden den Gedanken nicht los, daß ich ihn getötet haben könnte, was? Es genügt, daß gewisse Leute hinter meinem Rücken schlecht über mich reden, und schon bin ich der Mörder meines Sohnes.«

»Niemand hat Sie beschuldigt, Ihren Sohn getötet zu haben. Wir prüfen bloß die Alibis aller Personen nach, die mit Stelios zu tun hatten.«

»Ich hatte keinen Begleiter, aber ich habe unterwegs angehalten, um Wasser und Zigaretten zu holen. Der Ladenbesitzer kennt mich und wird sich erinnern.«

Gerade will ich Namen und Adresse des Ladens erfragen, als mein Handy klingelt. Ich erkenne Adrianis Nummer auf dem Display und nehme das Gespräch sofort entgegen, ohne mich um Ifantidis zu scheren.

»Hallo, sind sie frei? Gib mir Katerina«, sage ich fröhlich. An mein Ohr dringen verschiedene Außengeräusche, aber keine Stimme. »Adriani, hörst du mich?« rufe ich lauter, da am anderen Ende der Teufel los ist.

Zunächst höre ich Schluchzen und dann Adrianis gebrochene Stimme: »Man hat sie nicht freigelassen, Kostas... Man hat sie nicht freigelassen...«

»Wen hat man nicht freigelassen? Katerina? Was redest du da?« Ich kann es nicht fassen, aber selbst unter Schock wird mir bewußt, daß Ifantidis mithört, und ich gehe kurz vor die Tür des Büros. »Erzähl doch, was ist passiert?« schreie ich ins Telefon, sobald ich auf der Straße stehe.

»Sie haben alle Ausländer und von den Griechen nur Katerina zurückbehalten. Warum, weiß ich nicht. Ich gebe dir Fanis, der kann dir alles selbst erzählen. Ich habe keine Kraft mehr zum Weitersprechen.«

»Man hat sie nicht freigelassen, Kommissar!« bestätigt mir Fanis, sobald er den Apparat übernimmt.

»Beruhige dich und erzähl mir alles der Reihe nach.«

»Als alle Griechen an Deck waren, kamen zwei von diesen vermummten Halunken und haben Katerina abgeführt. ›Du bist die Tochter eines Bullen und bleibst hier‹, sagten sie zu ihr. Ich wollte sie daran hindern, aber sie hielten mich fest. Ich versuchte mich loszureißen und schrie, sie sollten mich zurückbehalten und statt dessen Katerina freilassen. Das einzige, was ich erreicht habe, war, daß sie mich außer sich vor Wut vom Deck ins Wasser warfen.«

»Sie haben keine Erklärung dafür abgegeben, warum sie sie zurückbehalten haben?«

»Ich sagte doch, sie behaupteten, weil sie die Tochter eines Bullen sei.« Er hält kurz inne und fügt dann mit vor Anspannung zitternder Stimme hinzu: »Unternimm etwas, Kommissar. Die Gerüchte besagen, die zurückbehaltenen Geiseln seien zur Erschießung vorgesehen.«

»Das ist doch Blödsinn«, sage ich so überzeugend wie möglich. »Sie haben ein paar zurückbehalten, um weiter erpressen zu können.« Fanis' Antwort entgeht mir, da Adrianis Stimme dazwischendringt.

»Ich bin schuld, Kostas! Ich habe sie mit meinem Interview auf die Idee gebracht! Es war richtig, als du meintest, ich sollte nicht reden. Am liebsten würde ich mir die Zunge abbeißen!«

»Das wissen die nicht erst aus dem Interview. Die haben Handys und Informanten von außerhalb.«

»Wenn unserem Mädchen irgend etwas zustößt, dann bringe ich mich um.«

Ich frage mich, was ich zuerst tun soll: herausfinden, warum Katerina festgehalten wurde und wie stark sie gefährdet ist, oder Adriani zur Räson zu bringen, bevor sie in der Klapsmühle landet. »Gib mir nochmals Fanis.«

»Ich höre«, sagt er, und seine Stimme zittert immer noch.

»Ich versuche herauszukriegen, was los ist und warum sie festgehalten wird. Du übernimmst es in der Zwischenzeit, Adriani zu beruhigen, weil sie bald einen Psychiater braucht, wenn das so weitergeht. Sowie ich etwas weiß, rufe ich dich an. Nötigenfalls komme ich mit dem ersten Flug nach Chania.« Das »nötigenfalls« ist nur so dahingesagt, denn ich werde es auf jeden Fall tun.

»In Ordnung, aber hol dir schnell ein Pensordil Akut aus der Apotheke.«

»Wozu?«

»Weil kein Mensch einen solchen Streß unbeschadet aushält, und du kennst deine Schwachstelle.«

Nach dem Gespräch steige ich sofort in meinen Wagen. Der Fall Ifantidis wird bis auf weiteres auf Eis gelegt. Bevor ich mein nächstes Reiseziel festlege, rufe ich Gikas auf seinem Mobiltelefon an.

»Immer mit der Ruhe, Kostas!« ist sein erster Satz. »Ich verstehe, was Sie durchmachen, aber jetzt ist Besonnenheit angesagt.«

»Konnten Sie in Erfahrung bringen, warum man sie zurückbehalten hat?«

»Noch nicht, aber sie werden es uns erklären.«

»Wie viele haben sie noch in ihrer Gewalt?«

»Alle Ausländer, den Kapitän, zwei Besatzungsmitglieder – und Ihre Tochter.«

»Herr Kriminaldirektor, ich komme nach Chania. Ich kann nicht hier bleiben. Alles andere muß warten.«

»Ich verstehe, aber warten Sie auf meinen Rückruf. Ich weiß nicht, vielleicht müssen Sie vor Ihrer Abreise noch ein paar Dinge klären.«

Sein Argument leuchtet mir ein, und ich beschließe, zuerst bei meinem Büro vorbeizuschauen. Was auch immer Neues sich ergibt, die ersten, die es erfahren, werden ohnehin die Polizeibeamten sein – gleich nach den Fernsehjournalisten.

Ich fahre weiter zum Fernbusbahnhof, um von dort auf den Acharnon-Boulevard zu gelangen. Während ich an der Ampel warte, sind meine Gedanken bei Katerina und Adriani. Ich habe Gewissensbisse, daß ich hier sitze und mich mit einem Mord herumschlage, den sehr wohl auch Vlassopoulos bewältigen könnte. Wo sonst ist mein Platz, wenn nicht an der Seite jener, die für die Rettung meines Kindes und der anderen Geiseln kämpfen? Wenn ich aus Pflichtgefühl und als moralisch-psychologischen Zierat »und der anderen Geiseln« hinzufüge, so muß ich doch zugeben, daß einzig und allein Katerina mir am Herzen liegt. Und wie soll bloß Adriani, mit deren Hysterie nicht einmal zehn Selbstmordattentäter der al-Qaida zurechtkämen, die Situation aushalten? Für Fanis ist die Lage kritisch, da auch seine Nerven bis zum Zerreißen gespannt sind. Und wenn sich Fanis' Eltern einmischen, könnte es gar zum Familienzwist kommen.

Die klassische Reaktion der hinter mir wartenden Autofahrer beim Umspringen der Ampel auf Grün, die mit Hupen beginnt und mit »Aufwachen, he!« fortfährt, bringt mich auf den Boden der Tatsachen zurück. Doch ich biege nicht in den Acharnon-Boulevard rechterhand, sondern links über die Kaftantsoglou-Straße in den Galatsiou-Boulevard ein, um zum Flughafen zu fahren. Die größten Massen rollen morgens zwischen halb acht und halb zehn über den Galatsiou-Boulevard, wenn sowohl Arbeitgeber als auch Arbeitnehmer Athen zu entfliehen versuchen. Nun ist es zehn, und der Verkehr fließt für Athener Verhältnisse normal dahin. In einer Viertelstunde habe ich die Attika-Ringstraße in Richtung Flughafen erreicht.

Ich lasse den Wagen auf dem Parkplatz stehen und eile schnurstracks zur Anzeigetafel. Der nächste Flug nach Chania mit Olympic Airlines fliegt um elf Uhr fünfzig. Ich atme erleichtert auf, da ich nicht stundenlang am Flughafen ausharren muß und bald in Chania sein werde. Ein Blick auf die Uhr – ich habe noch eine Stunde Zeit – sagt mir, daß ich den Flug bequem erreiche. Aber am Schalter für die Tickets stoße ich auf eine Warteschlange, die so lang ist wie die vor dem Finanzamt am Monatsende. Ich hüpfe ungeduldig von einem Bein aufs andere und blicke alle naselang auf meine Uhr. Als ich bereits auf die dritte Warteposition vorgerückt bin, klingelt mein Handy. Ich bin dermaßen sicher, daß es Adriani ist, daß ich ganz mechanisch sage: »Ich komme mit dem 11-Uhr-50-Flug. Gibt es Neuigkeiten?«

»Fliegen Sie nach Kreta, Herr Kommissar?« fragt Vlassopoulos' Stimme am anderen Ende der Leitung.

»Ja. Hast du nicht gehört, was passiert ist?«

»Doch«, sagt er mit der bedrückten Stimme eines Menschen, der nicht weiß, wie er sein Mitgefühl zeigen soll.

»Bis zu meiner Rückkehr übernimmst du die Ermittlungen.«

»Mach ich, aber die Ausgangslage hat sich geändert.«

»Inwiefern?«

»Wir haben noch eine Leiche gefunden.«

»Wo?«

»Im Olympischen Ruder- und Kanuzentrum in Schinias. Soviel ich von der Besatzung des Streifenwagens erfahren habe, muß auch dieses Opfer aus nächster Nähe mitten in die Stirn geschossen worden sein.«

Was ich jetzt dringend brauche, ist eine himmlische Erleuchtung.

# 19

Ich lasse den Eleftherios-Venizelos-Flughafen hinter mir und halte über die Attika-Ringstraße auf Spata zu, um bei Loutsa auf den Marathonos-Boulevard zu fahren. Seit seinem Ausbau kurz vor den Olympischen Spielen, oder besser gesagt: seit der gewaltsamen Überdehnung seiner Kapazitäten, schleppt sich der Verkehr auf dem Marathonos-Boulevard statt mit der Geschwindigkeit eines Pferdekarrens mit der eines dreirädrigen Motorkarrens dahin.

Es ist mittlerweile zwölf Uhr, die Hitze erreicht ihren Höhepunkt, und ich zittere mit allen Fasern meines Herzens um den Mirafiori, der – wie alle alten Leute – nur bei gemäßigtem Klima gut unterwegs ist. Bei Kälte friert sein Motor ein, bei Hitze läuft er heiß, und bei Regen bleibt er stehen und rührt sich keinen Fingerbreit mehr. Zum Glück läßt der Verkehr nach Nea Makri nach, und die Gefahr, daß er abstirbt, ist damit gebannt. Der Strand ist voll mit Badegästen. Die Kinder plantschen im seichten Wasser, während die Mütter unter den Sonnenschirmen Obst schälen, sicher hat ihnen irgend jemand erzählt, daß Baden gesünder ist, wenn es von Obstgenuß begleitet wird.

Ich passiere den Eingang zur Ruderregattastrecke und parke neben zwei Streifenwagen. Beim Fahrer des einen, der gerade sein Handy inspiziert, erkundige ich mich nach dem Weg zum Leichenfundort.

»Immer geradeaus, und nach den Kartenschaltern biegen Sie zu den Sitzreihen ab. Dort sind alle versammelt.«

Entlang der empfohlenen Route überquere ich zunächst einmal einen Boulevard voll Müll und Bauschutt. Nach hundert Metern gelange ich zu den Kartenschaltern, die mit ihren zerborstenen Fensterscheiben und ihrer gähnenden Leere wie verlassene Bahnwärterhäuschen wirken. Am oberen Ende der Sitzreihen hat eine Gruppe von Polizeibeamten einen Kreis gebildet. Unter ihnen kann ich Vlassopoulos und Gerichtsmediziner Stavropoulos ausmachen. Ein wenig tiefer haben sich ein paar dunkelhäutige Zuwanderer aus der dritten Welt versammelt, die sich unter Aufsicht von zwei Beamten unterhalten.

Als Vlassopoulos und Stavropoulos meine Ankunft bemerken, lösen sie sich aus der Gruppe und kommen auf mich zu. Da der Kreis sich öffnet, erkenne ich nun auch den über die Leiche gebeugten Palioritis.

»Wir haben davon gehört«, meint Stavropoulos und berührt mich am Arm. »Verdammt blöd, daß man sie aufgrund einer so unsinnigen Sache hier festhält.«

»Was für eine unsinnige Sache?«

»Irgendeine Erklärung des Bundes der Polizeibeamten. Frag mich nicht nach dem Inhalt, ich habe keine Ahnung.«

»Sie hätten nicht bleiben müssen«, mischt sich Vlassopoulos ein. »Das hätten wir auch alleine geschafft. Die Vorerhebungen zumindest.«

»Was liegt an?« frage ich, um das Thema zu wechseln und mich nicht in Erklärungen zu verstricken.

»Ein und dieselbe Schablone«, lautet Stavropoulos' Antwort. »Der Schuß wurde aus nächster Nähe und, wie es scheint, mit derselben Waffe abgefeuert. Palioritis untersucht es gerade, aber meiner Meinung nach steht es fest.«

»Und das Opfer?«

»Ein TV-Model, älter als Ifantidis, so um die Dreißig«, sekundiert Vlassopoulos.

»Persönliche Daten?«

»Haben wir noch nicht, aber wir wissen, in welchem Werbespot er mitgewirkt hat. Er hat eine Bar betreten, sich einen Whisky bestellt und mit drei Schönheiten angestoßen. Daran hat ihn der Wachmann der Regattastrecke erkannt.«

»Er hat ihn auch gefunden?«

»Er hat die Polizei gerufen. Gefunden haben ihn ein paar Pakistani, die –«

»Bring ihn her, er soll es mir selber erzählen.«

Vlassopoulos geht auf die Gruppe der Pakistani zu, während ich bei der Leiche stehenbleibe. Als Palioritis mich erblickt, steht er auf und macht mir Platz, damit ich einen Blick auf das Opfer werfen kann. Mit seinen blond gefärbten Haaren wirkt er tatsächlich wie Anfang Dreißig. Er ist nur mit einem Slip bekleidet, als hätte ihn der Mörder zu einem kurzen Bad auf der Regattastrecke eingeladen. Seine Brust ist unbehaart, und über dem Herzen ist eine Tätowierung zu sehen, die einen Stier und die Inschrift *I love you* zeigt. Jetzt, wo ich ihn mir ansehe, erinnert mich sein Gesicht auch an die Fernsehwerbung. Genau in der Mitte der Stirn klafft dieselbe Einschußwunde wie bei Ifantidis. Palioritis meint: »Für die Laboruntersuchungen habe ich zwar eine Probe genommen, aber mit bloßem Auge ist ersichtlich, daß es sich um dieselbe Waffe handeln muß.«

»Jedenfalls wurde auch er nicht hier umgebracht. Man muß ihn, wie auch den anderen, hertransportiert haben«, bemerkt Stavropoulos.

Nichts von alledem ist erfreulich, da meine anfänglichen Befürchtungen bestätigt werden: Jemand tötet planvoll. Wenn sich sogar bewahrheitet, daß auch dieses Model schwul war, dann werden wir nicht mehr wissen, wo uns der Kopf steht und welchen Tätern wir den Vorrang einräumen sollen: den Terroristen oder dem Serienkiller. Zum Glück bin ich meiner Eingebung gefolgt und nicht abgereist, sage ich mir.

Vlassopoulos kommt mit dem Wachmann, einem kräftig gebauten jungen Mann. »Wer hat ihn gefunden?« frage ich ihn.

»Die Pakistani, die heute früh hereingeschlüpft sind.« Und er deutet auf die Vertreter des erst in Entwicklung befindlichen Teils der Menschheit. »Die kommen hierher, um Aale zu angeln.«

»Wo angeln sie denn Aale? Auf der Regattastrecke?«

»Nein, auf dem künstlich angelegten See, der als Trainingsstrecke diente. Anfangs haben wir noch Versteck mit ihnen gespielt, aber dann waren wir gezwungen, unsere Jeeps einzumotten, weil man uns die Benzingutscheine gestrichen hat, und es ist schwierig, auf einem so großen Grundstück zu Fuß zu patrouillieren.« Er hält inne und blickt mit einem bitteren Lächeln um sich. »Wenn sich vor der Olympiade ein Journalist oder ein Fernsehteam heimlich hereingeschlichen hat, dann haben wir sie der Polizeiwache übergeben, und dort haben sie mindestens fünf Stunden geschmort. Und jetzt trampelt hier jeder rein, der will.

Jedenfalls kann man nicht behaupten, daß die olympischen Sportstätten nicht genutzt werden, die Ruderregattastrecke wird von den Pakistani zum Fischen genutzt. Es sind die teuersten Fischgründe der Welt, sie haben zwei Millionen Euro gekostet!«

Mir ist klar, daß ich ihn bremsen muß, denn er ist dermaßen geladen, daß er den Rest des Tages weiterschimpfen könnte. »Um welche Uhrzeit hat man Sie verständigt?«

»Gegen neun Uhr morgens.«

»Kommen sie regelmäßig her?«

»Nur, wenn sie keine andere Arbeit haben. Sie angeln ein paar Aale und grillen sie gleich über einem Holzkohlenfeuer, um nicht zu verhungern.«

»Spricht einer von ihnen Griechisch?«

»Radebrechen können sie alle.«

»Gehen wir«, sage ich zu Vlassopoulos. Und zum Wachmann: »Kommen Sie mit.«

Die Pakistani erheben sich bei unserem Anblick. Ich bedeute den Polizeibeamten der Streife, sie mögen sich entfernen. Vlassopoulos übernimmt zwei und ich die anderen beiden.

»Könnt ihr euch erinnern, um welche Uhrzeit ihr ihn gefunden habt?« frage ich sie. Sie zittern am ganzen Leib und starren mich an, ohne einen Ton hervorzubringen. »Hört zu, mich interessiert nicht, ob ihr eine Green Card habt oder ob ihr euch vor Polizeirazzien versteckt. Ich ermittle in einem Mordfall. Aber wenn ihr nichts sagt, schleppe ich euch zum Polizeipräsidium, und dort weiß ich nicht, was euch noch alles blüht.«

Sie blicken einander besorgt an, und dann sagen sie, fast

aus einem Munde: »Am Morgen wir sind fischen gegangen und haben tote Mann gesehen.«

»Wie spät war es ungefähr?«

Sie blicken sich wieder an, und einer zuckt die Achseln. »Ich nicht haben Uhr geschaut, aber wir immer gehen neun, halb nach neun.«

»Wir gleich Herr Jannis gesagt«, ergänzt der andere und meint den Wachmann.

Herr Jannis nickt zustimmend und klopft ihm freundschaftlich auf die Schulter, offenbar um ihn dafür zu belohnen, daß er sich unverzüglich an die zuständige Autoritätsperson gewendet hat.

»Haben Sie ihn jemals hier angetroffen?«

»Nein!« antworten alle im Chor, und der Solist fügt hinzu: »Er aus Fernsehen.«

Es ist, als wolle er mir sagen: Was hat denn einer, der im Fernsehen Karriere macht, auf dieser Müllhalde zu suchen? Meiner Ansicht nach können wir durch die Amateurangler, die um ihr Überleben kämpfen, nichts weiter herausfinden.

»Sieh zu, daß sie eine schriftliche Aussage machen«, sage ich zu Vlassopoulos. »Und dann klären wir die Routinefragen: Wer er war, wo er wohnte, für welche Werbefirma er tätig war.«

Er blickt mich einen Augenblick lang an. »Haben Sie vor, hierzubleiben und die Ermittlungen zu leiten?« fragt er ungläubig.

»Nicht, daß ich kein Vertrauen zu dir hätte, aber du bist auf dich allein gestellt, und der Fall wird immer vertrackter. Wenn sich auch er als Schwuler herausstellt, dann haben wir es mit einem Psychopathen zu tun, dessen Lebensziel es ist, Athen von allen Schwulen zu säubern. Wenn das publik wird, bricht eine Riesenpanik aus. Gikas und ich wären dann beide nicht da, und du hättest alles am Hals, was bedeutet, daß du auch für alles den Kopf hinhalten müßtest, wenn morgen irgend etwas schiefläuft.« Sein Blick sagt mir, daß ich ihn nicht überzeugt habe, und ich fahre fort. »Auf Kreta kann ich mich nicht nützlich machen. Andere führen die Verhandlungen, und andere treffen die Entscheidungen. Entweder gehe ich ihnen auf die Nerven, oder ich springe vor Ohnmacht im Quadrat. Mir selbst helfe ich am besten, wenn ich hierbleibe, mich mit etwas Konkretem befasse und keinem zur Last falle.«

Wir sind an der Stelle angelangt, wo der Mirafiori und die Streifenwagen abgestellt sind. »Nehmen Sie den Streifenwagen, und ich schicke jemanden mit Ihrem Wagen nach«, meint Vlassopoulos zu mir.

»Laß mal, ich fahre mit meinem, und wir treffen uns an der Dienststelle.« Plötzlich fällt mir sein zorniger Blick auf.

»Entschuldigung, Herr Kommissar. Ich muß jetzt was dazu sagen, und wenn Sie wollen, schimpfen Sie los. Finden Sie es richtig, mit diesem Wagen unterwegs zu sein?«

»Wieso, was ist mit meinem Wagen, Vlassopoulos?«

»Wir sprechen von einem Museumsstück, Herr Kommissar. Selbst der beste Fahrer im Polizeikorps kann ihn nicht starten. Wenn irgend etwas Unerwartetes passiert, verlieren Sie womöglich in Ihrem jetzigen psychischen Zustand die Kontrolle. Nehmen Sie ihn zumindest nicht jetzt, wo Sie so unter Streß stehen. Ich kann diese Anhänglichkeit in bezug auf den Mirafiori beim besten Willen nicht verstehen.«

»Meinst du, ich fahre ihn aus Anhänglichkeit?« frage ich ihn, während mir langsam, aber sicher der Hut hochgeht.

»Hm, ich finde keine andere Erklärung. Sagen Sie bloß, Sie können sich keinen neuen leisten – heutzutage, wo Autos in achtundvierzig Teilraten verkauft werden und die erste in zwei Jahren fällig wird.«

»Weißt du, warum ich nicht von ihm lassen kann, Vlassopoulos? Weil es mir zu blöd wäre, einen nagelneuen Wagen mit Allradantrieb zu haben, der vom ersten kräftigen Regenguß auf den Athener Straßen weggeschwemmt wird. Der Mirafiori ist authentisch. Es kann sein, daß er dich bei schönstem Wetter mitten auf der Straße im Stich läßt. Genau wie Griechenland die Griechen.«

Ich steige in den Mirafiori, und als Belohnung für meine Verteidigungsrede springt er beim ersten Versuch an und braust über den Müll-Boulevard, wo er eigentlich hingehörte.

## 20

Gikas' Anruf erreicht mich kurz vor Pallini. Diesmal riskiere ich kein Telefonat während der Fahrt, da das Schlimmste zu befürchten steht. Ich fahre den Wagen an die Seite, um in aller Ruhe sprechen zu können.

»Die Dinge sind nicht allzu tragisch«, beruhigt mich Gikas. »Entweder spielen sie mit uns Katz und Maus, oder wir haben es mit Hohlköpfen zu tun. Katerina wurde zurückbehalten, weil ein Beschluß der Polizeigewerkschaft in den Zeitungen publik wurde.«

»Was für ein Beschluß?«

»Keine Ahnung. Er wird in den Fernsehsendern verbreitet, aber ich habe bislang nicht darauf geachtet. Sie sollten herkommen und den Vorsitzenden oder den Generalsekretär des Bundes der Polizeibeamten um Auskunft bitten. Um Ihre Tochter macht sich hier eigentlich keiner Sorgen, wir alle stehen wegen der ausländischen Geiseln unter Strom. Es ist nicht auszuschließen, daß sie noch eine davon töten werden, um uns unter Druck zu setzen.«

Ich unternehme einen Versuch, ihn ebenfalls auf dem laufenden zu halten, doch er fällt mir ins Wort. »Lassen Sie mal. Hier steht gerade alles kopf. Wenn die Journalisten lästig werden, sagen Sie ihnen einfach, die ausländischen Geiseln der El Greco hätten absoluten Vorrang. Die TV-Models können warten.«

Und sogleich rufe ich Fanis an, um ihn zu beruhigen. »Hoffentlich liegen eure Leute richtig«, meint er. »Ich hätte jedenfalls nie gedacht, daß ich jemals dazu getrieben würde, Gewerkschafter zu verfluchen.«

Mich plagt die Neugier, welche Entscheidung des Bundes griechischer Polizeibeamter die serbenhörigen Terroristen so sehr erbost haben könnte. In Jerakas sehe ich zwar rechterhand ein Kafenion, doch ich beiße die Zähne bis zum Präsidium zusammen, um in Gikas' Büro in aller Ruhe die Nachrichten zu sehen.

Nach einer halben Stunde lange ich am Alexandras-Boulevard an. Ich lasse den Wagen in der Garage und fahre unverzüglich in die fünfte Etage hoch. Koula sieht in Gikas' Büro fern.

»Sadisten sind das!« ruft sie mir bei meinem Eintreten wutentbrannt zu. »Die berauschen sich daran, andere zu quälen!«

»Haben Sie eine Ahnung, worum es sich handelt?«

»Nichts Hochphilosophisches«, entgegnet sie abschätzig. »Aber sehen Sie besser selbst.«

Ich blicke auf den Bildschirm und sehe den Moderator, der einen unserer Gewerkschafter in der Leitung hat.

»Das ist Arvanitakis, der Vorsitzende des Panhellenischen Bundes der Polizeibeamten«, erläutert mir Koula.

»Haben Sie vor, die Antirassismus-Charta zurückzuziehen, wie es die Terroristen verlangen?« fragt der Moderator Arvanitakis.

»Grundsätzlich einmal wollen wir vermeiden, daß der Tochter eines Kollegen etwas zustößt.« Der Nachdruck, mit dem Arvanitakis seine Aussage begleitet, klingt reichlich übertrieben.«Darüber hinaus legen sich die Terroristen nicht fest, ob sie die Antirassismus-Charta zur Gänze ablehnen oder nur einige Punkte daraus. Ich habe den Eindruck, daß sie sie gar nicht im Detail gelesen haben, sondern nur vom Hörensagen kennen und sich einfach die Gunst der Stunde, das heißt, die Anwesenheit der Tochter eines Kollegen unter den Geiseln, zunutze machen wollen.«

»Sie haben die Verlautbarung vielleicht nicht genau genug gelesen, Herr Arvanitakis. Die Terroristen verlangen die vollständige Rücknahme der Antirassismus-Charta.«

»Sie verlangen nicht die vollständige Rücknahme der Charta, sondern nur der Forderung nach Einstellung ausländischer Polizeibeamter«, beharrt Arvanitakis.

»Hören wir uns einmal die Verlautbarung an, um die offenen Fragen zu klären«, meint der Moderator.

Wieder ist dieselbe rauhe Stimme zu hören, die auch die erste Deklaration der Geiselnehmer verlesen hat.

*»Wir Kämpfer der Organisation Griechischer Freiwilliger für das serbische Bosnien haben unser Wort gehalten. Heute morgen haben wir alle griechischen Passagiere der El Greco, die sich unserer Position angeschlossen haben, freigelassen. Vorläufig haben wir zwei Besatzungsmitglieder aus praktischen Gründen zurückbehalten. Ebenso befindet sich noch Katerina Charitou an Bord, die Tochter eines Polizeibeamten, die wir erst freilassen werden, wenn der Panhellenische Bund der Polizeibeamten jene widerwärtige Antirassismus-Charta zurückzieht, welche die Einstellung von Ausländern in das griechische Korps der Polizei fordert. So tief ist unser nationales Ehrgefühl gesunken, daß die Polizei selbst die*

*Einstellung albanischer und bulgarischer Kollegen fordert – Angehörige von Völkern, die uns feindlich gesinnt sind! Selbst für einen griechischen Taschendieb ist es erniedrigend, von einem albanischen Bullen Handschellen angelegt zu bekommen. Der Bund der Polizeibeamten soll diesen beschämenden Text zurückziehen, dann werden wir die junge Frau freilassen. Andernfalls wird sie dasselbe Schicksal wie die Ausländer erleiden, die wir erschießen werden, sollten nicht innerhalb von vierundzwanzig Stunden alle Ermittlungen bezüglich unserer Teilnahme am angeblichen Massaker von Srebrenica eingestellt werden.«*

»Wie Sie sehen, spricht er zwar über die Antirassismus-Charta im allgemeinen, konkret verlangt er jedoch nur die Rücknahme des Abschnitts über die ausländischen Polizeibeamten.«

Arvanitakis schneidet eine Diskussion an, die mich nicht im geringsten interessiert. »Wo kann ich diesen Arvanitakis finden?« frage ich Koula.

»Er ist in seinem Büro in der ersten Etage und wartet auf Sie. Auf Wunsch von Herrn Gikas habe ich ihn gebeten, auf Sie zu warten, damit Sie mit ihm sprechen können. Deshalb hat er auch das Interview per Telefon gegeben und ist nicht ins Studio gefahren, wie man es eigentlich von ihm wollte.«

Ich mache mich gerade auf den Weg, in die erste Etage hinunterzufahren, als mich Koula zurückhält. »Brauchen Sie irgend etwas, Herr Charitos? Kann ich Ihnen irgendwie behilflich sein?«

»Inwiefern denn, Koula? Ich habe doch kaum Einfluß auf die Ermittlungen, wie könnten Sie mir da helfen?«

»Ich meine im Haushalt, Herr Charitos. Wie kommen Sie alleine zurecht? Ich könnte kurz vorbeikommen und etwas für Sie kochen, damit Sie etwas Warmes im Magen haben.«

»Lassen Sie nur, ich improvisiere. Außerdem bin ich nur selten zu Hause. Hoffen wir, daß diese schlimme Situation nicht mehr lange andauert.« Ich höre mich zwar reden, kann aber meinen eigenen Worten nicht recht glauben.

»Wie geht es Ihrer Frau?«

»Wie soll's ihr gehen? Sie weiß nicht, wo ihr der Kopf steht.«

Ich fahre in die erste Etage und suche Arvanitakis' Büro. Als ich ihn vorfinde, sitzt er an seinem Schreibtisch und hat den Kopf in beide Hände gestützt. Sein Blick ist auf ein Schriftstück geheftet, und er ist so sehr in Gedanken versunken, daß er das Klopfen an der Tür überhört. Meine Anwesenheit bemerkt er erst, als ich direkt vor seinem Schreibtisch stehe. Als Zeichen der Verzweiflung hebt er die Arme und stößt einen tiefen Seufzer aus. Er kennt mich vermutlich, während ich das Gefühl habe, ihm zum ersten Mal zu begegnen.

»Mir fehlen die Worte, Herr Kommissar...«

»Dann sag ich Ihnen was, Herr Kollege: So kommt's, wenn ein Jude am Sabbat zum Markt will.«

Er blickt mich an, als wundere er sich darüber, nicht selbst auf diesen Vergleich gekommen zu sein. »Das stimmt. Wir wollten die Polizei vom Stempel des Rassismus befreien, und das ist dabei herausgekommen.« Er hält kurz inne, als wolle er dieses Resultat werten, und fährt fort: »Wissen Sie, was mich beeindruckt? Wie sie überhaupt darauf gekommen sind.«

»Über das Fernsehen... die Zeitungen... Wie sonst?«

»Das ist ja das Merkwürdige. Wir glaubten, die Antirassismus-Charta würde Aufsehen erregen, doch die Massenmedien, die uns doch ständig Rassismus vorwerfen, haben sie totgeschwiegen. Das Fernsehen ist überhaupt nicht darauf eingegangen und die Tageszeitungen nur in den Kurzmeldungen. Offenbar gab es die Weisung, sie unter den Teppich zu kehren.«

»Von wem?«

»Von den obersten Etagen der Politik. Eine Diskussion um die Aufnahme von Ausländern in das Korps der Polizei ist der Regierung unheimlich, da politisch riskant. Dagegen kratzt es die Politiker nicht im geringsten, wenn man die Bullen Rassisten nennt.«

Was er sagt, würde mir unter anderen Umständen einleuchten, aber nun ist das einzige, was mich interessiert, wie Katerinas und damit auch unser Martyrium so schnell wie möglich beendet werden kann.

»Und was haben Sie vor?« frage ich Arvanitakis und versuche, meine Anspannung zu verbergen.

»Was sollten wir denn tun, Kommissar? Es geht nicht nur um Ihre Tochter, sondern auch um die Drohungen, die wir erhalten. Der Minister droht, Beförderungen zu blockieren und uns in Frührente zu schicken, der Polizeipräsident droht, uns vom Dienst zu suspendieren und Disziplinarverfahren einzuleiten. Sie verstehen, daß im Vorstand Angst und Schrecken herrscht.« Er macht eine kleine Pause, begleitet von einem Seufzer. »Wir sind entschlossen, die Charta zurückzunehmen, suchen jedoch nach einer Lösung, wie wir unser Gesicht wahren können.«

Ich trete erleichtert und zuversichtlich aus Arvanitakis' Büro und schließe mich in meinem ein, um zunächst einmal Gikas anzurufen. »Arvanitakis hat mir gesagt, daß er die Antirassismus-Charta zurückziehen will«, sage ich, sobald er in der Leitung ist.

»Das überrascht mich nicht«, lautet seine wütende Antwort. »Die sind nicht ganz bei Trost. Welcher Grieche – mal ganz abgesehen von der Reaktion der Regierung, des Ministers, der Polizeiführung – würde es hinnehmen, auf der Straße von einem albanischen Bullen angehalten und nach dem Ausweis gefragt bzw. zur Überprüfung der Personalien auf die Wache mitgenommen zu werden? Wissen Sie, was mich aufregt? Daß sie selber sehr wohl wissen, daß so etwas nie eintreten wird. Keine Regierung würde das akzeptieren. Sie fordern es aus einer sicheren Position heraus, nur um gute Figur zu machen. Alles in diesem Land ist pures Theater.« Er legt außer sich vor Wut auf, zwei Minuten später meldet er sich jedoch wieder. »Wo sind Sie jetzt?« fragt er.

»In meinem Büro.«

»Machen Sie, daß Sie in mein Büro kommen. Die Journalistenmeute wird gleich aufkreuzen und Ihnen wegen Ihrer Tochter die Hölle heiß machen.«

Daran hatte ich nicht gedacht. Ich trete aus meinem Büro, und auf dem Flur rufe ich Adriani auf ihrem Handy an, um sie zu beruhigen.

»Hoffentlich hast du recht, und sie halten uns nicht zum Narren«, lautet ihre vorsichtige Antwort.

»Wer sollte uns zum Narren halten? Die Terroristen?«

»Nein, deine Kollegen. Die Journalisten hier sagen nämlich was anderes.«

»Was denn?«

»Daß die Terroristen die Abfahrt aus Chania vorbereiten, um mit der Fähre in internationale Gewässer vorzustoßen, damit sie bequemer in alle möglichen Richtungen erpressen können. Deshalb hätten sie auch den Kapitän und die Besatzungsmitglieder zurückbehalten.«

»Die Journalisten haben zwei große Talente: Behauptungen als Tatsachen und Lügengeschichten als Wahrheiten zu verkaufen.«

»Kann sein, aber bislang haben sich alle ihre Behauptungen bewahrheitet.«

»Welche denn?«

»Ausnahmslos alle«, entgegnet sie und legt kurzerhand auf.

# 21

Das einzig Angenehme, was Stars und Diven an sich haben, ist, daß wir uns nicht mit der Feststellung ihrer Identität quälen müssen. Innerhalb einer Stunde haben wir herausgefunden, daß das Opfer Jerassimos bzw. Makis Koutsouvelos hieß und in einem Drei-Zimmer-Apartment in Thissio wohnte. Diesmal wollte ich umgekehrt vorgehen: zuerst die Wohnung nach Hinweisen durchsuchen und dann erst Sender und Agenturen abklappern.

Koutsouvelos' Apartment liegt in der letzten Etage eines dreistöckigen Wohnhauses, das unmittelbar nach dem Krieg erbaut worden sein muß. Koutsouvelos hat es renoviert, die beiden Räume linkerhand zu einem einheitlichen Wohnzimmer verbunden und das Zimmer rechterhand als Schlafzimmer genutzt. So wurde aus der Drei- eine Zwei-Zimmer-Wohnung. In ihrer Mitte liegt ein quadratischer Flur, wie es in den Bauten der damaligen Zeit üblich war. An seinem Ende liegen Bad und Küche. Eine metallene Wendeltreppe führt von der Küche auf eine kleine Terrasse mit Blumen, Hollywood-Schaukel und Sonnenschirm.

Der erste Unterschied zu Ifantidis' Wohnung liegt in der Ordnung. Ifantidis' Apartment war perfekt aufgeräumt, hier herrscht die Unordnung eines Junggesellenhaushalts. Das Bett ist nicht bezogen, im Bad liegen die Handtücher im Bidet, und in der Küche häufen sich die ungewaschenen

Teller und Speisereste in Pizza- und Hamburger-Schachteln auf der Marmorablage und in der Spüle. Der zweite Unterschied liegt in der Ausstattung. Ifantidis hatte Geschmack, Koutsouvelos warf sein Geld für Sperrholzplatten und Poster hinaus. Für die polizeilichen Ermittlungen kann dies bedeuten, daß Ifantidis ein ruhiger und häuslicher junger Mann war, während Koutsouvelos möglicherweise »einen leichten Lebenswandel« führte, wie man das früher in der Presse und in alten griechischen Filmen nannte. Doch wir stehen vor der zweiten Erschießung innerhalb von fünf Tagen, daher spielt der Lebenswandel keine Rolle. Außer, wir haben es mit jemandem zu tun, dem die Sicherungen durchgebrannt sind, weil sein Sohn sich als homosexuell geoutet hat, und der nunmehr wahllos Schwule ermordet, um der Welt sein ungerechtes Schicksal heimzuzahlen.

Flur, Wohnraum und Küche überlasse ich dem Team der Spurensicherung. Für mich selbst habe ich Schlafzimmer und Bad reserviert, weil man dort üblicherweise die interessantesten persönlichen Gegenstände entdeckt. Doch diesmal wird diese Theorie Lügen gestraft, da ich im Bad nichts außer den üblichen Dingen vorfinde: Zahnbürste und Zahnpasta, Rasierzeug, After-shave, Deodorant und eine ganze Körperpflegeserie in Form von Schaum, Cremes und Emulsionen. Adriani kommt mir in den Sinn, die sich ihr Leben lang mit 4711 parfümiert, seit ich ihr ein Fläschchen zum Geburtstag geschenkt habe.

Der Gedanke an Adriani bringt mich auf Katerina, und um den Schauplatz zu wechseln, trete ich vom Bad ins Schlafzimmer. Mit dem ersten Blick aufs Bett stelle ich fest, daß das Bettlaken fehlt. So unordentlich Koutsouvelos auch gewesen sein mag, halte ich es doch für unwahrscheinlich, daß er ohne Laken direkt auf der Matratze geschlafen hat. Ich rufe einen Kriminaltechniker herbei und bitte ihn, danach zu suchen.

In der unteren Schublade des Nachttischchens finde ich eine provisorische Apotheke vor, spezialisiert auf Psychopharmaka, Antidepressiva, Schlaf- und Beruhigungsmittel. Da Koutsouvelos nicht durch Medikamentenmißbrauch Selbstmord begangen hat, lassen mich die Pillen kalt, und ich wende mich der zweiten Schublade zu, wo ich ein Päckchen Kondome und ein Buch mit dem Titel »Die Geheimnisse des Feng Shui« vorfinde. Die dritte Schublade wäre ein gefundenes Fressen für die Rauschgiftfahndung, da sie voller Gras ist. Die Schubladen des Kleiderschranks quellen über vor schicken Klamotten, Unterwäsche, Hemden und Schuhen. Wie es scheint, hat Koutsouvelos sein ganzes in der Werbung verdientes Geld für ebenfalls heftig beworbene Markenprodukte ausgegeben.

»Laken haben wir keins gefunden, dafür aber etwas anderes. Wollen Sie mal einen kurzen Blick darauf werfen?« fragt mich der Techniker und führt mich ins Bad zurück.

Ich frage mich mit einigem Hochmut, was ein Techniker der Spurensicherung mir an Erkenntnissen voraushaben könnte, bis ich sehe, wie er den Duschvorhang beiseite schiebt. Ich könnte mir an die Stirn schlagen, daß ich mich, wie ein Frisör, auf die Kosmetika beschränkt habe. Doch ich rechtfertige meine Nachlässigkeit damit, daß meine Geisteskraft ganz auf den Golf von Chania konzentriert ist.

»Sehen Sie hier«, meint der Techniker und deutet auf ein

Loch in der Badewanne an der Seite, wo sie an die Wand grenzt.

»Sagen Sie Ihrem Chef, ich würde ihn gerne sprechen«, meine ich zum Techniker.

Palioritis kommt und bleibt neben mir stehen. »Was gibt's?«

»Zunächst einmal: Sie haben einen aufgeweckten Assistenten. Und dann: Wenn Sie die Wanne von der Wand rücken, finden Sie die Kugel.« Und ich deute auf das Loch in der Badewannenwand.

»Richtig, die finden wir sicher.«

»Und die Suche nach dem Laken können Sie seinlassen. Das hat der Mörder dazu benützt, das Opfer zur Regattastrecke zu transportieren.«

Wann wird schon jemand in der Badewanne ermordet? Nur wenn ein verwandtschaftliches oder sexuelles Verhältnis zwischen Opfer und Täter besteht. Sonst steht man nur in Kasernen und in Sportstätten gemeinsam unter der Dusche. Hatte ich im Fall Ifantidis noch Vorbehalte gehabt, ob das Opfer mit seinem Mörder eine sexuelle Beziehung hatte, so beseitigt der Mord an Koutsouvelos jeden Zweifel. Folglich haben wir es mit einem Serienmörder – im Volksmund auch »Bestie« genannt – zu tun, der sich seinen Opfern sexuell nähert, wie etwa der Lustmörder, der Prostituierte tötet, indem er ihre Dienste in Anspruch nimmt. Hätte er einen Transvestiten getötet, könnte man ihm eine Falle stellen. Aber wie soll man jemanden in eine Falle locken, der seine Opfer unter Homosexuellen auswählt, die ein ganz normales Leben führen? Soll ich mir etwa von der Sitte eine Liste aller Athener Gay Bars kommen lassen und sie mit Vlassopoulos abklappern? Damit kommen wir keinen Schritt über das »Nichts gesehen, nichts gehört« hinaus. Im Polizeikorps haben wir eine ganze Menge Polizistinnen, die keine Probleme damit hätten, sich als Prostituierte auszugeben. Es gibt hingegen keinen einzigen Polizeibeamten, der sich als Homosexueller ausgeben würde. Selbst wenn einer homosexuell wäre, würde er wohl lieber seine Rente opfern, als den schwulen Agenten *under cover* zu geben.

Dann lasse ich die Gedanken beiseite, die nur in Sackgassen enden, und fange mit den Routinefragen an, die der sicherste Weg zum Ziel sind. An der Wohnungstür treffe ich auf Vlassopoulos.

»Wir haben seinen Wagen gefunden«, sagt er, sobald er mich erblickt. »Ein nigelnagelneuer Golf. Er kann ihn nicht länger als einen Monat gefahren haben. Ich habe den Abschleppdienst benachrichtigt, um ihn ins Labor bringen zu lassen.«

»Schön. Knöpf dir die Hausbewohner vor, vielleicht kannst du was aus ihnen herauslocken. Ich fahre zur Werbeagentur Spot.«

Die Spot AG hat die TV-Werbung gedreht, in der Koutsouvelos aufgetreten ist. Ihre Büros liegen auf der Chalandriou-Amaroussiou-Straße, in der Gegend hinter dem Ärztezentrum, wo die Bürotürme wie Pilze aus dem Boden schießen, so daß man sich fragt, was in Griechenland schneller wächst: die legalen Unternehmen oder die Schattenwirtschaft. Die legale Lösung wäre, über die Ermou- in die Athinas-Straße zu fahren und von dort die Stadiou-Straße zu nehmen. Da jedoch die legalen Lösungen in Griechenland nur Schneckentempo erlauben, beschließe ich, illegal vorzugehen und die Fußgängerzone der Apostolou-Pavlou-Straße im Rückwärtsgang bis zur Dionysiou-Aeropagitou-Straße hochzufahren. Das illegale Vorgehen wird, wie stets in Griechenland, belohnt, und innerhalb von zehn Minuten bin ich über den Amalias- auf den Kifissias-Boulevard gelangt.

Ein Schild am Eingang informiert mich, daß die Spot AG die ganze dritte Etage des Büroturms einnimmt. An der Rezeption erwartet mich eine wie für einen Disko-Besuch geschminkte und herausgeputzte Blondine. Sie erklärt mir, Herr Andreopoulos, der Geschäftsführer, warte bereits auf meinen Besuch, und sie deutet auf die letzte Tür rechts am Ende des Flurs. Was überflüssig ist, denn es ist die einzige Tür, über die das Unternehmen verfügt. Der Rest ist ein Großraumbüro und in gleichförmig geschnittene Eisenbahncoupés unterteilt, die alle einen Schreibtisch, PC, Telefon und einen Besucherstuhl enthalten.

Als ich die Tür öffne, empfängt mich eine seriöse, platinblonde Fünfzigjährige im Kostüm. In all den Jahren, in denen ich in Firmenbüros ein und aus gehe, hat sich bei mir der Eindruck verfestigt, daß alle demselben Schema folgen. Zunächst einmal wird man von einem taufrischen Zitronenfalter empfangen, um danach von einer seriösen Schleiereule übernommen zu werden. Als wolle man sagen, an der Oberfläche bezirzen wir dich zwar mit einem Nymphchen, doch im Kern präsentieren wir uns als ernsthaftes Unternehmen.

Die Dame fragt mich, ob ich etwas trinken möchte, worauf ich mich höflich bedanke und in das Allerheiligste des Geschäftsführers Andreopoulos vordringe.

Er ist ein hünenhafter, tadellos gekleideter Mann mit einem Lächeln und einem Blick von solcher Kälte, daß sie einen durch ihre aufgesetzte Höflichkeit noch mehr zum Frösteln bringen.

»Einleitende Worte können wir uns wohl sparen«, sage ich daher förmlich und lasse alle Freundlichkeit beiseite.

»Richtig. Sie sind gewiß gekommen, um Informationen über Koutsouvelos einzuholen«, entgegnet er mit seinem schiefen Lächeln um die Mundwinkel.

»Wir versuchen, uns ein Bild von Koutsouvelos zu machen. Was für ein Mensch er war, wo er verkehrte, mit wem er Beziehungen hatte. Anders gesagt: Wir wollen vom Allgemeinen zum Besonderen vordringen.«

Andreopoulos wird ernst und denkt nach. »Er war ein störrischer Mensch«, schlußfolgert er dann. »Störrisch und habgierig. Einmal verlangte er mehr Geld, dann wieder wollte er die Vertragsbedingungen zu seinen Gunsten verändern, oder er forderte Vorschußzahlungen, und wenn wir ablehnten, drohte er mit seinem Weggang.«

»Und das haben Sie sich bieten lassen?«

»Wir haben versucht, einen *modus vivendi* mit ihm zu finden«, sagt er, und zeitgleich mit dem lateinischen Ausdruck kehrt auch sein eiskaltes Lächeln wieder. »Freilich war es nicht immer leicht.« Und als erinnerte er sich zeitverzögert an meine Frage, meint er: »Es verwundert Sie, daß wir ihn nicht rausgeschmissen haben, Herr Kommissar?«

»Ich frage mich, warum Sie nicht jemand anderen gefunden haben, der kooperativer war. Ich kann mir nicht vorstellen, daß hier Mangel herrscht.«

»Doch, was sein Können betraf, schon.« Und er beeilt sich zu erläutern: »Er war Tänzer und ein guter obendrein. Von dieser Sorte gibt es nicht viele, da gute Tänzer in der Regel nicht in TV-Werbung auftreten wollen, wenn sie keine hohe Gage bekommen.«

»Und Koutsouvelos war gut?«

»Sehr gut sogar, deshalb hat er uns mit dem Argument erpreßt, andere Werbeagenturen würden ihm mehr bezahlen. Wenn wir seinen Forderungen nicht nachgaben, wurde er hysterisch. ›Ich sollte unter Forsythe tanzen‹, schrie er. ›Und ihr laßt mich in Bars herumhopsen wie den letzten Studenten!‹«

»Wer ist dieser Forsythe?« frage ich Andreopoulos, weil mir der Name nichts sagt.

»Irgendeine Größe seiner Zunft.« Er zuckt die Achseln. »Ein Lateintänzer, glaube ich. Denn unser Spot war für Piña Colada, und Koutsouvelos tanzte zu lateinamerikanischer Musik und trank Piña Colada.«

Ich kenne mich weder bei Lateintanz aus, noch konsumiere ich Piña Colada. Schade, daß ich den Spot nie gesehen habe. Vielleicht wäre er aufschlußreicher als Andreopoulos gewesen.

»War Koutsouvelos homosexuell?« frage ich unvermittelt.

»Zweifelsohne. Außerdem hat er es nicht verborgen. Und wenn er hysterisch wurde, ist seine Homosexualität heftigst hervorgebrochen.«

»Er ist der zweite Homosexuelle und das zweite TV-Model, das innerhalb von fünf Tagen ermordet wurde. Die beiden Verbrechen passen zudem genau zusammen und verweisen auf eine regelrechte Hinrichtung. Das bringt uns zu der Annahme, daß es sich um einen Serienmörder handelt, der es auf Griechenlands Schwule abgesehen hat.«

Er antwortet nicht sofort, sondern blickt mich nachdenklich an und meint dann unbestimmt: »Wenn Sie als Polizist das sagen, muß etwas dran sein.«

»Nehmen wir einmal an, daß es so wäre. Dann muß sich der Mörder beiden genähert und zu beiden eine Beziehung aufgenommen haben. Ergo suchen wir im Umfeld der beiden Opfer. Wissen Sie vielleicht, wo Koutsouvelos verkehrte und mit wem er befreundet war?«

Andreopoulos lacht auf, und sein Lachen wirkt wesentlich menschlicher als sein Lächeln. »Herr Kommissar, ich weiß nicht einmal, wo meine Frau verkehrt und mit wem sie befreundet ist. Unser einziger, regelmäßiger Treffpunkt ist die morgendliche halbe Stunde beim Frühstückskaffee. An den Abenden sehen wir uns höchstens zweimal die Woche. An den anderen Tagen esse ich mit Kunden oder mit Kollegen. Und da wollen Sie, daß ich Ihnen etwas über den Umgang von Koutsouvelos erzähle?« Er hält inne und wird ernst. »Die einzige, die Ihnen Hinweise geben könnte, ist Liana, unsere Produktionsleiterin.«

Über eine interne Leitung spricht er mit seiner Sekretärin. »Cecily, wissen Sie, ob Liana heute da ist?« Offenbar bejaht Cecily die Frage, denn Andreopoulos fährt fort: »Schön, dann führen Sie bitte Herrn Kommissar Charitos zu ihrem Büro.«

»Kommen Sie«, meint die Sekretärin und führt mich zu einem der Eisenbahnabteile, in dem eine tiefschwarz gekleidete Mittdreißigerin sitzt. Ihre rotgefärbten Fingernägel verweisen darauf, daß wohl doch kein Trauerfall in ihrer Familie vorliegt.

»Liana, der Herr Kommissar möchte Ihnen einige Fragen zu Koutsouvelos stellen«, sagt Cecily zu ihr und verabschiedet sich mit einem förmlichen Lächeln von mir.

»Was wollen Sie gerne wissen?« fragt die Produktionsleiterin.

»Wie war Koutsouvelos als Mensch?«

»Unglücklich«, entgegnet sie wie aus der Pistole geschossen.

»Herr Andreopoulos hat ihn mir als störrisch und habgierig beschrieben.«

»Störrisch, habgierig – und unglücklich. Meiner Meinung nach hatten die ersten beiden Eigenschaften etwas damit zu tun, daß er depressiv war. Nur deshalb hat er sich mit allen angelegt. Er war habgierig, weil er ständig neue und teure Dinge kaufen wollte: Häuser, Kleider, Autos, weil er glaubte, daß er so aus seiner Depression herausfände.«

»So wie Sie ihn beschreiben, müssen Sie ihn gut gekannt haben.«

»Sie irren sich. Wir kannten uns rein beruflich.«

»Wissen Sie vielleicht, ob er irgendwelche Beziehungen hatte? Mit wem er befreundet war?«

»Ich weiß, daß er verliebt war.«

»Woher wissen Sie das? Sind Sie durch Zufall darauf gekommen oder hat er es Ihnen erzählt?«

»Er hat es mir erzählt. Eines Morgens hat er mich bei den Dreharbeiten umarmt und mir übermütig einen Kuß gegeben. ›Liana, stell dir vor, ich bin verliebt‹, hat er mir ins Ohr geflüstert. ›Endlich! Du weißt ja, wie lange ich solo war.‹

Seitdem war die Zusammenarbeit mit ihm einfacher, aber ich zitterte vor dem Moment, an dem die Liaison vorbei sein würde.«

»Haben Sie andere aus seinem Freundeskreis kennengelernt?«

»Nein, Herr Kommissar. Makis tat mir immer wieder mal leid, normalerweise jedoch ging er mir auf die Nerven. Deshalb wollte ich nichts Näheres mit ihm zu tun haben.« Sie pausiert kurz und fügt dann hinzu: »Außerdem war ich aus Eigennutz freundlich und liebevoll zu ihm, nicht aus Menschlichkeit.«

»Was soll das heißen?«

»Es war ein Weg, ihn im Zaum zu halten und mir meine Arbeit zu erleichtern.«

Mit dieser Einstellung könnte sie sofort einen Posten bei der Polizei antreten, doch als Produktionsleiterin verdient sie bestimmt besser.

Als ich wieder auf die Straße trete, erreicht mich ein Anruf von Vlassopoulos. »Herr Kommissar, ich habe hier eine Dame, die im Erdgeschoß wohnt, und meiner Ansicht nach sollten Sie sie persönlich befragen. Wollen Sie hier vorbeikommen?«

»Nein. Setz sie in einen Streifenwagen und schick sie mir aufs Präsidium.«

Auf dem Weg zu meinem Wagen versuche ich die Tätowierung über dem Herzen mit Koutsouvelos' Verliebtheit sowie mit dem Mord in der Badewanne in Verbindung zu bringen. Weiter versuche ich, die Unterschiede zum Fall Ifantidis auf den Punkt zu bringen, wobei ich nur einen einzigen herausarbeiten kann. Ifantidis war ein ernsthafter

Mensch und ein verschlossener Typ, während Koutsouvelos im Gegenteil eigensinnig, eingebildet und unglücklich war. Darin liegt im Grund der einzige Unterschied, alles andere paßt nahtlos zusammen.

## 22

Bevor ich in mein Büro hochfahre, mache ich einen Abstecher zu Arvanitakis, um eventuell Neuigkeiten zu erfahren. Zwei Männerstimmen dringen an mein Ohr, die sich mit großem Nachdruck unterhalten. Da in diesen Tagen das einzige Gesprächsthema im Polizeikorps der Terroranschlag mit meiner Tochter als Hauptdarstellerin ist, nehme ich an, daß sie darüber streiten. Daher trete ich ohne anzuklopfen ein. Arvanitakis und ein weiterer Polizeibeamter gleichen Alters stehen am Fenster und sind drauf und dran, einander an die Gurgel zu springen.

»All das ist dein Werk!« ruft Arvanitakis' Altersgenosse. »Du hast es geschafft, die Mehrheit im Vorstand auf deine Seite zu ziehen und diese Antirassismus-Charta durchzudrücken, die uns in Teufels Küche bringt.«

»Ich habe gar niemanden auf meine Seite gezogen. Die Vorstandsentscheidung war einstimmig«, hält ihm Arvanitakis entgegen. »Wir wollten das Polizeikorps vom Vorwurf des Rassismus reinwaschen.«

Der andere macht einen Schritt auf ihn zu, nicht um handgreiflich zu werden, sondern um seine Worte zu unterstreichen: »Was ihr geschafft habt, ist, daß sich das Polizeikorps mit den Argumenten der Terroristen identifiziert. Neun von zehn Kollegen denken genauso wie diese Schurken. Was suchen Ausländer im Korps der griechischen Polizei? Welcher Herkunft auch immer: Das betone ich, damit du mich nicht als Rassisten etikettierst. Mein Bruder hat eine Holländerin geheiratet, eine nette junge Frau. Eine holländische Schwägerin kann ich akzeptieren, aber einen holländischen Bullen im Polizeikorps – nur über meine Leiche.«

»Entschuldigung, darf ich kurz stören?« Zwei Augenpaare richten sich überrascht auf mich. »Ich wollte nachfragen, ob es irgend etwas Neues gibt.«

»Noch nicht, aber bald, Herr Kommissar«, entgegnet der andere an Arvanitakis' Stelle. »Wenn innerhalb der nächsten Stunde der Vorstand des Bundes griechischer Polizeibeamter die Charta nicht zurücknimmt, werden wir Arvanitakis eigenhändig den Terroristen übergeben und Ihre unschuldige Tochter befreien.«

Nachdem er seinen Teil beigetragen hat, verläßt er das Büro, ohne Arvanitakis, der an seinem Schreibtisch zusammensinkt, eines Blickes zu würdigen.

»Das hat man davon, wenn man seiner Zeit voraus ist«, bemerkt er mit der Leidensmiene eines verkannten Genies.

Ich weiß nicht, ob mich der aggressive Ton von Arvanitakis' Gesprächspartner beeinflußt hat oder ob meine Kräfte kurz vor dem Zusammenbruch stehen. Meine Geduldsreserven sind jedenfalls nahezu restlos aufgebraucht.

»Ich möchte wissen, wie es mit meiner Tochter weitergeht«, stoße ich hervor.

Er seufzt auf und deutet auf zwei Schriftstücke auf seinem Schreibtisch. »Das hier ist der Widerruf der Antirassismus-Charta, und das hier ist meine Rücktrittserklärung als Vorsitzender des Bundes griechischer Polizeibeamter.«

»Mich interessiert nur das erste.«

Er greift danach und überreicht es mir wortlos. Es handelt sich um einen kurzen, gerade mal zehn Zeilen langen Text. »Der Vorstand des Panhellenischen Bundes der Polizeibeamten hat einstimmig beschlossen, die Antirassismus-Charta zu widerrufen, die kürzlich zur Diskussion gestellt wurde. Der Vorstand glaubt, daß zur Zeit die objektiven Voraussetzungen für eine solche Diskussion in Griechenland nicht gegeben sind. Er wollte dadurch keinesfalls das Leben einer griechischen Geisel gefährden, vor allem, wenn es sich dabei um die Tochter eines hervorragenden Kollegen handelt.«

»Wann werden Sie mit dem Text an die Öffentlichkeit gehen?« frage ich Arvanitakis mit derselben Miene wie vorhin, ohne mich vom Zusatz des »hervorragenden« Kollegen beeindrucken zu lassen.

»Der Text macht gerade bei den Vorstandsmitgliedern die Runde. Sobald die Unterschriften komplett sind, gebe ich den Text heraus.«

»Machen Sie schnell, denn Sie können sich nicht vorstellen, wozu der hervorragende Kollege fähig ist, wenn eine Todesanzeige seiner Tochter die Runde macht.«

Ich gehe hinaus, ohne seine Reaktion abzuwarten. Bevor ich Vlassopoulos anweise, mir die von ihm aufgetriebene Zeugin reinzuschicken, rufe ich Fanis auf seinem Handy an und berichte ihm, daß die Verlautbarung des Bundes griechischer Polizeibeamter innerhalb der nächsten Stunde veröffentlicht wird.

»Das ist ein Hoffnungsschimmer«, meint er zurückhaltend, als bringe Zuversichtlichkeit Unglück. »Aber, stell dir vor, auf dem Schiff ging es mir tausendmal besser. Dort war ich wenigstens bei ihr, wir teilten dasselbe Los. Hier bin ich weit weg, kann keinerlei Kontakt zu ihr aufnehmen, ich weiß nicht, wie es ihr geht, was man mit ihr anstellt, ich weiß rein gar nichts.«

An seinem Fazit, das einem Schluchzen gleichkommt, merke ich, daß er kurz vor einem Nervenzusammenbruch steht. »Du darfst jetzt nicht schlappmachen«, sage ich, und es hört sich härter an als beabsichtigt. »Wenn auch du zusammenklappst, ist alles aus. Katerina muß zwar schwere Stunden durchstehen, aber ihr Leben ist nicht gefährdet. Sie werden ihr nichts tun, weil sie wissen, daß sie über kurz oder lang zur Aufgabe gezwungen sein werden. Daher wollen sie ihre Position nicht unnötig belasten.«

»Woher willst du wissen, daß sie nicht das ganze Schiff vermint haben, um es in die Luft zu sprengen?«

»Weil es keine todesmutigen Araber, sondern Griechen sind, denen ihr kleines Leben lieb ist.« Ich versuche, selbst an meine Worte zu glauben.

»Falls du es noch nicht gemerkt haben solltest: Ich kann ohne deine Tochter nicht leben«, meint er und legt auf, bevor ich etwas entgegnen kann. Unter anderen Umständen hätte mir sein Geständnis große Freude bereitet. Nun jedoch bildet es ein zusätzliches Gewicht zur ohnehin schon unerträglich schweren Last, die ich zu stemmen versuche.

Ich fahre zu Gikas' Büro hoch und veranlasse Vlassopoulos, die Zeugin herzubringen. Kurz darauf taucht er mit einer weißhaarigen Dame an die Siebzig auf, die verloren um sich blickt.

»Herr Kommissar: Frau Pinelopi Stylianidi, von der ich

gesprochen habe. Nehmen Sie Platz, Frau Pinelopi«, meint er dann sanft zur Weißhaarigen und deutet auf den Stuhl, der dem Schreibtisch gegenübersteht. »Ich möchte, daß Sie Herrn Kommissar Charitos noch einmal schildern, was Sie mir vorhin erzählt haben.«

Bei der Erwähnung meines Namens fährt Frau Pinelopi wieder hoch, bevor sie überhaupt Platz genommen hat. »Entschuldigung, sind Sie der Herr Charitos, dessen Tochter – «

»Ja, aber das ist nicht der Grund, weshalb Sie hier sind«, entgegne ich kurz angebunden, um ihr den Wind aus den Segeln zu nehmen, doch sie läßt sich von meinem abwehrenden Gesichtsausdruck nicht beeindrucken.

»Gott möge Ihnen Kraft geben, mein lieber Herr Kommissar. Ihnen und Ihrer Frau.«

»Danke, Frau Pinelopi. Kriminalobermeister Vlassopoulos hat mir berichtet – «

»Ihr Beruf hat es in sich, nicht wahr? Ein solches Drama mitzuerleben und dann verpflichtet zu sein, sich mit einem wildfremden Mord zu befassen.« Sie bekreuzigt sich und berührt mit der rechten Hand ihre Brust, um den Gedanken zu Ende zu führen: »Was steht uns bloß noch alles bevor!«

»Kriminalobermeister Vlassopoulos hat mir berichtet, Sie hätten bezüglich des Mordes an Koutsouvelos eine Beobachtung gemacht.«

»Nicht direkt in bezug auf den Mord an Koutsouvelos. Er hat mich gefragt, ob mir in den letzten Tagen etwas Ungewöhnliches aufgefallen wäre, und da ist mir etwas eingefallen. Ich wohne im Erdgeschoß. Im ersten Stock wohnt ein Ehepaar, sie ist Zahnärztin und er Bauingenieur. In der letzten Etage wohnt, ähm... wohnte Herr Koutsouvelos.« Sie hält inne und blickt auf Vlassopoulos, ob sie alles richtig mache. Vlassopoulos ermuntert sie mit einem Nicken. »Vor drei Tagen saß ich nachts im Dunkeln und habe ferngesehen. Wissen Sie, ich habe den Apparat so hingestellt, daß ich neben dem Fenster sitzen kann und gleichzeitig den Bildschirm und die Straße im Blick habe. In jener Nacht ist mir ein Typ aufgefallen, der am Eingang zum Wohnhaus stehen geblieben ist und mit einem Schlüssel aufgeschlossen hat. Wie gesagt, das Haus ist dreistöckig, und jeder kennt jeden. Es kam mir seltsam vor, daß ein Fremder einen Schlüssel hat und die Tür aufsperrt.«

»Konnten Sie das Gesicht im Dunkeln erkennen?«

»Das war auch wieder seltsam. Er trug einen Helm, so einen wie die Motorradfahrer.«

»War er mit einem Motorrad gekommen?«

»Hm, vor dem Haus habe ich kein Motorrad gesehen. Wahrscheinlich hatte er es ein Stück entfernt abgestellt.«

Ich wende mich um und blicke Vlassopoulos an. Er nickt und lächelt befriedigt.

»Und woher wissen Sie, daß es ein Fremder war und keiner der Mieter?« frage ich Frau Pinelopi, um nichts dem Zufall zu überlassen.

»Erstens besitzt keiner der Mieter ein Motorrad. Zweitens kenne ich keinen Menschen von seiner Statur. Sie paßte weder zu Herrn Skafidas, der in der ersten Etage wohnt, noch zu Herrn Makis.«

»Wie war seine Statur denn? Können Sie sie beschreiben?«

»Riesig, Herr Kommissar. Groß und breitschultrig, und

mitten im Sommer war er ganz in Schwarz gekleidet. Er sah wie einer dieser gewaltigen Leibwächter aus, die man ab und zu in ausländischen Filmen sieht.«

Schon wieder der riesenhafte Typ, den auch die andere betagte Dame vor Ifantidis' Wohnhaus erblickt hatte. Wenn man die Stier-Tätowierung auf Koutsouvelos' linker Brust und die Aufschrift *I love you* mit ihm in Verbindung bringt, dann liegt es auf der Hand, daß er der Liebhaber sein muß, der Liana einen überschwenglichen Kuß eingebracht hat. Das Porträt des Serienmörders, der Beziehungen zu Schwulen eingeht, um sie dann zu erschießen, tritt von Tag zu Tag deutlicher hervor.

»Und was haben Sie dann gemacht?« frage ich Frau Pinelopi.

»Ich habe den Fernseher ausgeschaltet und die Tür verriegelt.« Sie hält einen Augenblick inne, weil sie meint, mir ihre Vorgehensweise erläutern zu müssen. »Ich hatte Angst, es könnte vielleicht ein Einbrecher sein.«

»Und warum haben Sie nicht die Polizei gerufen?«

»Weil wir keinen Fahrstuhl haben und ich gelernt habe, die Stufen mitzuzählen. Aus der Anzahl zog ich den Schluß, daß er in die dritte Etage hochgegangen war. Dann war ich beruhigt.«

»Warum?«

Sie blickt mich schüchtern an. »Alle kannten wir Herrn Makis' Schwäche für Männer. Von Zeit zu Zeit ging jemand bei ihm ein und aus, dann verschwand er wieder, und nach ein paar Monaten tauchte ein anderer auf. Folglich hatte ich keinen Grund, mir Sorgen zu machen.«

»Erinnern Sie sich, wie spät es war?«

»Nicht genau, aber es muß so gegen elf gewesen sein, da die Serie, die ich gerade schaute, um zehn beginnt und fast vorbei war.«

»Haben Sie vielleicht gesehen, wann er wieder wegging?«

»Nein. Bis um zwölf, als ich mich schlafen legte, war er noch nicht wieder fort.«

Ich erwarte mir keine weiteren Erkenntnisse mehr von Pinelopi Stylianidi, daher übergebe ich sie Vlassopoulos, damit er sie per Streifenwagen wieder nach Hause schickt. Gleich nach ihrem Weggang rufe ich Stavropoulos, den Gerichtsmediziner, an.

»Können Sie mir den genauen Todeszeitpunkt sagen?«

»Ja, aber Sie müssen mir etwas Spielraum zugestehen. Das Opfer wird in der Nacht von Dienstag auf Mittwoch wohl zwischen ein und vier Uhr morgens ermordet worden sein. Höchstwahrscheinlich wurde es sofort nach der Tat zur Regattastrecke transportiert. Den Bericht kriegen Sie morgen, aber erhoffen Sie sich nicht mehr Anhaltspunkte als beim ersten Mord. Wie gesagt: die gleiche Handschrift.«

Wir legen mit einem gegenseitigen Gruß auf. Fuhr der Täter mit einem Motorrad zu Koutsouvelos' Wohnhaus? Das steht nicht zweifelsfrei fest, solange die Stylianidi kein Motorrad gesehen hat. Genausogut hätte er mit dem Wagen kommen und den Helm nur zur Tarnung aufsetzen können. Wenn er jedoch mit dem Motorrad gekommen war, mußte er die Leiche mit Koutsouvelos' Wagen abtransportiert haben. Hoffen wir, daß sich darin Spuren finden, die unsere Hypothese bestätigen oder zumindest teilweise entkräften.

Ich beschließe, alle weiteren Mutmaßungen und Aktionen auf morgen zu verschieben und nach Hause zu fahren, als ich in Koulas Büro auf einen dreißigjährigen Krawattenträger in einem leichten Sommeranzug stoße. Bei meinem Anblick erhebt er sich und kommt auf mich zu.

»Guten Tag, Herr Kommissar. Menios Thalassitis. Ich bin Pressesprecher des Ministeriums für öffentliche Ordnung.«

Ich gehe innerlich in Deckung, da er wie ein Bürokrat aussieht, der auf die Idee gekommen ist, mich in Gikas' Abwesenheit zu gängeln. »Und was wollen Sie?« frage ich beinahe feindselig.

»Herr Gikas hat mich gebeten, die Berichterstattung an die Presse zu übernehmen, damit die Journalisten Sie nicht wegen der Lage der Dinge unter Druck setzen können«, meint er mit derselben zuvorkommenden Miene. »Also wollte ich Sie bitten, wenn Sie fünf Minuten Zeit haben, mich zu informieren, damit ich weiß, was ich sagen soll und was besser nicht.«

Plötzlich findet Gikas in all dem Trubel Zeit, sich mit mir zu befassen? Das macht ihn mir zwar sympathisch, aber ich weiß nur zu gut, daß es nur eine vorübergehende Erscheinung sein kann. Thalassitis teile ich das Nötigste mit: daß beide Morde auffallende Hinweise auf eine Hinrichtung aufweisen, daß beide Opfer homosexuell waren und daß wir aus diesem Grund annehmen, es handle sich um einen psychopathischen Täter. Darüber hinaus erläutere ich ihm, daß der Mörder eine antiquierte Tatwaffe verwendete, ohne jedoch die Marke und das Baujahr genauer zu bezeichnen.

Der Gedanke, den Fragen der Journalisten zu entgehen, entspannt mich einigermaßen, und relativ gelöst verlasse ich das Polizeihauptquartier.

## 23

Um acht Uhr kehre ich mit einer fettigen Papiertüte, die eine Käsetasche enthält, nach Hause zurück. Obwohl ich keine Lust auf Essen habe, will ich die Alltagsroutine, die ich mir selbst vortäusche, aufrechterhalten, indem ich das Abendessen nicht ausfallen lasse. Auf diese Weise mache ich lauter halbe Sachen: Ich esse kein richtiges Essen, sondern kaufe eine Käsetasche. Und ich esse nicht in der Küche, sondern lege die fettige Papiertüte auf einen Teller und setze mich vor den Fernseher.

Der Zufall meint es gut mit mir, und ich treffe gleich beim ersten Sender auf einen Moderator, der Arvanitakis ins Studio eingeladen hat.

»Können wir also hoffen, daß Katerina Charitou freigelassen wird?«

»Hm, das kommt darauf an«, entgegnet Arvanitakis.

»Worauf?«

»Wie großes Vertrauen man in Versprechungen von Terroristen haben kann.«

»Ich denke, das kann man«, antwortet der Moderator. »Die internationale Erfahrung zeigt, daß sie ihr Wort halten, schon allein um zu zeigen, daß sie zuverlässige Gesprächspartner sind.«

»Hoffen wir's. Jedenfalls haben wir mit unserer Entscheidung unsere Pflicht und Schuldigkeit gegenüber unserem Kollegen getan und sind gleichzeitig der Polizei entgegengekommen.«

»An dieser Stelle wollen wir uns die Bekanntmachung der Panhellenischen Organisation der Polizeibeamten genauer ansehen«, meint der Moderator.

Der Text, den ich schon von meinem Besuch bei Arvanitakis kenne, wird eingeblendet. Ich atme tief durch und entspanne mich. Nun ist mir klar, daß es nur eine Frage der Zeit ist, bis Katerina freigelassen wird. Der Moderator irrt sich nicht. Sie werden zeigen wollen, daß sie zu ihrem Wort stehen, und somit ihre Glaubwürdigkeit unterstreichen.

Gerade will ich voller Freude Adriani und Fanis anrufen, um ihnen zu bestätigen, daß Katerina ihren Fuß bald wieder auf festen Boden setzen wird, als mir eine Aussage des Moderators den Hörer in der Hand gefrieren läßt.

»Die ganze Familie von Kommissar Charitos wartet angespannt auf die Rückkehr der Tochter Katerina. Wir haben versucht, Kostas Charitos in Athen zu sprechen, doch konnten wir ihn nicht für eine Stellungnahme erreichen.«

Gleich beim ersten Satz setzt sich ein Floh in meinem Ohr fest, und beim zweiten beginnen die Alarmglocken zu schrillen. Ich bin mir sicher, daß niemand versucht hat, mit mir Verbindung aufzunehmen, und zwar aus dem einfachen Grund, weil denen klar gewesen sein muß, daß ich nichts sagen würde. Das bedeutet, daß sie es über einen anderen Zugang probiert haben. Und mein Verdacht bestätigt sich unverzüglich.

»Unserem Korrespondenten Christos Sotiropoulos ist es jedoch gelungen, mit Katerinas Mutter, Frau Adriani Charitou, zu sprechen.«

Die Totale ändert sich, und Sotiropoulos tritt mit einem in die Kamera gerichteten Lächeln auf. Die Einleitung des Moderators war ihm entweder unzureichend, oder sie gefiel ihm nicht, da er nun seine eigene präsentiert.

»Guten Abend, sehr geehrte Fernsehzuschauer. Frau Adriani Charitou ist eine derjenigen Mütter, an deren angespannte Gesichter wir uns dieser Tage gewöhnt haben. Doch während die anderen Mütter seit gestern ihre Kinder in den Armen halten, harrt Frau Adriani Charitou weiterhin voller Angst auf die Freilassung ihrer Tochter. Schuld daran ist einzig und allein die Tatsache, daß Tochter Katerina einen Polizeibeamten zum Vater hat: Kommissar Kostas Charitos.«

Die Kamera fährt zurück, um auch Adriani ins Bild zu nehmen. Soweit ich mich an das Hotel Samaria erinnern kann, wird das Interview an der Bar aufgenommen, da ich die hölzernen Tische und Sofas sowie das auf die Querstraße weisende Fenster wiedererkenne. Adriani hat nicht auf einem Sofa, sondern in einem großen roten Sessel Platz genommen. Ihr Rücken ist aufrecht, ohne die Lehne zu berühren, und Hände und Beine hält sie über Kreuz.

Sotiropoulos behält seinen herzlichen Gesichtsausdruck bei und lächelt ihr zu. Vielleicht weil er damit rechnet, daß ich das Interview verfolge, und er mir zeigen will, daß er seine säuerliche Miene für mich aufbewahrt, während er mit meiner Frau ein Herz und eine Seele ist.

»Nun, Frau Charitou? Sind Sie froh, daß Ihre Tochter bald wieder bei Ihnen sein wird, wie wir alle es hoffen?«

Adriani blickt ihn nachdenklich an. »Selbstverständlich bin ich froh und kann es kaum erwarten«, entgegnet sie dann. »Andererseits hält sich meine freudige Erwartung in Grenzen.«

Sotiropoulos blickt sie überrascht an, ich ebenso. »Wieso? Glauben Sie nicht an die baldige Freilassung? Die Bedingung der Terroristen ist erfüllt worden. Folglich gibt es keinen Grund mehr, sie weiter festzuhalten.«

Adriani hebt unmerklich die Schultern. »Das ewige Hin und Her zwischen Hoffnung und Verzweiflung in diesen Tagen hat so viel Kraft gekostet, daß ich mich gar nicht mehr freuen kann. Was not täte, wäre ein wenig Ruhe und Erholung.«

»Das eine schließt das andere ja nicht aus. Wenn diese Prüfung vorbei ist, werden Sie sich zusammen mit Ihrer Tochter freuen und erholen können.«

»Meine Freude ist nicht frei von Angst, Herr Sotiropoulos.« Sie hält inne und lächelt ihm zu. »Immer wenn ich zu meinem Vater sagte: ›Papa, in zwei Wochen ist Weihnachten‹, antwortete er mir: ›Mal sehen.‹ Damals sagte ich mir: Ja, ist er denn bei Trost? Kann es sein, daß Weihnachten nicht stattfindet? Nun verstehe ich, was er meinte. Wenn man sogar daran zweifeln muß, ob Weihnachten kommt, das seit mehr als zweitausend Jahren jedes Jahr gefeiert wird, wie sollte ich da nicht daran zweifeln, ob meine Tochter morgen bei mir sein wird?«

»Vorgestern haben Sie gesagt, die Terroristen seien Landsleute und zu Unrecht verfolgt, da sie unseren orthodoxen Brüdern beigestanden hätten. Würden Sie das auch heute so formulieren, wo die Terroristen Ihre Tochter benützen, um den Bund griechischer Polizeibeamter zu erpressen?«

»Heute würde ich genau das Gegenteil sagen, aber was will das schon heißen? Morgen oder übermorgen würde ich möglicherweise wieder anders denken.«

»Ändern Sie so leicht Ihre Meinung?« fragt Sotiropoulos höflich, während er sich wohl fragt, ob sie wirklich so oberflächlich ist, wie es den Anschein hat.

»Es ist bloß, weil ich die Welt nicht mehr verstehe«, seufzt Adriani auf. »Ich sitze vom Nachmittag an vor dem Fernseher, aber statt die Dinge besser zu verstehen, werde ich immer verwirrter. Ich habe es gerade mal geschafft, von einer Tochter zu einer guten Ehefrau und Mutter zu werden und in den Supermarkt zu gehen statt die Einkäufe mit dem Korb, den meine Mutter noch an einem Seil von ihrem Fenster herunterließ, hochzuziehen. Heutzutage verstehe ich die Hemmungslosigkeit und Habgier nicht mehr, warum die Kühe verrückt und die Vögel grippekrank werden – ich verstehe rein gar nichts mehr. So gebe ich heute dem einen und morgen schon wieder dem anderen recht, je nachdem, ob mir die Aussagen passen oder nicht, ob sie mir nützen oder nicht.«

»Sie haben doch einen Polizeibeamten zum Mann. Einige Dinge könnte er Ihnen doch erklären.« Obwohl Sotiropoulos weiß, daß Polizeibeamten weder Politiker noch Journalisten sind, wirft er mir via Kameraobjektiv den Fehdehandschuh zu.

»Wieso? Verstehen vielleicht die Polizeibeamten, was in der Welt vorgeht? Sehen Sie nicht, wie verloren sie hier wirken?« kommentiert Adriani abschätzig und besiegelt damit ihre Verbrüderung mit Sotiropoulos.

»Jedenfalls sind Sie sehr couragiert, Frau Charitou«,

stellt ihr Gegenüber mit einem breiten Lächeln fest. »Woher stammt diese Courage? Ist es, weil Sie mit einem Polizeibeamten verheiratet sind?«

»Ihr Journalisten nennt das vielleicht Courage, wir auf dem Dorf nannten das Ausdauer«, demütigt ihn Adriani. »Courage erhofft sich baldige Resultate. Ich jedoch zünde eine Kerze an, bekreuzige mich im Angesicht der Gottesmutter und warte.«

Sotiropoulos dankt für das Gespräch, Adriani lächelt, und das Bild der Hotelbar erlischt. »Das war ein Interview mit Adriani Charitou«, ergänzt der Moderator und läßt mich mit gemischten Gefühlen zurück.

Nun ist meine Frau zum zweiten Mal im Fernsehen aufgetreten, und nach wie vor gefällt mir das nicht. Fernsehinterviews geben grundsätzlich entweder Diven unterschiedlicher Provenienz, Politiker, Wissenschaftler und Künstler oder anläßlich von Morden, Erdbeben oder Überschwemmungen auch dumme Provinzgänse. Adriani gehört weder zur einen noch zur anderen Kategorie, ergo wirkt sie irgendwie deplaziert. Andererseits muß ich zugeben, daß sie sich gut aus der Affäre gezogen und Sotiropoulos keineswegs die Oberhand überlassen hat. Ich weiß nicht, was überwiegt: mein Unwohlsein angesichts des Interviews oder meine Befriedigung über Adrianis Auftritt. Und ich forsche auch nicht weiter nach, denn ich sehe es genauso wie sie. Zumindest in den vergangenen Tagen verstehe ich auch die Welt nicht mehr.

Ich beiße in die Käsetasche, doch sie ist kalt geworden. Das billige Öl klebt mir am Gaumen und verursacht mir Übelkeit. Während ich noch zwischen einer Fastenkur und

Souflaki im Fladenbrot schwanke, läutet das Telefon, und Fanis ist dran.

»Wie fandest du deine Frau?« fragt er. »Hat sie es nicht gut gemacht?«

»Gut gemacht hat sie's. Aber mich plagt jetzt was anderes.«

»Was denn?«

»Daß sie auf den Geschmack gekommen sein könnte.«

»Im Grunde unterschätzt du deine Frau gewaltig«, meint er fast verärgert.

»Nein, da täuschst du dich. Ganz im Gegenteil, sie ist zu allem fähig. Was hindert sie in Zukunft daran – da sie, wie sie selbst zugegeben hat, den ganzen Abend vorm Fernseher sitzt –, alle naselang den Hörer abzuheben und aller Welt hemmungslos ihre Meinung kundzutun?«

»Soll sie doch, was stört dich daran? Hier geben so viele in den Fensterchen der Talkshows und Nachrichtensendungen ihren Senf dazu.«

»Bloß, sie ist die Frau eines Polizeibeamten.«

»Na und? Glaubst du, dieser fade Einheitsbrei, der uns im Fernsehen serviert wird, macht irgendeinen Unterschied zwischen Polizistengattinnen, Politikern oder Endokrinologen? Ihr jedenfalls hat es sehr gutgetan. Du hättest sie danach sehen sollen: Sie schwebte wie auf Wolken.«

»Ich weiß, es hat ihr Selbstvertrauen gestärkt.«

»Hör bloß auf zu psychologisieren«, meint er, erneut genervt. »Du bist Polizeibeamter, kein Psychiater.«

»Und du Kardiologe, soweit ich weiß.«

»Ich habe zumindest an der Uni ein bißchen was von Psychiatrie mitgekriegt.«

»Und ich habe vom FBI gelernt, Täterprofile zu erstellen.«

»Wann bis du denn beim FBI gewesen?« fragt er baff.

»Gikas war da, und er hat's mir beigebracht.«

Nach langer Zeit beenden wir endlich wieder einmal ein Gespräch in heiterer Stimmung. Auf dem Bildschirm erscheint zu meinem großen Erstaunen der Werbespot mit Koutsouvelos. Hatte es nicht geheißen, daß Spots mit Verstorbenen nicht mehr gesendet würden? Offensichtlich ist auch dieses Tabu bereits gebrochen. Denn da tanzt er, Koutsouvelos, mit einem Glas in der Hand, und sein Körper bewegt sich geschmeidig und mit Grazie. Ich kenne mich mit Tanz nicht aus, aber irgendwie erinnert er mich an jenen Amerikaner, der in den Hollywood-Filmen der fünfziger Jahre beim Tanzen mit den Füßen den Parkettboden festzunageln schien.

## 24

Als Gikas anruft, schlummere ich noch. Nachdem ich mich bis fünf Uhr morgens in den Laken herumgewälzt hatte, hat mich endlich doch der Schlaf übermannt.

»Der Hoffnungsstrahl wird zur Gewißheit«, meint er, sobald ich auf die Taste meines Handys drücke. »Wir sollen ein Boot zur Geiselübergabe schicken.«

Ich zermartere mir das Hirn nach einer passenden Antwort, aber mir will nichts einfallen. Es ist, als wären Körper und Geist bis auf meine Hand, die das Telefon festhält, von einer Lähmung befallen.

»Es ist nicht nötig, daß Sie Ihre Frau benachrichtigen. Das habe ich selbst übernommen.«

Es gelingt mir, »danke« zu stammeln.

»Danken sollten Sie Arvanitakis und den Terroristen. Ich war nur der Vermittler.«

»Wann kann sie nach Athen kommen?« meine ich schüchtern, weil ich ein barsches »Sie stellen vielleicht Fragen!« befürchte. Doch Gikas ist gut gelaunt, da er sich in Kürze den Erfolg der Polizei, der es gelungen ist, die Tochter eines »hervorragenden« Kollegen freizubekommen, auf seine Fahnen schreiben kann.

»Wir müssen sie zuerst noch vernehmen. Sie verstehen: Wir wollen erfahren, in welchem Zustand die ausländischen Geiseln sind, die sich noch auf dem Schiff befinden.«

»Ginge es, daß man sie nicht mit einem Linienflug nach Hause schickt?«

»Ich habe bereits einen Helikopter organisiert. Was Ihre Frau betrifft: Hut ab, muß ich sagen«, meint er dann zusammenhanglos. »Den gestrigen Fernsehauftritt hat sie mit Bravour gemeistert.«

»Mir wäre lieber gewesen, sie hätte ihn vermieden. Aber ich wurde nicht gefragt.«

»Macht nichts, sie hat ihre Sache gut gemacht. Ernsthaft, unprätentiös und aufrichtig, wie es zu einer Polizistengattin paßt. Wenn meine Frau ein Interview gegeben hätte, wäre sie den ganzen Tag beim Frisör gewesen und hätte auch noch ein neues Kostüm von mir verlangt, um bei ihrem Auftritt gut auszusehen. Ich will gar nicht daran denken.« Er beendet das Gespräch mit dem Versprechen, mich zu benachrichtigen, sobald Katerina ihren Fuß aufs Festland setzt.

Kaum habe ich aufgelegt, meldet sich Adriani. »Mit wem sprichst du denn so lange?« fragt sie ärgerlich.

»Mit Gikas. Er hat mich wegen Katerina angerufen.«

Ihr Tonfall ändert sich sofort. »Sie wird freigelassen, lieber Kostas. Gott sei's gedankt! So viele schlimme Tage, so viele schlaflose Nächte, so viel Leid haben wir hinter uns! Aber Ende gut, alles gut, das ist das Wichtigste. Ich gehe jetzt mit Fanis zum Kai hinunter, um sie in Empfang zu nehmen.«

»Man wird sie nicht zum Hafen bringen, sondern direkt nach Souda, um sie zu vernehmen.«

»Dann fahren wir eben nach Souda.«

»Man wird euch vor der Vernehmung nicht zu ihr lassen.

Bleibt lieber im Hotel und wartet auf Gikas' Anruf. Er hat einen Hubschrauber organisiert, der euch nach Athen bringen wird.«

»Soll mein Mädchen gar niemanden aus der Familie vorfinden?«

»Gestern beim Interview hast du dich gut geschlagen, heute verfällst du wieder in die alte Leier.«

»Alle haben mich beglückwünscht«, bestätigt sie fröhlich. »Das hättest du hören sollen, wo du doch nicht wolltest, daß ich rede.«

»Beim ersten Mal hast du gepatzt, aber beim zweiten Mal ist es wesentlich besser gelaufen.«

Sie hält kurz inne, dann sagt sie zurückhaltend: »Deshalb habe ich mich auch auf ein neuerliches Gespräch eingelassen. Um nach Möglichkeit den Eindruck des ersten Interviews geradezubiegen.«

»In Ordnung, nur sollte es nicht zur Gewohnheit werden.«

»Daß du dich nicht schämst! Ich schaue nicht einmal bei uns zu Hause aus dem Fenster, und da meinst du, ich trete in den Fensterchen im Fernsehen auf?«

»Na schön, aber hör auf deinen Ehemann, der Bulle ist: Warte ab, bis Gikas anruft und dir bestätigt, daß Katerina eingetroffen ist. Und frag ihn dann, um wieviel Uhr ihr zur Militärbasis kommen sollt, denn von dort werdet ihr abfliegen.«

»Und wenn er sich nicht bei mir meldet?«

»Dann ruft er bestimmt mich an, und ich gebe dir umgehend Bescheid. Ihr werdet euch schon nicht zwischen Chania und Souda verpassen.«

Ich will ihr schon sagen, daß Katerina gewiß sofort anrufen wird, doch ich schlucke den Satz hinunter, weil sie möglicherweise in dem ganzen Trubel nicht gleich dazu kommt, und die beiden sitzen dann auf heißen Kohlen. Zudem halte ich Adriani durchaus für fähig, nach Souda zu fahren und dort alles auf den Kopf zu stellen.

Nachdem ich das Handy beiseite gelegt habe, trete ich zu meiner morgendlichen Rasur ins Bad. Doch plötzlich überkommt mich eine unüberwindliche Kraftlosigkeit. Der Gedanke, ins Büro zu fahren, um mich mit Ifantidis und Koutsouvelos zu beschäftigen, türmt sich wie ein Hochgebirge vor mir auf. Ich will einfach nur zu Hause bleiben, neben den beiden Telefonen, dem Festnetzgerät und dem Handy sitzen und auf Katerinas Stimme warten. Zum Teufel, sage ich mir, ich habe ein Anrecht auf ein bißchen Freizeit, nachdem ich tagelang unter doppeltem Druck stand. Und mich selbst überzeugt mein Argument sofort. Daher rufe ich Vlassopoulos an und erzähle ihm von Katerina.

»Ich weiß, hier summt es wie in einem Bienenkorb«, entgegnet er. »Gestern haben alle noch auf Arvanitakis herumgehackt, heute gratulieren sie ihm zu seinem mutigen Schritt und versuchen, ihn von seinem Rücktritt abzubringen, da er am Ende doch ganz richtig gehandelt hätte. Er ziert sich noch ein wenig, aber der Vorstand hat seinen Rücktritt ohnehin nicht angenommen. Daher wird er wohl bleiben.«

»Ich habe mir heute freigenommen und komme nicht ins Büro. Wenn etwas Dringliches vorliegt, kannst du mich zu Hause anrufen. Aber nur, wenn's wirklich nicht anders geht.«

»In Ordnung, alles Gute für Katerina«, meint er, und wir legen auf.

Ich gehe in die Küche und koche mir einen Kaffee, der mir wie jeden Morgen zu einer wässrigen Brühe gerät. Dann setze ich mich vors Fernsehgerät, doch bevor ich einschalten kann, läutet das Festnetztelefon, und Palioritis, der Leiter des kriminaltechnischen Labors, ist dran.

»Alles Gute für Ihre Tochter, und entschuldigen Sie die Störung, aber es könnte wichtig sein.«

»Macht nichts, ich höre.« Innerlich verfluche ich Vlassopoulos, weil nun den ganzen Tag das Telefon läuten wird und ich es schließlich zutiefst bereuen werde, daß ich nicht ins Büro gefahren bin.

»Wir haben Koutsouvelos' Wagen gefunden. Er war auf der Ajion-Assomaton-Straße abgestellt. Im Kofferraum haben wir Blutspuren festgestellt. Die lassen wir jetzt analysieren, aber wahrscheinlich stammen sie von Koutsouvelos.«

»Und die Waffe?«

»Dieselbe wie im Fall Ifantidis. Eine Luger aus dem Jahr '42 oder '43.«

Nach außen hin danke ich ihm, innerlich schicke ich ihn zum Teufel, und das Gespräch ist beendet. Ich drücke auf die Fernbedienung, um herauszufinden, was die Sender über Katerinas Freilassung bringen, doch ich stoße bloß auf das übliche eintönige Frühstücksfernsehen und ziehe den Schluß, daß die Sender von ihrer bevorstehenden Freilassung noch nichts mitbekommen haben. Die Terroristen erachten die Mitteilung eines solch unbedeutenden Ereignisses wahrscheinlich für überflüssig, während die Polizei alles daransetzt, es geheimzuhalten.

Trotz alledem beschließe ich, auf gut Glück durch die Sender zu zappen. Mitten in meiner ersten Zapping-Runde unterbricht mich neuerlich das Klingeln des Telefons.

»Herr Kommissar, schimpfen Sie nicht, aber hier ist jemand, der ständig anruft und Sie unbedingt sprechen will.«

»Wozu will er mit mir sprechen, hä? Behauptet er vielleicht, mit mir verwandt oder verschwägert zu sein?«

»Nein, er behauptet, er hätte Ihnen etwas Wichtiges über die beiden Morde mitzuteilen.«

»Schön, dann soll er es dir mitteilen.«

»Hab ich ihm ja vorgeschlagen, aber er weigert sich. Er sagt, er wolle nur mit Ihnen sprechen, und möchte Ihre Telefonnummer wissen.«

»Wenn du ihm die gibst, dann kannst du dich auf eine Versetzung in die Provinz nach Nevrokopi gefaßt machen. Sag ihm, er soll seine Nummer hinterlassen, ich rufe zurück.«

»Auf den Vorschlag hat er spöttisch geantwortet, er habe kein Telefon und rufe von der Telefonzelle aus an.«

»Dann soll er bis morgen warten, bis ich wieder auf meinem Posten bin. Heute habe ich frei.«

»Da ist noch etwas, Herr Kommissar.«

»Was denn?«

»Es hört sich an, als hätte er keine Zähne mehr.«

»He, Vlassopoulos, es reicht! So ein Stuß am frühen Morgen!«

Entnervt schalte ich den Fernseher aus, der nach wie vor das althergebrachte Wechselspiel von Sendung und Werbespots von sich gibt, und gehe in die Küche, um eine weitere wässrige Kaffeebrühe zu kochen. Die trinke ich, die Augen auf die beiden Telefone gerichtet. Bald darauf rufe ich erneut Adriani an, um mir das Schweigen der Telefone bestätigen zu lassen: Auch sie hat nichts Neues erfahren.

Ich hadere mit meinem spontanen Entschluß, heute zu Hause zu bleiben, da ich aus Erfahrung weiß, daß mir derartige Wartesituationen an die Nieren gehen. Ganz abgesehen davon, daß der Typ, der ständig anruft, tatsächlich etwas Wichtiges über die Morde an Ifantidis und Koutsouvelos wissen könnte und sich nun womöglich nicht mehr meldet.

Ich ändere mein Programm und disponiere um: Ich gehe ins Bad zum Rasieren, um im Anschluß zum Dienst zu fahren. Der Anruf erreicht mich, als ich voller Rasierschaum im Gesicht vor dem Spiegel stehe. Ich renne ins Wohnzimmer, und Gikas ist dran.

»Sie steht neben mir, ich übergebe«, meint er in kurz angebundenem Bullen-Tonfall.

Dann folgt ein kurzes Schweigen und danach Katerinas erloschene Stimme, fast ein Flüstern. »Hallo, Papa.«

Diesmal ist das Schweigen auf meiner Seite. Ein Kloß sitzt mir im Hals und hindert mich am Sprechen. Kurz danach gelingt es mir mit Müh und Not zu stammeln: »Wie geht es dir, mein Schatz?«

Das gleiche Flüstern ertönt. »Gut. Sie haben mir nichts getan, mich nicht angerührt. Es ist nur der Schock der Geiselhaft, der mir unter die Haut gegangen ist.«

»Der Alptraum ist vorbei, jetzt wird alles gut. Hast du deine Mama schon gesprochen?«

»Nein. Auch Fanis nicht. Ich habe zuerst dich angerufen.«

»Melde dich bei ihnen, und dann reden wir in Athen in Ruhe weiter, sobald du bei den Kollegen fertig bist.«

»Warte noch, Herr Gikas möchte dich sprechen.«

»Es geht ihr gut«, bekräftigt Gikas. »Sie ist müde und erschöpft, aber ansonsten gut beisammen. Uns hingegen geht es gar nicht gut.«

»Wieso?«

»Schalten Sie den Fernseher an, dann erfahren Sie, wieso.«

Ich wische mir mit einem Handtuch schnell den Rasierschaum ab und schalte den Fernseher an. Mein erster Gedanke ist, die Terroristen hätten die weitere Erschießung einer ausländischen Geisel vorgenommen. Ich treffe nicht ganz ins Schwarze, aber fast. Das schließe ich aus der Erklärung, die über den Bildschirm flimmert, deren zweite Hälfte ich noch mitbekomme.

»Unsere Kompromißbereitschaft ist mit der Freilassung der Polizistentochter erschöpft. Von morgen an werden wir – beginnend mit den Staatsangehörigen der Länder, die an den NATO-Bombardements beteiligt waren – so lange täglich eine Geisel töten, bis die Ermittlungen über das angebliche Massaker in Srebrenica eingestellt und endgültig ad acta gelegt werden.«

Das wird den Minister kaum kratzen, sage ich mir. Der Minister wird Gikas unter Druck setzen, und Gikas wird den Leiter der Antiterrorabteilung unter Druck setzen – immer mit den Worten auf den Lippen, die sich so leicht sagen lassen: »Unternehmen Sie endlich was!«

## 25

Obwohl Gikas enorm unter Druck steht, kümmert er sich darum, daß Katerina in Ruhe gelassen wird. Er schlägt mir vor, der Helikopter könnte die Insassen auf der Luftwaffenbasis Tatoi absetzen. Denn wenn er sie zum Präsidium oder zum Ministerium für öffentliche Ordnung in der Katechaki-Straße brächte, dann würde die Journalistenmeute bereits geifernd auf sie warten. Gleichzeitig läßt er von Kreta aus durchsickern, der Helikopter würde Kurs auf die Katechaki-Straße nehmen.

»Wenn sich die Journalisten aufregen, dann erklären wir, der Pilot wäre im Eifer des Gefechts gleich weiter nach Tatoi geflogen.«

»Und das werden sie schlucken?«

»Nein, aber Irrtümer haben zwei gute Seiten: Erstens sind sie menschlich, und zweitens kann man das Gegenteil nicht beweisen. Auf diese Weise machen wir sie mundtot.«

Während ich vom Autobahnkreuz in Kifissia über die Dekelias- auf die Tatoiou-Straße fahre, denke ich darüber nach, ob Gikas' Handlungsweise mich zwingen könnte, meine Haltung ihm gegenüber zu ändern. Zunächst einmal stellt sich die Frage, ob ich mich in seiner Schuld fühlen muß. Eigentlich nicht, denn schließlich ist er Polizeibeamter und tut seine Pflicht wie wir alle, oder zumindest die meisten von uns. Und wenn er für die Tochter eines Kollegen etwas darüber hinaus tut, muß ich nicht gleich eine ganzseitige Danksagung in der Zeitung schalten. Andererseits war sein Interesse während der ganzen Zeit mehr als rein dienstlich oder kollegial. Er hielt mich und Adriani telefonisch auf dem laufenden und kam uns in jeder Weise entgegen. Und nun sorgt er dafür, daß Katerinas Privatsphäre geschützt bleibt. Folglich stehe ich schon in seiner Schuld und muß ihm eine gewisse Dankbarkeit zeigen.

Die zweite Frage ist, ob Gikas das Gefühl hat, ich sei ihm nun verpflichtet. Wenn ja, wird er nicht auf meine Dankesbezeigungen warten, sondern bei der erstbesten Gelegenheit sein Engagement mit der Forderung verknüpfen, ich möge mich aus heiklen Ermittlungen heraushalten bzw. ihm über jeden Schritt Rechenschaft ablegen. Außergewöhnliche Situationen bringen bekanntlich Menschen einander näher, doch die Rückkehr in den Alltag bringt die eingeschliffenen Verhaltensmuster zumeist wieder zum Vorschein. Das bedeutet, sobald sich die Dinge normalisieren, werde ich wieder meinen Kopf durchsetzen, und er wird die Decke hochgehen, oder ich werde in politisch gefährliche Bereiche vordringen, und er wird vor Wut im Quadrat springen.

Der Hubschrauber soll gegen fünf Uhr nachmittags in Tatoi landen. Als ich in die Tatoiou-Straße einbiege, wird mir klar, daß ich noch eine Stunde Zeit habe. Die Wagenfenster sind offen, und der Mirafiori ist angenehm durchlüftet. Wie viele Wochen ist es her, daß Fanis' Eltern mich mitten in der Nacht mit der schlimmen Nachricht von der Geiselnahme weckten? Keine Ahnung. Ich weiß nur, daß ich klug genug war, sie nicht zu zählen. Ich ließ die Tage einfach an mir vorüberziehen, da ich fürchtete, sonst könnte alles in einem Countdown mit Endstation Wahnsinn oder Tod enden. Jetzt, da ich Katerina abholen fahre, geht es mir wie Adriani: Auch ich kann mich nicht freuen. Ich versuche, mich über die Situation hinwegzutäuschen und mir einzureden, sie kehrten aus den Ferien heim. Aber wie viele Urlauber landen dabei schon auf der Luftwaffenbasis Tatoi? Nicht einmal der Oberbefehlshaber der Streitkräfte.

»Geradeaus, Herr Kommissar, bis zum Parkplatz. Dort lassen Sie Ihren Wagen stehen und gehen zu Fuß weiter. Rechterhand liegt die Cafeteria, von dort werden Sie abgeholt«, erklärt mir der Wachmann an der Einfahrt.

Seinen Anweisungen folgend gelange ich auf den Parkplatz. Dort lasse ich den Mirafiori stehen und wende mich zur Cafeteria, die in einem einstöckigen Gebäude liegt. Ich trete direkt an die Bar und bestelle kurz entschlossen Kaffee-Frappé mit Milch, da ich Zeuge werde, wie die Bedienung den griechischen Mokka mit einer riesigen Schaumhaube krönt. Nachdem ich Platz genommen habe, nippe ich an meinem Kaffee-Frappé, das nicht gerade mein Lieblingsgetränk ist. Zum Glück kommt kurz darauf ein Luftwaffenoberst auf mich zu.

»Oberst Chiotopoulos, Herr Kommissar. Der Tower hat Bescheid gegeben, daß der Helikopter zur Landung ansetzt.«

Als erster springt Fanis gleich nach dem Öffnen der Luke auf den Boden. Dann hilft er Katerina beim Aussteigen. Sie trägt immer noch dieselben Kleider, die sie bei ihrer Abfahrt nach Kreta anhatte. Der Pilot hilft Adriani, die als letzte aussteigt.

Fanis hält Katerina an den Schultern umfaßt, um sie gegen den Wirbelwind der Rotoren zu schützen, während Adriani hinter ihnen vom Wind geschüttelt wird. Katerina hat den Blick auf die Asphaltpiste geheftet, als zählte sie ihre Schritte. Als sie bei mir anlangt, hebt sie den Blick. Ihr Gesicht ist erschöpft, die Haare zerzaust und die Augen gerötet. Sie löst sich von Fanis, fällt mir in die Arme und klammert sich an mich. Dabei sinkt ihr Kopf auf meine Schulter.

»Du bist erschöpft«, sage ich, weil mir nichts anderes einfällt. »Du mußt dich erholen.«

»Ja, aber es geht mir gut.« Sie hält kurz inne und fügt dann hinzu: »Ich muß mich nur selbst davon überzeugen, daß es mir gutgeht.«

»Du brauchst ein wenig Zeit. Sobald du dich etwas erholt hast und zur Ruhe gekommen bist, wird alles gut.«

Ich halte sie umschlungen und führe sie zum Parkplatz, wobei Fanis und Adriani uns folgen. Im Wagen behalten wir dieselbe Aufteilung bei: Katerina bleibt neben mir, und die anderen beiden sitzen im Fond.

Vollkommenes Schweigen herrscht, als wir auf die Tatoiou-Straße gelangen. Alle wollen wir etwas sagen, doch keinem gelingt es, den Anfang zu machen. Schließlich ergreift Adriani das Wort, die in solchen Dingen am erfahrensten ist.

»Du solltest dich bei Gikas bedanken. Ich kann gar nicht beschreiben, wie freundlich er sich uns gegenüber verhalten hat.«

Bitte sehr, da ist sie schon, die Forderung nach Dankbarkeit, sage ich mir. Auch Adriani bestätigt es mir. »Haben sie dich bei der Vernehmung sehr in die Mangel genommen?«

frage ich Katerina, um mich, was Gikas betrifft, nicht gleich festzulegen.

»Wie Mama schon sagte, Gikas hat sie daran gehindert.«

»Wer war noch dabei?«

»Der Leiter der Antiterrorabteilung und ein Amerikaner.« Stathakos und Parker also. »Die Fragen sind nur so auf mich eingeprasselt, so daß mir ganz schwindelig wurde. Besonders der Leiter der Antiterrorabteilung hat mich regelrecht bombardiert. Dann hat Gikas eingegriffen und sie zurückgepfiffen. Sie sollten mich nur das Nötigste fragen, und wenn weitere Fragen auftauchten, könnte mich auch mein Vater in Athen befragen. Ich sei ja schließlich die Tochter eines Polizeibeamten.« Sie hält kurz inne und fügt dann hinzu: »Was sollte ich ihnen auch Großartiges erzählen? Sie halten zweiundvierzig Personen – Männer und Frauen – fest, die sie im Salon der Touristenklasse zusammengepfercht haben. Zu essen gibt man ihnen trockene Imbißhappen und zu trinken nur schlückchenweise Wasser. Da sie sich in der Hitze nicht waschen dürfen, stinkt es wie auf dem Fischmarkt. Und jeden Morgen treten sie vermummt in den Aufenthaltsraum, fordern die Geiseln aus den Mitgliedsländern der EU dazu auf, sich mit erhobener Hand zu melden, und erklären ihnen, sie würden zuallererst umgebracht, da sie Jugoslawien bombardiert und den Kosovo den Albanern überlassen hätten.« Sie dreht sich zu mir herüber und blickt mich an. »Na bitte, jetzt habe ich dir schon alles erzählt, da brauchst du dir morgen nicht die Mühe zu machen, mich zu vernehmen.«

»Schämen sollen sie sich, diese selbsternannten Christen«, bemerkt Adriani, aber keiner geht darauf ein.

»Wie geht es den beiden Kranken? Dem mit dem Bluthochdruck und dem Diabetiker?« fragt Fanis.

Katerina zuckt mit den Schultern. »Nachdem ihr weg wart, haben sie mich nicht mehr zu ihnen gelassen.«

»Und wie haben sie dich behandelt?« frage ich.

»Von allen Griechen durften nur Fanis und ich uns frei bewegen: Fanis als Arzt und ich als seine Assistentin. Sobald sie jedoch dahinterkamen, daß du Polizist bist, haben sie mich in eine Kabine eingeschlossen, und ich durfte überhaupt nicht mehr raus. Ständig hieß es: Polente hier, Polente da. Ich versuchte ihnen zu erklären, daß nicht ich bei der Polizei bin, sondern mein Vater. Ihre Antwort war, das sei ihnen scheißegal, wir seien allesamt der letzte Dreck.« Sie wendet sich mir zu und blickt mich an. »Für Leute wie die waren früher doch Militär und Polizei das höchste der Gefühle. Kannst du mir sagen, wieso sich das geändert hat?«

»Entweder sind wir ihnen zu demokratisch geworden oder auch zu lasch, je nachdem«, sage ich lachend, um das Gespräch ins Scherzhafte zu wenden.

»Und was haben sich deine Kollegen eigentlich dabei gedacht?« mischt sich Adriani ein. »Ist das der richtige Zeitpunkt für so etwas? Wenn früher ein Grieche nach Bulgarien gereist ist, wurde ihm bei seiner Rückkehr der Paß entzogen, und er konnte nicht einmal einen Führerschein beantragen. Und jetzt sollen Albaner und Bulgaren in unser Polizeikorps aufgenommen werden. Was fällt denen ein!«

Ich entgegne ihr nichts, da ich ihr innerlich zustimme, aber kein Öl ins Feuer gießen möchte. Die anderen beiden schweigen, denn diese Frage ist das letzte, was sie in diesem Augenblick beschäftigt.

Ich lasse Katerina, Adriani und Fanis vor dem Wohnhaus aussteigen und suche einen Parkplatz. Als ich nach Hause komme, finde ich alle im Wohnzimmer vor. Katerina sitzt auf dem Sofa, Adriani an ihrer Seite und streicht ihr übers Haar. Fanis hat in einem Sessel gegenüber Platz genommen und blickt sie nachdenklich an.

»Hast du keinen Hunger, mein Schatz?« fragt Adriani. »Soll ich dir etwas zu essen machen? Obwohl, wir haben gar nichts zu Hause«, fügt sie hinzu, als wäre ihr gerade eben zu Bewußtsein gekommen, wie lange sie weg war.

»Ich hab keinen Hunger, Mama. Ich will nur eines: duschen und mich hinlegen.«

»Wir könnten ja auswärts essen gehen. Nicht wahr, Kostas?« Sie sucht bei mir Unterstützung, doch ich überlasse Katerina die Entscheidung.

»Mama, ich will nichts essen«, beharrt sie. »Ich will nur in mein Bett.«

»Einverstanden, aber du solltest nicht mit leerem Magen schlafen gehen, mein Schatz. Wie viele Tage hast du ohne ordentliches Essen auskommen müssen? Du mußt wieder zu Kräften kommen.«

Ich will mich schon einmischen, aber Katerina kommt mir zuvor. »Ich schalte den Boiler an«, überhört sie die Einwände ihrer Mutter. »Dann lege ich mich kurz hin, bis das Wasser warm ist. Nach dem Duschen gehe ich schlafen. Also dann, bis morgen. Bis dahin geht's mir hoffentlich besser.«

Sie gibt allen – Adriani, Fanis und mir – in gleicher Weise einen Kuß auf die Wange. Adriani blickt ihr besorgt hinterher, wagt jedoch nicht, noch einmal auf das Thema Essen zu sprechen zu kommen. Als Katerina fort ist, wendet sie sich an Fanis.

»Es geht nicht an, daß sie nicht ißt. Ich verstehe schon, der Schock..., aber sie ist sehr mitgenommen. Das fehlte, daß ihre Gesundheit durch diese Aufregung Schaden nimmt. Kannst du ihr nicht etwas Appetitanregendes geben oder zumindest Vitamine?«

»Ich werde ihr gar nichts geben«, entgegnet Fanis entschieden. »Es ist der Schock, wie du selbst gesagt hast. Wenn sie ihn überwunden hat, kommt auch der Appetit ganz von allein wieder.«

»Ja, aber es braucht eine Weile, bis sich alles wieder eingerenkt hat. Und bis dahin nimmt sie noch mal zehn Kilo ab.«

»Ich jedenfalls rate dir, sie nicht unter Druck zu setzen. Damit schadest du ihr nur. Im Moment kann sie nicht den geringsten Druck ertragen.«

Zum ersten Mal, seit Fanis bei uns zu Hause ein und aus geht, wirft ihm Adriani einen zornigen Blick zu. »Du weißt, wie gern ich dich mag, Fanis«, meint sie. »Aber von dir muß ich mir nicht sagen lassen, wie ich am besten für mein Kind sorge.«

»Ich spreche in meiner Eigenschaft als Arzt, falls du diese Tatsache vergessen hast.«

»Und ich in meiner Eigenschaft als Mutter«, entgegnet Adriani trocken und geht in die Küche.

Plötzlich sehe ich die Gefahr aufziehen, daß wir aufgrund der aufgestauten Anspannung im nachhinein beginnen, uns unschöne Dinge an den Kopf zu werfen. Daher gehe ich auf Fanis zu und flüstere ihm ins Ohr, um in der

Küche nicht gehört zu werden: »Reg dich nicht auf. So verhält sie sich immer am Anfang, und danach sieht sie es schon ein.«

»Hör zu, ich will dich nicht beunruhigen, aber Katerina wird eine Weile brauchen, bis sie wieder ganz die alte ist. Schwer zu sagen, wie lange, aber schon eine Zeitlang. Wenn wir sie währenddessen unter Druck setzen, verlängert sich diese Rekonvaleszenzphase, und ich weiß nicht, was für Komplikationen dazukommen könnten.«

»Hab Vertrauen zu Katerina. Zum einen weiß sie, wie sie mit ihrer Mutter umgehen muß. Zum anderen ist es unmöglich, sie zu etwas zu zwingen, das sie nicht tun möchte. So war sie schon als Kind.«

Fanis antwortet nicht, doch die Sorge steht ihm deutlich ins Gesicht geschrieben.

## 26

Schließlich wurde es, obwohl Katerina nicht mit uns zusammensaß, noch ein langer Abend. Am späten Nachmittag trafen Fanis' Eltern ein, die mit einem Linienflug aus Chania angereist waren. Adriani hatte Blätterteig, Käse und Eier eingekauft und eine Tyropitta zubereitet, da wir Katerina auf keinen Fall allein lassen wollten. Adriani schlug zwar ein paarmal vor, in ihrem Zimmer nachzusehen, aber Fanis hielt sie so sanft wie möglich davon ab. Er erklärte ihr, Katerina schlafe äußerst unruhig, so daß sie das geringste Geräusch unweigerlich wecken würde. Sollte sie hingegen wach sein, würde ihr Adrianis Kopf in der Tür das Gefühl vermitteln, daß nun nach den Geiselnehmern wir sie kontrollieren wollten.

So verbrachten wir den Abend damit, Fanis' Erzählung über die Tage an Bord zu lauschen. Für mich war es eine Premiere, doch Sevasti, Prodromos und Adriani kannten sie schon in- und auswendig. Das hinderte sie nicht daran, sich an den dramatischen Höhepunkten zu bekreuzigen und beim Bericht von Katerinas und Fanis' gewaltsamer Trennung heftige Flüche und Verwünschungen auszustoßen.

Und während Fanis von den Vorfällen berichtete, ging mir immer wieder durch den Kopf, daß sie zum Glück nur eine Geiselnahme *light* erlebt hatten. Sicher, die Terroristen waren vermummt und hielten ihre Geiseln mit Kalaschnikows in Schach, doch war bislang nur ein einziges Opfer zu beklagen: der bedauernswerte Albaner, der den Kopf für den Kosovo hinhalten mußte. Wir hatten es weder mit Bin Laden noch mit al-Zarqawi zu tun. Ohne den Mord an dem Albaner hätten sie sich unter sehr günstigen Voraussetzungen ergeben können. Die Frage war, ob sie ihre Drohung wahrmachen würden, jeden Tag eine ausländische Geisel zu erschießen. Möglicherweise war es nur leeres Gerede, vielleicht aber auch nicht. Auf der Suche nach Aufklärung in dieser Frage nahmen wir immer wieder Zuflucht zur Gemischtwarenhandlung des Fernsehens, stießen jedoch bloß auf importierte Analysen amerikanischer, englischer und deutscher Experten, die sich alle in einem Punkt einig waren: Die Ermordung eines oder mehrerer Passagiere würde dem internationalen Ansehen des Landes enormen Schaden zufügen. Das alles hörte ich mir vollkommen unbeeindruckt an. Auch was Zypern und Skopje betrifft, behaupten sie das seit Jahren, aber das Ansehen des Landes bleibt trotzdem stabil – entweder weil es dermaßen hoch ist, daß es durch nichts mehr erschüttert wird, oder weil es ohnehin dermaßen ramponiert ist, daß es schlimmer gar nicht mehr kommen kann.

Nun ist es zehn Uhr vormittags, und ich sitze in meinem Büro mit meinem Kaffee und meinem Croissant, das ich noch nicht aus seiner Zellophanhülle ausgepackt habe. Grund dafür sind die Lambropoulou und Skafidas, die Zahnärztin und der Bauingenieur, die eine Etage unter Koutsouvelos wohnen. Bevor ich aus dem Haus ging, wies ich Vlassopoulos an, sie telefonisch zu einer Vernehmung zu laden. Der Bauingenieur trägt einen Leinenanzug mit Krawatte und bringt den Mund nicht auf. Die Lambropoulou ist leger gekleidet, mit Turnschuhen, Jeans und T-Shirt, und bringt den Mund nicht mehr zu, so daß man gierig auf eine Atempause zwischen zwei Sätzen wartet, um eine Frage dazwischenzuzwängen.

»Nun, seien wir mal ehrlich, Herr Kommissar, die arme Frau Stylianidi ist alt und allein. Da ist es ganz natürlich, daß sie alles und jeden beobachtet. Wie sollte sie sonst ihre Zeit totschlagen? Sie hat eine Tochter, die auf Zakynthos lebt. Ihr Mann arbeitet in leitender Position in irgendeiner Bank, kann sein auch beim Finanzamt oder in der Hafenbehörde, genau weiß ich es nicht. Ich habe ihr geraten, zu ihrer Tochter zu ziehen, doch der Schwiegersohn war anscheinend von der Idee wenig begeistert. Nebenbei verstehe ich ihn. Wenn man es mit jemandem zu tun hat, der tagaus, tagein wie ein Zerberus dasitzt –«

»Ich habe Sie nicht vorgeladen, damit Sie über Frau Stylianidi aussagen, sondern wegen Koutsouvelos«, beeile ich mich, ihr in Erinnerung zu rufen.

»Dazu komme ich ja gleich.«

Ich will schon fragen: »Wann endlich?«, doch ich schlucke die Bemerkung hinunter, da ich noch unentschlossen bin, ob ich in die Rolle des bösen Bullen schlüpfen soll.

»Seit dem Tag, als sie dahinterkam, daß Makis Koutsouvelos homosexuell war, hat ihr das keine Ruhe mehr gelassen.«

»Dora!« Skafidas versucht sie vergeblich zu bremsen.

»Laß nur, Jannis. Ich weiß, wovon ich rede. Den ganzen Tag lang befaßte sie sich mit Makis. Wann er heimkam, wann er ausging, was für eine Hose er anhatte und ob sie eng anliegend war, ob sein T-Shirt ärmellos war und ob er ein Goldkettchen um den Hals trug –«

»Hören Sie, Frau Lambropoulou«, unterbreche ich sie, während ich mich mit Müh und Not zu beherrschen versuche. »Eines ist klar und deutlich: Koutsouvelos ist nicht von Frau Stylianidi umgebracht worden. Folglich ist es für uns uninteressant, was sie so getrieben hat. Für Sie war es möglicherweise ärgerlich, daß sie am Fenster hing und alle belauerte. Für uns jedoch ist es außerordentlich hilfreich, denn sie hat uns einige Hinweise gegeben, die wir sonst nicht in Erfahrung gebracht hätten. Was ich von Ihnen und Herrn Skafidas wissen will, ist: Haben Sie in der letzten Zeit irgend etwas Auffälliges oder Verdächtiges in bezug auf Koutsouvelos beobachtet?«

Skafidas antwortet rasch, um seiner Frau zuvorzukommen. »Dora und ich sind fast nie zu Hause, Herr Kommissar. Sie hat ihre Zahnarztpraxis und ich meine Bauaufträge, daher sind wir den ganzen Tag außer Haus. Oft auch abends, da wir normalerweise auswärts essen.«

»Und während Ihrer Anwesenheit haben Sie nichts Auffälliges bemerkt?«

»Was denn Auffälliges? Ob er etwa Arm in Arm mit seinem Freund nach Hause gekommen ist?«

»Dora, bitte!« ruft Skafidas nahezu flehentlich.

»Nein, aber hier soll doch Makis mit Gewalt als abnormal hingestellt werden.«

»Makis Koutsouvelos' Privatleben interessiert uns nicht, Frau Lambropoulou. Vieles deutet jedoch darauf hin, daß seine Ermordung auf ein Verbrechen aus Leidenschaft zurückzuführen ist. Sie können sicher sein, daß wir alle Verbrechen aus Leidenschaft auf diese Weise untersuchen, ob es nun um Homo- oder Heterosexuelle geht.«

»Na klar, ich hatte ganz vergessen, daß es Ihre Spezialität ist, Schmutzwäsche an die Öffentlichkeit zu zerren«, bemerkt die Lambropoulou verächtlich.

»Unsere Spezialität ist es, Mörder dingfest zu machen. Die Polizei kann weder etwas für die Schmutzwäsche noch für den anrüchigen Lebenswandel der Leute, der dabei ans Licht kommt.«

Ich bereue es, daß der Ärger mit mir durchgegangen ist, aber zum Glück fällt mein Ausbruch bei Skafidas auf fruchtbaren Boden.

»Wir wissen nicht, was tagsüber los war, weil wir – wie gesagt – nicht zu Hause waren. Manchmal war spätabends Musik zu hören, ohne daß das heißen muß, daß Makis Besuch hatte. Vielleicht hat er alleine Musik gehört – «

»Haben Sie gesehen, ob andere in seiner Wohnung ein und aus gingen?«

»Ab und zu haben wir ihn mit Freunden gesehen, aber das überstieg nicht die übliche Anzahl an Bekannten, die jeder von uns hat. Außerdem waren auch Frauen darunter, nicht nur Männer.« Er holt tief Luft und fährt fort: »Nur in der letzten Zeit ist mir ein Motorrad aufgefallen, das vor dem Eingang oder in der Nähe geparkt war.« Er hält inne und fühlt sich zu einer Erklärung genötigt. »Wissen Sie, ich bin ein Motorrad-Fan, deshalb schaue ich mir jede Maschine, die aus dem Durchschnitt herausragt, genau an. Die hatte mich wirklich beeindruckt.«

»Um was für ein Motorrad handelte es sich?«

»Um eine Harley-Davidson Sportster 1200. Eine unglaubliche Maschine!«

»Haben Sie sie oft gesehen?«

»Ja, aber nicht immer vor dem Haus, manchmal war sie in einer Seitengasse abgestellt. Früher hatte ich auch ein Motorrad, habe es dann aber verkauft. Das habe ich bitter bereut. Ich will mir wieder eins kaufen, weil man damit auf den Baustellen viel leichter zurechtkommt. So hoffte ich, irgendwann den Besitzer zu treffen, um ihn nach seiner Maschine zu fragen.«

»Und, haben Sie ihn getroffen?«

»Ja, eines Morgens, so gegen fünf. Wir hatten die ganze Nacht betoniert, und ich kam todmüde nach Hause. Die Harley-Davidson stand vor dem Wohnhaus. Ich hatte ein Stück entfernt geparkt, und als ich näherkam, ging der Hauseingang auf, und ein junger Mann mit der Statur eines Bodybuilders trat heraus, der sich mit dem Helm in der Hand auf die Maschine schwang. Ich habe ihm zugerufen: ›Moment mal, kann ich Sie etwas fragen?‹ Aber er hat mich entweder nicht gehört oder wollte mich nicht hören. Er setzte schnell den Helm auf, gab Gas und fuhr weg.«

»Haben Sie auf das Nummernschild geachtet?«

»Leider nein. Wie hätte ich mir auch vorstellen sollen...«

»Vielleicht auf sein Gesicht?«

»Er war kahlgeschoren und unrasiert. Sonst ist mir nichts aufgefallen, weil der Hauseingang dunkel ist.«

Ich habe keine weiteren Fragen und lasse die beiden gehen. Skafidas nickt mir grüßend zu, die Lambropoulou betrachtet solche Höflichkeiten Bullen gegenüber als überflüssig und sieht durch mich hindurch.

Nach ihrem Abgang versuche ich die Informationen zusammenzufügen, die wir über den hauptverdächtigen Schwulenkiller erfahren haben. Bislang wußten wir, daß er die Statur eines Bodybuilders hat, doch nun haben wir zusätzlich erfahren, daß sein Schädel kahlgeschoren ist. Bislang wußten wir, daß er ein Motorrad fährt, aber nun haben wir auch Marke und Modell erfahren: eine Harley-Davidson Sportster 1200. Das ist zwar nicht üppig, doch in einer Dürreperiode freuen einen selbst ein paar Hagelkörner. Theoretisch könnte ich bei der Verkehrspolizei eine Übersicht mit allen in Athen zugelassenen Harley-Davidsons anfordern. Ganz abgesehen davon, daß es uns Tage kosten würde, alle nacheinander durchzuchecken, garantiert uns keiner, daß die Maschine in Athen und nicht vielleicht, sagen wir mal, in Naoussa zugelassen ist. Ergo müssen wir einen praktikableren und vor allem weniger zeitaufwendigen Weg finden, die 1200er Harley aufzutreiben, bevor der Schwulenkiller noch ein paar Brüder mit einer Kugel mitten in die Stirn hinrichtet.

Das Klingeln des Telefons unterbricht mich in meinen Überlegungen, und ich höre Katerina am anderen Ende in höchster Hysterie schreien: »Sie haben ihn umgebracht, Papa!«

»Wen?« frage ich blöd, obwohl ich es sofort begriffen haben müßte.

»Wie angekündigt haben sie es getan! Sie haben den ersten umgebracht!«

»Wann?«

»Gerade eben, sie haben ihn ins Meer geworfen.« Sie atmet durch und schreit noch lauter: »Könnt ihr sie nicht aufhalten? Sitzt ihr nur da und schaut untätig dabei zu, wie sie Unschuldige töten?«

Abrupt legt sie auf, und ich renne zum Fahrstuhl. Koula sieht mich an ihrem Schreibtisch vorbeistolpern und springt auf.

»Was ist passiert?« fragt sie angstvoll.

»Sie haben die erste Geisel erschossen.«

»Die Schweine ... die Schweine ...«, stammelt sie, während ich in Gikas' Büro stürze und den Fernseher einschalte.

Das bekannte Panorama breitet sich vor meinem Blick aus: die im Hintergrund liegenden Thodorou-Inseln und die im Vordergrund ankernde El Greco. Auf der Küstenstraße sind mit Schlagstöcken und Schilden ausgerüstete Sondereinheiten aufgestellt worden, um die Menge daran zu hindern, zum Hafenkai vorzudringen. Ein Motorboot des Hafenamtes hat Kurs auf die El Greco genommen.

Die Kamera schwenkt von den Schaulustigen zu Sotiropoulos, der mit dem Rücken zum Hafenpanorama mit der El Greco steht.

»Die Art und Weise der Geiselerschießung ist nach demselben Muster wie bei dem Albaner erfolgt: Tötung durch eine Pistole und nachfolgende Entsorgung der Leiche über Bord«, bemerkt der Moderator.

»Ja, obwohl etwas an der zweiten Erschießung nicht ganz ins Bild paßt.«

»Was meinen Sie?«

»Das Opfer. Der Mann sah aus, als hätten sie ihn stützen oder gar herbeischleifen müssen. Sollten ihn einige wenige Tage dermaßen entkräftet haben? Das kommt mir unwahrscheinlich vor.«

»Unterschätzen Sie die Todesangst nicht, Christos. Vermutlich haben ihm die Beine den Dienst versagt, und so mußten ihm die Terroristen unter die Arme greifen.«

»Wahrscheinlich wird es das sein«, gibt Sotiropoulos klein bei.

Offenbar hat das Motorboot der Hafenbehörde die Aufgabe, die Leiche aus dem Meer zu fischen. Das Bild springt um, und vor meinen Augen rollt die Erschießung der zweiten Geisel per Videoaufnahme ab. Zwei Vermummte schleppen einen Mann mit buntem Hemd herbei. Sein Kopf ist zur Seite gesunken, als hätte man ihn betäubt. Als sie an der Reling ankommen, übernimmt es der eine der beiden Vermummten, das Opfer zu stützen. Der andere hat nun die Hände frei, zieht eine Pistole, tritt hinter den Mann und schießt ihn in den Schädel. Er steckt die Waffe wieder ein, packt das Opfer erneut und zwar diesmal an den Beinen, und gemeinsam werfen sie die Leiche über Bord.

»Schweine... Mörder...!« schreit Koula außer sich. »Wer hätte das gedacht, daß Griechen so weit gehen würden!«

Ich mische mich nicht ein, sonst müßte ich beim Bürgerkrieg zwischen den verschiedenen Fraktionen im griechischen Befreiungskampf gegen die Osmanen anfangen und mit dem Bruderkrieg nach dem Zweiten Weltkrieg fortfahren, nicht ohne die blutigen Auseinandersetzungen zwischen Königstreuen und Venizelos-Anhängern, die Zeit unter deutscher Besatzung, die Gefechte zwischen der linken Griechischen Volksbefreiungsarmee ELAS und dem rechtsnationalen Republikanischen Bund EDES zu vernachlässigen. Und das würde eindeutig zu weit führen. Sotiropoulos hingegen muß ich zustimmen. An der Erschießung wirkt irgend etwas seltsam, und der Grund liegt beim Opfer. Sosehr sich ein Mensch auch fürchtet, er kann nicht dermaßen entkräftet sein, außer er hat entweder durch Betäubung oder durch Gewalteinwirkung das Bewußtsein verloren. Das Bild der Geisel erinnert mich stark an die Gefangenen, die man nach der Folter in der Juntazeit in die Kellerlöcher der Bouboulinas-Straße schleifte.

Ganz in Gedanken versunken überhöre ich das Klingeln des Telefons. Koulas Stimme bringt mich wieder auf den Boden der Tatsachen.

»Herr Charitos, für Sie.«

Ich nehme das Gespräch in Gikas' Büro entgegen, und am anderen Ende höre ich Vlassopoulos sagen: »Herr Kommissar, der gestrige Anrufer ist wieder dran und möchte Sie sprechen.«

»Stell ihn durch.«

Ich warte auf die Verbindung durch Vlassopoulos, und dann vernehme ich eine fragende Stimme: »Bist du Charitos?«

Stimme und Tonfall nerven mich, daher greife auch ich zum Du. »Ja. Und wer bist du?«

Er überhört meine Frage und fährt im gleichen Stil fort: »Hast du vorgestern bei diesem Stutzer im Fernsehen behauptet, ich sei ein Serienmörder, der warme Brüder aufs Korn nimmt?«

Ich bin sprachlos, und zwar aus zwei Gründen. Erstens weil mir die Stimme vor Überraschung versagt, und zweitens weil ich nicht weiß, wie ich mich diesem Anrufer gegenüber verhalten soll. »Wer bist du?« wiederhole ich blöde, da mir nichts Besseres einfällt.

Und wieder kontert er ungerührt: »Was warme Brüder mit ihrem Podex machen, kümmert mich einen feuchten Dreck, du Hahnrei!«

»Es gibt zwei auf genau dieselbe Weise ermordete Homosexuelle«, sage ich milde und versuche die Beschimpfung zu überhören. »Was soll die Polizei denn sonst annehmen?«

»Haben dir diejenigen, die du verhört hast, nicht erzählt, daß ich sie gewarnt habe?«

Diese Neuigkeit trifft mich völlig unvorbereitet, und ich versuche, meine Überraschung zu meistern. »Nein. Wen hast du gewarnt?«

»Diese Agenturen. Ich habe ihnen gesagt, sie sollen mit den Werbesendungen aufhören, weil ich sonst alle umbringe, die mit der Branche zu tun haben. Fotomodelle, Werbefachleute, Angestellte, alle zusammen und ohne Unterschied. Sagt also den einfachen Leuten da draußen die Wahrheit, sonst sag ich sie auf meine Weise.«

»Warum bringst du Leute aus der Werbebranche um? Was haben sie dir getan?«

»Nichts. Ich will nur, daß die Spots aufhören, das ist alles.«

»Schön. Sagst du mir jetzt, wer du bist, damit wir uns endlich kennenlernen?«

»Der Mörder des Großaktionärs«, entgegnet er und erstickt fast vor Lachen, bevor er den Hörer auflegt.

Na schön, sage ich mir. Bislang wußte ich von Serienkillern, daß sie Prostituierte, Schwule, Jungfrauen, Blondinen oder Dunkelhaarige töten... Serienkiller, die Leute aus der Werbebranche umbringen, kommen mir hiermit weltweit zum ersten Mal unter. Das kleine Griechenland hat wieder einmal die Nase vorn.

Dann will mir eine Sache nicht aus dem Kopf, die gestern Vlassopoulos über den Mörder gesagt hat: daß es sich anhöre, als sei er ein zahnloser Greis. Vielleicht kam es mir auch so vor, aber nicht nur das. Alle Zeugenaussagen haben bisher bestätigt, daß der Mörder jung und kräftig ist und die Statur eines Bodybuilders hat. Ja, aber welcher junge Mann verwendet heutzutage Ausdrücke wie »Stutzer«, »Podex«, »warmer Bruder« und »Hahnrei«? Der Wortschatz des Mörders paßt zur todbringenden Luger. Alle beide umgibt der Mief vergangener Zeiten. Doch der Täter ist jung und fährt eine Harley-Davidson Sportster 1200.

Als ich aus Gikas' Büro trete, finde ich Koula an ihrem Schreibtisch sitzend vor.

»Sagen Sie, Koula, können Sie mir eine Frage beantworten?«

»Nur raus damit, ich versuch's.«

»Kennen Sie einen jungen Mann zwischen fünfundzwanzig und dreißig, der Wörter wie ›Stutzer‹, ›warmer Bruder‹ oder ›Hahnrei‹ benutzt?«

Sie wirft mir einen komischen Blick zu, als übersteige die Frage ihr Fassungsvermögen: »Aber, wo leben Sie denn, Herr Charitos?«

Ihre Reaktion sagt alles. Ich begebe mich in mein Büro hinunter und rufe Vlassopoulos zu mir.

»Morgen früh um zehn will ich Petrakis von der AD-Hellas und Andreopoulos von der Firma Spot hier sehen. Und zwar offiziell – und nicht durch einen informellen Anruf – als Zeugen vorgeladen.« Vlassopoulos sieht mich befremdet an. »Sie haben Hinweise verheimlicht und die Ermittlungen verzögert. Ich hab's gerade herausbekommen.«

»Von dem seltsamen Anrufer?«

»Jawohl. Vom Mörder höchstpersönlich.«

Ungläubig starrt Vlassopoulos mich an.

## 27

Zu Hause erwartet mich ein Familienrat, bestehend aus Katerina, Adriani und Fanis mit seinen Eltern, die heute ihren Abschiedsbesuch machen, da sie morgen nach Volos zurückfahren. Plaudernd sitzen sie um das Fernsehgerät. Was für Familienzusammenkünfte auf dem Dorf das Kohlebecken war, ist im modernen Haushalt der Fernseher. Im vorliegenden Fall ist er zwar eingeschaltet, doch keiner guckt hin. Die Familie unterhält sich über Katerinas Erlebnisse, die sich allerdings eher für das Kohlebecken eignen würden. Sevasti bekreuzigt sich und dankt Gott dem Herrn für sein Eingreifen, aufgrund dessen Katerina alles unbeschadet überstanden hat. Adriani erzählt von ihrer Votivgabe, mit der sie am 15. August, zu Mariä Himmelfahrt, nach Tinos pilgern will. Und Prodromos gibt bekannt, was er mit den Terroristen gemacht hätte, wäre er Premierminister. Die einzige, die nichts sagt, ist Katerina. Sie wendet nur jedem der Sprecher den Kopf zu, hört zerstreut zu und geht zum nächsten über. Es ist, als begreife sie die Worte gar nicht und folge rein mechanisch dem Klang der Stimmen.

Ich wünsche allen guten Abend und gehe zu Katerina. Ich beuge mich zu ihr hinunter und küsse sie aufs Haar. Sie erwidert die Zärtlichkeit nicht, hebt jedoch den Blick und wirft mir ein schwaches Lächeln zu.

»Wie geht es dir, mein Schatz?«

»Gut.« Die pflichtschuldige Antwort klingt nicht sehr überzeugend.

Ich heiße Prodromos und Sevasti willkommen und setze mich dann neben Adriani aufs Sofa.

»Den ganzen Tag lang hat sie keinen Bissen zu sich genommen«, sagt Adriani zu mir und fällt in die Rolle der Mutter zurück, die ihr Kind beim Vater anschwärzt. Scheinbar merkt sie es selbst, denn sie beeilt sich hinzuzufügen: »Diese Erschießung hat sie fix und fertig gemacht. Jetzt ist sie noch verzagter als vorher.«

Katerina zeigt keinerlei Reaktion, als spreche ihre Mutter von jemand anderem.

»Die Identität des Opfers hält man jedenfalls geheim«, bemerkt Sevasti.

»Entweder konnte man sie, was sehr wahrscheinlich ist, noch nicht feststellen, oder man hält sie geheim, um zuerst die Angehörigen zu benachrichtigen.«

»Kannst du nichts rauskriegen, Kostas?« fragt Prodromos.

»Wozu denn?« wirft Fanis dazwischen. »Was haben wir davon, wenn wir seinen Namen wissen? Werden wir ihm dann alljährlich zu Allerseelen eine Kerze anzünden?«

»Ist ja schon gut, reg dich nicht auf, war ja nicht böse gemeint«, sagt Prodromos, ganz überrascht vom aggressiven Tonfall seines Sohnes.

Der war mir auch schon im Telefongespräch mit ihm aufgefallen. Der alte, ruhige Fanis ist einem neuen gewichen, der bei jeder Kleinigkeit in die Luft geht. Wirkt Katerina nach der Erfahrung der Geiselhaft verloren und ausgepumpt, so tritt uns Fanis hitzig und streitbar entgegen.

Als hätte er meine Gedanken gelesen, springt Fanis auf und packt Katerina am Arm. »Komm, wir gehen kurz raus an die frische Luft«, schlägt er ihr vor.

Seine Idee findet allgemeine Zustimmung, aber Katerina scheint zu zögern.

»Es wird uns guttun, wir haben es alle beide nötig«, beharrt Fanis.

Katerina läßt sich überzeugen und erhebt sich, doch im selben Augenblick beginnt die Nachrichtensendung. »Schauen wir zuerst die Nachrichten und gehen dann raus. Vielleicht bringt man etwas über die Erschießung.«

Fanis ist offenkundig enttäuscht, denn gerade dem wollte er zuvorkommen. Ob nun Fanis zu Recht eine böse Vorahnung hatte oder Katerina eine ungeschickte Entscheidung traf, zeigt sich gleich nach der Begrüßung durch die Nachrichtensprecherin.

»Wir beginnen mit den neuesten Erkenntnissen bezüglich der Geiselerschießung. Zunächst einmal wurde die Identität des Opfers festgestellt. Es handelt sich um José Ignacio Ferrer, einen aus Saragossa stammenden spanischen Staatsbürger.«

»José!« Katerina springt auf. »Ausgerechnet den unglücklichen, kranken José mußten sie umbringen? Was hat der arme Kerl ihnen denn getan?«

Katerinas Ausbruch übertönt einen Teil der Nachricht. Als wir zur Sendung zurückkehren, ist die Sprecherin zur nächsten Information übergegangen. »Es ist jedoch nicht sicher, sehr geehrte Zuschauer, ob wir es überhaupt mit einer Erschießung zu tun haben. Auf den ersten Blick zumindest zieht die gerichtsmedizinische Untersuchung den Schluß, das Opfer sei zum Zeitpunkt der Erschießung bereits tot gewesen. Hier die Meinung des Gerichtsmediziners.«

Jetzt ist der Augenblick gekommen, wo ich dem unbekannten »Modelmörder« am liebsten um den Hals fallen würde, wenn ich ihn vor mir hätte: Als die Spannung am größten ist, brechen die Werbespots über uns herein.

Wir nutzen die Kunstpause, um uns verwundert anzublicken.

»Sie haben einen Toten erschossen? Wie soll das denn gehen?« wundert sich Sevasti.

Prodromos wendet sich an mich, den Fachmann unter den Anwesenden: »Was meinst du, Kostas?«

»Keine Ahnung. Bald wissen wir's.«

Plötzlich fällt mir Sotiropoulos ein, dem die Art und Weise seltsam vorkam, mit der die Terroristen den Mann zur Reling schleiften. Da haben wir's also: Er war weder betäubt noch von Folter gezeichnet, wie ich angenommen hatte, sondern er war bereits tot.

Weitere Minuten vergehen, und die Taschenspielertricks des Senders bei der Präsentation der Nachrichten erreichen ihren Höhepunkt, und die Anspannung im Wohnzimmer ist mit Händen zu greifen. Schließlich erscheint der Gerichtsmediziner auf dem Bildschirm. Es ist nicht Stavropoulos, sondern ein gewisser Doulgerakis von der gerichtsmedizinischen Abteilung der Polizei Kretas.

»Das Opfer, der Spanier José Ignacio Ferrer, war Diabetiker und ist eines natürlichen Todes gestorben«, erklärt Doulgerakis. »Das Opfer hat eine Niereninfektion erlitten, die durch den Wassermangel an Bord verstärkt wurde, der zu Dehydrierung und Ketoazidose führte. Das Opfer ist an einem diabetischen Koma verstorben. Die Terroristen haben nach Eintritt des Todes die Erschießung der Geisel inszeniert.«

Das folgende kann ich nicht verstehen, da Katerinas Aufschrei alles übertönt. »Er war Diabetiker, und sie haben ihn krepieren lassen!« schreit sie, während sie Fanis schüttelt. »Solange wir an Bord waren, haben wir uns darum gekümmert, daß er immer zu trinken hatte und Insulin bekam. Nachdem du weg warst und sie mich in die Kabine gesperrt hatten, haben sie José einfach seinem Schicksal überlassen!«

Erneut reagiert sie hysterisch, schreit und ist kaum zu bändigen. Alle starren sie sprachlos an, während Fanis verzweifelt versucht, sie zu beruhigen.

»Ja, das ist wirklich schrecklich, aber du kennst die Umstände nicht, die zur Niereninfektion geführt haben. Kann gut sein, daß sie auch so aufgetreten wäre.«

»Der Mann brauchte zweimal am Tag seine Insulinspritze, Wasser und eine besondere Diät. Sie haben ihn sterben lassen und nicht einmal seine Totenruhe respektiert. Sie haben auf seine Leiche geschossen und sie ins Meer geworfen.«

Schlußendlich gelingt es Fanis doch noch, sie zu einem Spaziergang zu bewegen. Sobald sie fort sind, wendet sich Adriani an mich.

»Was kann man tun? Wie soll das weitergehen?« In Ermangelung eines Psychiaters richtet sie die Frage an mich.

»Was für eine Heimsuchung! Verflucht noch mal!« ergänzt Sevasti, die zwischen Kreuzzeichen und Verwünschungen hin- und herschwankt.

Nun, da ihr Sohn und ihre künftige Schwiegertochter gerettet sind, hat sie schon vergessen, wieviel schlimmeres Unheil uns erspart geblieben ist.

»Nur Geduld! Sie braucht Zeit, um sich davon zu erholen«, entgegne ich unbestimmt, doch auch ich bin am Ende meiner Weisheit.

Ich lasse die anderen im Wohnzimmer zurück und gehe ins Schlafzimmer, um in aller Ruhe Gikas anzurufen. Es dauert eine Weile, bis er rangeht, und seine Stimme klingt genervt.

»Danken Sie dem Himmel, daß Sie in Athen sind und nicht im Golf von Chania schwimmen«, meint er. »Die Lage hier ist unerträglich.«

»Ist noch keine Entscheidung gefallen?«

»Nichts dergleichen, eine Besprechung jagt die andere.« Dann folgt eine Pause, worauf er hervorpreßt: »Man sucht nach jemandem, der die politische Verantwortung übernimmt.«

Dann beginne ich ihn über den Fortgang der Ermittlungen in den beiden Mordfällen zu informieren. Dabei berichte ich über das Telefonat mit dem Unbekannten und seine Behauptung, er habe die beiden Werbefirmen gewarnt, was mir die Verantwortlichen verschwiegen hatten. Er hört zu, ohne mich zu unterbrechen. Dann meint er in sehr ernstem Ton, aus dem eine Anwandlung von Resignation herauszuhören ist.

»Holen Sie mal gleich lieber einen Priester zur Krankensalbung. Mußte dieser ›Mörder des Großaktionärs‹ ausgerechnet jetzt auftauchen?«

»Ich habe die Geschäftsführer der beiden Werbefirmen vorgeladen, sie kommen morgen früh.«

»Tun Sie mir einen Gefallen und brechen Sie nichts übers Knie. Fangen Sie nicht, wie Sie es sonst gewohnt sind, mit Ihren Ausfälligkeiten an. Okay, sie haben Hinweise zurückgehalten, aber wir wollen uns nicht mit der Werbebranche anlegen, bevor wir nicht die Terroristen im Griff haben.«

Ich verspreche ihm, vorsichtig zu sein, obwohl ich nicht garantieren kann, wie sich die Vernehmung entwickeln wird, sollten sich die beiden Manager allzu arrogant geben.

28

Mitten im Schlaf höre ich Katerinas Stimme: »Papa, Papa!« Aus der Ferne des Traums dringt sie an mein Ohr. Wir sind in einem Wald in der Nähe meines Heimatdorfes. Ich blicke mich suchend um, und obwohl ich ihre Stimme deutlich höre, kann ich Katerina nirgends entdecken. »Papa, wach auf, Papa!« Im Traum irre ich durch den Wald, als neben mir Adrianis besorgte und ängstliche Stimme ertönt: »Was ist passiert, mein Schatz? Was ist los mit dir?« Da schlage ich die Augen auf.

Katerina beugt sich in Nachthemd und Bademantel über mich und rüttelt sanft an meiner Schulter. »Wach auf, Papa. Eine Befreiungsaktion auf der El Greco!«

Adriani und ich fahren im selben Augenblick in die Höhe.

»Wann?«

»Gerade eben. Der Minister für öffentliche Ordnung und der Verteidigungsminister haben Erklärungen abgegeben.«

»Und woher weißt du das?« fragt Adriani.

»Ich habe ferngesehen, weil ich nicht schlafen konnte.«

Die ganze Familie stürzt zum Fernseher. Zum ersten Mal sehen wir die El Greco hell erleuchtet. Auf der rechten Seite des Bildschirms steht die Aufschrift »Unternehmen Geiselbefreiung«. Der Kai ist von der Hafenbehörde und der Polizei abgeriegelt worden. Hinter dem Kordon stehen einige

Aufnahmeteams und beobachten das Schiff. Journalisten kann ich nirgendwo erkennen.

»In diesem Augenblick setzt sich die El Greco in Bewegung«, ertönt die Stimme des Moderators. Und tatsächlich sieht man die El Greco langsam aus dem Golf von Chania auslaufen.

Nun taucht die Einfahrt der Militärbasis von Souda auf dem Bildschirm auf. Die wartenden Journalisten haben sich dort versammelt. Die Kamera sucht und findet Sotiropoulos.

»Hier in der Militärbasis steht alles für den Empfang der El Greco mit den noch verbliebenen Passagieren bereit«, bemerkt Sotiropoulos. »Vorläufig hat man uns jedoch den Eintritt verwehrt, Thanos.«

»Weiß man, ob es durch die Befreiungsaktion Tote oder Verletzte gegeben hat? Und wie viele es sein könnten?«

»Auch zu dieser Frage gibt es leider keinerlei Mitteilung.«

»Die öffentliche Berichterstattung scheint den zuständigen Behörden nicht gerade am Herzen zu liegen«, bemerkt der Moderator spöttisch.

»Bislang jedenfalls nicht«, bestätigt Sotiropoulos.

»Dann schauen wir uns einmal an, wie der Befreiungsschlag durch die Kampfschwimmer an Bord abgelaufen ist«, sagt der Moderator, da er kein anderes Zuckerchen servieren kann. »Nach der offiziellen Erklärung des Verteidigungsministeriums hat sich um Viertel nach drei Uhr morgens eine Einheit von Kampfschwimmern der Marine dem Schiff genähert. Zuvor hatten die über der Fähre kreisenden Helikopter festgestellt, daß die Terroristen auf dem Heck keine Wachposten plaziert haben. Und dort haben die ersten Kampfschwimmer die El Greco geentert.«

Auf dem Bildschirm erscheint ein Trickfilm mit Schiffchen und kleinen Menschenfiguren, der den Ablauf der Aktion darstellt. Die Stimme des Moderators fährt mit den Erläuterungen fort.

»Die Kampfschwimmer konnten nur mit leichter Bewaffnung an Bord gehen. Zunächst haben sie die Brücke besetzt und dort einen der Terroristen festgenommen. Nachdem sie ihn gezwungen hatten, seine Kampfgenossen unter einem Vorwand herbeizurufen –« Mit einemmal hält er inne und horcht auf. »Wir unterbrechen kurz, da unser Korrespondent in Souda Neuigkeiten zu vermelden hat.«

Die Reporter stehen immer noch außerhalb der Einfahrt versammelt, was bedeutet, daß man ihnen den Zutritt zur Militärbasis noch nicht gestattet hat. Sotiropoulos steht mit dem Mikrofon in der Hand im Vordergrund.

»Aus den ersten Hinweisen, die – *nota bene* – noch unbestätigt sind, weil wir noch auf die offizielle Stellungnahme warten, also aus diesen ersten Hinweisen, die uns zur Verfügung stehen, geht hervor, daß es zwei Tote an Bord gegeben haben muß. Der eine soll einem Herzschlag erlegen sein. Wie es scheint, ist er aufgrund der Gewehrsalven in Panik geraten, da er annehmen mußte, die Terroristen würden nun weitere Geiseln hinrichten. Der zweite wurde von einer Kugel getroffen, als ein Terrorist Widerstand leistete, worauf ein Schußwechsel folgte. Es ist noch nicht bekannt, ob die Kugel, die ihn getroffen hat, aus der Waffe des Geiselnehmers oder aus der Waffe eines der Kampfschwimmer stammt.«

»Wann genau wird die El Greco in Souda erwartet?«

»Von Minute zu Minute.«

Katerina greift nach der Fernbedienung und stellt die Lautstärke leiser. »Noch mehr Todesopfer«, bemerkt sie kopfschüttelnd.

»Diese Unmenschen! Was für ein sinnloser Tod!« monologisiert Adriani.

Ich gehe auf Adrianis Empörung nicht weiter ein und wende mich Katerina zu. »Auf dem Schiff waren dreihundert Passagiere plus die Besatzungsmitglieder«, sage ich zu ihr. »Daß diese Geschichte mit nur vier Toten endet, wovon zwei eines natürlichen Todes gestorben sind, grenzt an ein Wunder.«

Sie wirft mir einen fast feindseligen Blick zu. »Ich weiß nicht, was die Polizei für Statistiken erstellt, aber ohne die Terroristen wären sowohl der Diabetiker als auch der Herzinfarktpatient noch am Leben.«

Ich will die Diskussion fortführen, doch der Szenewechsel auf dem Bildschirm hält mich zurück. Nun ist ein Presseraum zu sehen, und ein Vierzigjähriger schickt sich zu einer Erklärung an. Diesmal ist der Korrespondent nicht Sotiropoulos, sondern ein anderer.

»Dreht mal den Ton wieder an, damit wir hören, was er zu sagen hat.«

Der Korrespondent des Senders informiert uns, er befinde sich im Verteidigungsministerium und der Redner sei der Pressesprecher des Ministeriums.

»Die Bilanz der Geiselbefreiungsaktion besteht aus einem Todesopfer und einem Verletzten. Bei dem Toten handelt es sich um den deutschen Staatsbürger Christian

Schrott, der einem Herzinfarkt erlegen ist; bei dem Verletzten um den russischen Staatsangehörigen Nikita Lebedev. Im Zuge eines Schußwechsels zwischen den Kräften der Marine und den Terroristen ist eine Kugel von der Wand im Salon der ersten Klasse abgeprallt und hat ihn in den Bauch getroffen. Nikita Lebedev wurde ins Krankenhaus Chania überführt, sein Zustand ist stabil. Auf seiten der Terroristen wurde Efthymios Agoreos getötet, der als einziger Widerstand leistete. Die übrigen fünf wurden festgenommen und werden zur Zeit verhört.«

»Wo werden sie festgehalten?«

»Zunächst einmal auf dem Luftwaffenstützpunkt Souda. Innerhalb der nächsten Tage werden sie dann nach Athen überstellt.«

Das Bild erlischt, und der Moderator taucht wieder auf. »Die erfolgreiche Aktion der Marine wurde allseits begrüßt wie auch die Umsicht und Besonnenheit der griechischen Regierung während der Geiselaffäre. Die Präsidenten der USA und Rußlands, der britische Premierminister und der deutsche Kanzler haben dem Ministerpräsidenten Glückwunschtelegramme geschickt.«

Gratulationen interessieren mich wenig, ich frage mich vielmehr, wieso die griechische Polizei vollkommen von der Bildfläche verschwunden ist. Die Aktion wird von Kampfschwimmern der Marine durchgeführt, die Pressemitteilung erfolgt durch das Verteidigungsministerium, und wir sind wie vom Erdboden verschluckt. Offenbar haben wir es mit einer persönlichen Entscheidung des Premierministers zu tun, der Minister für öffentliche Ordnung würde doch nie und nimmer seine Zuständigkeiten dem Verteidigungsminister abtreten. Solch eine Demonstration politischen Altruismus ist schon auf internationaler Ebene selten, bei uns kommt es nicht einmal als theoretische Möglichkeit in Dimitrakos' Lexikon vor.

Diese Gedanken quälen mich, bis ich am Morgen zur Dienststelle fahre. Aus den Gesichtern um mich herum zu schließen bin ich nicht der einzige, der sich Gedanken macht. Ich fahre hinunter, um mir meinen Kaffee und mein Croissant zu holen, und die Stimmung in der Cafeteria erinnert an einen Imbiß anläßlich einer Seelenmesse vierzig Tage nach dem Begräbnis. Meine Kollegen sitzen mit hängenden Köpfen da, der eine flüstert, während der andere zustimmend nickt oder die Arme zum Zeichen der Hoffnungslosigkeit ausbreitet. Nur Kolliva, die orthodoxe Totenspeise, Cognac und Zwieback fehlen noch.

Und wiederum liebäugle ich mit dem Gedanken, Gikas anzurufen, doch ich schiebe es auf, denn sobald ich mich meinem Büro nähere, tritt Vlassopoulos auf mich zu und meldet, Petrakis von der AD-Hellas und Andreopoulos von der Firma Spot seien hier und warteten, zur Audienz vorgelassen zu werden.

»Soll ich sie in Ihr Büro bringen?«

»Nein, führ sie in den Verhörraum und laß sie warten.« Er blickt mich irritiert an. »Die sollen merken, daß wir das nicht einfach so durchgehen lassen, wenn sie Informationen von lebenswichtiger Bedeutung vor der Polizei zurückhalten.«

Ich trete ins Büro und fläze mich auf meinen Stuhl. Dann nehme ich zwei Schluck von meinem Kaffee und hole ohne Eile das Croissant aus der Zellophanhülle. In aller Ruhe verspeise ich mein Frühstück, dann blicke ich auf die Uhr. Eine Viertelstunde ist vergangen, das Führungspersonal der beiden Werbefirmen hat nun genügend lang gewartet.

Bei meinem Eintreten sitzen sie Seite an Seite auf unbequemen Stühlen und unterhalten sich. Bei meinem Anblick verstummen sie und blicken mir erwartungsvoll entgegen. Doch ich sage nichts, setze mich bloß an den kleinen Schreibtisch und blicke sie an. Nach einer Weile frage ich:

»Hat der Täter Sie vor oder nach den Morden an Stelios Ifantidis und Makis Koutsouvelos kontaktiert?«

Ihnen bleibt die Spucke weg, und sie starren einander an. Sie waren sicher, ihr gut gehütetes Geheimnis sei nicht durchgesickert, und müssen nun feststellen, daß es sogar bis zu meinem Büro vorgedrungen ist.

»Welcher Täter?« Andreopoulos flüchtet sich in eine dumme Frage, um sich aus der Verlegenheit zu helfen.

»Der Mörder hat Sie und Herrn Petrakis angerufen, Herr Andreopoulos, und hat Sie gewarnt. Sollten Sie mit den Werbesendungen nicht aufhören, würde er anfangen, blindlings Leute aus der Werbebranche umzubringen. Die Frage ist, ob er danach getötet hat, was hieße: weil Sie ihn nicht ernst genommen haben, oder ob er zunächst einmal einen Mustermord geliefert und Sie danach gewarnt hat, damit Sie seiner Drohung auch die gebührende Beachtung schenken.«

Ich mache eine kleine Pause, um ihnen die Gelegenheit zu einer Äußerung zu geben, doch ich registriere nur ihr Schweigen und fahre fort: »Sicher ist jedenfalls, daß Sie seine Drohung nicht ernst genug genommen haben.«

»Aber, Herr Kommissar, wer würde denn jemanden

ernst nehmen, der damit droht, die ganze Werbebranche auszurotten, wenn wir unsere Spots nicht einstellen?«

»Ich, Herr Petrakis. Ich hätte ihn von dem Zeitpunkt an sehr ernst genommen, als er begann, seine Drohung wahrzumachen, und ich hätte die Polizei informiert. Was Sie nicht getan haben.«

»Weil wir ihm keine Bedeutung beigemessen haben, wie Ihnen Herr Petrakis schon sagte«, meint Andreopoulos eisig. »Wir haben darüber beraten und beschlossen, nicht weiter darauf einzugehen.«

»Am Anfang ging das ja vielleicht. Aber warum haben Sie, als Ihnen klar wurde, daß es sich um zwei Mordopfer aus der Werbebranche handelt, mir verheimlicht, daß Sie der Mörder gewarnt hatte?« Sie blicken sich an und finden keine Antwort. »Das bewußte Verschweigen von Hinweisen in einer Mordsache bildet eine Straftat. Eigentlich müßte ich das an die Staatsanwaltschaft weiterleiten.«

»Versetzen Sie sich doch in unsere Lage, Herr Kommissar.« Petrakis spricht vornübergebeugt und mit erhobener Stimme, weil er glaubt, mich so zu überzeugen. »Wissen Sie, was für einen Schaden eine solche Drohung anrichten kann, wenn sie durchsickert? Welches Model wagt dann noch, Werbespots zu drehen, welches Unternehmen wagt dann noch, Werbung in Auftrag zu geben, welcher Fernseh- oder Radiosender wird sie bringen, und welche Zeitung wird sie drucken? Begreifen Sie, was auf dem Spiel steht?«

»Sie meinen also, Sie hätten mir die Wahrheit verschwiegen, weil Sie befürchteten, die Polizei würde nicht dichthalten?«

»Kommen Sie, Herr Kommissar. Wissen Sie nicht, daß

jeder Sender bei der Polizei seine Leute hat, denen er ein monatliches Gehalt bezahlt, um an Informationen zu kommen?« Andreopoulos blickt mich mit seinem säuerlichen Lächeln an.

»Darf ich fragen, wie Sie es erfahren haben?«

Die Frage stammt von Petrakis, und die Antwort geht an ihn, obwohl sie sich an den anderen richtet. »Die Polizei hat nicht die Mittel, Angestellten Ihrer Firma ein monatliches Gehalt zu bezahlen, um an Informationen zu kommen, Herr Petrakis. Folglich ist der einzige, der uns benachrichtigt haben kann, der Mörder selbst. Als er merkte, daß Sie sich taub stellten, hat er bei mir angerufen.«

Beide blicken sich, ohne etwas zu sagen, an, doch ihr Gesichtsausdruck spricht Bände. »Haben Sie vor, die Printmedien zu informieren?«

»Nein, aber sichert Sie das ab? Was hindert den Mörder daran, morgen einen Brief an eine Zeitung zu schicken oder die Journalisten anzurufen und auf die Suche nach einem Bekennerschreiben in einer Mülltonne zu schicken? Haben Sie vergessen, wie der ›17. November‹ vorgegangen ist?«

»Was das betrifft, brauchen Sie sich keine Sorgen zu machen. Wir haben Mittel und Wege, eine Veröffentlichung zu unterbinden.« Wiederum überzieht das säuerliche Lächeln Andreopoulos' Gesicht, diesmal angereichert mit einer Grimasse, die auf seinen Einfluß anspielt.

»Wie weit können Sie es unterbinden? Reicht Ihr Einfluß bis zu den Provinzzeitungen oder bis zu den lokalen Radiosendern? Es genügt, wenn der Mörder mit einem dieser Medien Kontakt aufnimmt, und eine halbe Stunde später weiß es ganz Griechenland.« Ich verstumme, um ihre Reaktion zu sehen. Sie blicken mich nur wortlos an und scheinen die Hosen voll zu haben. »Das ist jedoch nicht das Schlimmste. Das Schlimmste ist, wenn er mit dem Morden weitermacht, um uns zu zwingen, an die Öffentlichkeit zu gehen.«

Petrakis fällt keine Entgegnung auf meine Worte ein, und er hebt die Arme in die Höhe. »Worauf haben wir uns da bloß eingelassen?« fragt er sich.

»Wann haben Sie den Anruf erhalten?«

»Gleich nach Auffindung der Leiche. Das heißt, am nächsten Morgen. Jemand wollte mich ausdrücklich persönlich am Telefon sprechen, meine Sekretärin versuchte, ihn mit jemand anderem zu verbinden, aber er ließ sich nicht abwimmeln.« Dieselbe Taktik wie bei mir. »Als ich schließlich ans Telefon ging, um meine Ruhe zu haben, forderte er, ich sollte sofort jegliche Werbung einstellen, weil es sonst noch weitere Opfer zu beklagen gäbe. Das Gespräch dauerte länger, aber das war die Kernaussage.«

»Und bei Ihnen?« frage ich Andreopoulos.

»Genauso wie bei Thanos. Am Tag nach der Auffindung von Koutsouvelos' Leiche wollte mich ein Anrufer beharrlich sprechen. Irgendwann habe ich ihn dann durchstellen lassen, und er hat fast genau dasselbe gesagt: Er würde so lange weitermorden, bis ich aufhörte, die Welt mit Werbung zu vergiften. Daraufhin habe ich mich sofort bei Thanos rückversichert, und wir haben aus den angeführten Gründen beschlossen, daß die Sache unter uns bleiben sollte.«

Eine Fortsetzung der Befragung hat keinen Sinn, weil ich weiß, daß sie mir die Wahrheit sagen. »Sie können gehen, aber in Zukunft möchte ich, daß Sie mich sofort benachrichtigen, wenn der Mörder wieder mit Ihnen Kontakt aufnimmt.«

Sie brechen auf, nachdem sie mir beide die Hand geschüttelt haben. Bevor sie bei der Tür anlangen, bleibt Petrakis kurz stehen und wendet sich nochmals zu mir.

»Da war auch noch ein anderer Grund, warum wir dem Telefonat keine besondere Bedeutung beigemessen haben«, sagt er.

»Und welcher?«

»Der Anrufer, der die Drohungen ausstieß, hörte sich an wie ein Opa. Wie ein harmloser alter Opa, der sich auf unsere Kosten amüsieren will.«

Auf dem Weg hoch in mein Büro versuche ich dem Geheimnis auf die Spur zu kommen. Wer den Mörder sieht, und sei es auch noch so flüchtig, spricht von einem Kleiderschrank von Mann. Wer den Mörder am Telefon reden hört, spricht von einem alten Opa. Was ist hier los? Haben wir es schließlich mit zwei Mördern zu tun? Und welche mörderische Beziehung könnte einen jungen Mann mit der Statur eines Bodybuilders und einer Harley-Davidson Sportster 1200 mit einem zahnlosen Greis verbinden, der Schwule »warme Brüder« nennt? Wer könnte dahinterstecken? Vater und Sohn? Onkel und Neffe? Schwiegervater und Schwiegersohn? Eine Beziehung dieser Art könnte zumindest erklären, wie eine Luger zur Mordwaffe werden konnte. Außer, er ahmt am Telefon die Stimme eines alten Mannes nach, um uns zu verwirren.

»Das Ende der Entführung der El Greco hat auch sein Gutes«, meint Vlassopoulos zu mir, sobald ich mein Büro betrete. »Die ganzen Polizeikräfte aus Attika kehren an ihre Basis zurück, und wir können wieder richtig arbeiten.«

»Schon, aber in der Zwischenzeit mußt du die Zähne zusammenbeißen und einige dringliche Aufgaben in Angriff nehmen.«

»Ich bin ganz Ohr.«

»Gib dem Labor Bescheid, sie sollen bei meinem Telefon sowie den Apparaten von Petrakis und Andreopoulos eine Fangschaltung installieren, um die Stimme des Anrufers aufzuzeichnen. Vor der Aktivierung sollte man die beiden darüber informieren. Und von der Verkehrspolizei hätte ich gerne eine Auflistung der gestohlenen Motorräder aus den letzten drei Monaten. Da sollst du überprüfen, ob es darunter eine Harley-Davidson Sportster 1200 gibt.«

»Soll ich nicht gleich eine Auflistung der Fahrzeughalter mit demselben Modell anfordern?«

»Kannst du machen, nur wird das Durchchecken eine Weile dauern, und es ist gar nicht sicher, daß er ein Motorrad benutzt hat, das auf seinen Namen eingetragen ist. Für so blöd halte ich ihn nicht.«

Nach Vlassopoulos' Abgang rufe ich Gikas auf seinem Handy an. Er hört sich zu Tode betrübt an. »Wir sind regelrecht vorgeführt worden«, meint er. »Man hat alles ohne uns geplant. Sie haben die Befreiungsaktion durchgeführt, sie haben die Presseerklärungen abgegeben, und wir sind beim Alteisen gelandet.« Ich starte einen Versuch, ihn über die Wendung im Fall der beiden ermordeten Models zu unterrichten, doch er winkt ab. »Morgen früh bin ich wieder im Büro. Dann erzählen Sie mir alles persönlich.«

Eine Frage bleibt unbeantwortet: ob ihn die Beleidigung

des Polizeikorps stört oder ob er Angst davor hat, daß sein Stuhl wackeln könnte. Das Ansehen des Ministers ist zugegebenermaßen ramponiert, und demnach wird er nach einem Sündenbock Ausschau halten.

## 29

Wie lange habe ich ihn nicht mehr an seinem Schreibtisch gesehen? Eine Woche? Zwei? Katerinas und Fanis' Geiselhaft hat mein Zeitgefühl aufgehoben. Manchmal wollte es mir scheinen, die Zeit sei nach meiner Rückkehr von Chania nach Athen stehengeblieben. Und dann wieder zwischen den Morden an Ifantidis und Koutsouvelos. Die Situation besserte sich nach Katerinas Freilassung und der Rückkehr meiner Familie nach Athen. Doch das betrifft nur die Gegenwart, mein Verhältnis zur jüngsten Vergangenheit ist nach wie vor gestört.

Als mich heute morgen Koula anrief, um mir mitzuteilen, daß er mich sehen wolle, verspürte ich Erleichterung. Nicht weil ich meinen unmittelbaren Vorgesetzten sehen würde, sondern weil die Dinge wieder ihren alten Gang gingen. Und nun, da ich ihm gegenübersitze, in dem altbekannten, links vor dem Schreibtisch stehenden Sessel, scheint mein Leben wieder in die gewohnten Bahnen zurückzukehren.

Was mir jedoch die Laune verdirbt, ist sein Gesichtsausdruck. In den Sitzungen setzt Gikas eine ganz bestimmte Miene auf. Normalerweise blickt er einen wortlos an und zwingt einen dadurch, sich kurz zu fassen, denn er vermittelt einem ständig das Gefühl, unendlich gelangweilt zu sein. Selbst seine Fragen sind kurz und im Telegrammstil gehalten und zwingen einen, auch die Antworten nicht zu sehr in die Länge zu ziehen.

Heute jedoch, am ersten Tag nach seiner Rückkehr an die Dienststelle, ist er anders. Ich schaue ihn an, und ein Ausdruck kommt mir in den Sinn, den Adriani häufig verwendet: »Er läßt den Kopf hängen.« Wenn Katerina als Schulkind schlecht drauf war, weil sie bei einer Klassenarbeit nicht die erwartete Note eingeheimst hatte, sang ihr Adriani das Lied »Ihre Köpfchen lassen hängen Veilchen und Jasmin, Veilchen und Jasmin«, bis ihre Tochter wieder lachte.

Gikas läßt seinen Kopf sicherlich hängen, weil man ihm die Show gestohlen hat. Dort, wo er erwartete, den Erfolg der Befreiung der ausländischen Geiseln auf seinem Konto zu verbuchen und Presseerklärungen vor einem Strauß von Mikrofonen abzugeben, haben die Minister für öffentliche Ordnung und Verteidigung einvernehmlich das Unternehmen den Kampfschwimmern der Marine übertragen. Um die Wahrheit zu sagen: Ich habe Verständnis für ihn und teile seine Enttäuschung. Es ist ungerecht, die Polizei, welche die Krise so gut gemeistert hat, in dem Moment des Erfolgs außen vor und die Marine allein zum Zuge kommen zu lassen.

Gikas bewertet es noch schlimmer. »Es war ein Anschlag auf das Ansehen des Polizeikorps«, meint er. »Ja, wenn wir unsere Sache bis dahin nicht gut gemacht hätten, wenn wir ihnen Anlaß gegeben hätten, dann... Aber es war alles andere als das: Es war wahrscheinlich unser erfolgreichster Einsatz in den letzten Jahren. Selbst Parker hat den Hut vor uns gezogen. ›Die Erfahrung der Olympiade hat euch gut getan‹, sagte er zu mir.«

»Wieso haben sie uns dann ausgebootet?«

Er zuckt die Achseln. »Dem Minister nach war es eine Anordnung des Premiers. Weil der Einsatz auf See stattfinden sollte.«

»Dann hätte man einen gemeinsamen Einsatz von Polizei und Hafenpolizei organisieren können.«

Mit seinem Lächeln zeigt er mir, daß ich seine Gunst gewonnen habe. »Genau das hatte ich auch vorgeschlagen.«

»Und?«

»Die Antwort war, die Geiseln seien Ausländer und man solle besser nichts riskieren.« Er macht eine kurze Pause und blickt mich an. »Wissen Sie, was mir meine Erfahrung sagt?«

»Was denn?«

»Daß alles mit dem persönlichen Format eines jeden Ministers zu tun hat. Unserer ist eben kleinformatiger als der Verteidigungsminister.«

»Jedenfalls möchte ich Ihnen dafür danken, daß Sie uns in bezug auf die Geiselhaft meiner Tochter so sehr geholfen haben.«

Gikas blickt mich an. Sollte ihn diese plötzliche Dankesbezeigung – die erste in unserer Zusammenarbeit – angenehm überrascht haben, so zeigt er es jedenfalls nicht. Er zieht es vor, die Rolle des Seriösen und Bescheidenen weiterzuspielen.

»Nichts zu danken. Katerina kenne ich von klein auf, da ist es ganz natürlich, daß ich mich um die Sache kümmere.« Er hält inne und fügt verschämt wie eine Jungfrau hinzu: »Für einen Kollegen tut man selbstverständlich mehr als nur seine Pflicht.«

Der beste Weg, das Süßholzraspeln zu beenden, ist die

sachliche Berichterstattung. Also beginne ich, Gikas ein detailliertes Bild der Morde an Ifantidis und Koutsouvelos zu entwerfen, zuerst anhand einer Zusammenfassung der Fälle und dann anhand der neuesten Entwicklungen. Er hört mir schweigend und mit zusammengezogenen Brauen zu. Nichts von dem Gehörten begeistert ihn, denn er interpretiert es als das Wetterleuchten eines heraufziehenden Gewitters. Und damit liegt er nicht falsch.

»Mit anderen Worten: Entweder fassen wir ihn, oder er begeht einen Mord nach dem anderen.«

»Genau.«

»Wen hat er außer den Werbefirmen noch bedroht?«

Sobald die Frage im Raum steht, könnte ich mir an die Stirn schlagen. Logischerweise müssen die ersten, die er bedroht hat, die Fernsehsender gewesen sein, die es – höchstwahrscheinlich in Absprache mit den Werbeagenturen – vor mir geheimgehalten haben.

»Daß ich daran nicht gedacht habe!« rufe ich mit der absoluten Aufrichtigkeit aus, die unsere Beziehung seit dem heutigen Morgen kennzeichnet. »Ich hätte auch die Sender fragen müssen. Sicher hat er auch sie bedroht.« Ich springe auf, um Vlassopoulos zu kontaktieren, aber Gikas hält mich zurück.

»Überstürzen Sie nichts. Wir wollen es offizieller angehen, um uns abzusichern. Koula wird sie in mein Büro laden. Das wird es ihnen schwerer machen, Lügengeschichten aufzutischen, und uns erlauben, ihnen eine gemeinsame Taktik vorzugeben.«

Diese Idee finde ich ausgezeichnet und ziehe mich zurück, als er Koula hereinruft, um ihr Anweisungen zu geben. Wenn schon, denn schon: Schweres Geschütz muß mit schwerem Geschütz beantwortet werden und nicht mit einer Schrotflinte. Und außerdem ist es mir lieber, er ist beim Gespräch dabei, damit er mir morgen nicht vorwerfen kann, ich hätte die sogenannte vierte Gewalt angepöbelt, obwohl sie im Grunde längst die erste Gewalt im Staate ist.

Sobald ich auf den Flur trete, wo mein Büro liegt, wird mir klar, daß das Athener Polizeipräsidium zum Alltagsgeschäft zurückgekehrt ist. Ich finde sie alle wieder vor – bereit, mit ihren Kameras, Mikrofonen und Aufnahmegeräten loszustürmen. Ich habe es nicht mehr mit originalgetreuen Nachbildungen zu tun, sondern mit den Originalen selbst, die aus Kreta zurückgekehrt sind und ihre Routine wiederaufgenommen haben. Unter ihnen ist auch Sotiropoulos, der mir einen schrägen Blick zuwirft, dann jedoch gleich woandershin schaut. Ein deutliches Zeichen, daß er mir meine Attacke immer noch nachträgt. Ich bin gespannt, wann er zum Angriff übergehen wird.

»Die Presseerklärungen gibt der Sprecher des Ministeriums für öffentliche Ordnung ab«, erläutere ich, während ich die Tür zu meinem Büro öffne.

»Dort waren wir schon, aber man hat uns erklärt, das sei nur eine Ausnahmeregelung aufgrund der Geiselaffäre gewesen«, ist eine Frauenstimme aus dem Hintergrund zu vernehmen. »Von heute an sollen wir uns wieder an die Allgemeine Polizeidirektion Attika wenden.«

Ich trete in mein Büro, ohne sie einzuladen, aber auch ohne die Tür hinter mir zu schließen. Auf diese indirekte Aufforderung hin stürmen alle herein, die Techniker positionieren ihre Kameras, und die Radioredakteure plazieren ihre Aufnahmegeräte auf dem Schreibtisch. Sotiropoulos setzt sich nicht wie gewöhnlich in die erste Reihe, sondern bleibt neben der Tür stehen.

»Ich habe jedenfalls Ihre Kollegen schon zweimal über die aktuellen Entwicklungen informiert.«

»Ja, wollen Sie uns auf den Arm nehmen, Kommissar?« dringt Sotiropoulos' Stimme aus dem Hintergrund. »Zuerst schicken Sie uns zum Pressesprecher des Ministeriums für öffentliche Ordnung, und nun verweisen Sie uns auf unsere eigenen Kollegen. Informieren Sie uns endlich, damit wir aus erster Hand wissen, was gespielt wird.«

»Na schön, ich sage Ihnen, was wir bis jetzt in Erfahrung gebracht haben.« Ich richte mich an diejenigen vor mir und ignoriere Sotiropoulos. »Wir haben es mit zwei Mordopfern zu tun, Stelios Ifantidis und Jerassimos Koutsouvelos. Wie Sie wohl bereits wissen, waren beide als Models in der TV-Werbung tätig. Beide waren homosexuell und wurden auf genau dieselbe Weise getötet: mit einer Kugel mitten in die Stirn. Das führt uns zu der Annahme, daß wir es mit demselben Täter zu tun haben, der seine Opfer kaltblütig exekutiert.«

»Was sagen Sie da, ein Serienkiller läuft frei herum und bringt Homosexuelle um?« fragt mich eine kleine X-Beinige, die im Winter knallrote Strümpfe und nun Lederlatschen trägt, die sonst nur englische Touristinnen in Monastiraki kaufen.

»Die ersten Hinweise deuten in diese Richtung, aber es ist noch zu früh, um sichere Schlüsse zu ziehen.«

»Was für eine Waffe hat er benutzt?« hakt ein Zeitungsredakteur nach, der immer die richtigen Fragen stellt.

»Eine Luger-Pistole aus dem Zweiten Weltkrieg, Baujahr 1942 oder 1943.«

»Und das sagen Sie erst jetzt, Kommissar?« mischt sich wieder Sotiropoulos aus dem Hintergrund ein. »Und hätten wir nicht auf einem Briefing bestanden, hätten Sie es für sich behalten!«

Ich ignoriere ihn immer noch. »Wir wollten es erst nach Vorlage des ballistischen Gutachtens bekanntgeben. Und das ist erst gestern eingegangen. Die Verzögerung ist auf die Schwierigkeiten zurückzuführen, auf die das kriminaltechnische Labor bei der Feststellung des Baujahrs traf.«

Ich werfe ihnen den Köder der Waffe zu, um möglichen unangenehmen Fragen bezüglich des Model-Mörders zuvorzukommen, da wir uns noch nicht schlüssig waren, ob wir die Nachricht vom »Mörder des Großaktionärs« an die Öffentlichkeit geben sollten. Der Trick wirkt, denn alle ziehen hochbefriedigt von dannen und beginnen, die Fensterchen auf dem Bildschirm vorzubereiten, welche die heutigen Abendnachrichten wieder einmal schmücken werden.

In der allgemeinen Konfusion rufe ich laut: »Herr Sotiropoulos!«

Auf die Anrede »Herr« reagiert er überrascht, da wir sie nie benutzen. Er nennt mich »Kommissar« ohne Herr, während ich ihn »Sotiropoulos« rufe, ebenfalls ohne Herr. »Haben Sie eine Minute Zeit?«

Ein paar Kollegen werfen uns mißtrauische Blicke zu, doch sie wagen keinen Kommentar, da Sotiropoulos als dienstältester und bekanntester unter ihnen gilt. Er kommt mit argwöhnischer Miene auf mich zu. Ich warte, bis das Büro leer ist, und meine dann: »Ich wollte Ihnen dafür danken, daß Sie sich in Ihrem Interview meiner Frau gegenüber fair verhalten haben.«

Diese Worte treffen ihn unvorbereitet, da er nicht wissen kann, daß ich den heutigen Tag zum Tag der Dankesbezeigungen erklärt habe. »Wenn Sie von Anfang an Vertrauen zu mir gehabt hätten, dann wären wir auch dem ersten Interview zuvorgekommen«, entgegnet er, nun etwas lockerer.

»Verstehen Sie meine Lage, ich war vollkommen neben der Kappe.«

»Lassen wir's gut sein. Ende gut, alles gut. Wie geht es Ihrer Tochter?«

»Sie versucht, wieder auf die Beine zu kommen.«

»Richten Sie Ihrer Frau schöne Grüße aus.«

»Mach ich.«

Er geht zur Tür, und ich verbleibe mit dem Eindruck, daß unsere jahrelange Haßliebe voll und ganz wiederhergestellt ist. Vor der Tür dreht er sich noch einmal um und fragt: »Ist es sicher, daß es sich um einen Perversen handelt, der Homosexuelle umbringt? Gibt es keine andere Auffassung?«

»Was für eine andere könnte es denn Ihrer Meinung nach geben?« frage ich unschuldig.

Er zuckt mit den Achseln. »Ich weiß nicht, im Sender jedenfalls habe ich Gerüchte aufgeschnappt, irgendein Serienkiller bringe Werbemodels um.«

»Hm, beide Opfer waren homosexuell, und beide waren Models. Also ist die zweite Auffassung genauso wahrscheinlich wie die erste. Momentan haben wir weder für die eine noch für die andere genügend Indizien.«

»Jedenfalls hoffe ich, daß es bei der ersten bleibt.«

»Wieso?«

»Weil wir alle von der Fernsehwerbung leben. Wenn die zurückgehen sollte, weiß Gott allein, wie viele das ihren Job kostet.«

Ich blicke Sotiropoulos hinterher, und zum ersten Mal begreife ich, warum der Anrufer sich mir als »Mörder des Großaktionärs« vorgestellt hat. Es geht ihm nicht um die Werbesendungen. Er will den Sendern an den Kragen. Der Großaktionär der Fernsehsender ist die Werbebranche. Wenn die sich aus dem TV-Geschäft zurückzieht, gehen die Sender den Bach runter.

## 30

Das Treffen mit den Sendeleitern wurde schließlich um vier Uhr nachmittags angesetzt. Kurz nach eins ruft mich Fanis aus dem Krankenhaus an.

»Hast du heute nachmittag Zeit für ein Treffen?«

»Wann denn?«

»Die Uhrzeit ist egal. Ich bin die ganze Zeit in der Klinik. Ruf mich an, wenn du aufbrichst.«

»Ist irgendwas?«

»Nichts Bestimmtes. Ich würde mich gerne ein bißchen mit dir über Katerina unterhalten.«

»Inwiefern?«

»Das besprechen wir besser persönlich.«

Er legt auf und läßt mich im unklaren. Die Ermittlungen sind in eine Sackgasse geraten. Wir sind auf keinen grünen Zweig gekommen, haben kein zusätzliches Indiz gefunden – weder was den Mord an Ifantidis noch was den an Koutsouvelos betrifft. Wir haben alle Waffenhandlungen Athens abgeklappert und versucht festzustellen, ob noch alte Luger auf dem Markt sind, doch die Mehrzahl der Ladenbesitzer hat noch nie eine Luger zu Gesicht bekommen und verlangte nach einer Abbildung, und wer die Waffe kannte, verwies uns an Antiquitätenhändler weiter.

Der einzige Lichtblick ist eine Auflistung gestohlener Harley-Davidsons, die mir Dermitsakis ins Büro gebracht hat. Er ist im Morgengrauen aus Kreta zurückgekehrt, und seine Augen fallen ihm vor Übermüdung fast zu.

Rasch überfliege ich die Auflistung. Die gestohlenen und nicht wieder aufgefundenen Harley-Davidsons betragen gerade mal acht Stück.

»Wann kriege ich die Auflistung mit den Harley-Davidsons, die in Attika gemeldet sind?«

»Vlassopoulos hat sie bei der Verkehrspolizei bestellt.«

»Dann überprüf, in welchen Bezirken die Maschinen gestohlen wurden.«

Sein Blick belebt sich, doch nur als Ausdruck seiner Verzweiflung. »Heute?« fragt er.

»Eigentlich gestern, aber du warst nicht da.«

»Herr Kommissar, haben Sie ein Einsehen. Ich habe seit vierundzwanzig Stunden kein Auge zugetan. Ich kriege meine Beine nicht mehr hoch, und wenn, dann gehen sie mit mir in die falsche Richtung.«

Ob es heute oder morgen gemacht wird, ist ohnehin egal, sage ich mir. Die Überprüfung wird uns nicht zum Motorrad des Mörders führen. Unsere einzige Hoffnung ist, daß einer unserer Leute zufällig darüber stolpert. Aber der Mörder wird wahrscheinlich nicht so dumm sein und sein Motorrad in aller Öffentlichkeit zur Schau stellen. Irgendwo wird er es bunkern.

»Geh schlafen. Morgen fängst du dann mit der Suche an.«

Er blickt mich zögernd an, bereit, im Stehen einzunicken. »Es war ja nicht nur gestern. Die ganzen vergangenen Nächte habe ich nur zwei bis drei Stunden geschlafen«, rechtfertigt er sich.

»Na, geh schon!«

Zwischen den beiden Terminen, auf die ich warte – Gikas' Bescheid wegen des Treffens mit den Senderchefs und das Gespräch mit Fanis über Katerina – trifft Vlassopoulos mit der Auflistung der in Attika gemeldeten Harley-Davidsons ein. Es sind gerade mal drei Seiten mit den Daten der Fahrzeughalter und der Kennzeichennummern.

»Ich meine, wir sollten sie vorladen. Vielleicht bringt's ja was, und wir stoßen auf den Bodybuilder-Typ«, sagt Vlassopoulos.

»Tu das, aber du wirst dir die Zähne ausbeißen. Zu 99 % benutzt er eine gestohlene Maschine.«

»Und was machen wir dann?«

»Wir warten auf das nächste Opfer«, entgegne ich ungerührt. Zunächst glaubt er an einen Scherz, doch mein Gesicht bleibt ernst, und das irritiert ihn. »Momentan treten wir auf der Stelle«, erkläre ich. »Wir haben keinerlei Hinweis auf den Täter. Unsere einzige Hoffnung ist, daß er es noch einmal probiert und einen Fehler macht.«

Das kommt ihm logisch vor, doch unser Gespräch wird unterbrochen, da Gikas mich rufen läßt.

Sieben Personen in teuren Anzügen haben rund um den riesigen Konferenztisch Platz genommen, den Gikas so gut wie nie verwendet. Vier von ihnen unterhalten sich untereinander, zwei mit Gikas, während die siebte vor sich hin brütet. Gikas übernimmt die Vorstellungsrunde, aber sie halten es für überflüssig, dem Untergebenen in Anwesenheit des Vorgesetzten Bedeutung beizumessen, und beschränken sich auf ein kurzes Kopfnicken, ohne ihr Gespräch zu unterbrechen.

Gikas macht eine kurze Einführung, um bei der Frage zu landen, die uns unter den Nägeln brennt. »Kommissar Charitos hat im Zuge der Ermittlungen festgestellt, daß der Mörder in der Tat die beiden Werbefirmen bedroht hatte, die mit den Opfern zusammenarbeiteten. Was uns nun interessiert, ist: Hat er auch Sie, das heißt die Fernsehsender, bedroht?«

Die sieben wechseln verlegene Blicke, was bezeugt, daß er sie bedroht hat, was sie jedoch verheimlicht haben und auch jetzt keineswegs zugeben wollen. Und da auch ich nicht – um Sotiropoulos' Worte aufzugreifen – auf den Arm genommen werden will, beschließe ich, zum Angriff überzugehen.

»Was Ihnen der Herr Kriminaldirektor nicht gesagt hat, ist: Der Mörder hat mich persönlich telefonisch informiert. Also wissen wir aus erster Hand, daß er gedroht hat, weitere Personen umzubringen, falls die Werbesendungen nicht eingestellt werden. Und aus der Tatsache, daß er die Werbefirmen bedroht hat, mußten wir logischerweise schließen, daß er sich auch an die Sender gewandt hat, welche die Werbesendungen ausstrahlen.«

»Sie strahlen sie nicht nur aus, sondern sie leben davon«, greift der siebte namens Galakteros ein, der Vorsitzende des griechischen Werbefachverbandes. »Wenn herauskommt, daß dieser Serienkiller seine Opfer in der Werbebranche sucht, ist nicht nur ein ganzer Wirtschaftszweig gefährdet, sondern auch das Fernsehen.«

»Ich sehe leider keine Möglichkeit, wie wir es geheimhalten könnten«, sage ich und ignoriere den beunruhigten Blick, den mir Gikas zuwirft.

»Ausgeschlossen, daß aus unseren Reihen etwas durchsickert«, meint ein dicklicher Mann mit Glatze, dessen ganzes Outfit cremefarben ist. »Bleibt nur Ihre Behörde als Unsicherheitsfaktor.«

»Meine Herren, wir haben Sie nicht hierher geladen, um Anschuldigungen auszutauschen, sondern um zusammenzuarbeiten«, beschwichtigt Gikas. »Wir sehen uns einem Mörder gegenüber, der bereits zwei Werbemodels getötet hat und damit droht weiterzumachen. Und wir verfügen leider im Moment über kein Indiz, das zu seiner Festnahme führen könnte.«

»Dann wenden wir uns doch den praktischen Fragen zu«, ergreift Galakteros das Wort und wendet sich an die anderen. »Hat er Sie bedroht, ja oder nein?«

»Er hat uns bedroht, aber zu jenem Zeitpunkt konnten wir das unmöglich ernst nehmen«, mischt sich Delopoulos von Hellas Channel ein.

»Können Sie sich an den genauen Zeitpunkt erinnern?« frage ich.

»Eine Woche vor dem ersten Mord.«

»Sind Sie sicher, daß Sie sich nicht im Datum irren?«

»Ausgeschlossen. Er hatte uns eine Frist gesetzt.«

»In welcher Weise?« wirft Gikas ein.

»Er gab uns genau eine Woche Zeit, um die Werbesendungen einzustellen. Sonst würde er anfangen, Leute aus der Werbebranche umzubringen.«

»Hat er Ihnen das persönlich gesagt?«

»Nein, er hat mit der Werbeabteilung im Sender gesprochen, und die hat es mir weitergeleitet. Aber, ehrlich gesagt, haben wir es für einen dummen Scherz gehalten.«

Ich werfe einen Blick in die Runde. »Und wann hat er Sie angerufen?«

»Er hat am selben Tag mit allen Sendern hintereinander telefoniert. Das haben wir festgestellt, als wir uns nach dem Mord kurzgeschlossen haben.«

Gikas starrt mich sorgenvoll an. Wir denken beide dasselbe: Draußen läuft ein Serienkiller frei herum, der sowohl die Produktion als auch die Ausstrahlung von Werbesendungen unterbinden will. Wenn wir ihn nicht rechtzeitig kriegen, werden alle – von den Fernsehsendern über die Werbefachleute bis zum Premierminister – über uns herfallen. Und momentan wissen wir nur, daß der »Mörder des Großaktionärs«, wie er sich nennt, mit einer Harley unterwegs ist, die Statur eines Bodybuilders und eine Greisenstimme hat.

»Ich frage mich, ob er auch die Telemarketing-Firmen kontaktiert hat«, meint Galakteros zu Gikas.

»Kümmern Sie sich darum, Kostas. Wir brauchen ihre Adressen vom Rundfunkrat.«

»Lassen Sie nur, die Liste bekommen Sie von mir. Ich lasse sie Ihnen zukommen, sobald ich im Büro bin«, bietet Galakteros an.

»Welcher Wahnsinnige beschließt denn, die Welt von Werbefachleuten zu säubern?«

»Irgendein erfolgloser Werbefachmann wahrscheinlich«, bemerkt der cremefarben gekleidete Glatzköpfige, dessen Namen ich noch nicht herausfinden konnte.

»Renos, heutzutage gibt es keine erfolglosen Werbeleute. Alle scheffeln Geld, und zwar blindlings. Eher könnte es der Amoklauf eines Schauspielers sein, den ihr zwei Jahre lang zum Star hochgejubelt und dann wie eine heiße Kartoffel fallen gelassen habt.«

»Nicht wir lassen die Leute wie eine heiße Kartoffel fallen, sondern die Produzenten.«

»Komm schon, Renos«, mischt sich Delopoulos ins Gespräch. »Wir wissen doch alle, daß das Casting von uns in Zusammenarbeit mit den Werbefirmen gemacht wird.«

Dann bringt er ja die richtigen um, sage ich mir. Es ist tatsächlich nicht auszuschließen, daß es sich um einen rachsüchtigen Schauspieler handelt, der sich in diesem System benachteiligt fühlte. »Wie hat er sich mit Ihnen in Verbindung gesetzt?« frage ich sie. »Direkt oder über die Vermittlung?«

»Über die Zentrale, von dort hat er sich mit der Werbeabteilung verbinden lassen.«

»Hätten Sie etwas dagegen, wenn wir die in Ihren Telefonzentralen eingehenden Anrufe aufzeichnen würden, um seine Stimme festzuhalten, falls er sich noch einmal meldet?«

Sie blicken sich unentschlossen an. Ich weiß, wovor sie Angst haben: daß jemand die Drohung einem Journalisten zwitschert. Schließlich wagt sich Delopoulos aus der Deckung.

»Wir haben nichts dagegen, wenn gewährleistet bleibt, daß die Forderung des Mörders, die Werbesendungen einzustellen, unter uns bleibt.«

»Selbstverständlich«, beeilt sich Gikas zu versichern, der – wie immer – eine ruhige Kugel schieben will.

»Was den Herrn Kriminaldirektor und mich betrifft, können Sie beruhigt sein«, sage ich. »Für den Mörder können wir jedoch nicht garantieren.« Sie blicken mich verdutzt an, und ich liefere ihnen dieselbe Erklärung wie zuvor den beiden Leitern der Werbeagenturen.

»Halten Sie es für wahrscheinlich, daß der Mörder persönlich die Presse informiert?« fragt mich Galakteros.

»Nicht unbedingt. Aber wenn wir es weiterhin geheimhalten, wird es meiner Meinung nach das dritte Opfer geben, und dann wird er an die Öffentlichkeit gehen.«

»Sie müssen ihn so schnell wie möglich schnappen«, sagt Delopoulos angespannt zu Gikas.

»Wir tun alles Menschenmögliche«, entgegnet Gikas: die klassische Schlußbemerkung des Arztes den Angehörigen gegenüber, wenn es keinerlei Hoffnung auf Rettung mehr gibt.

Vlassopoulos sieht mich auf dem Flur vorübergehen und läuft mir hinterher. »Ist was dabei rausgekommen?« fragt er.

»Nichts Weltbewegendes. Alles andere wird sich zeigen. Ruf alle Radiostationen einzeln an und frag nach, ob sie ähnliche Drohanrufe wie die Werbefirmen und die Fernsehsender erhalten haben.«

»Hatte er die Fernsehsender auch angerufen?«

»Ja, bald muß er ein Call Center einrichten.«

Ich rufe Fanis an, und wir machen ein Treffen im Flocafé am Ende des Alexandras-Boulevards aus. Praktischerweise liegt es ganz in der Nähe, deshalb bin ich auch als erster da. Fünfzehn Minuten lang trinke ich schlückchenweise meinen Espresso, bis ich ihn herankommen sehe.

»Katerina geht es nicht gut«, sagt er anstelle einer Begrüßung, als wolle er mir gegenüber eine Last loswerden.

»Das sehe ich.«

»Wenn sie so weitermacht, braucht sie Unterstützung.«

»Welche Art von ›Unterstützung‹ denn?« frage ich, obwohl ich die Antwort ahne.

»Durch einen Psychologen oder Psychiater.«

Der traditionelle *pater familias* denkt: Zum Psychiater gehen die Verrückten, und meine Tochter ist doch nicht verrückt. Der Bulle denkt: Psychologen sind dazu da, Täterprofile zu erstellen, nach welchen der Schuldige in der Regel eine schwere Kindheit hatte. Obwohl der Arzt, der mir gegenübersitzt, nur Kardiologe ist, frage ich: »Meinst du nicht, wir sollten ihr Zeit lassen?«

»Bis vorgestern hätte ich dir zugestimmt. Aber gestern ist etwas vorgefallen, das mich sehr beunruhigt hat.«

»Erzähl«, ermuntere ich ihn, während ich auf glühenden Kohlen sitze.

»Wir waren ins Kino gegangen, und ich habe sie nach Hause gefahren. Im Wagen fragt sie mich dann plötzlich, ob die Gewalt, die von den Terroristen die ganze Zeit angewendet wurde, unter anderen Umständen auch von der Polizei ausgeübt würde.«

»Wie kommt sie denn darauf?« wundere ich mich.

»Das habe ich sie auch gefragt. Und sie hat mir gesagt, seit der Zeit der Geiselhaft und der Gewalt, die sie dabei jeden Tag ertragen mußte, nage eine Frage an ihr: ob nicht vielleicht auch ihr Vater zu denjenigen gehöre, die systematisch Gewalt anwenden.«

Ich sitze sprachlos da, während die Angst in mir hochkriecht. Fanis sieht meinen Gesichtsausdruck und unternimmt einen Erklärungsversuch.

»Du mußt eine Sache verstehen: Seit Jahren versucht Katerina, das negative Image der Polizei und das Bild eines Vaters, den sie über alles liebt, unter einen Hut zu bringen. Sie hat alle Bücher über die griechische Geschichte von der Metaxas-Diktatur bis zur Zeit nach dem Sturz des Obristenregimes gelesen. Sie weiß, welche Rolle die Polizei in diesen Zeiten gespielt hat, sie weiß, daß ihr Großvater Unteroffizier bei der Gendarmerie war, und ebenso weiß sie von den Gewalttaten der Gendarmerie unter der Landbevölkerung. Seit all diesen Jahren bemüht sie sich, eine Antwort zu finden.«

Meine Überraschung wächst jedoch noch weiter. »Wann hat sie das alles gelesen?«

»In Thessaloniki, während ihres Studiums. Ich weiß echt nicht, was sie besser beherrscht: die Rechtswissenschaft oder die moderne griechische Geschichte. Nun gut, irgendwann hat sie den Schluß gezogen, daß die Polizei in bewegten Zeiten tatsächlich Dreck am Stecken hatte, weil sie seit ihrer Gründung dazu verurteilt war, Gesetz und bestehende Ordnung zu stützen. Entweder seien die Dinge, die ihr zur Last gelegt würden, einseitig dargestellt, oder alles Geschriebene sei wahr, aber es gebe immer Ausnahmen, und ihr Vater sei eine solche Ausnahme. Sie hat sich mit diesen beiden Auffassungen angefreundet und es vermieden, eine eindeutige Antwort auf die Frage zu finden.«

Er macht eine Pause und gibt mir die Gelegenheit, all das hinunterzuschlucken, doch der Bissen bleibt mir im Halse stecken.

»Aber gestern abend mußte ich feststellen, daß ihr der Verdacht gekommen ist, ihr Vater könnte schließlich doch nicht die große Ausnahme sein. Du wirst verstehen, daß man nun dringend eingreifen muß, denn wenn eure Beziehung gestört wird und sie ihr Gleichgewicht verliert, wird eine Lösung des Problems äußerst schwierig.«

In meiner Verlorenheit und Panik finde ich nur eine Entgegnung: »Danke, daß du es mir gesagt hast.«

»Aber was redest du da? Sollte ich dir etwas verheimlichen, was dich unmittelbar betrifft? Ich gehöre nicht zu den Ärzten, die sich vor ihren Patienten verstecken. Ich finde es besser, wenn sie die ganze Wahrheit wissen.«

»Laß mich das erst mal verdauen, wir reden morgen weiter.«

»In Ordnung, nur schieb es nicht auf die lange Bank. Es muß bald etwas geschehen.«

Fanis fährt Katerina abholen. Mit Ausnahme der Tage, wo er Nachtdienst hat, kümmert er sich um sie und geht jeden Abend mit ihr aus. Ich jedoch kehre ins Präsidium zurück und schließe mich in mein Büro ein.

## 31

*Gewalt, die: 1. Macht, Befugnis, das Recht u. die Mittel, über jmdn. zu bestimmen, zu herrschen: die Teilung der -en in gesetzgebende, richterliche und ausführende G. 2. a) unrechtmäßiges Vorgehen, wodurch jmd. zu etw. gezwungen wird, b) [gegen jmdn., etw. rücksichtslos angewendete] physische Kraft, mit der etw. erreicht wird. 3. elementare Kraft von zwingender Wirkung: die G. des Sturms, der Wellen.*

Die Idee kam mir mitten in einer schlaflosen Nacht, als ich gerade zum Zeitvertreib das Dimitrakos-Wörterbuch durchblätterte. Seit einiger Zeit hatte ich es nicht mehr aufgeschlagen, und es schien, als hätte es seine alte Geltung für mich verloren.

Fanis' Worte vom vorangegangenen Nachmittag haben mich bis ins Mark getroffen. Richtig, das Polizeikorps ist weder die UNICEF noch ein Priesterseminar. Wenn man von der Metaxas-Diktatur bis zur deutschen Besatzung und vom Bürgerkrieg bis zur Militärjunta sämtlichen Machthabern gedient hat, dann ist man vorbelastet und gehört zur Kategorie 2.a) und b) des Lexikons, dann hat man mit Gewaltakten und Gewaltanwendung, mit Gewalthabern und Gewalttätern, mit Gewaltmaßnahmen und Gewaltstreichen zu tun.

Bis hierher könnte man uns lexikographisch mit den Terroristen gleichstellen. Doch wir gehören nicht alle in dieselbe Kategorie, es gibt Unterschiede und Abstufungen. Ein Teil meiner Kollegen ist stets auf der Seite der Machthaber, egal wer es auch sei; ein anderer Teil, die ehrbaren und gewissenhaften national Gesinnten, glauben an ihre Pflicht, egal welche; ein dritter Teil glaubt an gar nichts und bedient sich an allen Ecken und Enden; die vierte Gruppe folgt dem Prinzip »Halt den Mund und tu deine Arbeit. Nach deiner Meinung fragt man sowieso nicht!«. Gikas gehört zur ersten, ich zur vierten Kategorie.

Wie ist Katerina bloß auf die Assoziation zwischen terroristischer und polizeilicher Gewalt gekommen? Durch das Wörterbuch von Dimitrakos? Unwahrscheinlich, denn sie blättert nur selten darin. Sie zieht das Lexikon der Neugriechischen Gemeinsprache vor, das sie moderner findet. Die einzige logische Erklärung, die mir einfällt, ist: Sie hat zum ersten Mal Gewalt unverhüllt miterlebt, hat dann ihre Lektüre, von der ich gerade erst erfahren habe, damit in Verbindung gebracht und ist dann bei mir und meiner Rolle gelandet.

Mit Adriani habe ich aus mehreren Gründen darüber nie gesprochen. Erstens, weil sie auf mein Arbeitsethos und meine Integrität nichts kommen läßt. Ich habe hundertmal vergeblich versucht, ihr – und sei es nur aus Bescheidenheit – folgendes zu erklären: Wenn ein Fisch vom Kopf zu stinken beginnt, kann sein Schwanz unmöglich noch nach Meer riechen. Zweitens, weil die Gefahr besteht, daß Adriani aufgrund ihrer Überzeugung Katerina die heftigsten Vorwürfe machen könnte, da sie es wagt, die Redlichkeit ihres Vaters auch nur theoretisch anzuzweifeln. In dem Fall bräuchte Katerina nicht nur einen Psychiater, sondern gleich einen Kuraufenthalt in den Schweizer Alpen.

Folgende Idee war mir dann eben mitten in meiner schlaflosen Nacht gekommen: Katerina statt in die Schweizer Alpen in den Athener Stadtteil Nea Philadelphia zur Therapie zu schicken. Nun ist es Morgen, und ich warte auf den geeigneten Moment, um meinen Vorschlag zu unterbreiten. Die alte Gewohnheit des Morgenkaffees in familiärer Runde wurde wiederaufgenommen, doch die Stimmung ist nicht mehr dieselbe. Als Katerina in den letzten Klassen des Gymnasiums war, oder auch später, als sie aus Thessaloniki zu Besuch kam, führte sie das große Wort. Sie redete ununterbrochen über die Schule, ihr Studium und ihre Professoren, und wir lauschten ihr stumm, aber glücklich. Nun starrt Katerina wortlos in ihre Tasse, und ich sekundiere ihr in ihrem Schweigen, während Adriani als einzige krampfhaft versucht, eine gemütliche Atmosphäre zu verbreiten, was ihr alles andere als glückt.

»Kommst du mit auf eine kleine Spritztour?« frage ich Katerina plötzlich.

So einen Vorschlag hat sie nicht erwartet und blickt verlegen zu ihrer Mutter, ob die sich vielleicht meine jähe Lust auf eine morgendliche Spazierfahrt erklären könnte.

»Also, mußt du denn nicht zur Arbeit?« fragt Adriani verdattert.

»Ein, zwei Stündchen kann ich schon erübrigen.«

»Warum sagen wir nicht auch Fanis Bescheid und gehen alle zusammen am Abend aus?« bringt Adriani eine neue, blendende Idee ins Spiel.

Ich falle ihr abrupt ins Wort. »Weil ich keinen Familienausflug unternehmen will. Ich will allein mit meiner Tochter sein. Wir sind schon lange nicht mehr zu zweit unterwegs gewesen, und das vermisse ich. Ich spendiere auch einen Sahneeisbecher, ein Fruchtsorbet oder einen Saft«, sage ich augenzwinkernd.

Katerinas Miene sagt mir, daß sie wenig begeistert ist, andererseits aber die Einladung nicht abschlagen möchte. Sie erhebt sich lustlos. »Ich komme gleich, ich ziehe mich nur schnell um.«

»Du hast vielleicht komische Ideen, so ein Ausflug aus heiterem Himmel...«, kommentiert Adriani, sobald wir alleine sind. »Als wären wir in den Ferien.«

»Schon beim Aufwachen hatte ich Lust, mit meiner Tochter spazierenzufahren.«

Sie betrachtet es als überflüssig, mir zu antworten. Sie verdreht nur die Augen. Nach kurzer Zeit kommt Katerina, bekleidet mit einer dünnen Bluse, Jeans und Sandalen. Beim Aufbruch drückt Adriani ihrer Tochter einen Kuß auf die Wange, während sie mich ignoriert.

»Wohin fahren wir?« fragt sie, als ich den Mirafiori starte.

»Ich dachte an Nea Philadelphia.«

»Heute machst du mich wirklich sprachlos«, meint sie. »Wie kommst du denn auf Nea Philadelphia? Was ist mit Kifissia, Malakassa, Ajios Merkourios?«

»Bei Kanakis gibt's das beste Sahneeis.«

Sie gibt mir einen zärtlichen Kuß – den ersten, seit sie in ihr normales Leben zurückgekehrt ist. »Obwohl ich so viele Jahre in Thessaloniki war, erinnerst du dich immer noch an meine Schwächen.«

Das stimmt zwar nicht, ich suchte einfach nur nach einer Ausrede, aber das Lächeln lasse ich mir trotzdem gerne gefallen. »Wie lange ist es her, daß ich dich zum letzten Mal lächeln gesehen habe? Ich hatte es fast schon vergessen«, scherze ich.

»Ich bin noch nicht im reinen damit«, meint sie, wieder ernst.

»Womit bist du noch nicht im reinen?«

»Mit der Erfahrung, die ich gemacht habe, und auch nicht mit mir selbst«, entgegnet sie, ohne ins Detail zu gehen, und ich dränge sie auch nicht dazu.

Ich fahre den Vassileos-Konstantinou-Boulevard hinunter und beim Zappion-Palais auf den Amalias-Boulevard. Katerina hat keine Lust zum Quatschen und läßt ihren Blick durch die Windschutzscheibe über die Straße schweifen. Obwohl es schon halb zehn ist, läuft der Verkehr immer noch zähflüssig. Es gelingt uns, die Panepistimiou-Straße störungsfrei entlangzufahren, doch auf dem Omonia-Platz stecken wir plötzlich mitten im Stau.

»Es ist lange her, daß ich morgens im Zentrum war«, bricht Katerina ihr Schweigen. »Sieht es immer so aus?«

»Es ist immer dasselbe, seit zwanzig Jahren, nur im August und September 2004 war's anders.«

»Wegen der Olympiade?«

»Genau. Da hatte es zwei Monate lang den Anschein, als hätte die Geburtsstunde eines neuen Griechenland geschlagen. Dann war alles wieder beim alten.«

Wir fahren den Dekelias-Boulevard hoch und gelangen zu dem kleinen Platz, wo die Konditorei Kanakis liegt. Ein Stückchen weiter finde ich einen Parkplatz, und wir suchen uns ein Tischchen unter einem Sonnenschirm. Katerina bestellt zwei Kugeln Sahneeis und ich ein Erdbeersorbet.

Beim ersten Löffel findet das Eis ihre volle Zustimmung. »Doch keine schlechte Idee, hierherzukommen.«

»Ich habe dich nicht nur zum Eisessen hierhergebracht, sondern auch, weil nicht weit von hier ein Freund von mir wohnt, den du kennenlernen solltest.«

Sie blickt mich neugierig an. »War denn diese ganze Inszenierung nötig, um mir einen deiner Freunde vorzustellen?«

»Diesen Freund kennt sonst keiner. Weder deine Mutter noch meine Kollegen noch meine anderen Bekannten. Du bist die erste, die ihn kennenlernt.«

»Wie heißt er?«

»Lambros Sissis.«

»Der Name sagt mir nichts.«

»Warum auch? Ihn kennen noch weniger Leute als mich. Mein Name taucht wenigstens ab und zu in einer Nachrichtenmeldung auf, seiner aber nirgends.«

»Und warum soll ich ihn kennenlernen?«

»Wenn du ihn triffst, wirst du es verstehen.«

Sie ringt ihre Neugier nieder und konzentriert sich auf ihren Eisbecher. Nach dem Zahlen warte ich, bis sie fertig ist. Ich habe es nicht eilig, denn ich bin mir sicher, daß ich Sissis um diese Tageszeit zu Hause antreffen werde. Sobald wir am Nea-Philadelphia-Park vorbeigefahren sind, biege ich nach links ab. Ich lasse den Mirafiori in der Quergasse stehen und trete in die Ekavis-Gasse. Katerina folgt mir wortlos.

Vom Vorgarten aus sehe ich Sissis in einem Strohsessel

sitzen und seinen Kaffee trinken. Die Zementplatten im Hof sind noch feucht, da er gerade gegossen hat. Wenn ich alleine komme, tut er normalerweise so, als sähe er mich nicht, und wartet, bis ich ihn anspreche. So als wären wir böse aufeinander und als erwartete er von mir den ersten Schritt zur Versöhnung. Doch nun erblickt er Katerina und reagiert überrascht. Er läßt seinen Kaffee stehen und erhebt sich, als wir die Treppe hochsteigen, die zu seiner kleinen Veranda führt.

»Ich möchte dir meine Tochter Katerina vorstellen«, sage ich und wende mich an sie. »Das ist Lambros Sissis, von dem ich dir erzählt habe.«

Katerina ist in keiner Weise anzumerken, daß sie die Tochter eines Bullen ist. Weder an der Wahl ihres Studiums noch an ihrer Sprechweise, noch an ihrer Kleidung. Das einzige Anzeichen, daß sie mit einem Bullen verwandt ist, ist ihr Gruß. Sie streckt die Hand aus und gleichzeitig beugt sie leicht den Kopf, wie es Uniformierte tun, die jemanden per Handschlag begrüßen, der mehr Tressen trägt als sie selbst. So begrüßt sie nun auch Sissis.

»Katerina hat eine schwere Zeit hinter sich«, sage ich und will ihm schon Näheres erläutern, als er mich unterbricht.

»Ich weiß. Meinst du, ich habe keinen Fernseher? Von allen Genossen ist er mir als einziger geblieben, und ich verfolge jede Sendung.«

»Ich möchte, daß du mit Katerina redest.«

»Was soll ich ihr sagen?«

»Ich weiß nicht. Katerina hat Gewalt aus nächster Nähe erlebt und steht immer noch unter Schock. Wenn sie dir von ihren Erlebnissen erzählt, wirst du die richtigen Worte finden. Die könnte ich ihr zwar auch sagen, aber ich glaube, daß du bessere findest.«

Stumm nimmt er meine Worte zur Kenntnis, während der Blick Katerinas auf ihn gerichtet ist, die unserem Gespräch folgt und versucht, unser Verhältnis abzuwägen. »Ich mache einen Spaziergang im Park«, sage ich zu Katerina. »Ruf mich auf dem Handy an, wenn ihr fertig seid.« Dann bleibe ich mitten auf der Treppe stehen. »Schlag es nicht aus, wenn er dir einen Kaffee anbietet. Er macht den besten in ganz Athen.«

Das Lob nimmt er gleichmütig entgegen, doch ich weiß, daß es ihn freut. Außerdem habe ich auch nicht geschwindelt. In der Tat macht er den besten Kaffee in ganz Athen.

Als ich aus der kleinen Ekavis-Gasse trete, frage ich mich, ob es ein Fehler war, Katerina Sissis vorzustellen. Wenn Adriani oder einer meiner Kollegen hört, daß ich meine Tochter einem Kommunisten alten Schlags zur Psychotherapie anvertraue, werden sie mich für krank erklären. Doch ich bin, sowohl beruflich als auch privat, immer dem Prinzip gefolgt, daß man sich eigenständig – und sei es auch fünf vor zwölf – beim Schopf aus dem Sumpf herausziehen muß. Nun sind all die Überlegungen ohnehin überflüssig, sage ich mir, denn ich kann das Treffen nicht mehr rückgängig machen.

Im Park drehe ich unter den Bäumen eine Runde. Mir kommt der Gedanke, mich in ein Café zu setzen, aber die Unruhe, die ich spüre, erlaubt es mir nicht, länger als fünf Minuten sitzen zu bleiben. Daher verlege ich mich besser aufs Spazierengehen.

Ich habe einige Indikatoren für die Begegnung zwischen

Sissis und Katerina ausgemacht. Wenn sie mich, sagen wir, nach zehn Minuten anruft, dann hat sie nach Sissis' ersten Verbalattacken die Flucht ergriffen. Wenn das Treffen eine halbe Stunde dauert, dann haben sie die Form gewahrt. Mehr als eine halbe Stunde bedeutet, daß sie ein tiefergehendes Gespräch führen, und alles darüber hinaus hängt vom Vertrauen ab, das sie zueinander fassen.

Nach zwei Stunden meldet sie sich, während ich nun doch einen mittelstarken Mokka trinke, da meine Fußsohlen Blasen vom vielen Spazierengehen bekommen haben. Sie wartet vor dem Mirafiori auf mich. Ich sage nichts und frage auch nicht, wie das Gespräch gelaufen ist oder welchen Eindruck sie von Sissis hat. Ich setze bloß den Fuß aufs Gaspedal und fahre los.

»Hast du Zeit für noch einen Kaffee?« fragt sie.

»Mhm.«

Wir landen wieder bei Kanakis, doch diesmal bestellt sie einen Cappuccino freddo, während ich mit einem süßen Mokka dort fortfahre, wo ich im letzten Kafenion unterbrochen wurde.

»Wie hast du Sissis kennengelernt?« fragt sie, als wir alleine sind.

»Das ist eine lange Geschichte. Was hat er dir erzählt?«

»Daß ich mich von den Bildern, die sich mir eingeprägt haben, nicht fertigmachen lassen soll. Und daß der beste Weg, mit Gewalt umzugehen, der ist, sie als Krankheit zu betrachten. Als würde man bei Schmerzen sagen: Es ist nur eine vorübergehende Krankheit, der man gefaßt begegnen kann.« Sie hält kurz inne und denkt nach. »Aber es war nicht so sehr, was er gesagt hat, sondern wie er es gesagt hat.«

»Wie hat er es denn gesagt?«

»Er meinte, ich sollte mich in die Arbeit stürzen, das sei die beste Medizin. ›Immer wenn sie mich abholten‹, erzählte er, ›habe ich dafür gesorgt, daß ich etwas Kleines und Scharfes dabeihatte, eine Nadel, eine Büroklammer oder, noch besser, einen Glassplitter. Sobald man mich in Isolationshaft sperrte, habe ich ein Mauerstück markiert und begonnen, den Verputz herunterzukratzen. Das war meine tägliche Arbeit, mit feststehender Arbeitszeit und Mittagspause.‹ Als ich ihn fragte, warum er das getan hätte, antwortete er: ›Um mich der Selbsttäuschung hinzugeben, daß ich die Grundfesten des Systems untergrabe.‹« Sie macht eine Pause und fügt dann hinzu: »Er hat mir aber noch etwas gesagt. Er habe, um mit seinen Alpträumen umzugehen, die Gewalt in vier Kapitel eingeteilt: die Gewalt unter dem Metaxas-Regime, die Gewalt im Hauptquartier der ss in der Merlin-Straße, die Gewalt im Deportationslager Ai-Stratis und die Gewalt im Junta-Gefängnis der Bouboulinas-Straße.«

»Hat er dir auch erzählt, daß wir uns im vierten Kapitel kennengelernt haben? In der Bouboulinas-Straße?«

»Nein. Er hat nichts darüber gesagt. Er hat mir vielmehr den Eindruck vermittelt, daß er dich schon sehr lange kennt.«

In meinem tiefsten Innern hatte ich die Hoffnung, er würde ein gutes Wort für mich einlegen. Nun erzähle ich ihr, wie wir uns kennenlernten, als man ihn in der Bouboulinas-Straße folterte und er den Mund nicht aufmachte. Daß ich ihn in den Nächten, in denen ich Wache im Gefängnis schob, herausließ, ihm eine Zigarette gab und ihn zur Heizung ließ, damit er seine Kleider trocknen konnte, weil man ihn stundenlang in ein Faß mit eiskaltem Wasser gezwungen hatte.

»Davon hat er nichts erwähnt?«

»Kein Wort. Er hat von dir erzählt, als wärt ihr alte Jugendfreunde.«

Man kann ihm die Geheimniskrämerei der Illegalität nicht mehr austreiben, sage ich mir.

»Fanis hat mit dir gesprochen, was?«

»Ja. Er hat mich gebeten, dir nichts davon zu sagen, und daran habe ich mich auch gehalten. Du hast es allein herausgefunden.«

»Mein Zustand hat ihn erschreckt«, sagt sie schuldbewußt.

»Er ist noch mehr erschrocken, als er sah, daß du anfingst, an mir zu zweifeln.«

Sie blickt mich überrascht an, und dann höre ich Katerinas altes, sorgloses Lachen. »Wie kommt er denn darauf! Niemals habe ich an dir gezweifelt. Ich habe mich nur in einem Gespräch gefragt, was dich dazu gebracht hat, einen so gewalttätigen Beruf zu wählen.«

»Ich hab ihn mir nicht ausgesucht. Zu meiner Zeit hat man den Broterwerb selten selbst gewählt. Man hat einfach den nächstliegenden Beruf ergriffen. Mein Vater war Unteroffizier bei der Gendarmerie. Er hatte nicht die Mittel, mich auf die Universität oder auf das Polytechnikum zu schicken. Die einzige Möglichkeit war die Polizeischule. Sonst hätte ich im Dorf bleiben und mein Leben lang Felder umpflügen müssen.«

»Und warum hast du Mama nichts von Sissis erzählt?«

»Deine Mama liest in mir wie in einem offenen Buch. Wir reden über alles, wir wissen alles voneinander. Irgendwann wollte ich etwas nur für mich allein haben, das sonst keiner kennt.« Blödsinn, sage ich mir, ich bin auch nicht anders als Sissis. Auch ich nehme zu verschwörerischer Geheimniskrämerei Zuflucht. Das liegt unserer Generation wohl im Blut. »Du kannst ihn besuchen, wann immer du willst.«

»Das mache ich auch ohne deine Erlaubnis«, meint sie spitzbübisch. »Ich habe seine Telefonnummer.« Nach kurzem Zögern fragt sie mich: »Kann ich auch Fanis mitbringen? Er hat mir doch, ohne es zu wollen, die Tür zu ihm geöffnet.«

»Ja, aber sag Sissis vorher Bescheid. Er hat so seine Ticks, und wenn du Fanis ohne Vorwarnung mitbringst, kann es sein, daß ihm das gar nicht in den Kram paßt.«

Sie blickt mich einen Augenblick an, dann fragt sie mich völlig unvermittelt: »Kann ich dich was fragen, Papa? Hast du Mama je betrogen?«

»Nie«, entgegne ich, ohne nachzudenken. »Ob das nun aus Liebe war oder aus griechisch-orthodoxer Bürgerlichkeit, kann ich dir nicht sagen.«

Sie hakt sich bei mir unter und sagt lachend: »Und dennoch betrügst du sie, ohne dir dessen bewußt zu sein, seit dem Tag, als man Sissis in die Bouboulinas-Straße brachte.«

## 32

Das Handy klingelt genau in dem Moment, als ich auf dem Weg in mein Büro vor dem Fahrstuhl stehe.

»Wo sind Sie, Herr Kommissar?« fragt mich Vlassopoulos' Stimme.

»Unten, ich warte auf den Fahrstuhl.«

»Kommen Sie nicht hoch. Ein Einsatzwagen holt Sie gleich ab. Wir haben noch ein Opfer, ein prominentes diesmal.«

»Wer ist es?«

»Die Journalistin Chara Jannakaki.«

»Wo wurde die Leiche gefunden?«

»In der Messojion-Straße, von einem Dutzend Autos und zwanzig Fußgängern gleichzeitig. Man hat sie in ihrem Wagen umgebracht. Erzähle ich Ihnen alles gleich persönlich.«

Soll er ruhig, nur irgend etwas paßt mir hier nicht ins Bild. Zunächst einmal ist Chara Jannakaki Journalistin. Sie moderiert eine von jenen Dudelfunk-Sendungen, die ganz Griechenland zwischen sieben und zehn Uhr morgens hört. Was hat sie mit der Werbebranche zu tun? Zweitens erinnert eine Erschießung im fahrenden Wagen, während das Opfer am Steuer sitzt, an Mafiosi oder an die Terroristen des »17. November«, nicht aber an den »Mörder des Großaktionärs«. Ich finde, daß mein Gedankengang Hand und Fuß hat, doch Vlassopoulos ist anderer Ansicht.

»Sie hören nicht viel Radio, Herr Kommissar.«

»Doch, aber nicht notwendigerweise Chara Jannakaki.«

»Sonst wüßten Sie, daß sie in ihrer Sendung selbst für Produkte wirbt.« Und um es mir zu veranschaulichen, ahmt er sie nach. »Am vergangenen Wochenende waren wir im Resort ›Loulis Hotel and Apartments‹ in Parga. Dabei handelt es sich um eine Hotelanlage der gehobenen Luxusklasse, mit traumhaft schönen Zimmern direkt am Meer und dennoch erschwinglichen Preisen: hundertfünfzig Euro das Doppelzimmer und zweihundertfünfzig die Apartments. Zudem verfügt die Hotelanlage über zwei Restaurants, wobei das eine herrliche Meeresfrüchte serviert, während das andere Köstliches vom Grill bietet. Was den Dachgarten betrifft, halte ich mich mit Kommentaren zurück, denn Sie werden begeistert sein. Falls Sie interessiert sind, hier die Telefonnummern.« Er hält inne und nimmt wieder seinen natürlichen Sprechstil an, der mir wesentlich lieber ist. »Ist das Ihrer Meinung nach keine Werbung?«

»In Ordnung, du hast gewonnen. Aber der Mord paßt einfach nicht ins Bild.«

»Zugegeben, aber hier haben wir es mit einer bekannten Journalistin zu tun. Der konnte er sich nicht so einfach nähern wie den Schwulen.«

»Der entscheidende Punkt ist die Tatwaffe. Wenn es dieselbe ist, dann gibt es tatsächlich ein drittes Opfer. Wenn es eine andere ist, haben wir einen zweiten Klotz am Bein.«

Darauf hat er keine Einwände. Der Mord ist auf der Höhe der Münzanstalt passiert. Die Verkehrspolizei hat die Querstraße vom Arkat-Palais bis zur Zoodochou-Pijis-Straße gesperrt und die Messojion-Straße in einen Zustand versetzt, der an die Zeit vor der Olympiade erinnert. Die Wagenlenker versuchen auf die Messojion-Straße auszuweichen, wobei jeder einen kleinen Halt am Ort des Verbrechens einlegt, um das Schauspiel zu genießen. Diese Anhäufungen von kleinen Zwischenstopps haben den Stau auf Kilometerlänge anwachsen lassen. Unser Fahrer stellt die Sirene an, um die Straße freizukriegen, doch nirgends tut sich eine Lücke auf, und er ist gezwungen, über die Parallelstraße zur Messojion zu gelangen. Die Lage ist hier zwar auch nicht besser, aber wenigstens wird hier auf die Sirene reagiert.

Die abschüssige Straße ist von vier Einsatzwagen blokkiert. Auf dem gegenüberliegenden Bürgersteig drängt sich eine riesige Menschenmenge, die glotzt und tratscht, während alle, die sich keinen Platz an vorderster Front sichern konnten, hochhüpfen und dabei ihren Vorderleuten zurufen: »Geht doch ein wenig zur Seite, damit wir auch was sehen können!«

Die Jannakaki fuhr einen silbergrauen Smart. Als die Kugel des Mörders sie traf, verlor sie die Herrschaft über ihr Fahrzeug, der Smart fuhr auf den Gehsteig und krachte in die Hauswand der Münzanstalt. Ein Stück entfernt steht ein Daihatsu Jeep, dessen Heckscheibe zertrümmert und dessen Kofferraum zusammengequetscht wurde. Offenbar ist der Smart zuerst auf ihn geprallt und erst danach an der Hauswand zerschellt.

Jannakakis Kopf liegt auf dem Steuer, und sie blickt in Richtung der Gartenanlage, welche die Münzanstalt umgibt. Die Schußwunde liegt auf der Seite, die dem Steuer zugewandt ist, ich kann sie folglich nicht sehen. Aber das kratzt mich wenig, da ich ohnehin nicht sagen könnte, ob sie von einer Luger-Pistole stammt oder nicht.

»Ich habe die beiden involvierten Fahrer hierbehalten«, sagt der Hauptwachtmeister aus dem Einsatzwagen zu mir. »Und eine Passantin, die den Mord gesehen hat und gleich an Ort und Stelle aussagen wollte.«

Der erste ist der Fahrer des Daihatsu, Mitte Zwanzig mit kurzgeschorenem Haar, T-Shirt, Jeans, Goldkettchen um den Hals und einer Brille, die er bis zur Schädelmitte hochgeschoben hat, um sich keinen Sonnenstich zu holen.

»Schau dir das bloß an! Totalschaden!« ruft er empört, als ich auf ihn zutrete.

»Bist du vor ihr gefahren?« frage ich.

»Jetzt sag mal, wollt ihr mich wahnsinnig machen?« schreit er außer sich, weil ich Offensichtliches wissen will. »Wäre mir das passiert, wenn ich nicht direkt vor ihr gefahren wäre, verdammt noch mal?«

Ohne ein Wort packe ich ihn am Arm und führe ihn zu Jannakakis Wagen. »Schau gut hin« sage ich. »Das ist die Journalistin Chara Jannakaki. Sie wurde mit einem Schuß in die Schläfe getötet, und du bist Augenzeuge, wenn du's noch nicht geschnallt hast. Entweder sagst du, was du gesehen hast, oder ich nehme dich gleich mit aufs Präsidium und lasse deine Karre abschleppen.«

Er reißt sich zusammen und versucht, sein Verhalten auszubügeln. »Es tut mir ja auch leid, daß man sie umgebracht hat. Ich fand sie toll, ihre Sendungen hab ich immer gehört.« Mit einem Schlag erinnert er sich wieder an sein eigenes Leid, und da bricht es aus ihm heraus: »Aber mußte gerade ich vor ihr herfahren, verdammt und zugenäht?

Konnte sie nicht eine dieser Rostlauben über den Haufen fahren, die noch nicht einmal einen Katalysator haben? Meiner hatte gerade mal zweitausend Kilometer drauf!«

»Hast du den Schützen gesehen?«

»Ich hab im Rückspiegel jemanden auf einer riesigen Maschine gesehen, der sich zwischen den Fahrspuren hindurchgeschlängelt hat. Der wird noch dran glauben müssen, habe ich mir gesagt. Nur, daß dann sie dran glauben mußte.«

»Hast du den Mord gesehen?«

»Gesehen hab ich nichts. Plötzlich habe ich zwei Schüsse gehört und einen mächtigen Aufprall gespürt. Zum Glück war ich angeschnallt. Dann habe ich gesehen, wie das Motorrad an mir vorübersauste.«

»Hast du mitgekriegt, auf welchem Weg er davonfuhr?«

»Nein, inzwischen war ja der Unfall passiert, und daher hatte ich andere Sorgen.«

Die Frage nach dem Fluchtweg des Täters beantwortet uns der Fahrer, der sich auf der linken Fahrspur befand. »Er tauchte plötzlich aus dem Nichts zwischen mir und dem Smart auf der Mittelspur auf. Ein paar Meter fuhren wir parallel, dann hat er sich dem Smart genähert. Ich hörte Schüsse, und der Smart scherte aus der Fahrspur aus. Er gab Gas, fuhr daran vorbei und bog in die erste Straße rechts ein.«

»In die Parnassidos-Straße«, meint ein Beamter aus dem Streifenwagen, der offensichtlich aus der Gegend stammt. »Vermutlich ist er die Lefkosias-Straße hochgefahren, dann in die Sarandaporou-Straße eingebogen und auf Nimmerwiedersehen verschwunden.«

»Was für eine Statur hatte er?«

»Ein Kleiderschrank, viel zu groß für sein Motorrad, und noch dazu im Hochsommer ganz in Schwarz gekleidet.«

»Trug er einen Helm?«

»Aber, Herr Kommissar, wer sollte so blöd sein, jemanden umzubringen, ohne einen Helm aufzusetzen?« fragt der Fahrer des Ford Escort ärgerlich.

Nein, keiner. Der Blöde bin ich, weil ich eine solche Frage stelle, aber man weiß nie, wozu es gut ist. »Haben Sie darauf geachtet, was für ein Motorrad er fuhr?«

»Ja, eine Harley-Davidson.«

Ich weise die Einsatzwagen an, in der Umgebung danach zu suchen. Höchstwahrscheinlich hat er sie irgendwo stehen lassen, weil er nicht riskieren will, sie jetzt noch einmal zu benutzen, wo hundert Augenpaare sie gesehen haben.

Ich gehe auf Stavropoulos zu, der in der Zwischenzeit eingetroffen ist und sich mit der Leiche befaßt. Er hat Jannakakis Kopf vom Steuer hochgehoben, und einer seiner Assistenten hält die Leiche fest, während er die Wunde untersucht. Er wendet sich um und wirft mir einen schrägen Blick zu. »Die ganze Welt ist ein einziges Bagdad«, bemerkt er.

»Gut, und weiter?«

Er zuckt mit den Achseln. »Auf den ersten Blick sieht die Wunde genauso aus wie bei den anderen, aber das heißt nicht zwingend, daß es sich um dieselbe Pistole handelt. Alle 9-mm-Patronen verursachen ähnliche Schußwunden, die zum sofortigen Tod führen.«

»Er muß jedenfalls ein beherzter Schütze sein«, bemerkt Vlassopoulos.

»Woraus schließt du das?«

»Er hat sie im Fahren getötet, Herr Kommissar. Er hat nicht auf Rot gewartet.«

»Um in der ausbrechenden Panik um so leichter entkommen zu können.«

»Ja schon, aber das erfordert Entschlossenheit.«

Auf dem Bürgersteig erwartet mich eine Fünfzigjährige, einfach gekleidet und ungeschminkt. Man stellt sie mir als Augenzeugin vor, die den ganzen Mord beobachtet hat.

»Ich war in die Kirche gegangen, um eine Kerze anzuzünden«, meint sie und deutet auf die Pentikosti-Kirche ein Stück weiter. »Ich bin zu Fuß hingegangen, und alles ist genau vor meinen Augen passiert. Er kam von hinten herangebraust, fuhr in die Mitte der Straße, näherte sich dem Wagen und beugte sich hinüber, als wollte er mit der Fahrerin sprechen. Im selben Augenblick zog er eine Pistole aus der Jackentasche und schoß zweimal, während er mit der Linken den Lenker des Motorrads festhielt. Danach hat er die Pistole wieder eingesteckt, Gas gegeben und ist nach rechts davongebraust.«

Im Grunde hat sie dasselbe gesehen wie der Fahrer des Ford Escort, nur aus einem anderen Blickwinkel. »Möchten Sie noch etwas hinzufügen?« frage ich höflich.

»Ja, mir ist da noch etwas aufgefallen.«

»Was denn?«

»Die Pistole«, antwortet sie, ohne zu zögern. »Es war eine Pistole mit einem langen und schmalen Lauf. Wissen Sie, eine von denen, die man zuweilen in alten Kriegsfilmen sieht.«

Das war's, Vlassopoulos hat gewonnen. Es handelt sich

um das dritte Opfer desselben Mörders. Stavropoulos ist fertig, und die Träger transportieren die Jannakaki, bedeckt mit einem Laken, in den Krankenwagen. In der Zwischenzeit hat das Schauspiel an Spannung verloren, und die Anzahl der Leute auf dem gegenüberliegenden Bürgersteig hat abgenommen.

Ein Streifenwagen kommt herangefahren und bleibt am Gehsteig neben mir stehen. »Wir haben das Motorrad gefunden, Herr Kommissar«, verkündet der Beifahrer.

»Wo?«

»Nicht weit von hier. An der Ecke Sarandaporou- und Souliou-Straße.«

Ich steige in den Einsatzwagen, zusammen mit Vlassopoulos. Wir fahren die Lefkosias-Straße hoch und biegen rechts in die Sarandaporou ein. Etwa dreihundert Meter weiter, in Richtung Ajia Paraskevi, bleibt der Streifenwagen vor dem Beamten stehen, der die Harley-Davidson bewacht.

»Wir haben das Nummernschild überprüft«, meint der Hauptwachtmeister. »Sie ist als gestohlen gemeldet.«

»Und er war mit dem Nummernschild unterwegs?« wundert sich ein Polizeibeamter. »Hat er keine Angst gehabt, von einem Verkehrspolizisten angehalten zu werden?«

»Er war nicht mit der ursprünglichen Nummer unterwegs«, kläre ich ihn auf. »Er hat ein gefälschtes Nummernschild angebracht. Das ursprüngliche hat er abmontiert und eingesteckt. Informiert die Spurensicherung, damit sie die Maschine ins Labor holen«, sage ich zu Vlassopoulos. »Obwohl ich sicher bin, daß er vorgesorgt hat und wir nichts finden werden.«

Wir setzen uns wieder in den Streifenwagen, um zum Ort

des Verbrechens zurückzukehren. »Meinen Sie, diese Jannakaki verkehrte in schlechten Kreisen?« fragt mich der Hauptwachtmeister.

»In der Werbebranche verkehrte sie«, entgegne ich. »Das hat sie den Kopf gekostet.«

Ein großes Fragezeichen macht sich auf seinen Zügen breit. Meine Ahnung sagt mir, daß dieses Fragezeichen sich bald in ein Ausrufezeichen verwandeln wird.

## 33

Da das Treffen zwischen Katerina und Sissis viel besser als erwartet gelaufen war, beschloß ich, Adriani zuliebe am Abend alle zum Essen einzuladen. Nun sitzen wir in einer kleinen Taverne in Kessariani, genau hinter der Kirche, und verspeisen Muscheln, marinierte Sardinen und gebratenen Meerschaumfisch mit gemischtem Salat. Heute ist der erste wirklich heiße Sommerabend, und selbst hier in Kessariani, wo stets eine gewisse Kühlung durch den nahe gelegenen Berg gewährleistet ist, fühlt man in der Schwüle die Kleidung am Körper kleben.

Katerina ist zum ersten Mal wieder gut gelaunt. Sie plaudert, und hin und wieder bricht ihr altes, herzliches Lachen hervor. Fanis wirft mir quer über den Tisch Blicke zu und lächelt befriedigt. Offenbar hat Katerina ihm bereits von ihrer morgendlichen Spazierfahrt berichtet. Was mich betrifft, so habe ich das Gefühl, zum ersten Mal in meinem Leben vorbeugend und nicht nachträglich gehandelt zu haben. Die einzige, die nichts von alledem mitkriegt, ist Adriani. Aber das hindert sie nicht daran, aufgrund der sichtlichen Veränderung ihrer Tochter überglücklich zu sein. Ihre Freude ist so groß, daß sie sogar ihre Prinzipien sausen läßt und vergißt, sich über das Essen zu beschweren, was sie sonst immer tut – egal in welchem Restaurant oder in welcher Taverne wir zu Gast sind, um sich als Köchin selber zu bestätigen.

Mein Handy klingelt, als der Kellner eine Fischplatte mit Meerbarben – meinem Lieblingsfisch – auf den Tisch stellt, und meine böse Vorahnung bestätigt sich leider sogleich.

»Kommen Sie sofort in mein Büro«, höre ich Gikas' Stimme am anderen Ende.

»Gibt's noch ein Opfer?« frage ich erschrocken, obwohl ich wissen müßte, daß er mich bei einem neuerlichen Opfer nicht in sein Büro bestellen würde.

»Nein, es gibt ein Schreiben.«

Ich kann meine Neugier nicht zügeln. »Wohin hat er es geschickt?«

»Das sage ich Ihnen persönlich«, entgegnet er unbestimmt und legt auf.

»Laß meine Portion Meerbarben in Alufolie einpacken, ich esse sie zu Hause«, sage ich zu Adriani beim Aufstehen.

»Gehst du?« fragt sie überrascht.

»Der Chef war dran, es ist dringend.«

»Warum denn so fleißig? Innerhalb einer Woche will er alle ungelösten Fälle aufklären?«

»Das hat nichts mit Fleiß zu tun. Er steckt in einer fürchterlichen Zwickmühle.« Ich möchte keine weiteren Erläuterungen abgeben, und da wir mit Fanis' Wagen gekommen sind, bin ich schon dabei, ein Taxi zu rufen.

»Laß nur, ich fahr dich schnell hin«, meint er und steht auf.

»Sollen wir auf dich warten?« fragt mich Adriani.

»Kann ich noch nicht sagen. Ruf mich auf dem Handy an, wenn ihr aufbrecht.«

»Mich jedenfalls werdet ihr nicht so schnell los«, scherzt Fanis.

Wir brauchen gerade mal eine Viertelstunde zum Präsidium auf dem Alexandras-Boulevard. Ich nehme den Fahrstuhl in die fünfte Etage und durchquere das leere Vorzimmer. Koula muß schon vor längerer Zeit gegangen sein. Gikas sitzt an seinem Schreibtisch, in Gesellschaft eines Fünfzigjährigen mit ziegelrotem Hemd und weißer, zerknitterter Hose. Seine nackten Füße stecken in Mokassins.

»Darf ich Ihnen Herrn Timos Petrochilos vorstellen«, meint Gikas, ohne Zeit zu verlieren. »Herr Petrochilos ist Chefredakteur der Zeitung Politia. Dorthin wurde das Schreiben geschickt.«

»Ist es direkt an Sie geschickt worden oder hat man Ihnen gesagt, wo Sie es holen sollten?« frage ich ihn.

»Wir wurden verständigt, es sei in der unserer Redaktion gegenüberliegenden Telefonzelle hinterlegt.«

»Hat man Sie persönlich verständigt oder über die Telefonzentrale?«

»Über die Zentrale, die mich dann benachrichtigt hat.«

»Erinnern Sie sich an die Uhrzeit?«

»So gegen acht. Rechnen Sie noch etwa eine Stunde dazu, so lange habe ich darüber nachgedacht, wie ich vorgehen sollte.«

»Hier bitte«, sagt Gikas und reicht mir ein vor ihm liegendes Blatt Papier.

Es ist ein Schreiben auf weißem, liniertem Papier, wie es früher für Berichte oder Anträge verwendet wurde. Und es ist mit der Hand verfaßt, wie man früher Anträge verfaßte: links der Empfänger und rechts der Text. Die Schrift wirkt schülerhaft, offensichtlich hat sich der Verfasser Mühe gegeben, deutlich und leserlich zu schreiben.

*»Herr Chefredakteur!*

*Scheinbar stoße ich auf taube Ohren. Vor zwei Wochen habe ich die Werbefirmen, die Fernseh- und die Radiosender davor gewarnt, mit den Werbespots weiterzumachen. Sonst würde ich nach und nach alle umbringen, die mit der Werbebranche zu tun haben. Ich habe sogar angeregt, meine Drohung öffentlich zu machen, als Grund und Rechtfertigung dafür, daß die Werbesendungen eingestellt werden müßten. Aber auch, damit die Leute merken, daß einige es nicht mehr hinnehmen, sieben Tage in der Woche und vierundzwanzig Stunden am Tag diesen Müll vorgesetzt zu bekommen. Um zu beweisen, daß ich nicht scherze, habe ich einen dieser Halunken umgebracht, die in Fernsehwerbespots mitspielen. Die Werbeleute und die Sender taten, als ob nichts gewesen wäre. Dann habe ich einen zweiten Halunken getötet und meine Drohung wiederholt. Und wiederum haben sie sich taub gestellt. Heute habe ich die Journalistin Chara Jannakaki getötet, die ihre Sendung mit Schleichwerbung vergiftet. Nun schicke ich Ihnen dieses Schreiben und fordere Sie auf, es umgehend zu veröffentlichen. Wenn dieses Schreiben nicht publiziert und die Werbesendungen nicht eingestellt werden, wird es noch weitere Opfer zu beklagen geben.* WIR WOLLEN KEINE WERBUNG MEHR! WIR WOLLEN KEINE VERARSCHUNG MEHR! WIR WOLLEN NICHT LÄNGER VON LÜGNERN UND BETRÜGERN AN DER NASE HERUMGEFÜHRT WERDEN!«

»Und was haben Sie jetzt vor?« frage ich Petrochilos, als ich zu Ende gelesen habe.

»Das wollte ich Sie fragen.«

»Wir können Ihnen nicht sagen, was Sie tun sollen«, ergreift Gikas das Wort. »Morgen wirft man uns dann Pressezensur vor.«

»Ich bin nicht hier, damit Sie mir etwas vorschreiben, ich will Ihren Rat.«

»Wer hat sonst noch das Schreiben gesehen?« fragt Gikas.

»Niemand.«

»Was meinen Sie, Kostas?« Gikas blickt mich unentschlossen an.

»Ich will aufrichtig zu Ihnen sein«, kommt mir Petrochilos zuvor. »Für mich ist die Versuchung sehr groß. Wenn ich das Schreiben publiziere, die Branche verschreckt wird und die TV- und Radiowerbespots rapide zurückgehen, steigen automatisch die Werbeanzeigen in den Printmedien. Begreifen Sie, über welche Dimension von Einnahmensteigerung wir da reden?«

»Und wenn Sie es nicht veröffentlichen?« fragt Gikas neugierig.

Petrochilos zuckt mit den Achseln. »Wahrscheinlich kommt es auch dann zu einem Anstieg, aber in wesentlich geringerem Ausmaß, und die Morde gehen trotzdem weiter. Wenn ich jedoch das Schreiben publiziere, besteht die Möglichkeit, daß wir mehr Einnahmen und weniger Opfer haben.«

»Dann sollten Sie es veröffentlichen«, erkläre ich entschieden.

Gikas starrt mich baff an, Petrochilos hingegen glücklich. »Sie verfügen über Unternehmergeist, Herr Kommissar«, meint er.

»Mich interessieren weder die Werbeschaltungen noch

der Unternehmergeist. Mich interessiert nur, daß die Morde aufhören. Wenn Sie morgen das Schreiben veröffentlichen, wird der Mörder sicherlich eine gewisse Frist einräumen, weil er abwarten wird, ob die Werbesendungen eingestellt werden. Diese Frist könnten wir nutzen, um an ihn heranzukommen. Wenn Sie hingegen das Schreiben nicht abdrucken, könnten wir in drei Tagen bereits das nächste Opfer haben.«

»Ich teile Kommissar Charitos' Meinung«, unterstreicht nun auch Gikas. »Ich bitte Sie nur um eines: Sagen Sie den Werbeleuten und den Sendern nicht, daß wir Ihnen geraten haben, das Schreiben zu veröffentlichen. Sonst fallen sie über uns her.«

»Ich muß niemandem irgendwelche Erklärungen geben. Wir haben vom Mörder ein Schreiben erhalten, und als Tageszeitung sind wir zum Abdruck verpflichtet.«

Nun, wo die Entscheidung gefallen ist, gibt es für ihn kein Halten mehr. Er springt auf und drückt uns mit einem breiten Lächeln herzlich die Hand.

»Glauben Sie, wir können ihm während der kleinen Atempause auf die Spur kommen?« fragt mich Gikas.

»Nur wenn wir die Herkunft der Luger-Pistole klären können. Da liegt der Schlüssel, aber das ist gar nicht einfach.«

Auf dem Flur rufe ich Adriani auf ihrem Handy an, um zu sehen, ob sie noch in der Taverne sind.

»Wir sind noch hier«, meint Adriani. »Es ist so schön kühl, daß wir gar nicht mehr wegwollen.«

»Sind noch Meerbarben übrig?«

»Ein paar.«

»Bestell noch eine Portion, ich komme.«

Ich trete auf den Alexandras-Boulevard und halte das erste von fünf leeren Taxis an, die gerade im Gänsemarsch vorbeifahren.

## 34

Oberst Vavidakis blättert in einem Waffenkatalog. Er gilt als Experte der Landstreitkräfte für Waffen und Waffensysteme, und sein Büro liegt im Verteidigungsministerium. Andonakakis aus unserem Labor hatte ihn mir als seinen Landsmann empfohlen. Und das machte mich stutzig, denn die Kreter sind für die permanenten gewaltsamen Auseinandersetzungen auf ihrer Insel bekannt, außerhalb jedoch pflegen sie die Solidarität einer Geheimloge, die ihnen sofort wieder abhanden kommt, sobald sie Heimatboden unter den Füßen spüren. Daher ersuchte ich Gikas um eine Gegenprüfung. »Er ist *top*«, bekräftigte Gikas, der nach und nach wieder zum Amerikanischen zurückfindet und seine Sprachlosigkeit nach der Geiselbefreiung überwindet.

Auf Vavidakis' Schreibtisch liegen weitere zwei Bände mit Waffensystemen, die er bereits durchstöbert hat, ohne die Abbildung der gesuchten Luger zu finden. Als er den dritten und letzten Band durchsieht, zieht ein befriedigtes Lächeln über sein Gesicht.

»Ich wußte es, hier ist sie«, meint er und dreht den Band in meine Richtung. Sein Finger deutet auf eine Pistole mit langem, kleinkalibrigem Lauf, und ich gebe der Zeugin recht, die sich an einen Kriegsfilm à la *Das dreckige Dutzend* oder *Die große Flucht*, bloß mit deutschen Soldaten aus dem Zweiten Weltkrieg, erinnert fühlte.

»Das ist das Modell P08«, klärt mich Vavidakis auf. »Der Lauf ist 103 mm lang, seine Produktion wurde Ende 1942 eingestellt, und es wurde durch die P17 ersetzt.«

»Wer in Griechenland könnte solche Pistolen besitzen?« frage ich ihn.

Er hebt die Schultern. »Das Militär jedenfalls nicht. Die Truppen, die im Nahen Osten gekämpft haben, hatten eine britische Ausrüstung. Und die griechischen Streitkräfte, die nach der Besatzungszeit gebildet wurden, sind von den Amerikanern ausgerüstet worden. Und selbst wenn wir annehmen – was ich zwar für unwahrscheinlich halte, was aber theoretisch möglich wäre –, daß in dem kurzen Zeitraum, als wir den Deutschen Widerstand leisteten, einige griechische Soldaten an eine Luger kamen, so wurden doch auch sie entwaffnet, sobald sie in Kriegsgefangenschaft gerieten oder an die Deutschen ausgeliefert wurden.«

»Mit anderen Worten: Es gibt keinen Griechen, der eine Luger-Pistole in seinem Besitz hat.«

»Soweit ich weiß, gibt es noch ein paar Stücke im Kriegsmuseum.«

»Dort haben wir gleich am Anfang nachgehakt. Die Exemplare sind noch vorhanden, und man hat uns versichert, daß keines fehlt.«

»Es gibt noch eine andere Möglichkeit, aber auch die ist an den Haaren herbeigezogen.«

»Und welche?«

»Die Partisanen um Aris Velouchiotis. Die haben sich mit den Deutschen in der Besatzungszeit mehrere Schlachten geliefert. Nicht auszuschließen, daß einige von ihnen toten deutschen Soldaten die Pistolen abgenommen haben.«

»Ja, aber die Griechische Volksbefreiungsarmee wurde doch '45 durch den Vertrag von Varkisa entwaffnet.«

Vavidakis lacht auf. »Kommen Sie schon, Herr Kommissar. Ganz abgesehen davon, daß sich viele Angehörige der Griechischen Volksbefreiungsarmee damals geweigert haben, die Waffen abzugeben – auch diejenigen, die es getan haben, lieferten nur das schwere Gerät ab. Wer sagt denn, daß sie nicht eine Pistole oder eine Flinte, und sei es nur als Souvenir, zurückbehalten haben? Vergessen Sie nicht, daß es damals keine Kontrollmöglichkeiten gab.«

Während mich die U-Bahn von der Station Ethniki Amyna nach Ambelokipi fährt, sage ich mir, daß Vavidakis' Gedanke, so unwahrscheinlich oder an den Haaren herbeigezogen er auch scheint, das einzige fundierte Argument ist. Erstens, weil er eine Quelle benennt, woher die Luger stammen könnte, und zweitens, weil er die Rolle des Alten erklärt. Wenn es sich tatsächlich um einen alten Partisanen handelt, muß er jetzt über Achtzig sein. Und eines ist inzwischen klar: daß wir es mit einem Killer und einem Mittäter zu tun haben. Der Killer ist der Bodybuilder-Typ, der Mittäter ist der alte Mann, der die Anrufe tätigt. Hieraus ergibt sich eine Frage, die genauso schwierig zu beantworten ist wie die nach der Luger: Was für ein Motiv könnte ein Achtzigjähriger haben, einem jungen Mann dabei zu helfen, Personen und Funktionäre aus der Werbebranche zu töten? Ihn sogar mit einer Waffe zu versorgen? Achtzigjährige sitzen entweder vor dem Fernseher, gehen mit ihren Enkeln spazieren oder ins nächste Kafenion, wo sie die Vergangenheit in romantischen Bildern aufwärmen. Handelt es sich vielleicht um einen kleinen oder mittleren Unternehmer, der wegen einer Werbekampagne der Konkurrenz in Konkurs gegangen ist und nun einen Rachefeldzug gestartet hat? Meine Theorien überzeugen nicht einmal mich selbst. Und so tappe ich nach wie vor im dunkeln.

Sobald ich aus der U-Bahn-Station Ambelokipi auf den Alexandras-Boulevard emportauche, stürmen die Dinge über mich herein wie die Takte des Donauwalzers, den ich mit Adriani auf dem Polizeiball zum ersten Mal getanzt hatte. Die Polizeibälle begannen stets mit Walzer, d. h. dem Donauwalzer, dann folgte Tango, d. h. *La Cumparsita*, und zum Schluß gab's Volkslieder, d. h. *Ein Adler saß in seinem Horst...* Wollte man dem Ende entrinnen, mußte man spätestens bei *La Cumparsita* gehen. Denn wenn die Volkslieder begannen, mußte man bleiben und im Chor mitsingen, andernfalls lief man Gefahr, als Gesinnungsgegner, wenn nicht gar als verkappter Kommunist betrachtet zu werden.

Als ich die Leute vor den Zeitungskiosken stehen sehe, wie sie auf die Schlagzeilen starren, fühle ich mich wie damals, bei den ersten Takten des Donauwalzers. Bis vor wenigen Jahren war das ein ganz normaler Anblick, nun ist dieses Phänomen ganz verschwunden. Na, höchstens bei den Sportzeitungen gibt es das noch. So wie die Zahl der Zeitungsleser sank, wurde auch die Zahl der Glotzer vor den Kiosken dezimiert. Wenn man also Leute vor den am Kiosk baumelnden Schlagzeilen sieht, dann bedeutet das: Es ist etwas Erschütterndes passiert, das am Vorabend noch nicht im Fernsehen zu sehen war. Obwohl ich mir ausmalen kann, was passiert ist, bleibe ich stehen, um mich mit eigenen Augen zu überzeugen.

Die Zeitung Politia hat das Schreiben des Mörders auf

den Titel gesetzt, mit der Schlagzeile: »Schluß mit Werbung!« Und darunter: »Werbebranche im Fadenkreuz des Serienkillers. Letztes Opfer: Chara Jannakaki.« In zwei Spalten auf der rechten Seite wird das vollständige Schreiben des »Mörders des Großaktionärs« veröffentlicht.

Vor meinem Büro erwartet mich ein weiterer Ansturm, und er ist wesentlich wirbliger als die ersten Takte des Donauwalzers. Sobald sie mich den Flur entlangkommen sehen, stürmen sie auf mich los und nehmen mich mit ihren Fragen massiv unter Beschuß. Die Polizeibeamten sind aus den übrigen Büros herausgetreten und verfolgen das Schauspiel. Ich bleibe mitten auf dem Flur stehen und sage mit sanftmütiger Miene: »Warum unterhalten wir uns nicht in meinem Büro?«

Meine Reaktion kommt völlig unerwartet für sie, denn ich pflege normalerweise keine solchen Einladungen auszusprechen. Üblicherweise trete ich in mein Büro und lasse hinter mir die Tür offen stehen, damit mir folgen kann, wer Lust dazu hat. Sie bleiben verlegen stehen und warten ungeduldig darauf, daß ich hinter meinem Schreibtisch Platz nehme und sie ihre Technik aufbauen können.

Wie immer in dramatischen Augenblicken übernimmt Sotiropoulos die Rolle des Rädelsführers. »Was soll das, Kommissar?« fragt er mich mit standardmäßiger Angriffslust. »Werden wir jetzt von der Tagespresse auf dem laufenden gehalten?«

Ich lächle ihm nett zu. »Wieso? Stört es Sie vielleicht, daß der Mörder Ihnen Ihre Vorrechte abgesprochen und die Printmedien vorgezogen hat?«

Meine spitze Bemerkung führt zu einer Protestwelle, die

sich in lauten Ausrufen und verschiedenen Kommentaren äußert. »Glauben Sie nicht, daß wir ebenfalls informiert werden sollten?« höre ich eine Frauenstimme aus dem Hintergrund, die ich nicht zuordnen kann.

»Ihre Beschwerden bitte an den Mörder. Er hat die Presseerklärung abgegeben.«

»Jetzt sagen Sie bloß, der Chefredakteur der Politia hätte vor der Veröffentlichung des Schreibens nicht Ihre Zustimmung eingeholt.«

»Wo leben Sie, Sotiropoulos? Die Zeit, da die Presse die Zustimmung der Polizei benötigte, um etwas zu veröffentlichen, ist seit mehr als dreißig Jahren vorbei. Um genau zu sein, in diesem Jahr sind's einunddreißig.«

»Aber er hat Sie jedenfalls benachrichtigt.«

»Er hat uns angekündigt, daß er das Schreiben veröffentlichen wird. Was hätten wir tun sollen? Jeden Sender einzeln anrufen und der Zeitung die Vorreiterrolle stehlen? Die Polizei respektiert die Gleichwertigkeit und Gleichberechtigung unter den Massenmedien. Daher nimmt sie eine strikt neutrale Haltung ein.«

Es folgt eine kleine Pause, denn sie finden kein Gegenargument und suchen nach einem anderen Durchschlupf.

»Hat es auch vorher Warnungen gegeben, die nicht an die Öffentlichkeit gedrungen sind?« fragt mich Koronis, ein hochbegabter Radioredakteur.

»Die gab es«, entgegne ich sogleich. Es hat keinen Sinn, damit hinter dem Berg zu halten, denn sie werden es ohnehin erfahren.

»Und warum haben Sie uns nichts davon gesagt?« fragt Sotiropoulos.

»Weil wir der Meinung waren, dadurch dem Fortgang der Ermittlungen zu dienen.«

»Hier werden Menschen planmäßig ermordet, und Sie lassen die öffentliche Meinung im ungewissen?«

»Wir haben es hier nicht mit einem Terroranschlag zu tun, über den wir ganz Griechenland informieren müßten. Die Betroffenen sind frühzeitig benachrichtigt worden.«

»Und was haben Sie jetzt vor?« fragt mich eine Journalistin mit feuerrotem Haar, die jeden Abend in den Nachrichten mit ärmelloser Weste und Militärstiefeln auftritt.

Ich entgegne ihr das Nächstliegende. »Den Mörder fangen, was sonst?«

Einige grinsen, und Sotiropoulos dreht sich um und blickt sie schräg an, doch sie mißt dem keine Bedeutung bei, weil sie nicht die Allerhellste ist.

»Haben Sie ein neues Indiz?« fragt wieder Koronis.

»Die neuen Hinweise sind wie folgt.« Ich warte, bis das Gemurmel abklingt, und fahre fort: »Von der Waffe habe ich Ihnen bereits berichtet. Es hat sich auch beim dritten Mord bestätigt, daß es sich um eine Luger-Pistole, Baujahr 1942, handelt. Ebenso wissen wir aufgrund der Aussagen von Augenzeugen, daß der Mörder ein junger Mann von kräftiger und athletischer Statur zwischen fünfundzwanzig und dreißig ist. Leider verfügen wir über keine Personenbeschreibung, da er stets mit Helm unterwegs war. Wir haben das für den Mord an der Jannakaki benutzte Motorrad an der Kreuzung Sarandaporou-Souliou-Straße gefunden. Es handelt sich um eine als gestohlen gemeldete Harley-Davidson Sportster. Sie ist in das kriminaltechnische Labor der Polizei gebracht worden, und wir warten auf die Expertise.«

Über den Mittäter führe ich nichts an, da ich dem Mörder-Duo meine Karten nicht offenlegen will. Zudem geben sich die Reporter mit den zusätzlich von mir angeführten Hinweisen zufrieden.

»Glauben Sie, daß das Morden weitergeht?« fragt mich Sotiropoulos.

Da das Telefon läutet, komme ich nicht dazu, ihm zu antworten. Ich hebe den Hörer ab und höre Gikas' Stimme: »Lassen Sie alles liegen und stehen und kommen Sie nach oben. Der Minister will uns sprechen.«

»Entschuldigt, Leute. Der leitende Kriminaldirektor ruft zu einer dringlichen Sitzung«, sage ich zu ihnen und erhebe mich.

Es ist eines der wenigen Male, daß ich mein Büro vor ihnen verlasse.

## 35

Sie haben, unter dem Vorsitz des Ministers, rund um den rechteckigen Konferenztisch im Ministerbüro Platz genommen. Die meisten von ihnen kenne ich von Gikas' vorgestriger Einladung. Ein weiterer ist hinzugekommen: der Vorsitzende des Griechischen Industriellenbundes. Er tritt gleichzeitig mit mir in den Raum. Der Minister schickt sich zu einer Vorstellungsrunde an, beschränkt sich jedoch nach der Aussage »Wir kennen uns bereits« auf ein kurzes Kopfnicken in unsere Richtung. Kaum haben wir Platz genommen, bläst der Vorsitzende des Griechischen Industriellenbundes zum Generalangriff.

»Der Vorfall von heute ist inakzeptabel, und dafür tragen Sie die ganze Verantwortung. Das habe ich bereits dem Herrn Minister erläutert.«

Gikas nimmt den kühlen, formellen Gesichtsausdruck des leitenden Kriminaldirektors an, den er uns gegenüber selten aufsetzt. »Ich verstehe nicht, worauf Sie hinauswollen, Herr Vorsitzender.«

»Es ist offensichtlich, worauf er sich bezieht.« Galakteros, der Vorsitzende des Griechischen Werbefachverbandes, gibt sich ebenso kämpferisch wie der Industriellenvertreter. »Auf die Veröffentlichung des Täterschreibens. Wie ist es möglich, daß Sie das nicht unterbinden konnten?«

Seit vielen Jahren ist Gikas mein Vorgesetzter. Manchmal

betrete ich sein Büro mit dem Gefühl, von Kindesbeinen an für ihn zu arbeiten. Noch nie jedoch habe ich ihn im verbalen Kreuzfeuer erlebt. Hätte man mich gestern nach meiner Meinung gefragt, hätte ich darauf getippt, daß er einen Rückzieher macht. Doch seine Reaktion straft mich Lügen. Gikas blickt Galakteros mit derselben eisigen Miene wie vorhin an.

»Wenn ich mich recht erinnere, ist die Pressezensur nach dem Fall der Junta abgeschafft worden. Ergo sehe ich nicht, wie ich die Publikation des Schreibens hätte untersagen können.«

»Wir verlangen ja nicht, daß Sie Zensur ausüben. Wir verlangen, daß Sie den Zeitungen zuvorkommen«, ergreift der Industriellenvertreter erneut das Wort.

»Hätten Sie mich informiert, dann hätte ich die Zeitungsredaktion persönlich gebeten, das Schreiben nicht zu veröffentlichen«, sekundiert der Minister.

Unter anderen Umständen hätte Gikas vielleicht eine Rechtfertigung gestammelt. Heute jedoch ist er dem Minister noch etwas schuldig, weil er die Polizei vom Einsatz auf der El Greco ausgeschlossen hat. Daher geht er zum Gegenangriff über, um es ihm heimzuzahlen.

»Ich konnte mir nicht vorstellen, daß Sie einem Publikationsverbot beipflichten würden, daher habe ich gar nicht gewagt, so etwas anzuregen. Ich mußte vielmehr befürchten, auf das schärfste getadelt zu werden.«

»Ich spreche ja nicht von einem Publikationsverbot, sondern von einer freundlichen Bitte«, entgegnet der Minister angestrengt.

»Die Zeitung, die das Schreiben abgedruckt hat, steht

meines Wissens der Opposition nahe. Können Sie sich vorstellen, was eine freundliche Bitte hier bewirken könnte?« fragt Gikas den Minister, worauf diesem die Argumente ausgehen.

Da die Diskussion in eine Sackgasse zu geraten droht, beschließe ich, den Mund aufzumachen. Mir ist klar, daß sie mich von oben herab behandeln werden, weil sie mich als untergeordneten Zuträger sehen, der darüber hinaus den Mund zu halten hat. Doch das entmutigt mich nicht im geringsten.

»Selbst wenn die Veröffentlichung unterblieben wäre, hätte das nichts an der Tatsache geändert, daß der Mörder bereits drei Opfer auf dem Gewissen hat und nicht aufhören wird, bis die Werbespots eingestellt werden.«

»Es ist Ihre Aufgabe, den Mörder an weiteren Taten zu hindern. Dafür sind wir nicht zuständig«, entgegnet mir der Industriellenvertreter kühl. »Unsere Aufgabe ist es, Waren zu produzieren und für sie zu werben.«

»Seit heute morgen ist die ganze Branche in Aufruhr«, ergänzt Galakteros. »Die Telefone unseres Verbandes und mein Handy laufen heiß. Die Werbefirmen wollen von uns wissen, was sie tun und ob sie die Produktion von Werbesendungen bis zur Festnahme des Mörders einstellen sollen.«

»Offenbar hat die eine Hälfte bei Ihnen und die andere bei uns angerufen, um herauszufinden, ob wir weiterhin Werbespots senden werden oder nicht«, meint Delopoulos zu Galakteros.

»Ich habe jedenfalls die Buchhaltungsabteilung angewiesen, bis auf weiteres keine Zahlungen mehr vorzunehmen.

Es ist unklar, wie lange sich diese Geschichte hinziehen und welche Auswirkungen sie zeitigen wird. Daher ist es ratsam, vorbeugende Maßnahmen zu treffen«, mischt sich der dickliche Glatzkopf ein, der beim letzten Treffen cremefarben gekleidet war und heute ganz in Hellblau auftritt. »Sie begreifen sicherlich, welche Panik das bei den Produzenten der Fernsehserien und der anderen Sendungen auslösen wird, wenn sie erfahren, daß die Zahlungen bis zur Festnahme des Mörders sistiert werden. Sie werden über uns herfallen.« Der letzte Satz ist an uns gerichtet, vorwiegend jedoch an die Adresse des Ministers.

»Eine Unterbrechung der Werbesendungen würde den Morden Einhalt gebieten und uns eine Frist geben, dem Täter auf die Spur zu kommen.«

Gikas fährt dasselbe Argument auf, das auch ich im Gespräch mit Petrochilos vorbrachte, doch hier beißt er auf Granit.

»Und wie lange soll diese Unterbrechung dauern, Herr Gikas?« donnert Delopoulos. »Soweit ich verstehe, fordern Sie eine Unterbrechung auf unbefristete Zeit, um den Mörder – und auch nur vielleicht! – dingfest zu machen. Und in der Zwischenzeit erleiden wir den wirtschaftlichen Ruin.«

»Und zwar nicht nur die Fernsehsender, sondern auch die Werbeunternehmen sowie die Produktionsfirmen der Serien, der Soaps, der Talkshows, der Realityshows und natürlich auch die Firmen, die ihre Produkte nicht mehr promoten können, was zu einem dramatischen Rückgang der Verkaufszahlen führen wird.« Der dickliche Glatzkopf ist durch seine Litanei ganz außer Atem.

»Entschuldigen Sie, Herr Minister, aber haben Sie darauf geachtet, wie das Schreiben unterzeichnet ist?« fragt der Industriellenvertreter, womit er den Minister in Verlegenheit stürzt.

»Unterzeichnet?... Ja, ich glaube...«, preßt er stammelnd hervor.

»Wenn ich es in Erinnerung rufen darf: der Mörder des Großaktionärs. Wissen Sie, was für eine Botschaft diese Unterschrift vermittelt? Großaktionär ist nicht der Inhaber von einem, fünf oder fünfzig Prozent der Aktien, sondern die Werbefirmen. Denn die entscheiden über das Programm und darüber, welche Serien mit welchen Schauspielern gespielt werden, welche Talkshows mit welchen Journalisten ins Programm kommen, welche Gewinnspiele oder Realityshows mit welchen Präsentatoren gesendet werden. Was die Werbeleute ablehnen, wird von den Sendern automatisch abgesetzt. Folglich haben nicht die Aktionäre das Sagen, sondern die Werbeleute.«

»Nun, da übertreiben Sie aber«, wirft der Glatzkopf ein.

»Absolut nicht, mein Lieber!« wehrt sich Delopoulos. »Sie haben das Geld und machen mit uns, was sie wollen.«

»Und nun wollen Sie, daß wir die Werbespots einstellen, um auf Verlangen des Kriminaldirektors der irrwitzigen Forderung eines Serienkillers nachzugeben?« fragt Galakteros und versorgt den Minister mit einer Steilvorlage, damit der als zu allem entschlossener Politiker sein Tor schießen kann:

»Ausgeschlossen! Ich erkläre kategorisch: Die Regierung läßt sich nicht auf die erpresserischen Forderungen eines Mörders ein.«

Es ist einsam geworden um Gikas, der von allen Seiten beschossen wird. Er tut mir leid, und gleichzeitig wundere ich mich darüber, daß ich mich solidarisch mit ihm fühle. Wo sind unsere alten Kontroversen geblieben? Wo die Schadenfreude, die ich fühlte, wenn man ihn bloßstellte? Ich weiß es nicht, vielleicht hat es mit den Erfahrungen zu tun, die ich kürzlich machen mußte, und mit der Unterstützung, die er mir bot. Wie auch immer, ich fühle mich genötigt, ihm beizustehen.

»Sie könnten doch Werbespots ohne Models, Mannequins oder Präsentatoren drehen, um zumindest niemanden direkt zu gefährden.«

Der Glatzkopf in Hellblau springt auf, als hätte ich ans Allerheiligste gerührt. »Wir sind keine Telemarketing-Firmen, wir sind Fernsehsender, mein Herr. All die Designer-Produkte mit ihrem Glamour und Sex-Appeal benötigen Jugend und Schönheit, um voll zur Geltung zu kommen.«

»Die Werbespots sind heute das, was für unsere Generation noch ›Dallas‹ war, Herr Kommissar«, klärt mich Galakteros auf.

»Das mag ja alles gut und schön sein. Aber die Polizei ist nicht in der Lage, die ganze Werbebranche plus die Fernseh- und Radiosender zu schützen.«

»Es gibt eine Lösung«, behauptet der Industriellenvertreter entschlossen. »Wir erhöhen unsere Sicherheitsvorkehrungen.« Wenn ihr glaubt, eure Security-Leute könnten euch vor diesem Serienkiller schützen, habt ihr gar nichts begriffen, sage ich mir.

»Wir jedenfalls werden weiterhin Werbespots produzieren«, sagt Galakteros.

»Und wir werden sie ausstrahlen«, bekräftigt Delopoulos.

»Wenn Sie meine Meinung hören wollen, Herr Minister: Das Verschwinden der Werbung wird Ihre Partei eine Menge Stimmen kosten.«

»Dazu wird es nicht kommen, da können Sie sicher sein«, versichert der Minister in die Runde. »Die Polizei verfügt über viele fähige Mitarbeiter, die dem Treiben dieses Serienkillers ein Ende setzen werden.«

Letzteres ist eine Spitze gegen Gikas und mich, die aussagen soll: Wenn ihr es nicht bald hinkriegt, werden andere diesen Fall übernehmen. Der Minister geleitet die Gäste zum Abschied zur Tür seines Büros. Kurz darauf kehrt er unwirsch und mißmutig zurück.

»Diese Geschichte muß geklärt werden, bevor sie sich zu einem Alptraum auswächst«, erklärt er, und sein Blick bleibt an Gikas haften. Es springt ins Auge, daß sich die beiden nicht grün sind.

»Wir tun, was wir können, aber einfach ist es nicht. Wir suchen eine Stecknadel im Heuhaufen«, entgegnet Gikas.

»Ich kann Ihnen jede gewünschte Verstärkung zusichern, unter der Bedingung, daß die Sache ein Ende findet.«

Gikas blickt mich an. »Momentan ist nicht der richtige Zeitpunkt für eine Verstärkung, Herr Minister, da wir keine Hinweise für Ermittlungen im großen Stil haben. Verstärkung werden wir brauchen, wenn entsprechende Indizien vorliegen, wo wir nach der Tatwaffe oder dem Täter suchen müssen.«

»An welchem Punkt stehen die Ermittlungen jetzt?«

Die Frage richtet sich zwar wieder an Gikas, doch ich

antworte an seiner Stelle. Ich setze ihn über sämtliche Informationen in Kenntnis: über den Täter, über die Möglichkeit eines Mittäters und über die altmodische Pistole.

»Na, ist es denn so schwierig, eine Luger aufzutreiben?« fragt er mich, nachdem ich geendet habe.

»Ist es, denn es gibt offiziell in ganz Griechenland keine Luger-Pistolen. Wir haben in den Waffenhandlungen, im Kriegsmuseum, sogar beim Waffenexperten des Verteidigungsministeriums, Oberst Vavidakis, nachgefragt.«

»Und was meint der Experte?«

»Die einzige Möglichkeit sei, daß die Luger von einem Kämpfer der griechischen Volksbefreiungsarmee erbeutet und so lange aufbewahrt wurde.«

»Was sagen Sie da? Daß ein Kommunist der Mörder ist? Kommen Sie zu sich, die Zeiten sind vorbei.«

»Man kann nicht wissen, durch wie viele Hände die Pistole all die Jahre gegangen ist«, bemerkt Gikas.

Der Minister hält sich mit einem Kommentar zurück, statt dessen erhebt er sich zum Zeichen, daß die Unterredung beendet ist. »Ich möchte täglich auf dem laufenden gehalten werden«, erklärt er, als wir zur Tür gelangen.

»Er hat nichts begriffen, und das wird uns das Leben noch schwerer machen«, bemerkt Gikas, als wir im Fahrstuhl stehen.

»Wenn wir mit der Pistole Glück haben, kommen wir auf einen grünen Zweig«, sage ich, und mit einemmal ist mir klar, wer mir die Augen öffnen könnte.

Auf dem Flur höre ich schon mein Telefon läuten und beeile mich, es zu erreichen. Es ist Dimitriou vom kriminaltechnischen Labor. »Am Motorrad haben wir nichts gefunden«, erklärt er. »Weder Fingerabdrücke noch was anderes. Nur...«

Ein Funke Hoffnung züngelt in mir hoch. »Nur?« wiederhole ich.

Nach einer kleinen Denkpause fragt er zögernd: »Wäre es denkbar, daß der Mörder auf dem Land wohnt?«

»Wieso?«

»Weil in der hinteren Stoßstange Reste von Stroh und Disteln feststeckten. Nichts Auffälliges, aber sie waren da.«

»Vielen Dank, Jorgos. Noch was?«

»Nein, aber es ist halt seltsam.«

Plötzlich schießt mir ein Gedanke durch den Kopf. Vielleicht wohnt der Mittäter in der Region Attika, und der Mörder besucht ihn. Denn daß er selbst so weit entfernt wohnt, mag mir nicht glaubhaft scheinen.

Dermitsakis unterbricht mit seinem Eintreten meinen Gedankenfluß. »Wir haben den Eigentümer der Harley gefunden.«

»Wer ist es?«

»Ein Journalist einer Sportzeitung, der an der Lykavittos-Ringstraße wohnt. Aber die Maschine wurde nicht dort geklaut.«

»Sondern?«

»Vom Parkplatz des Olympiastadions in Kalogresa. Dort hat er ein Fußballspiel besucht, und als er das Stadion wieder verließ, war das Motorrad spurlos verschwunden. Er hat den Diebstahl sofort bei der örtlichen Polizeiwache angezeigt.«

Demnach ist es ausgeschlossen, daß die Überreste ländlicher Idylle vom Sportjournalisten stammen. »Laß das Motorrad ablichten und die Fotos an die Polizeidienststellen verteilen, vor allem in der Region Attika. Die sollen uns melden, ob die Maschine dort aufgefallen ist.«

»Entschuldigen Sie, Herr Kommissar, aber was bezwecken Sie damit?«

Und ich erkläre ihm, was an der Maschine gefunden wurde. »Vermutlich wohnt der Mittäter irgendwo außerhalb von Athen, und der Mörder besucht ihn.«

Nachdem ich Dermitsakis fortgewinkt habe, beginne ich, Informationen über die Luger-Pistole zu sammeln, die mir vordringlich am Herzen liegt.

## 36

Bei meinem Eintreffen hat er gerade Gartengeräte zum Umtopfen seiner Pflanzen vor sich ausgebreitet. Er wirft mir einen kurzen Blick zu und setzt dann seine Arbeit fort.

»Machst du Gartenarbeit?« frage ich, um das Gespräch zu eröffnen.

»Eigentlich sollte man diese Arbeiten im Sommer entweder am frühen Morgen oder nach Sonnenuntergang erledigen.«

Ich schaue Sissis dabei zu, mit welcher Sorgfalt er die Erde verteilt, Düngemittel zusetzt und dann mit einem Spray die Pflanzen besprüht. Als er mit dem ersten Blumentopf fertig ist, geht er zum Wasserrohr, um sich die Hände zu waschen.

»Trinkst du Kaffee um diese Tageszeit?«

»Deinen trinke ich sogar um Mitternacht.«

Langsam geht er die Treppe zu seiner kleinen Veranda hoch, und ich folge ihm. Bevor er die Wohnung betritt, um den Kaffee zuzubereiten, wendet er sich nochmals um und blickt mich an. »Deine Tochter ist klasse«, sagt er.

Ich wollte den Kaffee abwarten, um die Rede auf Katerinas Besuch zu bringen, und bin überrascht, daß er mir zuvorgekommen ist. Normalerweise muß man ihm die Würmer aus der Nase ziehen. Ich entgegne nichts und warte darauf, daß er fortfährt. »Wenn mir morgen jemand den

Spruch ›Alle Bullen sind gleich‹ bringt, dann werde ich an deine Tochter denken und sagen: ›Gar nicht wahr.‹«

Damit ist für ihn das Kapitel Katerina abgeschlossen, und er geht Kaffee kochen. Ich bleibe mit gemischten Gefühlen auf der kleinen Veranda zurück. Einerseits freut es mich, daß er so gut von Katerina und somit auch von unserer Erziehung spricht. Andererseits stört es mich, daß er erst Katerina kennenlernen mußte, um zu begreifen, daß nicht alle Bullen gleich sind. Im Grunde habe ich mich ihm gegenüber immer einwandfrei verhalten. Und während der Junta war es weder einfach noch harmlos, einen Kommunisten gut zu behandeln, selbst wenn mir – als blutigem Anfänger, wie ich zugeben muß – die Gefährlichkeit eines solchen Verhaltens damals nicht bewußt war. Doch dann kommt mir der einzige nette Satz in den Sinn, den er mir je gesagt hat, als ich ihn nach Jahren auf dem Präsidium wiedertraf: »Du bist ein guter Mensch. Schade, daß du Bulle geworden bist.« Und ich lache auf. Also bitte, nach Jahren sagt er mir, ich sei nicht wie die anderen Bullen, und zwar nicht nur, weil ich ein guter Mensch sei, sondern weil ich mein Kind gut erzogen hätte. Ein weiterer Schritt in die richtige Richtung...

Er kehrt mit seinem silbernen Tablett und den beiden Tassen zurück. Wir setzen uns einander gegenüber, und ich nehme den ersten Schluck. Ich weiß, daß er mich nicht fragen wird, warum ich gekommen bin und was ich von ihm möchte. Er wird abwarten, bis ich den ersten Schritt tue.

»Ich würde gerne deine Meinung zu einer Sache hören, über die du sicher besser Bescheid weißt als ich«, sage ich nach dem dritten Schluck. »Könnte es sein, daß Veteranen der griechischen Volksbefreiungsarmee deutsche Luger-Pistolen in ihrem Besitz haben?«

»Woher sollen sie die denn haben?« fragt er verdattert.

»Von den Deutschen, gegen die sie damals in den Bergen gekämpft haben.«

Zum ersten Mal sehe ich ihn aus vollem Herzen lachen. »Wer hat dir denn das erzählt?«

»Ein Waffenexperte aus dem Verteidigungsministerium.«

»Laß ihn mal schön von mir grüßen und frag ihn, ob er weiß, wie Aris Velouchiotis' Männer die Deutschen bekämpft haben. Sie haben ihnen aufgelauert, ein paar Salven auf sie abgefeuert und haben sich dann abgesetzt, weil sie die Gegend wie ihre Westentasche kannten. Wer wagte es denn, sich ihnen zu nähern? Ganz abgesehen davon, daß die Deutschen nie einzeln unterwegs waren, sondern immer in der Truppe. Und wenn einer umgekommen wäre, hätten ihn die anderen abtransportiert. Nie hätten sie einen toten deutschen Soldaten mit seiner ganzen Ausrüstung den Kämpfern der griechischen Volksbefreiungsarmee überlassen.«

Immer noch amüsiert er sich über meine Aussage und lacht erneut auf. Doch mir hat er damit die letzte Möglichkeit geraubt, doch noch auf die Spur der Luger-Pistole zu kommen.

»Hast du den Fall mit den ermordeten Werbeleuten verfolgt?«

»Ja.«

»Der Mörder benutzt eine Luger-Pistole Baujahr 1942, und ich zerbreche mir den Kopf, woher er sie haben könnte.«

»Ja, warum denn? Hier die Antwort: von einem Angehörigen der Sicherheitsbataillone. Die waren die einzigen, die deutsche Waffen besaßen, weil sie von der Wehrmacht ausgerüstet wurden.«

Ich könnte mich selbst ohrfeigen. Als Sohn eines Unteroffiziers der Gendarmerie hätte ich an die Sicherheitsbataillone denken müssen! Die ganze Zeit suchte ich unter den Feinden der Deutschen, während ich ihre Verbündeten hätte ins Auge fassen sollen.

»Sind denn noch welche am Leben?«

Er zuckt die Achseln. »Sie sind genauso alt wie Aris Velouchiotis' Partisanen. Nur, daß sie den Widerstand nicht auf ihre Fahnen schreiben wie die Kämpfer der Griechischen Volksbefreiungsarmee. Sie wurden nach dem Dezemberaufstand ins Heer, in die Polizei und in die Gendarmerie eingegliedert, sind dort untergetaucht und haben ihre Spuren verwischt. Inzwischen ist es unmöglich, sie aufzuspüren.«

»Ich werde trotzdem suchen, weil ich keine andere Hoffnung habe.«

»Sag bloß, der Mörder ist ein Angehöriger der Sicherheitsbataillone.«

»Nein, aber sein Mittäter könnte einer sein. Der hat ihm die Pistole verschafft.« Ich mache eine Pause, weil ich nun auf gefährliches Terrain vorstoßen werde. Kann sein, daß er zusagt, kann aber auch sein, daß er mich zum Teufel schickt, obwohl er Katerina sympathisch findet. »Kannst du mir einen Gefallen tun? Willst du deine Leute fragen, an wen ich mich wenden könnte, um mehr darüber herauszufinden?«

Er nimmt es mir zwar nicht krumm, zeigt sich aber auch nicht begeistert. »Ich frage mal nach, aber mach dir keine großen Hoffnungen. Ich werde dich wahrscheinlich enttäuschen müssen: Die meisten sind gestorben, und die, die noch am Leben sind, leiden an Altersdemenz oder Alzheimer. Die übrigen werden sagen: Was stöberst du in der Vergangenheit? Ist doch alles vergeben und vergessen. Nun, sollte ich trotzdem jemanden auftreiben, hast du großes Glück gehabt.«

Beim Abschied trägt er mir Grüße an Katerina auf, und ich versichere ihm, sie werde sich darüber freuen.

Die Sonne ist in der Zwischenzeit untergegangen, und ich stelle mir vor, wie er nun – zu passenderer Stunde – zu seiner Gartenarbeit zurückkehrt. Ich beschließe, nicht in die Patission-Straße einzubiegen, weil ich den Verkehr zu dieser Tageszeit fürchte. Daher fahre ich auf die Autobahn auf, um von dort die Abfahrt auf die Liossion-Straße und in der Folge auf den Acharnon-Boulevard zu nehmen. Ein fataler Fehler, da die Querstraßen des Acharnon-Boulevards alle verstopft sind. Ich versuche, durch ein paar Gäßchen um den Fernbusbahnhof zu entrinnen, aber damit mache ich es noch schlimmer. Schließlich schaffe ich es, auf der Höhe des Koliatsou-Platzes auf die Patission-Straße zu gelangen.

Eine geschlagene Stunde brauche ich für den Nachhauseweg. Adriani sitzt mit der Fernbedienung in der Hand vor dem Fernsehgerät. Plötzlich wird mir bewußt, daß es fast einen Monat her ist, daß ich sie zum letzten Mal in dieser Pose gesehen habe, was bedeutet, daß Ruhe und Routine wieder eingekehrt sind. Ich atme erleichtert auf.

»Was ist denn das für eine Geschichte mit diesem Serienkiller, der Werbeleute umbringt?« fragt Adriani, sobald sie mich ins Wohnzimmer treten sieht.

»Seinetwegen mußte ich auf Kreta alles stehen und liegen lassen. Wurde das Schreiben vorgelesen?«

»Ja, gleich nach den Nachrichten ist eine Diskussionsrunde angesagt. Mit Sotiropoulos.«

»Dann gehen all die Fensterchen auf, jeder sondert seinen Senf ab, und der Mörder lacht sich ins Fäustchen.«

»Ausgeschlossen, wenn Sotiropoulos moderiert«, erklärt sie kategorisch.

»Wieso? Macht er vielleicht Sendungen auf BBC-Niveau?«

»Weil er immer weiß, worauf er hinauswill. Glaub mir, ich habe Erfahrung aus erster Hand.«

Auf allen griechischen Meeren läßt die Windstärke nach Sonnenuntergang nach. In unserem Haushalt hingegen steigen die Beaufort, je dunkler es draußen wird.

»Nur weil er ein Interview mit dir gemacht hat, willst du Sotiropoulos besser kennen als ich? Der mir seit zehn Jahren auf der Pelle hockt und mit der Miene eines Robespierre seine Fragen stellt?« sage ich beleidigt und gleichzeitig stinkwütend.

»Du kannst ihn nicht richtig einschätzen, weil du voreingenommen bist«, entgegnet sie mir ungerührt.

»Wer behauptet das?«

»Er selbst. Nach dem Interview hat er mir gesagt: ›Frau Charitou, mit Ihnen bin ich wunderbar zurechtgekommen. Wenn ich mich mit Ihrem Mann nur auch so gut verständigen könnte! Aber er ist mir gegenüber leider voreingenommen.‹«

»Normalerweise haben die Journalisten der Polizei gegenüber ein Vorurteil. Selbst darin soll er eine Ausnahme sein?«

»Na bitte, da siehst du selbst, wie voreingenommen du bist.«

Bevor ich aus der Haut fahren kann, bringt sie das Gespräch aufs Abendessen. »Wollen wir jetzt essen, damit wir die Sendung nicht verpassen?«

Mir hat ihre Kochkunst so sehr gefehlt, daß dieser Vorschlag wie ein Beruhigungsmittel auf mich wirkt. Mit den Sardinen aus dem Ofen und dem gelben Erbsenpüree mit feingehackten Zwiebeln schlucke ich auch meinen Zorn hinunter, und so kann ich Sotiropoulos' Sendung folgen, ohne mich allzusehr aufzuregen.

Zu den geladenen Gästen zählen Thanos Petrakis, der Geschäftsführer der AD-Hellas, mit der Stelios Ifantidis zusammenarbeitete, ein weiblicher Fernsehstar, ein Universitätsprofessor und Fachmann für Medien sowie zwei Politiker: unser Minister und ein Oppositionspolitiker. Ihre Argumente habe ich heute morgen schon seitens des Griechischen Werbefachverbandes und vom Präsidenten des Griechischen Industriellenbundes gehört: Der Mörder sei ein Verrückter, der auf die Einstellung der Werbesendungen abziele, um die Massenmedien in die Knie zu zwingen. Doch die gesamte Branche habe einmütig beschlossen, sich den erpresserischen Forderungen nicht zu beugen. Der Minister verbreitet Optimismus und erklärt, der Mörder werde innerhalb der nächsten Tage festgenommen sein. Woher schöpft er nur diese Zuversicht, da doch die Ermittlungen nicht vom Fleck kommen? Vermutlich aus der Drohung des Industriellenvertreters, daß seine Partei Stimmen verlieren könnte. Der Oppositionspolitiker wirft der Regierung und der Polizei Saumseligkeit vor, während das Starlet jeden Redner unterbricht, um seine Entrüstung kundzutun.

»Vergessen Sie nicht, daß auch Schauspieler Werbespots drehen. Also schweben wir in derselben Gefahr. Ich jedenfalls habe, für alle Fälle, die letzten Tage bei Freunden übernachtet.«

»Ja, aber Chara Jannakaki wurde in ihrem Wagen getötet. Also dürften Sie gar nicht in der Öffentlichkeit unterwegs sein«, bemerkt der Professor und handelt sich damit einen wütenden Blick ein.

Der interessanteste Gesprächsteilnehmer in Sotiropoulos' Runde ist ein TV-Werbemodel. Es handelt sich um einen jener Traummänner, dessen Anblick jede junge Frau sofort dazu bringt, alles von ihm Beworbene zu begehren: von Handys über Deos bis hin zu Möbeln und Autos.

»Ich habe jedenfalls beschlossen, mich bis zum Ende dieser Geschichte mit Werbung zurückzuhalten«, sagt er zu Sotiropoulos.

»Heißt das, der Fall hat Ihnen Angst eingejagt?«

»Wem drei Tote keinen Schrecken einjagen, ist entweder ein Mafioso oder ein Idiot, Herr Sotiropoulos. Okay, ich verdiene gutes Geld in der Werbebranche, keine Frage, aber ich will nicht mit einer Kugel mitten in der Stirn enden.«

»Herr Meidanis, würden Sie weitermachen, wenn Ihnen die Werbefirma oder der Sender eine Lebensversicherung böten?«

Kann sein, daß mich Sotiropoulos auf die Palme treibt, aber es gibt Momente, wo ich den Hut vor ihm ziehe. Daran hat kein einziger der höheren Chargen heute morgen im Büro des Ministers gedacht.

»Wissen Sie, was die Versicherungsgesellschaften verlangen, wenn es darum geht, Hochrisikoversicherungen abzuschließen?« mischt sich Petrakis ein.

»Mir ist wichtig, am Leben zu bleiben, und nicht, Geld zu hinterlassen«, entgegnet der Schönling Sotiropoulos zynisch. »Ich bin geschieden, kinderlos, meine Mutter ist gestorben, und was meinen Vater betrifft, so hat er uns sitzenlassen, als ich acht Jahre alt war. Wem sollte ich da mein Vermögen hinterlassen?«

»Bleiben Sie dran. Wir unterbrechen für einen Werbeblock und sind gleich wieder bei Ihnen«, kündigt Sotiropoulos an.

»Also, das ist ja ein Ding! Die plazieren einen Werbeblock in einer Sendung über den Mörder, der genau aus diesem Grund tötet?« fragt mich Adriani baff.

»Nicht auszuschließen, daß es vielen recht wäre, wenn die Morde weitergingen«, meine ich, während ich zum Telefon laufe, um Gikas anzurufen.

»Wie ich sehe, verfolgen Sie dieselbe Sendung wie ich«, bemerkt er, sobald er meine Stimme erkennt. »Wann müssen wir mit dem nächsten Opfer rechnen?«

»In zwei bis drei Tagen spätestens. Er sieht jetzt die Sendung und reibt sich die Hände, weil sie auf sein Spiel eingehen und ihn provozieren. Hoffen wir nur, daß er in seinem Furor einen Fehler macht.«

»Die haben ihr Schicksal verdient, wenn sie glauben, daß sie mit ihren Security-Leuten sicher sind.«

»Ja, aber was sucht der Minister in der Sendung?«

»Erinnern Sie sich an meine Worte? Der Mann hat kein Format. Die Drohung, daß er Stimmen verlieren könnte, hat ihm Angst eingejagt.«

»Und was machen wir jetzt?«

»Wir gucken Werbung«, seufzt er ergeben und legt auf.

Eine Viertelstunde später läuft immer noch Werbung. Da verliere ich die Geduld und lege mich schlafen.

# 37

Sobald ich morgens im Büro ankomme, schicke ich Dermitsakis in Jannakakis Wohnung, damit er herausfindet, ob die Journalistin in den letzten Tagen sich irgendwie auffällig geäußert hat oder sich verfolgt fühlte. Doch ich bin mir sicher, daß nichts Neues dabei herauskommen wird, denn mittlerweile habe ich die Vorgehensweise des Mörders durchschaut. Er wußte, daß Ifantidis und Koutsouvelos schwul waren, daher spielte er bei ihnen den Verehrer. Die freuten sich über den Glückstreffer und sehen nun die Radieschen von unten. An die Jannakaki wagte er sich jedoch nicht auf dieselbe Weise heran, weil sie ihn wohl zum Teufel geschickt und er sein Gesicht verloren hätte. Deshalb zog er es vor, sie am hellichten Tage in der Messojion-Straße zu töten. Seit jedoch das Motiv für seine Taten ans Licht gekommen ist, hat die Hinrichtungszeremonie mit der Kugel mitten in die Stirn ihren Wert als Markenzeichen verloren. Andererseits war die Jannakaki nicht die einzige, die Werbung in ihre Sendung schmuggelte. Wieso sollte er also ausgerechnet sie töten? Einerseits könnte er sie ausgewählt haben, weil sie eine Berühmtheit im Äther war und ihr Tod Aufsehen garantierte. Andererseits könnte er sie aufgrund einer persönlichen Beziehung ausgewählt haben. Aber woher sollte er sie kennen? Aus dem Familien- oder Bekanntenkreis? So gut wie unmöglich. Oder hat er vielleicht beim

Sender gearbeitet und sie dort kennengelernt? Das wäre zumindest denkbar. Ich fühle mich wie ein Perlentaucher, der auf dem Meeresgrund unterwegs ist, doch vermutlich fische ich nur einen alten Schuh heraus. Doch einen Versuch ist es wert, selbst wenn die Chancen eins zu hundert stehen.

Koula steht in Gikas' Büro und reicht ihm Papiere zur Unterschrift. »Setzen Sie sich, ich bin in einer Minute fertig«, ruft er mir zu.

Aus der Minute werden zehn, da er sich von Koula jedes Papier, das sie ihm vorlegt, ausführlich erläutern läßt. »Ich hoffe nur, Ihre Neuigkeiten sind erfreulicher als die ganzen Heimsuchungen der letzten Tage«, meint er, als er mit den Unterschriften fertig ist.

»Im Prinzip hat sich nichts Neues ergeben. Doch es besteht die Möglichkeit, daß die Luger noch von woandersher stammen könnte.«

»Und woher?« fragt er neugierig.

»Von einem Angehörigen der Sicherheitsbataillone, die ja von den Deutschen ausgerüstet wurden. Meine Nachforschungen haben ergeben, daß die Kämpfer der griechischen Volksbefreiungsarmee an Deutsche nicht herangekommen sind. Sie haben zugeschlagen und sich dann abgesetzt. Daher ist es ziemlich unwahrscheinlich, daß sie ihnen Ausrüstungsgegenstände, wie etwa Luger-Pistolen, abgenommen hätten.«

Er macht ein langes Gesicht und schüttelt verzweifelt den Kopf. »Ist Ihnen klar, was für Widersprüche in dieser Frage herrschen? So kommen wir unmöglich auf einen grünen Zweig.«

»Wieso?«

»Weil es die Schlacht von Meligalas gibt, in der Aris' Partisanen die Angehörigen der Sicherheitsbataillone bis auf den letzten Mann niedergemacht haben. Wer sagt denn, daß sie dort keine Waffen an sich genommen haben? Und wer sagt uns, daß sie diese nach der Vereinbarung von Varkisa abgegeben haben?«

Sein Gedankengang ist genauso überzeugend wie unsere Mienen ratlos. »Können wir uns denn an gar nichts festhalten?« frage ich, obwohl ich die Antwort kenne.

»Scheinbar nicht. Haben Sie vergessen, daß die Archive der Polizei in Keratsini verbrannt sind, gerade als man sich zu versöhnen versuchte? Sie sind nicht symbolisch, sondern tatsächlich verbrannt, und es gibt keine Abschriften.«

Sissis kommt mir in den Sinn. »Es gäbe schon einen Anhaltspunkt«, sage ich zu Gikas.

»Und welchen?«

»Die Rentenanträge der Widerstandskämpfer. Dort wird bestimmt der Werdegang jedes Antragstellers aufgeführt.«

»Gute Idee«, meint er, und sein Gesicht hellt sich auf. »Ich setze sofort ein paar Leute darauf an, die Archive zu durchforsten. Hat der Minister gestern nicht gesagt, wir könnten soviel Verstärkung bekommen, wie wir wollten? Eine Gelegenheit für ihn, zu seinem Wort zu stehen.«

»Und was ist mit den Angehörigen der Sicherheitsbataillone?«

Er hebt kraftlos die Arme. »Da liegen die Dinge viel komplizierter. Als viele von ihnen nach dem Krieg von den Briten in das Korps der Polizei eingegliedert wurden, sind Angaben über ihre Tätigkeit in den Sicherheitsbataillonen gelöscht worden. Heute weiß keiner mehr, wer und wie viele dabei waren.« Er hält kurz inne und ringt sich die Bemerkung ab: »Jedenfalls kenne ich einen, an den Sie sich wohl auch erinnern werden.«

»Wen?« frage ich wißbegierig.

»Kostaras.«

Fast wäre mir der Ausruf »Sissis' Folterknecht!« herausgerutscht, doch ich beiße mir auf die Lippen. Selbst heute spricht man nicht gern über Folterer. »Ich erinnere mich an ihn. Damals war ich gerade neu im Polizeidienst und arbeitete als Gefangenenwärter.«

Gikas lacht auf. »Und immer wenn ihr die Häftlinge abgeholt habt, hat er euch gezwungen, die Folter mit anzusehen – angeblich zu Ausbildungszwecken.«

»Ist er noch am Leben?« frage ich, um zum einen auf das Thema einzugehen, zum anderen jedoch dem unerfreulichen Gespräch eine neue Wendung zu geben.

»Soviel ich weiß, ja. Wenigstens bis vor kurzem lebte er noch. Wie Sie wissen, war er einer von denen, die sofort nach der Junta aus dem Dienst entlassen wurden. In der Zwischenzeit ist seine Frau verstorben. Kinder hat er keine, und so ist er in einem Altenheim gelandet. Wenn Sie wollen, kann ich Namen und Adresse herausfinden.«

Ich habe keinerlei Lust, Kostaras' Fresse wiederzusehen. Und ich glaube nicht, daß er sich mir gegenüber offenherzig zeigen wird. Schlußendlich ist er durch seine Rolle in der Militärdiktatur schon genug ins Kreuzfeuer der Kritik geraten, da wird er sich nicht gerade mit seiner Tätigkeit bei den Sicherheitsbataillonen brüsten wollen. Auf der anderen Seite ist seine Person aber, ob ich will oder nicht, der einzige Bezugspunkt, den ich habe.

»Ja, ich würde gerne mit ihm sprechen.«

Ich fahre zur Garage hinunter, um den Mirafiori zu holen und zum Sender Radio Time zu fahren, bei dem die Jannakaki beschäftigt war. Er liegt in Jerakas, direkt an der Irakliou-Straße, und ich parke vor dem Eingang. Die Empfangsdame reagiert mit einem »Ach ja, ich verstehe, Sie kommen wegen Chara Jannakaki«, als sie meinen Namen und Dienstgrad hört. »Da müssen Sie mit unserem Direktor, Herrn Loukanidis, sprechen.«

Sie läßt mich zwei Telefonate lang warten, bis mich ein Mittdreißiger mit kurzem Haar, einem rosafarbenen Sommerhemd und weißen Jeans empfängt. Das Sympathischste an ihm ist sein freundliches, ehrliches Lächeln.

»Setzen Sie sich, Herr Kommissar«, meint er und deutet auf den einzigen Stuhl vor seinem Schreibtisch.

»Ich werde Sie nicht lange aufhalten. Ich möchte bloß einige Lücken in den Vernehmungen schließen. Hat Ihnen Chara Jannakaki in der letzten Zeit einen unruhigen oder gequälten Eindruck vermittelt?«

Seine Antwort ist prompt und unmißverständlich. »Nein, absolut nicht. Ich darf Ihnen sagen, daß sie sehr offen zu mir war. Wir haben gleichzeitig beim Sender angefangen, und aus dieser gemeinsamen Erfahrung der ersten beruflichen Schritte ist uns ein Vertrauensverhältnis geblieben. Ich versichere Ihnen, daß sie in keiner Weise verändert schien.«

»Hat Sie Ihnen gegenüber vielleicht erwähnt, daß sie sich in der letzten Zeit verfolgt fühlte?«

»Abermals nein, aber vielleicht sollten Sie dazu Klearchos, den Toningenieur, befragen. Er hat sie weit öfter gesehen als ich.«

Er hebt den Hörer von der Gabel, um nachzufragen, ob Klearchos im Sender sei. Ich habe Glück, und er ersucht ihn, gleich nach der laufenden Sendung vorbeizukommen.

»Wo sind wir da bloß hineingeraten!« meint Loukanidis, während wir auf Klearchos warten. »Zwar trifft dieser Verrückte vorwiegend die Fernsehsender, doch er wird auch uns schaden.«

»Ja, aber die Fernsehsender halten sich kein bißchen zurück, bis wir diesen Serientäter gefaßt haben. Ganz im Gegenteil, sie gehen sogar so weit, die Talkshow, die sich mit ihm beschäftigt, mit Werbespots zu unterbrechen.«

Er beugt sich vor und bringt sein Gesicht ganz nah an meins, um seine Aussage zu unterstreichen. »Herr Kommissar, es bleibt ihnen nichts anderes übrig. Glauben Sie mir, nach zwei Wochen ohne Werbung stehen sie vor dem Ruin. Nehmen Sie Chara Jannakakis Sendung zum Beispiel: Chara wurde direkt von den Firmen, für die sie warb, bezahlt. Die Einnahmen aus den klassischen Werbespots fließen in die Kasse des Senders. Hätte Chara aus irgendeinem Grund die Einnahmen aus der eingefügten Werbung verloren, wäre ihre Radiosendung eingestellt worden. Vom übrigen Werbeetat konnte man nämlich kein Honorar für sie abzweigen, dadurch wäre man in die roten Zahlen gerutscht. Und jetzt rede ich nur von einer Radiosendung. Nun stellen Sie sich vor, was bei Fernsehsendungen abläuft.«

Das Gespräch wird durch Klearchos' Erscheinen unterbrochen. Ich stelle ihm dieselben Fragen wie Loukanidis und erhalte dieselben Antworten. Auf gut Glück starte ich einen letzten Versuch.

»Wissen Sie, ob zuletzt ein Mann in ihr Leben getreten ist? Hat sie vielleicht eine neue Bekanntschaft erwähnt?«

»Nein, Herr Kommissar. Und ich halte es auch für unwahrscheinlich, daß sie einen Mann in ihrem Leben hatte oder auch nur wollte.«

»Wieso nicht? Sie war nicht verheiratet, soweit wir wissen.«

»Nein, aber ihr Freund ist vor einem Jahr bei einem Autounfall ums Leben gekommen, und seit damals hat Chara keinen anderen angeschaut.«

Somit fällt auch diese Möglichkeit flach, und Klearchos kehrt an seine Arbeit zurück. »Ich hätte noch eine Frage, und dann lasse ich Sie in Ruhe«, sage ich zu Loukanidis.

»Bitte, nur zu. Auch ich möchte, daß Charas Mörder gefunden wird.«

»Haben Sie im Sender Security-Personal?«

»Natürlich, aber weniger aus Sicherheitsgründen als weil das heute nun mal so üblich ist«, fügt er hinzu.

»War unter den Security-Leuten, die für Sie gearbeitet haben, ein Typ mit der Statur eines Bodybuilders?«

Er hebt die Schultern. »Ehrlich gesagt, achte ich nicht einmal auf sie, aber ich lasse Thanassis kommen, die halbe Portion, die uns jetzt bewacht. Vielleicht weiß er ja mehr.«

Die halbe Portion tritt beschwingt ins Büro, streckt die Hand aus und begrüßt mich mit einem »Sehr erfreut, Herr Kollege«.

Ich blicke ihn an, gleichzeitig versuche ich mich zu beherrschen. »Seit wann sind wir denn Kollegen?« frage ich baß erstaunt.

»Wir sorgen doch beide für die Sicherheit der Bürger.«

»Ja, aber mit einem kleinen Unterschied.«

»Und der wäre?«

»Ich kann dich jederzeit ins Präsidium schleifen und in Haft nehmen, du mich aber nicht.«

Er denkt darüber nach, sieht meine Miene und schluckt. »Das stimmt allerdings.«

»Ist Ihnen je ein Kollege mit extrem bulliger Statur untergekommen, der beim Sender Dienst getan hat?«

»Nein, Herr Kommissar«, entgegnet er, nun respektvoll. »Zunächst war da eine junge Frau, Eftychia, und vor sechs Monaten habe ich den Job übernommen.«

Somit ist auch das auszuschließen. Also mache ich mich zum Aufbruch bereit, doch mein Handy hält mich zurück. Am anderen Ende erkenne ich Gikas' Stimme.

»Das Altenheim, wo Kostaras lebt, heißt ›Haus zum Frieden‹ und liegt in Nikea, in der Nikomidias-Straße.«

Ich beende das Gespräch, verabschiede mich von Loukanidis und bereite mich auf meine nächste Exkursion vor.

## 38

Die Fahrt von Jerakas nach Piräus dauerte vor dem Bau der Attika-Ringstraße so lange wie die Reise von Athen nach Lamia. Nun dauert sie so lange wie die Reise von Athen nach Thiva. Ein gewisser Fortschritt zwar, doch trotz allem kann die Fahrt dorthin nicht als Ausflug bezeichnet werden, sie bleibt eine Reise.

Von Jerakas bis Stavros plätschert der Verkehr dahin. Etwas Sand kommt ins Getriebe, als wir Stavros erreichen. Die ersten sporadischen Huptöne erklingen, und als wir auf der Höhe von Ajia Paraskevi anlangen, schwillt das Gehupe zu einem ohrenbetäubenden Lärm an, da die Ampeln ausgefallen sind und die Wagen aufeinanderhocken wie die Passagiere auf den Fähren zu Mariä Himmelfahrt. Ich brauche fast eine Dreiviertelstunde, bis ich endlich wieder Fahrt aufnehmen kann. Kann sein, daß an jeder Ecke Griechenlands Kirchen und Kapellen stehen, aber Athen wird immer noch von den zwölf Göttern des Olymp regiert, die einen bestrafen, auch wenn man nichts verbrochen hat, und die einen belohnen, auch wenn man nichts geleistet hat. Ich komme in den Genuß einer solch grundlosen Belohnung, da nach Cholargos der Verkehr so sehr zurückgeht, daß man sich auf der Attika-Ringstraße wähnt. In fünf Minuten bin ich an der Kurve des Vassilissis-Sofias-Boulevard angelangt.

Die Sonne steht im Zenit, und ich weiß nicht, ob die

Hitze vom glühendheißen Wagendach stammt oder vom Motor, der ebenfalls heißgelaufen ist. Das hätte noch gefehlt, zum Amüsement der anderen mitten auf der Panepistimiou-Straße liegenzubleiben, sage ich mir. Doch das Verhältnis zu meinem Mirafiori ist wie das einer Schwiegermutter zu ihrem Schwiegersohn. Er murrt, kommt in Wallung, droht mir, aber am Schluß setze ich stets meinen Kopf durch. So auch jetzt: Es gelingt mir, in die Ajiou-Konstantinou-Straße einzubiegen und links über die Menandrou- auf die Pireos-Straße zu fahren. Von hier an bessert sich die Lage spürbar, und ich erreiche Nikea ohne größere Zwischenfälle.

Das Altenheim »Haus zum Frieden« ist ein dreistöckiges Gebäude aus den billigsten Baumaterialien, gerade mal eine bessere Baracke. Es muß als Wohnhaus geplant gewesen sein, doch dann reichte das Geld nicht aus, oder der Bauherr meldete Konkurs an, und die Bauarbeiten wurden in der dritten Etage eingestellt. Ich trete durch den Eingang, steige fünf Stufen hoch und befinde mich im Treppenhaus einer Wohnanlage mit einer Resopal-Theke, die an die gute alte Concierge erinnert. Ein Schild trägt die Aufschrift »Empfang«, doch es gibt keinen, der mich empfängt. Ich spreche eine vorübereilende Vierzigjährige in Arbeitskleidung an, doch sie unterbricht mich sofort, nachdem ich meine Frage mit »Bitte...« eingeleitet habe. »Warten Sie, die junge Frau kommt gleich.« Nach weiteren fünf Minuten höre ich Stimmen aus der ersten Etage und beschließe, ihnen nachzugehen.

Auf dem Treppenabsatz treffe ich auf zwei Altenpflegerinnen – eine dicke Fünfzigjährige und eine andere, die nur halb so alt und halb so dick ist –, die beide gerade einen Rollwagen zur Medikamentenausgabe vorbereiten und sich dabei über die Verlobung der jüngeren unterhalten.

»Entschuldigung, wo kann ich Herrn Stathis Kostaras finden?«

Beide starren mich sprachlos an. »So viele Jahre bin ich nun schon hier, und zum ersten Mal erlebe ich es, daß der Kotzbrocken Besuch bekommt«, bemerkt die Fünfzigjährige.

Nun bin ich an der Reihe, verwundert dreinzuschauen, denn es überrascht mich doch, daß zwei Altenpflegerinnen einen Heiminsassen »Kotzbrocken« nennen. Die jüngere bemerkt offenbar mein Erstaunen und fühlt sich genötigt, mir die Sache zu erläutern.

»Wundern Sie sich nicht, daß wir ihn so nennen. Er ist unerträglich, ich schwör's. Vorgestern hat er die unglückliche Frau Loukia mit seinem Stock verprügelt. Die Ärmste kann immer noch nicht aufstehen. Er lieferte uns eine regelrechte Schlacht, bis wir ihn endlich in seinem Zimmer einschließen konnten. Einer Kollegin, die ihm eine Beruhigungsspritze verabreichen wollte, hat er so heftig in den Arm gebissen, daß sie blutete.«

Es hat keinen Sinn, ihnen zu erklären, daß ich ihn viel jünger und noch viel schlimmer kennengelernt habe. Daher beschränke ich mich darauf, meine Koordinaten bekanntzugeben. »Mein Name ist Charitos. Ich bin Kriminalkommissar und kein Familienbesuch.«

»Sagen Sie bloß, Sie sperren ihn ein, und wir sind ihn los«, meint die Jüngere hoffnungsfroh.

»Leider nein.«

»Kommen Sie, ich zeige Ihnen, wo er sich gerade aufhält«, sagt die Dicke zu mir.

Sie führt mich durch den Flur, bis wir zu einer Glaswand gelangen. Dahinter erstreckt sich ein Saal mit Tischchen und Sofas im Stil einer Cafeteria. Auf einem der Sofas sitzt ein alter Mann in gebückter Haltung. Die eine Hand umklammert einen Gehstock, während sich die andere aufs Sofa stützt. Sein weißer Bart ist mindestens drei Tage alt. Sein schütteres Haar steht am Scheitel hoch wie ein Hahnenkamm.

»Lassen Sie sich nicht von dem Eindruck einlullen, er sei alt und schwach«, sagt die dicke Altenpflegerin. »Sie ahnen nicht, mit welcher Meisterschaft er diesen Stock schwingt. Wie ein Samurai.«

Es kommt mir unwahrscheinlich vor, daß dieser kraftlose Alte Kostaras sein sollte, der unter den Regimegegnern der Junta Angst und Schrecken verbreitete. »Herr Kostaras«, sage ich sanft zu ihm, als ich bei ihm anlange.

Er hebt den Blick, der bislang am Boden klebte, und daran erkenne ich Kostaras wieder. »Du bist außer mir selbst der einzige, der sich noch an meinen Namen erinnert«, sagt er müde. »Meine ehemaligen Kollegen haben mich abgeschrieben, und die hier nennen mich Kotzbrocken.«

»Bei der Polizei war meine erste Stelle Gefangenenwärter in der Bouboulinas-Straße. Von dort kenne ich Sie. Ich brachte Ihnen immer die Häftlinge zum Verhör.«

Sein Blick leuchtet auf, und er blickt mich forschend an. »Hast du was gelernt? Ich habe euch blutige Anfänger dabehalten, damit ihr was lernt. Hast du was gelernt?«

»Heutzutage sind die Vernehmungsmethoden anders.«

»Weiß ich. Deshalb sitze ich ja auch hier«, entgegnet er trocken.

Die junge Altenpflegerin, die sich bald verloben will, tritt mit dem Medikamentenwagen ein. »Zeit für Ihre Medizin, Herr Kostaras.«

Da begreife ich, wovon die Dicke gesprochen hat. Kostaras erhebt den Stock mit für sein Alter bewundernswerter Geschicklichkeit, wirft ihn wie einen Speer und stoppt damit den heranrollenden Medikamentenwagen.

»Verschwinde!« herrscht er die Altenpflegerin an.

»Aber Sie müssen Ihre Medizin nehmen.«

Mit derselben bewundernswerten Geschicklichkeit steckt er den Stock unter die Stellfläche des Rollwagens und hämmert dagegen. Die Medikamente wirbeln durch die Luft auf den Boden.

»Zu Recht heißen Sie Kotzbrocken«, schreit die Pflegerin außer sich, läßt den Rollwagen stehen und läuft hinaus.

Kostaras' Lachen pfeift rhythmisch in seiner Brust. »Sie geben mir Medikamente, die mich schläfrig machen, damit ich völlig abstumpfe und sie ihre Ruhe haben. Aber ich bringe es immer noch fertig, ein Verhör höchsten Schwierigkeitsgrades mit drei Kommunisten gleichzeitig durchzuführen.«

Ich weiß nicht, wie ich darauf komme, vielleicht aus Ärger, vielleicht weil ich es so viele Jahre verdrängt habe, aber nun sage ich zu ihm: »Ich habe Ihnen auch Sissis zum Verhör gebracht. Erinnern Sie sich an Sissis?«

Er antwortet nicht sofort. Wie es scheint, wühlt er in seinen Erinnerungen. Dann sagt er langsam: »Und ob... Er war der einzige, dessen Stolz ich nicht brechen konnte. Was ich ihm auch antat, nichts fruchtete. Nicht ein einziges Mal hat er den Mund aufgemacht.«

»Oh doch! Er schrie und brüllte vor Schmerzen.«

Er wirft mir einen Blick voller Verachtung zu. »Nichts hast du gelernt. Er schrie nicht, weil er Schmerzen hatte. Er schrie, um durchzuhalten.« Er hält inne und fügt dann hinzu: »Er war unantastbar, sage ich dir. Hätte ich ihn nicht so sehr gehaßt, dann hätte ich mit ihm Kaffee getrunken.«

Anstelle der jungen Altenpflegerin, welche die Flucht ergriffen hat, wird nun schweres Geschütz aufgefahren. »Was höre ich da? Wir wollen unsere Medizin nicht nehmen?« sagt die Dicke zu Kostaras, während sie die Medikamente vom Boden aufsammelt und wieder auf den Rollwagen legt.

Kostaras wirft ihr einen haßerfüllten Blick zu. »Dich stecke ich in ein Faß mit eiskaltem Wasser und lasse dich ein paar Stunden einweichen«, sagt er.

»Sehe ich so aus, als würde ich in ein Faß reinpassen? Da mußt du erst mal warten, bis ich abgenommen habe«, entgegnet ihm die Dicke ruhig, während sie eine Pille aus ihrer Hülle drückt.

»Es gibt eine einfachere Methode. Ich stelle dich auf die Dachterrasse, führe dich ganz ans Ende der Häuserwand und schubse dich so weit nach vorne, bis du schwörst, daß du mit der Medizin nicht mehr wiederkommst.« Er lacht mir zufrieden zu. »Dieser Trick hat in der Bouboulinas-Straße immer gewirkt. Die meisten waren nicht schwindelfrei und flehten, ich sollte sie nicht zum Dachfirst führen. Aber unsere prächtigen Jungs ließen sie fast über dem Abgrund baumeln.«

Als Kostaras befriedigt auflacht, stürmt die Dicke auf ihn

zu, packt mit der einen Hand seinen Unterkiefer, zwingt ihn, den Mund zu öffnen, und stopft ihm mit der anderen Hand die Pille tief in den Rachen.

»Es ist meine Pflicht, dir die Pille zu verabreichen«, sagt sie, während sie ihm den Mund zuhält. »Ob du sie nun trocken runterschluckst oder mit Wasser oder wieder ausspuckst, ist mir wurscht. Meine Pflicht habe ich getan.«

Sie läßt Kostaras los, packt den Rollwagen und entfernt sich damit. Kostaras verschluckt sich fast und ringt nach Luft. Ich fürchte schon, daß er mir abkratzt, bevor ich ihn fragen kann, was ich wissen möchte. Auf einem Tischchen sehe ich eine Karaffe und ein Glas. Ich fülle es mit Wasser und gebe ihm zu trinken. Anfangs spuckt er es hustend wieder aus, doch nach ein paar Versuchen gelingt es ihm, die Flüssigkeit runterzuschlucken. Er hat sich einigermaßen erholt, nur seine Atemzüge sind noch keuchend.

»Das können sie einem Kostaras doch nicht antun, verdammt noch mal«, keucht er. »Du hast mich miterlebt und kennst dich aus. Es hat Angehörige der Nationalen Volksfront und der griechischen Volksbefreiungsarmee gegeben, die lieber erschossen werden wollten als mir in die Hände zu fallen. Viele Kommunisten haben mich auf Knien angefleht, sie umzubringen. So kann man sich einem Kostaras gegenüber nicht verhalten.«

Tränen laufen aus seinen Augen, aber mich interessiert einzig und allein, daß er mir nicht einschläft, bevor ich ihm die gewünschten Informationen entlockt habe.

»Da wir gerade von Volksfront und Volksbefreiungsarmee reden: Sind Sie, Herr Kostaras, vor Ihrem Eintritt in den Polizeidienst bei den Sicherheitsbataillonen gewesen?«

Gerade war er noch am Boden zerstört, doch nun richtet er sich plötzlich zu voller Größe auf, und seine Tränen trocknen auf der Stelle. »Was hast du mit den Angehörigen der Sicherheitsbataillone zu tun?« fragt er argwöhnisch.

»Ich persönlich? Gar nichts. Aber wir haben da einen Mörder, der mit einer Luger-Pistole aus den Kriegsjahren zuschlägt –«

»Eine tolle Waffe, die Luger«, bemerkt er, fast träumerisch. »Unheimlich griffig lag die in der Hand. Und dieser schmale Lauf. Sah aus wie eine Spielzeugpistole, aber eine einzige Kugel war tödlich.«

Ich versuche, seine Begeisterung zu nutzen, da ich weiß, daß ihn bald entweder der Zorn oder der Schlaf übermannen wird. »Der Täter ist ein junger Mann, aber er muß die Waffe von einem Älteren bekommen haben, weil keine Luger-Pistolen aus dieser Zeit mehr im Umlauf sind. Wir wissen, daß die Deutschen die Sicherheitsbataillone mit solchen Waffen ausgerüstet haben –«

Da springt er auf. »Es gibt keine Angehörigen der Sicherheitsbataillone mehr!« schreit er außer sich. »Die Kommunisten haben uns alle bei Meligalas liquidiert. Nur zwei, ich und ein anderer, haben überlebt, weil wir unter den Toten lagen und sie nicht merkten, daß wir noch am Leben waren.« Nach der langen Rede stockt ihm der Atem.

»Genau das sage ich auch. Einige von den Überlebenden haben möglicherweise ihre Pistolen aufbewahrt.«

Er beugt sich zu mir und sagt vertraulich: »Ich habe sie mir aufgehoben. Natürlich nicht hier, ich bin ja nicht blöd. Ich habe sie an einem sicheren Ort verwahrt.« Nun lächelt er zufrieden.

Sollte Kostaras der Mittäter sein? frage ich mich. Nicht auszuschließen, aber nicht sehr wahrscheinlich. Einerseits weil ich es ihm in seinem Zustand nicht zutraue, andererseits weil er mir dann kaum sagen würde, daß er seine Luger aufbewahrt hat.

»So wie Sie könnten auch andere ihre Waffe versteckt haben, Herr Kostaras«, sage ich mit gespielter Ehrfurcht, die seine Arroganz, wie ich von früher weiß, ins Unermeßliche steigert. »Und einer von denen, die ihre Luger aufgehoben haben, leiht sie einem jungen Mann, der damit tötet.« Ich setze noch eine Schleimerei obendrauf. »Einzig und allein aus diesem Grund bin ich zu Ihnen gekommen: weil Sie ein fähiger Polizist sind.«

»Bringt der Täter Kommunisten um?« fragt er mich.

»Nein. Er bringt Werbefachleute und Models, die in der Werbebranche arbeiten, um.«

Wieder springt er auf. »Scher dich fort!« schreit er. »Die Angehörigen der Sicherheitsbataillone sind gute Landsleute, keine Mörder! Niemals würden sie unschuldige Griechen umbringen!«

»Er tötet nicht selbst, Herr Kostaras, sondern ein junger Mann. Man kann nicht ausschließen, daß der ihm die Pistole gestohlen hat. Deshalb suchen wir ihn.«

Anstelle einer weiteren Antwort hebt er den Stock, und wieder erwacht der Samurai in ihm.

Sobald ich aus dem Altenheim trete, klingelt mein Handy.

»Hast du Lust auf einen Kaffee?« höre ich Katerinas Stimme.

»Dein Vorschlag kommt wie gerufen. Ich habe gerade einen fürchterlichen Termin hinter mir und überlegte schon, wie ich mich am besten abreagieren könnte.«

»Wo bist du jetzt?«

»In Nikea.«

»Schön. Dann bieg von der Pireos- in die Ajion-Assomaton-Straße ein. Ich warte im Café an der Ecke Ermou- und Ajion-Assomaton-Straße.«

Mit einem Schlag höre ich das Gras wachsen. »Was gibt's denn?« frage ich sie.

»Nichts Unangenehmes«, entgegnet sie und legt auf.

## 39

Katerina erwartet mich in dem kleinen Café, das auf der dem Theseustempel zugewandten Seite des Ajion-Assomaton-Platzes liegt. Vor ihr steht ein Kaffee-Frappé mit einem Strohhalm. Sobald sie mich herankommen sieht, steht sie auf und drückt mir einen Kuß auf die Wange. Erleichtert stelle ich fest, daß sie sich gut gelaunt und mit einem Lächeln auf den Lippen zeigt. Mir ist bewußt, daß ich übertrieben reagiere, aber in der letzten Zeit habe ich so viele Hiebe einstecken müssen, daß ich sofort das Schlimmste befürchte.

Kaum habe ich Platz genommen, erscheint ein kahlgeschorener Kellner mit einem silbernen Knopf im rechten Nasenflügel und fragt nach meinen Wünschen. Ich bestelle einen süßen Mokka, und er unterzieht sich nicht einmal der Mühe, mir zu erklären, daß das Lokal so etwas nicht führt. »Kaffee-Frappé, Espresso, Filterkaffee, Cappuccino und Cappuccino freddo«, zählt er knapp auf. Ich bestelle einen Espresso, da ich Kaffee mit Eisstückchen hasse.

»Deine Idee mit dem Kaffee hat mich gerettet«, sage ich lachend. »Den hatte ich jetzt wirklich nötig.«

»An einem Tag ein Morgenkaffee in Nea Philadelphia, am nächsten ein Nachmittagskaffee auf dem Ajion-Assomaton-Platz, der Kaffeeklatsch wird uns noch richtig zur Gewohnheit, wie bei Busenfreundinnen.«

»Nun ja, Busenfreundinnen sind wir ja nicht gerade, aber dicke Freunde allemal.«

»Weißt du, warum ich unter vier Augen mit dir reden wollte? Ich wollte dir erzählen, wie ich mir meine Zukunft vorstelle. Mama und Fanis werden es am Samstag hören, wenn wir alle zusammen essen, aber du solltest es als erster erfahren.«

»Warum ich zuerst?«

Vor Adriani leuchtet mir ein, aber auch vor Fanis? Eigentlich müßte ich vor Stolz fast platzen, aber ich fürchte mich davor, was mich nun erwartet.

»Ich mache es einfach so wie immer: Dir habe ich zuerst gesagt, daß ich Jura studieren möchte, und du warst der erste, dem ich von meinem Doktorat erzählt habe.« Ja, das stimmt, aber damals war es nichts Besonderes für mich. »Jetzt sag bloß, es ist dir gar nicht aufgefallen«, meint sie, da sie mich nachdenklich sieht.

»Aufgefallen schon, aber ich habe es mir anders erklärt.«

»Wie denn?«

»Ich dachte, du wolltest zuerst mit dem Finanzier deines Studiums darüber reden.«

»Ich habe es dir nicht erzählt, weil du der Geldgeber warst, sondern weil mir deine Meinung wichtig war«, entgegnet sie ein wenig pikiert.

Doch im Grunde verläuft unsere Unterhaltung in der angenehmen Gewißheit, daß wir über Dinge sprechen, die ein gutes Ende gefunden haben und von denen wir wissen, daß wir sie ein für allemal hinter uns haben.

»Jedenfalls freue ich mich im nachhinein, daß meine Meinung zählte und nicht mein sicheres Beamtengehalt. Obwohl..., heute würde es mich gar nicht stören, wenn du zuerst mit Fanis darüber gesprochen hättest.«

»Au weia, guter Gott! Du auch?« sagt sie lachend.

»Was meinst du?«

»Auch du siehst mich als verheiratete Frau, ganz wie Mama.« Ihre Miene wandelt sich schlagartig. »Nun, gehen wir zu den ernsten Dingen über. Heute war ich im Justizministerium und habe mich erkundigt, welche Unterlagen für eine Bewerbung nötig sind.«

»Und die Universität?«

»Nur nichts überstürzen, eins nach dem anderen. Ich muß eine gute Rechtsanwaltspraxis finden, um ein Praktikum zu machen.«

»Und die Universität?« wiederhole ich meine Frage. Seltsam, irgendwie ist mir der Gedanke einer Universitätslaufbahn ans Herz gewachsen, und nun fällt es mir schwer, mich davon zu trennen.

»Ich habe noch einmal darüber nachgedacht und festgestellt, daß es mir nicht liegt. Vielleicht hat es mir kurzfristig geschmeichelt, Übungen mit den Studenten zu machen, aber weder der Unterricht noch die Theorie, noch die Forschung liegen mir im Blut. Dieser Kreis hat sich mit der Doktorarbeit geschlossen. Aber da ist noch etwas, was du wissen mußt.«

»Und zwar?«

»Ich werde mich nicht als Richterin bewerben, sondern als Staatsanwältin. Sowie ich mein Praktikum beendet habe, werde ich zur Prüfung als Beisitzerin antreten.«

Ich erinnere mich an ihre Argumentation, als wir uns über die Richterschaft unterhielten. »Katerina, du hattest mir doch erklärt, wie schwierig es für Frauen sei, Richter zu werden. Staatsanwältin ist noch schwerer.«

»Kann sein, aber mir ist eins klar geworden: Das liegt mir, und darum will ich kämpfen. Aber ich hoffe, daß sich die Dinge vereinfachen, bis ich soweit bin, eine solche Laufbahn einzuschlagen.«

»Bis dahin werde ich in Rente sein«, sage ich lachend. »Jedenfalls haben wir zu Unrecht Kaffee bestellt. Das hätten wir anders begießen müssen.«

»Wir werden es alle zusammen am Sonntag begießen. Die anderen sind ja auch noch da.« Und sie drückt mir einen zweiten Kuß auf die Wange.

Plötzlich schießt mir ein Gedanke durch den Kopf, den ich gerne abklären würde. »Hat Sissis dir bei deiner Entscheidung geholfen?« frage ich.

»Die Erfahrung, die ich durchgemacht habe, hat mir geholfen«, antwortet sie sofort. »Als ich mir alles noch einmal von Anfang an durch den Kopf gehen ließ, habe ich erkannt, daß sich meine Prioritäten verschoben haben. Sissis hat mir anderweitig geholfen, nicht was meine beruflichen Pläne angeht.«

Es freut mich, das zu hören, denn sosehr ich Sissis auch mag, so ginge es doch ein wenig zu weit, würde er sich auch in die Zukunft meiner Tochter einmischen. Gerade will ich einen zweiten Espresso bestellen, um das angenehme Treffen zu verlängern, da hält mich mein Handy davon ab. Ich drücke auf den Knopf und höre Gikas' Stimme.

»Er hat noch einen umgebracht«, verkündet er kurz angebunden.

Es scheint mein Schicksal zu sein, daß jede angenehme

Erfahrung, die ich mache, durch eine schallende Ohrfeige ausgeglichen wird. »Wen?« frage ich ergeben, weil ich so etwas schon erwartet habe.

»Alibrandis, den Werbeleiter von Mediastar.«

»Wieder unterwegs?«

»Nein, bei ihm zu Hause. Er kam von seiner Arbeit zurück und fuhr auf den Parkplatz des Wohnhauses. Vermutlich hat er ihm dort aufgelauert, denn er sprang zwischen den Wagen hervor, hat ihm zwei Kugeln verpaßt und ist abgehauen.«

»Wieder mit dem Motorrad?«

»Das ist noch unklar. Alibrandis wohnte in der Stratigou-Dangli-Straße in Cholargos, in der Nähe des Papaflessa-Platzes. Ich habe sofort einen Einsatzwagen von der Polizeiwache Cholargos hinbeordert. Und Vlassopoulos mit Dermitsakis. Die warten dort auf Sie.«

»Was gibt's?« fragt Katerina ruhig, als ich auflege.

»Er hat den Werbeleiter eines Fernsehsenders getötet.«

»Was ist das bloß für ein Mensch? Unfaßbar wie ein Phantom...«

»Jedenfalls ein Mühlstein an unserem Hals«, entgegne ich und stehe auf. Ich greife nach dem Portemonnaie, doch sie hindert mich daran.

»Fahr schon, ich übernehme das.«

Ich setze mich in den Mirafiori, den ich hinter den Fernlinienbussen geparkt habe, und steuere auf den Syntagma-Platz zu.

## 40

Ich komme als letzter vollkommen durchgeschwitzt und abgehetzt an und finde alle fieberhaft beschäftigt vor. Die noch an Ort und Stelle liegende Leiche wurde Stavropoulos' kundigen Händen übergeben. Alibrandis ist vornüber gestürzt, sein Kopf zeigt zum Eingang des Wohnhauses, und die Tür zum Fahrersitz seines BMW steht offen.

Zu meiner großen Überraschung finde ich Gikas am Ort des Verbrechens vor. Das stößt mir sauer auf, denn so etwas sehe ich in all den Jahren unserer Zusammenarbeit zum ersten Mal. Das ist eine seiner wenigen guten Seiten: Er läßt mich in Ruhe meine Arbeit machen, ohne mir im Weg herumzustehen. Er bemerkt meinen scheelen Blick und fühlt sich genötigt, mir seine Anwesenheit zu erläutern.

»Ein Vögelchen hat mir zugezwitschert, daß der Minister gleich anrauschen wird, und ich will ihm zeigen, daß wir den Fall sehr ernst nehmen und allesamt vor Ort sind. Andernfalls halte ich ihn für fähig, höchstpersönlich die Ermittlungen in die Hand zu nehmen, und dann gute Nacht.«

Er entfernt sich, um mich meine Arbeit tun zu lassen, und beginnt ziellos zwischen Stavropoulos, der Spurensicherung, meinen Assistenten und mir hin- und herzupendeln. In seinem Büro gefällt er sich in der Rolle des Hauptdarstellers, doch hier merkt er, daß er nur Komparse ist.

»Warum setzen Sie sich nicht in einen Einsatzwagen?

Dann ist Ihnen wohler«, sage ich, als ihn seine Unrast wieder zu mir führt.

»Habe ich Ihnen doch erklärt. Vielleicht kreuzt das Superhirn auf.«

»Wenn das tatsächlich eintritt, dann werden wir das an der Journalisten-Vorhut merken.«

»Da haben Sie recht«, meint er. Schließlich habe ich in all den Jahren doch etwas von ihm gelernt.

Stavropoulos hat sich über der Leiche aufgerichtet und bedeutet den Krankenträgern, sie wegzuschaffen.

»Was wollen Sie wissen? Sie kennen doch schon alles«, meint er mürrisch, während er seine Handschuhe abstreift.

»Die Waffe?«

»Dieselbe. Die Tatzeit kennen Sie auch schon.«

»Einzig und allein den Mörder kenne ich noch nicht.«

»Da kann ich Ihnen auch nicht helfen.« Er beginnt, seine Utensilien zusammenzupacken. »Ich schicke Ihnen morgen den Bericht, wenn Sie die technischen Details lesen wollen. Aber die interessieren Sie wahrscheinlich nicht.«

Er grüßt mit einem kurzen Kopfnicken und geht zu seinem Wagen. Da sehe ich, wie Dermitsakis aus dem Eingang des Wohnhauses tritt und rasch auf mich zukommt. »Habt ihr seine Frau angetroffen?« frage ich.

»Soviel wir erfahren haben, ist er geschieden. Seine Exfrau ist Amerikanerin und in ihre Heimat zurückgekehrt.«

»Eltern?«

»Sind beide am Leben, aber auf Samos.« Er hält inne und blickt mich schelmisch an. Ich würde ihn am liebsten ohrfeigen, denn jetzt ist nicht die Stunde für Spielchen. Aber ich beschränke mich auf ein knappes »Sag schon«.

»Wir haben einen Augenzeugen.«

»Und wieso sagst du mir das erst jetzt? Wo sind wir denn? Bei einem Fernsehquiz? Wartest du darauf, daß ich richtig rate und den Gewinn einstreiche?« Er merkt, daß er mir auf den Schlips getreten ist, und blickt mich unschlüssig an. »Wer ist dieser Zeuge?«

»Eine Zeugin, Frau Karasavva. Sie wohnt in der ersten Etage.«

»Los, komm.«

Der Krankenwagen mit Alibrandis' Leiche fährt langsam aus der Garage. Da erblicke ich Gikas, der immer noch im Einsatzwagen sitzt. Seine Miene besagt, daß er sich zu Tode langweilt, und ich beschließe, ihn nach Hause zu schicken. Untätig herumzusitzen, während alle anderen umherhetzen, ist nicht nur öde, sondern auch beschämend.

»Weit und breit kein Minister, Sie sollten lieber nach Hause fahren«, sage ich zu ihm. »Sobald wir fertig sind, rufe ich Sie an und berichte Ihnen die Kernpunkte.«

»Sie täuschen sich. Er ist auf dem Weg hierher, zusammen mit einer Eskorte von TV-Teams.« Wir blicken uns an, und jeder Kommentar ist überflüssig.

»Ich unterhalte mich jetzt mit einer Augenzeugin.«

»Hat sie den Mörder gesehen?«

»Sage ich Ihnen, sobald ich sie vernommen habe, aber eher unwahrscheinlich. Ich bin sicher, daß er seinen Helm aufhatte.«

»Kein Wort zum Minister über die Zeugin. Der ist imstande und vernimmt sie selbst, damit er vor den Journalisten eine gute Figur macht.«

Ich frage mich, wie lange die Flitterwochen zwischen mir

und Gikas, die mit der Entführung der El Greco begonnen haben, noch andauern werden. Ehrlich gesagt, fühle ich mich ein wenig unwohl. Wir standen zwar stets auf derselben Seite von Gesetz und Ordnung, doch Verbündete waren wir nie. Andererseits gebe ich mich keiner Selbsttäuschung hin: Diese Allianz ist vorläufig und den Tiefschlägen geschuldet, die Gikas in letzter Zeit einstecken mußte. Viel braucht es nicht, um den Willen eines Menschen zu beugen. Einmal das Übergehen der Polizei bei dem Befreiungsschlag auf der El Greco, dann die Tatsache, daß er zum ersten Mal einen Minister vor der Nase hat, mit dem er absolut nicht kann. Mit allen bisherigen Ministern ist Gikas zurechtgekommen. Der einzige, den er nicht unter Kontrolle bekommt, ist der aktuelle. Nicht, weil er unbestechlich wäre und über den Dingen stünde, sondern weil er so blöd ist, daß er es nicht versteht, sich Gikas zum Verbündeten zu machen.

Frau Karasavva öffnet uns höchstpersönlich die Wohnungstür. Sie ist Mitte Vierzig und elegant, aber nicht auffällig gekleidet. Sie ist von Kopf bis Fuß gefärbt und geschminkt, aber durchaus dezent, und begegnet uns höflich, ohne zu übertreiben.

»Ich kam gerade vom Einkaufen zurück, als ich die Schüsse hörte«, erzählt sie, sobald sie uns ins Wohnzimmer gebeten hat.

»Wie viele waren es, Frau Karasavva?«

»Fragen Sie mich das im Ernst, Herr Kommissar? Ich bin zu Tode erschrocken, hätte ich da die Schüsse zählen sollen? So schnell ich konnte, bin ich weitergegangen. Da ich zwei volle Einkaufstüten in den Händen hielt, konnte ich nicht rennen. Am Eingang zum Garagenbereich lief er mir plötzlich über den Weg und rannte mich dabei über den Haufen, so daß mir die Tüten aus der Hand fielen und ich mich am Geländer festhalten mußte, um nicht zu stürzen. Dann sah ich Herrn Alibrandis daliegen und rief sofort die Funkstreife.«

»Haben Sie das Gesicht des Täters sehen können?« Ich bin sicher, daß dies nicht der Fall war, und meine Annahme wird prompt bestätigt.

»Nein, er trug einen Helm.«

»Können Sie ihn uns beschreiben? Mit Ausnahme des Gesichts, versteht sich.«

»Groß und kräftig.«

»Wie kräftig?«

»Schauen Sie sich unten den Eingang zur Garage an. Den hat er ganz ausgefüllt.«

»Das ist eine exakte Beschreibung. Und die Größe?«

»Ich bin eins fünfundsechzig. Meiner Schätzung nach ist er an die zwanzig Zentimeter größer als ich.«

»Wie war er gekleidet?«

»Rabenschwarz. Selbst der Helm war schwarz.«

»Haben Sie vielleicht gesehen, was er danach tat? Ist er weggelaufen, hatte er ein Auto oder ein Motorrad in der Umgebung geparkt?«

»Gegenüber hatte er eine Vespa stehen. Mit der ist er weggefahren.«

»Sind Sie sicher, daß es eine Vespa war?«

»Ja. Meine Tochter hat auch so eine, nur in blau. Die aber war hellrot, oder eher so eine Art kirschrot, glaube ich.«

Ich suche nach weiteren Fragen, finde aber keine mehr.

Sie ist eine von den Zeugen, die genau beschreiben, nicht unnötig schwatzen und nicht auf Sensationen aus sind. Als wir uns gerade zum Abschied erheben wollen, ist von draußen das Geräusch heranrasender Wagen zu hören.

»Was ist denn da los?« wundert sich die Karasavva und tritt auf die Veranda.

Ich folge ihr, obwohl ich weiß, welcher Anblick mich erwartet. Die schwarze Limousine des Ministers hat neben dem Einsatzwagen angehalten, in dem Gikas saß. Hinter dem Minister trifft eine motorisierte Division der üblichen Fortbewegungsmittel der Medienmeute ein: Kleintransporter, Vans und Jeeps. Der Minister ist ausgestiegen, steht zwischen seiner Limousine und dem Einsatzwagen und unterhält sich mit Gikas. Der deutet auf den Garagenbereich und bricht dann, wie es scheint, mit ihm zu einem Rundgang auf. Gikas versucht dabei, die Medienmeute auf Distanz zu halten.

»Bitte nicht die Aufnahmeteams, nur der Herr Minister«, ruft er, als sie am Eingang anlangen.

»Lassen Sie nur, lassen Sie nur, sie stören mich überhaupt nicht«, meint der Minister, und die Medienmeute stürmt hinterdrein. Zum Glück hat die Spurensicherung schon ihre Arbeit getan, sage ich mir. Wenn ihnen allerdings etwas entgangen sein sollte, können sie das nun unmöglich nachholen. Denn die werden alles in Grund und Boden trampeln.

»Ist das nicht der Minister für öffentliche Ordnung?« fragt mich die Karasavva.

»In der Tat.«

»Und was will er hier?«

»Sich aus erster Hand über den Fall informieren.«

»Na, dann ist ja alles in Butter«, bemerkt sie verächtlich. »Hier geht alles drunter und drüber, und er denkt nur an seinen Auftritt in den Abendnachrichten.«

Der Konflikt mit dem Minister kommt Gikas zugute. Zum ersten Mal ist er der Mentalität der kleinen Leute so nah. Ich steige die Treppe hinunter zum Garagenbereich.

»Benachrichtige alle Polizeiwachen per Funk«, sage ich zu Dermitsakis. »Wir suchen eine Vespa, Farbe hell- bis dunkelrot. Vermutlich hat er sie irgendwo zwischen Cholargos und Ajia Paraskevi stehen lassen, es könnten aber auch andere Gegenden sein.«

Beim Verlassen des Wohnhauses sehe ich, wie der Minister die Vorbereitungen der Aufnahmeteams geduldig abwartet, um vor der Garageneinfahrt eine Presseerklärung abzugeben. Gikas schleicht sich davon und bleibt an meiner Seite stehen. Offenbar will der Minister die öffentliche Aufmerksamkeit mit keinem anderen teilen und Gikas mit seiner Anwesenheit den eventuellen Fauxpas des Ministers keinen Segen erteilen.

»Heute abend haben wir ein weiteres Opfer des Serienkillers, der die Werbebranche heimsucht, zu beklagen. Den Angehörigen des unglücklichen Opfers möchte ich mein tiefes Mitgefühl ausdrücken. Und ich möchte klarstellen, daß die mir unterstellten Einheiten jeden Versuch unternehmen, den Aktionen dieses rücksichtslosen Mörders ein Ende zu setzen. Ich erkläre ganz entschieden, daß ich entschlossen bin, weitere Einsatzkräfte für die Verfolgung des Mörders zur Verfügung zu stellen. Ab morgen wird sich der ganze Polizeiapparat auf eine gnadenlose Mörderjagd machen.«

»Wie sollen wir ihn jagen, wenn wir gar nicht wissen, wer er ist?« Meine Frage ist mehr an mich selbst als an Gikas gerichtet.

»Ach, schlagen Sie sich immer noch mit dieser Frage herum?« spottet Gikas.

»Sind Sie mit der Arbeit der Polizei bislang zufrieden?« ist eine nicht zuordenbare Stimme aus dem Hintergrund zu hören.

»Wie gesagt unternimmt die Polizei übermenschliche Anstrengungen, und ich glaube, daß wir bereits wichtige Erkenntnisse gewonnen haben. Sollte jedoch eine andere, noch effektivere Herangehensweise nötig sein, werden wir nicht zögern, sie einzusetzen.«

»Soll ich hingehen und ihm meinen Rücktritt ins Gesicht schleudern?« fragt Gikas außer sich.

»Warum sollten Sie Ihren Posten verlassen, wo er doch in sechs Monaten wieder ein einfacher Abgeordneter sein wird?«

»Ihr Wort in Gottes Ohr«, flüstert er erleichtert.

Der Minister besteigt seine Limousine und fährt grußlos davon. Ob dies seinen schlechten Manieren geschuldet ist oder ob er uns damit seine stillschweigende Mißbilligung zum Ausdruck bringen will, bleibt dahingestellt.

»Der Mörder ist mit einer Vespa geflohen, Farbe hell- bis dunkelrot. Ich habe per Funk eine Suchmeldung herausgegeben.«

»Geben Sie auch eine Abbildung des Modells an die Fernsehsender weiter. Vielleicht hat es jemand zufällig gesehen. Eine Vespa in Athen ist allerdings die berühmte Stecknadel im Heuhaufen.«

Sein Vorschlag leuchtet mir ein, und ich beauftrage Vlassopoulos mit seiner Umsetzung. Mir bleibt nichts weiter zu tun, und so beschließe ich aufzubrechen. Gikas ist bereits mit demselben Einsatzwagen abgefahren, der ihn hergebracht hatte.

Es ist fast zwei Uhr, als ich nach Hause komme. Adriani ist noch wach und sitzt vor dem Fernseher.

»Warum liegst du noch nicht im Bett?« frage ich.

»Weil du nicht gern alleine ißt und sonst mit leerem Magen schlafen gehst.«

»Ich habe keinen Hunger, aber ein wenig Obst würde ich gerne essen.«

»Dann bringe ich dir Wassermelone mit Feta«, meint sie, und meine gute Laune kehrt zurück.

Ich schalte den Fernseher aus, da ich keinen Bock auf eine »Sondersendung« habe, in welcher der Minister, vor der Einfahrt zum Garagenbereich posierend, die Hauptrolle spielt.

## 41

Der erste, den ich am nächsten Morgen vor meinem Büro antreffe, ist Sotiropoulos. Und zwar nicht als Speerspitze der üblichen Journalistenmeute, sondern ganz einsam, niedergeschlagen und mit hängenden Mundwinkeln. Wir tauschen einen kurzen Gruß aus, ich mit normaler Stimme, er mit einem gehauchten Flüstern, und treten in mein Büro.

»Wann habt ihr ihn endlich?« fragt er mich, noch ehe wir Platz genommen haben.

»Wen?« Meine Gegenfrage klingt dumm, aber diese Begrüßung habe ich einfach nicht erwartet.

»Diesen Serienmörder, wen sonst?«

»Keine Ahnung«, sage ich vollkommen aufrichtig. »Er ist ein Phantom, ein Mensch ohne Namen und ohne Gesicht, der zuschlägt und spurlos verschwindet. Zum ersten Mal halte ich nichts vor Ihnen geheim, denn ich weiß wirklich nichts.«

»Und bis Sie etwas in Erfahrung bringen, hat er uns schon in den Ruin getrieben.« Sein Tonfall ist angriffslustig, doch ich kriege es nicht in den falschen Hals. Ich bin es gewohnt, als Sündenbock herhalten zu müssen, wenn irgend etwas schiefläuft.

»Kommen Sie, reden Sie nicht die Sintflut herbei«, tröste ich ihn. »Früher oder später schnappen wir ihn.«

»Ich rede die Sintflut nicht herbei. Sie ist schon da, und

sie steht uns bis zum Hals. Wissen Sie, daß Entlassungen bevorstehen? Und das sage ich nicht nur aus Sorge und Solidarität mit meinen Kollegen. Auch ich laufe Gefahr, auf der Straße zu landen.«

Ich lache auf, weil es Dinge gibt, die man einfach nur als Scherz auffassen kann. »Wenn Sie mir sagen, daß Sie als letzter gehen und die Rolläden runterlassen, glaube ich das.«

»Was bringt Sie denn dazu zu glauben, daß man mich nicht entläßt?« fragt er ernst.

»Wollen Sie mich auf den Arm nehmen? Sie sind doch das Zugpferd des Senders.«

»Haben Sie die Einschaltquoten meiner Sendungen in der letzten Zeit verfolgt? Die sind auf Talfahrt.«

»In der Sendung über den Serienmörder habt ihr zwanzig Minuten lang Werbung gebracht. Das nennen Sie Talfahrt?«

»Das war eine Sondersendung, die zählt nicht. Die sonst von mir gemachten Sendungen gehen den Bach runter. Die Werbespots sind auf die Hälfte gesunken, und alle, vom Sendeleiter bis zum Programmdirektor, blicken mich scheel an. Wissen Sie, welche Sendung in der letzten Zeit die beste Quote hatte?«

»Bestimmt nicht. Wo käme ich denn hin, wenn ich auf die Einschaltquoten achten würde.«

»Das Interview mit Ihrer Frau. Hören Sie, Kostas.« Das »Kommissar« schluckt er in der Vertraulichkeit der Verzweiflung hinunter. »In meinem Job geht der zuerst, der das dicke Geld verdient, die Quote aber nicht mehr bringt. Und ich gehöre mittlerweile in diese Kategorie. Als Reporter bin ich ihnen zu teuer, und als Produzent bringe ich die Quote nicht. Deshalb sage ich, tun Sie was, denn uns geht's an den Kragen. Wir haben vielleicht unsere Meinungsverschiedenheiten, aber Sie kennen mich nun schon seit Jahren, und es wird Ihnen auch nicht einerlei sein, mich auf der Straße zu sehen.«

Mit einem Schlag wird mir bewußt, daß er alles, was er sagt, haargenau so meint. »Glauben Sie mir, ich tue, was ich kann, aber dazu braucht man auch ein Quentchen Glück. Früher oder später wird der Zufall auf meiner Seite sein. So ist es bis jetzt immer gewesen, das sage ich aus Erfahrung.«

Er erhebt sich wortlos und geht zur Tür. »Haben Sie tatsächlich Angst, arbeitslos zu werden?« frage ich ihn, denn noch immer kann ich mir das schlicht nicht vorstellen.

Er dreht sich um und blickt mich an. »Ich bin fünfzig Jahre alt und verdiene gutes Geld. Wenn ich dreißig wäre und das Grundgehalt bekäme, müßte ich nicht um meinen Job bangen.« Er öffnet die Tür, überlegt es sich jedoch noch einmal anders und kehrt zurück. »Eigentlich muß ich keine Angst haben. Meine Wohnung ist abbezahlt, bei meinem Auto fehlen noch zwei Raten. Trotzdem geht es mir an die Nieren. Die Leute unserer Generation sind als linke Idealisten aufgebrochen, um als Hosenscheißer zu enden«, ergänzt er apodiktisch und geht grußlos hinaus.

Es ist ihm gelungen, seine Angst auf mich zu übertragen, oder um gerecht zu bleiben, meine bereits vorhandene Angst anwachsen zu lassen. Nun, mir droht zwar keine Entlassung, aber der Druck, den Mörder zu finden, inklusive der psychischen Belastung, daß alle – von den Werbefirmen bis zu den Fernsehsendern, vom Minister bis Gikas – von mir die Lösung erwarten, läßt mich Sotiropoulos' Angst teilen.

Um dem Stress zu entfliehen, beschließe ich, mein Büro zu verlassen und eine Fahrt zu Mediastar zu unternehmen, dem Sender, wo Alibrandis arbeitete. Doch das Klingeln des Telefons hält mich zurück. Am anderen Ende ist Gikas, der mich kurz angebunden informiert.

»Ein weiterer Brief.«

»Bei derselben Zeitung?«

»Ja, bei der Politia. Ich verbinde Sie mit Petrochilos, damit Sie es aus erster Hand hören.«

Ich warte einige Sekunden, dann höre ich Petrochilos' beschwingte Stimme. »Des einen Leid, des anderen Freud, Herr Kommissar. Wer das gesagt hat, muß ein Prophet gewesen sein und die heutige globalisierte Gesellschaft der freien Marktwirtschaft vorhergesehen haben.«

Ich erwartete, ein Bekennerschreiben zu hören, und bekomme statt dessen eine Lektion in Globalisierung erteilt. »Was wollen Sie damit sagen?« frage ich lustlos.

»Seit gestern, seit Alibrandis' Ermordung, laufen bei uns in der Redaktion die Telefone heiß, wir kommen den Inseratwünschen gar nicht mehr hinterher. Wenn jetzt das Schreiben veröffentlicht wird, kommen voraussichtlich mindestens noch einmal sechzehn Seiten Werbung zur nächsten Ausgabe hinzu. Mit uns reiben sich auch die Graphiker die Hände, während bei der TV-Werbung und den Sendern tote Hose ist. So lange haben sie den Hauptanteil vom Kuchen vernascht, und jetzt nehmen wir ihnen die Butter vom Brot.« Er hält so kurz inne, daß ich keine Gelegenheit finde, ihn zu unterbrechen, und fährt dann niedergeschlagen fort: »Vassos Alibrandis' Ermordung ist mir jedenfalls schon unter die Haut gegangen. Natürlich freue ich mich über das plötzliche Interesse und kann es kaum fassen, daß wir endlich wieder schwarze Zahlen schreiben. In erster Linie jedoch trifft mich sein Schicksal als Mensch.«

Das lasse ich kommentarlos im Raum stehen und bitte ihn, mir das Schreiben vorzulesen. Man könnte es eher eine kurze Notiz nennen, denn auf dem Papier kann es nicht mehr als ein paar Zeilen einnehmen.

*»Wie es scheint, seid Ihr entweder verrückt oder Ihr nehmt mich nicht ernst. Denn würdet ihr mich ernst nehmen, hättet ihr in der Sendung über mich keine Werbung gebracht. Diese Provokation wird Euch teuer zu stehen kommen. Die Tötung von Vassos Alibrandis war die erste leise Warnung. Hört sofort mit Werbung auf, denn von heute an befinden sich alle, die mit dieser Branche zu tun haben, von den Angestellten bis zu den Eigentümern von Werbefirmen und Fernsehkanälen, im Fadenkreuz. Das ist meine letzte Warnung. Eine weitere wird es nicht geben.«*

Nach Beendigung des Gesprächs mit Petrochilos breche ich zu Mediastar auf. Die Büros liegen in Melissia, in der Alexandroupoleos-Straße, und die Fahrt dorthin liegt mir im Magen. Die nagende Gewißheit, daß ich bloß meine dienstlichen Ermittlungen vervollständige und voraussichtlich ohne jegliche neue Erkenntnis wieder abziehen werde, macht die Tour nicht gerade erträglicher.

Draußen herrscht drückende Schwüle. Alle Fenster sind

offen, doch kein Lüftchen streicht über mein Gesicht. Dagegen läuft mir der Schweiß von den Schläfen. Der einzige Grund, ein neues Auto zu kaufen, wäre eine Klimaanlage. Vor zwei Jahren, in einem Moment hitzebedingter Verzweiflung, wollte ich mir in einer Werkstatt eine Klimaanlage in den Mirafiori einbauen lassen. Der Mechaniker sah mich nur an und meinte verächtlich: »Wenn du einen kleinen Ventilator willst, na schön. Aber mehr ist nicht drin.« Danach blieb ich, trotz der Abgase, bei der sicheren Lösung des offenen Fensters.

Mediastar ist in einem jener dreistöckigen, grauen Gebäude ganz aus Beton und Glas untergebracht, deren moderne Fassade dunkle blickdichte Scheiben aufweist, durch die man von innen nach draußen jedoch alles sehen kann.

Der Security-Mann am Eingang empfängt mich nicht mit einem »Herr Kollege«, sondern bietet mir an, mich zur Werbeabteilung zu führen, wo er mich einer Vierzigjährigen mit pechschwarzem Haar und fleischigen, knallrot geschminkten Lippen übergibt.

»Die Todgeweihten grüßen dich«, sagt sie, als sie meinen Namen und meine Berufsbezeichnung hört.

»Wurden Sie auch bedroht?« frage ich überrascht.

»Nein, aber wir sind die nächsten Kandidaten. Dieser Irre hat sich geschworen, uns alle umzulegen. Und unsere Leute beharren auf ihrer alten Leier, denen ist einfach alles schnuppe.«

»Hör schon auf zu zetern, Loukia«, ruft eine dicke Blonde, die am Schreibtisch nebenan sitzt. »Reicht es nicht, daß wir durch Vassos' Tod völlig fertig sind? Dann kommst noch du mit deiner Hysterie.«

»Wenn du Angst hast, dann kündige doch«, sagt ihr eine junge Frau Mitte Zwanzig. »Vielleicht hast du noch andere Einkünfte. Ich habe mir ein Jahr lang die Hacken abgelaufen, um Arbeit zu finden, und ich lasse mich lieber umbringen, als sie sausen zu lassen.«

Ich beschließe einzuschreiten, da ich sonst noch in ihre persönlichen Reibereien verwickelt werde. Und da ihre Nerven blankliegen, werde ich nicht einmal die dienstlichen Ermittlungen zu Ende bringen können.

»Haben Sie vielleicht gehört, ob Alibrandis in der letzten Zeit von Drohungen gegen seine Person erzählt hat?«

»Nein. Uns zumindest hat er nichts gesagt. Weder in den letzten Tagen noch im letzten Monat. Hat er dir vielleicht etwas erzählt, Jessey?« fragt sie die junge Frau.

»Kein Wort!« entgegnet die mit Nachdruck.

»Und Ihnen?« frage ich die Dunkelhaarige.

»Nichts dergleichen«, flüstert sie mühsam.

»Hat er Ihnen gegenüber vielleicht erwähnt, daß er sich verfolgt fühlte?«

»Nein!« antworten alle drei wie aus einem Munde.

»Vassos war wie immer, er hatte sich überhaupt nicht verändert«, stellt die Blonde mir gegenüber klar. »Seine einzige Sorge war, daß das Werbeaufkommen sinken könnte. Den ganzen Tag hing er am Telefon, um die Kunden und die Werbefirmen zu überzeugen, daß sich nichts geändert hatte und der Sender weiterhin Spots ausstrahlen würde.«

Meine letzte Frage ist die informellste und die folgenschwerste. »Hat Alibrandis stets zur gleichen Zeit das Büro verlassen oder zu unterschiedlichen Zeiten?«

»Normalerweise zwischen sechs und sieben«, entgegnet

Jessey. »Manchmal blieb er auch länger. Früher ging er selten, fast nur wenn er auswärts Termine hatte.«

Folglich hat der Mörder seine Privatadresse herausgefunden, seinen Wagen ausspioniert und dort auf ihn gewartet, um zu sehen, wann er gewöhnlich nach Hause kam. Von da an war alles ganz einfach. Und hätte er ihn nicht beim ersten Mal angetroffen, dann hätte er ihm eben ein zweites oder drittes Mal aufgelauert. Wir müssen die ganze Gegend durchkämmen. Bei seiner Statur könnte er jemandem aufgefallen sein. Doch ich bezweifle, daß jemand sein Gesicht gesehen hat. Mit Sicherheit hat er den Helm nie abgelegt. Vermutlich ist er mit dem Motorrad so lange um den Block gekurvt, bis er Alibrandis' Wagen erblickte.

Meine Fragen sind beantwortet, und eher aus professioneller Gewissenhaftigkeit überlege ich, dem Security-Mann noch ein paar zu stellen, als mein Handy läutet und ich zum zweiten Mal Gikas' abgehackte Stimme höre.

»Wo sind Sie?«

»Bei Mediastar.«

»Kommen Sie direkt in die Katechaki-Straße. Er will uns sprechen.«

Ich lege auf und bereite meinen Abgang vor, als die Blonde mir zuvorkommt. »Sagen Sie uns bitte die Wahrheit, weil die Sache uns unter den Nägeln brennt. Glauben Sie, daß Sie ihn schnappen werden?«

»Früher oder später werden wir ihn kriegen. Doch er arbeitet allein, er schlägt zu und verschwindet. Die Lösung solcher Fälle braucht ihre Zeit. Die Polizei muß Schritt für Schritt die einzelnen Mosaiksteinchen zu einem Bild zusammenfügen.«

»Dann gehen Sie doch zu einer Kartenlegerin«, giftet mich die Dunkelhaarige mit den fleischigen Lippen an. »Denn ich kann mir nicht vorstellen, wie ihr allein mit ihm fertig werden wollt. Und dabei steht unser Leben auf dem Spiel.«

Ihr Gemäkel geht mir gehörig auf die Nerven, und ich würde sie gerne in die Schranken weisen, doch ich habe es eilig, in die Katechaki-Straße zu kommen.

## 42

Von Melissia in die Katechaki-Straße brauche ich etwa eine Dreiviertelstunde.

»Kommen Sie herein, Herr Kommissar. Sie werden schon erwartet«, sagt die Sekretärin des Ministers mit leicht säuerlicher Miene, da ich nicht gleich nach dem Aufruf zum Treffen Habacht stand.

Es sind genau dieselben Personen wie bei der letzten Besprechung. Nur die Sitzordnung hat sich ein wenig geändert, doch der Minister übernimmt wie stets den Vorsitz am rechteckigen Konferenztisch. Gikas hat dafür gesorgt, rechts zwischen Galakteros und Delopoulos zu sitzen. Vis-à-vis vom Minister hat der Vorsitzende des Industriellenbundes Platz genommen. Alle wenden sich um und blicken mich genervt an, da ich zu spät komme. Keiner zeigt sich gewillt, mir an seiner Seite Platz zu machen. So nehme ich einen Stuhl und drängle mich zwischen Gikas und Galakteros, was letzteren irritiert, mir jedoch schnurz ist.

Das bei meinem Eintritt unterbrochene Gespräch hebt in Form eines Angriffs des Industriellenvertreters auf den Minister wieder an.

»Zur Bekämpfung der Geiselnahme haben Sie wesentlich mehr Mittel eingesetzt, Herr Minister«, bemerkt er mit schneidender Schärfe. »Die Antiterrorabteilung, einen großen Teil der Polizei bis hin zur Marine. In unserem Fall überlassen Sie alles dem Herrn Kommissar und der Mordkommission. Ich will um Himmels willen die Fähigkeiten dieses Mannes nicht anzweifeln, aber eine Schwalbe bringt noch keinen Frühling.«

»Der Herr Kommissar ist keineswegs auf sich allein gestellt«, protestiert der Minister. »Momentan stehen alle für die Verbrecherjagd benötigten Kräfte bereit. Das habe ich gestern abend öffentlich erklärt, doch auch Herr Kriminaldirektor Gikas kann es Ihnen bestätigen.«

Der Vorsitzende des Industriellenverbandes betrachtet Gikas' Bekräftigung als überflüssig und setzt seinen Angriff gegen den Minister fort. »Der politische Schaden durch einen Terroranschlag ist ein Witz im Vergleich zu dem Schaden, der Ihnen durch den Zusammenbruch des ganzen Systems der Werbung und zugleich auch des Privatfernsehens entsteht, Herr Minister. Entschuldigen Sie, aber ich habe den Eindruck, die Regierung hat den Ernst der Lage nicht erfaßt. Terroranschläge sind vielleicht politisch besser auszuschlachten, doch ich warne Sie: Beim nächsten Terrorakt wird es kein Fernsehen mehr geben, um darüber zu berichten.«

Der Minister steckt arg in der Klemme, und um den auf ihm lastenden Druck abzuwälzen, wendet er sich an mich. »Herr Gikas hat mich bereits informiert«, meint er. »Haben Sie vielleicht noch aktuelle Erkenntnisse hinzuzufügen?«

»Ich habe mit dem Personal von Mediastar gesprochen.« Dabei blicke ich zu Renos Chelmis hinüber, dem dicken Glatzkopf im cremefarbenen Anzug, dem der Sender gehört. »Wie es scheint, hat Vassos Alibrandis weder Drohungen erhalten noch sich verfolgt gefühlt. Die wahrscheinlichste Version ist: Der Täter hat herausgefunden, wann sein Opfer normalerweise nach Hause kam, und den geeigneten Augenblick abgewartet, um ihn zu ermorden.«

»Und natürlich hat's keiner gesehen«, spottet der Minister.

»Nicht ganz«, mischt sich Gikas ein. »Wir haben eine Hausbewohnerin als Zeugin, die ihm unmittelbar nach dem Mord am Eingang zum Garagenbereich begegnet ist. Sie hat uns eine exakte Täterbeschreibung geliefert. Von ihr haben wir erfahren, daß er mit einer hell- bis dunkelroten Vespa geflohen ist, nach der wir nun suchen.«

»Ich möchte Ihnen bekanntgeben, daß Mediastar von heute an die Ausstrahlung von Werbespots einstellen wird, bis der Täter gefaßt ist und wir sicher sein können, daß kein Menschenleben mehr in Gefahr ist«, erklärt Chelmis.

Darauf folgt ein Schweigen, das zwischen Verstimmung und Verlegenheit schwankt, und alle Blicke richten sich auf Chelmis.

»Wenn ein Sender jetzt die Ausstrahlung von Werbespots unterbricht, wird er auch nach dem Ende dieses Unheils keinen Anteil mehr vom Werbekuchen bekommen«, erklärt Galakteros kühl und nicht direkt an Chelmis, sondern an die gesamte Runde gerichtet.

Chelmis springt, wie von einem Stromschlag getroffen, von seinem Sitz auf. »Also, was wollen Sie eigentlich? Soll ich weiterhin Werbung senden, wenn führende Mitarbeiter des Senders ermordet werden? Damit mir die Zuschauer das Kainsmal des rücksichtslosen Spekulanten, der über Leichen geht, aufdrücken?«

»Ich bedaure, aber wir alle sitzen im selben Boot. Keiner kann es mir nichts, dir nichts verlassen«, entgegnet Galakteros kalt.

»Herr Galakteros sieht das absolut richtig«, sekundiert der Vorsitzende der Industriellenvereinigung. »Dadurch stürzen Sie sich nicht nur selbst ins Verderben, sondern auch eine ganze Reihe von Unternehmen, deren Verkaufszahlen von ihrer Produktwerbung abhängen. Wie sollen sie Ihnen in Zukunft vertrauen, wenn Sie im entscheidenden Moment der Forderung eines Serienmörders nachgeben?«

»Meine Herren, ich bitte Sie ... Lassen Sie uns kühlen Kopf bewahren«, versucht der Minister die Gemüter zu beruhigen, aber seine Worte verhallen ungehört.

»Ich bitte Sie, es reicht!« unterbricht ihn Galakteros. »All das ist der Unfähigkeit der Polizei geschuldet, die Ihnen untersteht, Herr Minister!« fügt er empört hinzu.

»Also, was wollen Sie eigentlich? Sollen wir noch mehr Opfer beklagen, nur weil Sie auf die Werbung Ihrer Produkte nicht verzichten wollen?« Delopoulos folgt Chelmis' Beispiel und springt ebenfalls auf. »Das sind doch alles leere Drohungen, meine Herren. Hier stehen die beiden Sender mit den höchsten Einschaltquoten vor Ihnen. Wenn Sie die ausschließen, wo wollen Sie dann werben? In den Sendern, die kaum drei Prozent der Zuschauer erreichen?«

»Hör zu, Jorgos«, sagt Chelmis zu Galakteros. »Bis hierher und nicht weiter. Sie entscheiden über die Programme, die wir senden. Sie entscheiden darüber, wieviel und wann wir bezahlt werden. Wollen Sie uns zu guter Letzt nun auch noch erpressen?«

»Zu Recht nennt Sie dieser Irre Großaktionär. Nicht ich

bestimme in meinem Unternehmen, sondern Sie«, fügt Delopoulos hinzu. »Sie sind der Großaktionär.«

Der Vorsitzende der Industriellenvereinigung sieht, daß seine Drohungen bei den Sendern nichts fruchten, und legt sich nun mit der politischen Macht an, die ihm offenkundig eher zupaß kommt.

»Sollte sich die Ansicht durchsetzen, vorläufig auf die Ausstrahlung von Werbung zu verzichten, werden viele Arbeitsplätze verlorengehen. Die Unternehmen können ihr Personal unmöglich halten, wenn die Verkaufszahlen in den Keller rutschen.«

»Ich habe heute eine Recherche in Auftrag gegeben, wie viele Journalisten und wieviel Personal aus den Bereichen Technik und Verwaltung wir entlassen müssen, um zu überleben«, fordert ihn Chelmis heraus und bestätigt Sotiropoulos' Befürchtungen.

»Wieso beschränken Sie sich nicht eine Zeitlang auf Plakatwerbung und Zeitungsinserate?« fragt Gikas.

»Wie sollten wir, Herr Kriminaldirektor!« protestiert Galakteros empört. »Sie haben ja keine Ahnung! Kein Model läßt sich mehr für ein Plakat fotografieren. Alle sind in Angst und Schrecken versetzt und gehen nicht einmal ans Telefon.«

Doch wenn man vom Teufel spricht... Prompt klingelt mein Handy. Ich verlasse meinen Platz und gehe ans andere Ende des Raums, um das Gespräch entgegenzunehmen.

»Wo sind Sie, Herr Kommissar?« fragt mich Dermitsakis.

»In einer Besprechung.«

»Können wir reden?«

»Ja, aber nur kurz.«

»Seit Sie weg sind, ruft ständig eine gewisse Anna, eine Friseuse, für Sie an.«

Wenn ich jemanden gesucht habe, um mein Mütchen zu kühlen, so habe ich ihn nun gefunden. »Mir stehen die Haare mit oder ohne Friseuse zu Berge. Und Dauerwelle brauche ich auch keine. Was ist denn das für ein Blödsinn!« zische ich empört.

»Gehen Sie nicht auf mich los, mich trifft keine Schuld«, rechtfertigt er sich. »Nur, diese Friseuse ruft alle zehn Minuten an und erzählt mir, daß ihr Sohn irgendwelche Fotos gemacht hat, die Sie unbedingt sehen sollten. Aber sie kann nicht selbst kommen, da sie ihren Frisiersalon nicht verlassen kann, und daher bittet Sie sie, bei ihr vorbeizukommen.«

Hm, eine Friseuse, die mir Fotos zeigen will, die ihr Sohn geschossen hat. In der letzten Zeit bin ich mit keiner Friseuse auf einem Ausflug gewesen, daher wird es sich vermutlich nicht um Erinnerungsschnappschüsse handeln. Sie will mir etwas anderes zeigen, das sie für wichtig hält, und bei der derzeitigen Lage der Dinge kann ich es mir nicht leisten, selbst die entlegenste Möglichkeit zu übergehen.

»Wo liegt ihr Frisiersalon?«

»In der Gramou-Straße 11, in Papagou.«

»Hast du ihre Nummer?«

»Ja. 6588713.«

»Gut, ich rufe sie an.«

Ich lasse die anderen in erregtem Tonfall weiterdiskutieren und trete aus dem Büro, während ich Gikas gleichzeitig ein Zeichen gebe. Ich wähle die Nummer des Frisiersalons von einem Festnetzapparat, und eine Frauenstimme meldet sich.

»Frau Anna, bitte.«

»Am Apparat.«

»Kommissar Charitos.«

Nach einer kurzen Pause höre ich die verängstigte Stimme der Friseuse. »Ich weiß nicht, ob es richtig war, daß ich Sie angerufen habe, aber ich habe ein paar Aufnahmen, die mein Sohn gemacht hat, die Sie meiner Meinung nach interessieren könnten.«

»Was für Fotos sind das?«

»Das möchte ich Ihnen lieber nicht am Telefon sagen. Ich wäre ja zu Ihnen ins Büro gekommen, aber ich kann den Frisiersalon und mein Kind nicht allein lassen.«

»Einverstanden, ich komme sofort.«

Gikas ist herausgetreten und wartet auf das Ende des Gesprächs. »Was gibt's?« fragt er unruhig.

»Eine Friseuse aus Papagou will mir Fotos zeigen, die ihr Sohn gemacht hat.«

»Was für Fotos?«

»Keine Ahnung, aber ich vermute, daß es sich um die Vespa des Täters handelt. Die Frage ist nur, wann er sie fotografiert hat. Bevor er die Abbildung im Fernsehen gesehen hat oder danach? Dann könnte er jede beliebige rote Vespa, die ihm unterkam, geknipst haben.«

»Gut, gehen Sie. Wir sind hier ohnehin überflüssig. Die liegen sich hier gehörig in den Haaren. Wenn der Täter sie sehen könnte, würde er sich die Hände reiben.«

Ich verspreche Gikas, ihn anzurufen, sobald sich etwas Außergewöhnliches ergibt, und breche ohne Abschiedsgruß auf, da ich – vor allem dem Minister gegenüber – keine Erklärungen abgeben will. Er ist dermaßen in die Enge getrieben, daß er im Handumdrehen mit einem Journalistentroß auftauchen könnte, noch bevor ich in Papagou angelangt bin.

## 43

Der Mirafiori steht in der Sonne und glüht vor sich hin. Glücklicherweise sind die Entfernungen nicht groß. Ich gelange erst auf den Messojion- und dann über den Kyprou-Boulevard in den Bezirk Papagou. An zwei Kiosken frage ich mich durch, wo die Gramou-Straße zu finden ist. Am ersten hat man keine Ahnung, am zweiten erklärt man mir, sie sei eine Parallelstraße rechterhand zum Kyprou-Boulevard, gleich nach dem Metaxa-Platz. Nach einer kleinen Runde um den Platz finde ich sie auf Anhieb.

Der Frisiersalon liegt in der Mitte der Gramou-Straße und heißt *Annie's Art*. Warum sollten die Gattinnen pensionierter Offiziere der Streitkräfte oder auch der Polizei wie Gikas' Ehefrau, die in diesem Stadtteil wohnen, Englisch besser verstehen als »Frisiersalon Anna«? Der Laden ist jedenfalls groß und verfügt über sechs Frisierplätze, wovon bei meinem Eintritt nur einer belegt ist. Eine Mittdreißigerin, einfach gekleidet und ungeschminkt, frisiert eine Fünfzigjährige.

»Frau Anna?«

»Die bin ich.«

»Charitos, Sie hatten mich angerufen«, sage ich und lasse für alle Fälle den Kommissar weg.

»Ah, ja. Warten Sie, ich bin gleich fertig.«

Ich nehme auf einem Wartestuhl Platz, während Anna

sich um die Frisur der Fünfzigjährigen kümmert, die augenscheinlich direkt vom Friseur zu einem Empfang geht, da sie ein teures Kleid trägt, perfekt geschminkt ist und all ihren Schmuck angelegt hat. Anna zupft noch ein wenig mit Kamm und Haarfön an ihr herum, bevor sie mit einem »Bitte schön, Sie sind fertig, Frau Kaliotou« zum Ende kommt.

Frau Kaliotou jedoch zeigt sich nicht gewillt aufzustehen, bevor sie nicht den Sitz ihrer Haare bis ins Detail nachkontrolliert hat. Ich bin drauf und dran, sie mit Gewalt aus dem Salon zu entfernen, da ich todmüde bin und gerne nach Hause möchte. Schließlich blickt sie auf ihre Uhr und springt mit einem »Gott, o Gott, bin ich spät dran, was wird Stratos bloß sagen!« auf, zahlt eilig, reserviert jedoch vor ihrem Abgang – als wäre sie beim Zahnarzt – schon einen Termin für den nächsten Besuch.

»Entschuldigen Sie, sie ist eine Nervensäge, aber eine gute Kundin«, rechtfertigt sich Anna mir gegenüber. Sie räumt rasch ihre Utensilien zusammen und fordert mich auf mitzukommen.

Neben dem hintersten Frisierplatz befindet sich eine Tür. Durch die führt sie mich in einen kleinen Raum, der auf den Hinterhof blickt. Ein kleiner Junge zwischen acht und zehn sitzt an einem Resopaltisch und macht augenscheinlich seine Hausaufgaben.

»Das ist Jannakis, mein Sohn«, stellt mir die Friseuse den Kleinen mit einem gewissen Stolz vor. »Nach der Schule bringe ich ihn hierher, weil ich ihn sonst nirgendwo unterbringen kann. Mein Mann und ich sind beide berufstätig. Vorgestern hatte er Geburtstag, und wir haben ihm eine Digitalkamera geschenkt. Seitdem hat Jannakis sie ständig bei sich und fotografiert alles, was ihm vor die Linse kommt. Das hat er auch gestern abend getan, als wir auf dem Heimweg waren, so gegen halb acht. Als ich am Abend in den Nachrichten die Vespa sah, die der Mörder für seine Flucht benutzt hatte, erinnerte ich mich plötzlich daran, daß wir unterwegs genau dasselbe Motorrad gesehen hatten. Und, wie der Zufall es will, hat Jannakis neben all dem anderen auch die Vespa und ihren Fahrer fotografiert.«

Mir ist noch nicht klar, ob nun der ersehnte Augenblick gekommen ist, wo mir ein glücklicher Umstand den Täter in die Hände spielt, oder nicht. Aber in diesen Mordfällen habe ich mir schon so oft eine blutige Nase geholt, daß ich meinem Glück nicht ganz traue.

»Wo haben Sie das Motorrad gesehen?« frage ich die Friseuse.

»Also, das war so: Wir wohnen in der Voriou-Ipirou-Straße, dorthin gehen wir zu Fuß. Das Motorrad haben wir an der Ecke Rodopis- und Agyrokastrou-Straße gesehen.«

»Kann ich die Aufnahme sehen?«

»Ich zeige sie Ihnen gleich.«

Die Kamera liegt auf dem Tisch, auf dem Jannakis seine Schulhefte ausgebreitet hat, und sie greift nach ihr. Doch Jannakis reißt mit einer blitzschnellen Bewegung die Kamera an sich und hält sie fest.

»Jannakis, gib mir die Kamera, damit ich dem Herrn Kommissar die Fotos zeigen kann, die du gemacht hast«, sagt seine Mutter sanft.

»Nein!«

»Er nimmt dir die Kamera ja nicht weg, er will sich doch nur die Fotografien anschauen.«

»Nein!«

Anna wird schon langsam ungeduldig. »Komm schon, was ist denn in dich gefahren?« Und sie geht auf ihn zu, um ihm die Kamera aus der Hand zu nehmen.

Der Dreikäsehoch verpaßt ihr einen anständigen Tritt ans Schienbein und schreit mit hoher Stimme: »Nein, ich geb sie nicht her!«

Seine Mama stößt einen Schmerzensschrei aus, fährt jedoch fort, ihn zu bitten. »Komm, Jannakis, der Herr Kommissar will dir die Kamera doch nicht wegnehmen. Kommissare klauen nicht. Nur eine halbe Minute, damit er sich die Fotos anschauen kann, dann gibt er sie dir wieder zurück.«

»Nein! Laß mich in Ruh!«

Es folgen ein zweiter Tritt gegen ihr Schienbein und ein zweiter Schmerzensschrei: Die moderne griechische Mutter mit ihrem verzogenen Bengel. In dieser Kamera, die Jannakis fest in der Hand hält, verbergen sich vielleicht die einzigen Aufnahmen des Mörders, und ich komme nicht an sie heran. Eine logische Lösung wäre, ihm ein paar Ohrfeigen zu versetzen und ihm die Kamera wegzunehmen, aber Gewalt hat keinen Platz mehr – weder an den griechischen Schulen noch im Korps der Polizei.

»Jannakis, ich nehme dir die Kamera nicht fort, du hast mein Wort«, sage ich zum Dreikäsehoch so sanft es meine strapazierten Nerven gestatten. »Ich schaue mir nur die Fotos an und gebe sie dir gleich wieder zurück.«

»Nein!«

In meiner Verzweiflung und während die griechische Mutter weiterhin ihren Bengel anfleht, rufe ich das Labor an und verlange Efthymoglou, den Fotospezialisten. Vielleicht weiß er Rat.

»Ich habe hier eine Digitalkamera, die möglicherweise einige sehr wichtige Aufnahmen enthält, aber der Knirps, dem sie gehört, rückt sie nicht raus. Was soll ich denn jetzt tun?«

»Sie verpassen ihm zwei Backpfeifen und nehmen sie ihm weg.«

»Daran habe ich auch schon gedacht, aber das geht nicht.«

»Dann rufen Sie die Sondereinheit der Bereitschaftspolizei.«

»Sie finden das wohl witzig, Efthymoglou?«

Er reißt sich zusammen und fragt mich nun ernst: »Ist es ein Markengerät?«

»Welche Marke hat die Digitalkamera Ihres Sohnes?« frage ich die Friseuse.

»Canon.«

Efthymoglou hat mitgehört und beeilt sich, mir die Sache zu erläutern. »Man benötigt nicht die ganze Kamera. Es reicht, wenn Sie die Speicherkarte herausnehmen.«

»Hör mal, Jannakis, ich will nicht die ganze Kamera. Mir reicht die Speicherkarte, die drinsteckt.«

»Nein!«

»Na gut, wenn du nicht willst, dann behältst du ihn eben. Die Polizisten werden dann halt deine schönen Fotos nicht sehen können und auch nicht sagen: Bravo, den Jannakis könnten wir bei der Polizei gut als Fotografen gebrauchen.«

»Hörst du?« ruft seine Mutter. »Du hast dann zwar die Kamera, aber eine Uniform wirst du nie anprobieren können.«

Ich mache Anstalten zum Aufbruch mit dem Hintergedanken, daß mir, wenn auch dieser Trick nicht greift, nur die Backpfeifen bleiben. Während ich einen Schritt in Richtung Tür mache, höre ich Jannakis' Stimme hinter mir.

»Na gut, hier!« Und er hält mir die Kamera hin.

»Ihr Sohn ist auf dem besten Wege, ein perfekter griechischer Bürger zu werden!« sage ich zu Anna.

Die Friseuse strahlt vor Stolz, aber ich habe die Bemerkung anders gemeint. Neun von zehn griechischen Bürgern sagen, wenn man etwas von ihnen verlangt, zunächst einmal »Ausgeschlossen!«. Doch wenn man ihnen die kalte Schulter zeigt, laufen sie hinter einem her und betteln, einem den Gefallen tun zu dürfen, um den man sie gebeten hatte.

Anna trägt Jannakis auf, die Fotografien aufzurufen, und ich sehe, daß er die Kamera mit erstaunlicher Geschwindigkeit bedient.

»Da, die sind es«, meint er und zeigt sie mir auf dem winzigen Bildschirm.

Ich sehe die rote Vespa und dahinter einen riesenhaften Kerl, der sich mit beiden Händen den Helm vom Kopf zieht. Jannakis zeigt mir die folgende Aufnahme, wo der Typ den Helm abgenommen hat und in der Hand hält. Wie sagt das Sprichwort so schön? Kinder und Narren sagen die Wahrheit.

Plötzlich überkommt mich Angst. »Sind Sie sicher, daß der Typ Sie nicht gesehen hat, als der Kleine die Fotos gemacht hat?«

»Aber nein«, entgegnet mir die Friseuse entschieden. »Wir waren weit weg. Jannakis hat seinen Zoom ausprobiert.«

Ich halte Jannakis dazu an, die Speicherkarte herauszunehmen, und verspreche ihm, sie morgen zusammen mit einer neuen als Geschenk zurückzugeben.

»Vielen Dank«, sage ich zu Anna. »Sie haben uns sehr geholfen.« Sie strahlt vor Freude.

Draußen rufe ich Efthymoglou von meinem Handy aus an. »Ich habe die Speicherkarte und bring sie dir. Ich brauche die Aufnahmen deutlich und gut erkennbar. Das Gesicht auf der Fotografie ist das des Mörders.«

»Wann brauchen Sie sie?«

»Am besten gestern, Efthymoglou. Stell keine dummen Fragen.«

Um mich abzusichern, rufe ich Gikas an. »Die Fotos zeigen das Gesicht des Mörders. Sprechen Sie mit dem Labor, sie sollen die Abzüge unbedingt bis morgen fertig haben.«

## 44

*loben: a) jmdn., sein Tun, Verhalten o. ä. mit anerkennenden Worten (als Ermunterung, Bestätigung o. ä.) positiv beurteilen u. damit seiner Zufriedenheit, Freude o. ä. Ausdruck geben; b) lobend etw. sagen; c) Gott, das Schicksal o. ä. preisen u. ihm danken.*
*Lobeshymne, die (oft iron.): überschwengliches Lob; \*eine L./-n auf jmdn., etw. singen/anstimmen.*
*Lobhudelei, die (abwertend): übertriebenes, unberechtigtes Lob, mit dem man sich bei jmdm. einschmeicheln will.*

*menschlich: 1. a) den Menschen betreffend; zum Menschen gehörend, für ihn charakteristisch; b) menschenwürdig, annehmbar, den Bedürfnissen des Menschen entsprechend. 2. tolerant, nachsichtig; human. 3. Sprichw.: \*Irren ist menschlich.*
*Menschlichkeit, die: 1. a) das Sein, Dasein als Mensch, als menschliches Wesen; b) menschliche Haltung und Gesinnung. 2. gütiges, tolerantes Wesen.*

Der Fernsehabend war geprägt von Lobeshymnen, wahrer Menschlichkeit und Protesten. Bis Mitternacht defilierten Politiker jeder Couleur über den Bildschirm und überboten einander mit Lobpreisungen für die Direktoren der Fernsehsender, die es trotz der gewaltigen Verluste wagten, die Werbesendungen abzusetzen, um zur Festnahme des Serienmörders beizutragen. Zwischen die Lobgesänge der Politiker zwängten sich Sendeleiter wie Delopoulos und Chelmis mit Zurschaustellung wahrer Menschlichkeit. Sie unterstrichen, daß für sie das Leben und die körperliche Unversehrtheit der beim Fernsehen und in der Werbebranche arbeitenden Menschen wichtiger waren als ihre Gewinne. Über die Entlassungen, die als Rechnung am nächsten Tag folgen mußten, verloren sie kein Wort.

Nun trinke ich meinen Kaffee im Wohnzimmer und versuche, mit dem Dimitrakos-Lexikon in der Hand, die verschiedenen Sorten des Lobens und der Menschlichkeit zu ordnen. Ich gestatte mir diese kleine Abweichung von meinen beruflichen Pflichten, da ich auf den Anruf aus dem Fotolabor warten muß.

Der erste Eindruck, den mir die Einträge im Dimitrakos vermitteln, ist: Ich kann das Loben keiner bestimmten Kategorie zuordnen, sondern muß die einzelnen Einträge miteinander verknüpfen. Gewiß hat das Lob der Politiker mit Ermunterung und Bestätigung zu tun. Andererseits jedoch tendiert es zur Übertreibung einer Lobeshymne und den v.i.p.s gegenüber zur Schmeichelei des Lobhudelns.

Eingeschränkter sind die Interpretationsmöglichkeiten bezüglich der Menschlichkeit von Chelmis und Delopoulos. Sicherlich versuchen sie durch ihre Entscheidung, die Werbesendungen vorläufig einzustellen, eine menschliche Haltung und Gesinnung zu vermitteln. Aber die »Humanitas«, von der Dimitrakos spricht, die »Menschenliebe als Grundlage des Denkens und Handelns«, und der »Humanismus«

als »Denken und Handeln im Bewußtsein der Würde des Menschen« haben damit noch lange nicht Einzug in die Werbewelt gehalten.

Die dritte Gruppe, die neben den Lobhudlern und den menschelnden Senderchefs über den Bildschirm defilierte, war das einfache Volk – Fußgänger, Autofahrer, Boutiquebesitzerinnen, Kunden im Supermarkt –, das gegen das Werbeembargo protestierte. Von Wut und Empörung über diesen Schlag gegen die Informationspflicht der Medien bis hin zu Verschwörungstheorien war alles zu hören. Die schönste Aussage jedoch stammte von einer jungen Boutiqueangestellten. »Diese ganzen Serien und die Nachrichten sind doch stinklangweilig. Das gucke ich alles einzig und allein, damit ich die Werbung nicht verpasse.«

Efthymoglou ruft mich gegen halb zehn an. »Wir sind soweit, Herr Kommissar.«

»Sind sie gut geworden?« frage ich, da ich meine Neugier nicht länger zügeln kann.

»Die Qualität ist gut, aber ob die Aufnahmen Ihnen auch etwas nützen, müssen Sie selbst beurteilen.«

Der Verkehr ist flüssig, doch in meiner Ungeduld reagiere ich auf alles genervt, als ob ich im Stau stünde. Als ich beim Labor anlange, werfe ich einen Blick auf meine Uhr und stelle fest, daß ich gerade mal eine Viertelstunde unterwegs war.

Bei meinem Eintritt erhebt sich Efthymoglou. »Kommen Sie«, meint er und führt mich vor einen großen Bildschirm. »Ich habe die Aufnahmen auf CD gebrannt, damit Sie sie am Monitor sehen können. Dann drucke ich sie aus, damit Sie sie verteilen können.«

Auf dem Bildschirm erscheint der Ausschnitt einer Straße mit einer Vespa. Hinter dem Motorrad steht ein junger Mann auf dem Bürgersteig, der die einhellige Beschreibung aller Zeugen bestätigt: Er macht den Eindruck eines riesenhaften Kerls, nicht sosehr aufgrund seiner Größe als vielmehr vom Körperbau her. Er muß sein halbes Leben in Bodybuilding- und Nahkampf-Studios verbracht haben. Er gehört zu denjenigen, die sich an ihrem Idol Schwarzenegger orientieren, nur daß der es bis zum Gouverneur von Kalifornien gebracht hat, während sie es gerade mal bis zum Insassen des Korydallos-Gefängnisses schaffen. Die übereinstimmenden Aussagen der Zeugen bestätigten sich auch an der Kleidung: Der Koloß ist rabenschwarz gekleidet und hält seinen Helm in der Hand.

Doch irgend etwas scheint mir am Gesicht des Bodybuilders nicht stimmig zu sein, und ich zerbreche mir den Kopf darüber.

»Was fällt Ihnen an der Fotografie auf?« frage ich Efthymoglou.

»Sein Gesicht«, antwortet er sofort. »Typen wie er haben üblicherweise einen kahlgeschorenen Kopf und höchstens noch einen kurzen Bart. Er aber hat einen langen Bart und dichtes, krauses Haar.«

Man muß kein Philosoph sein, um zu begreifen, daß Bart und Haare im Grunde eine Maskierung sind. Er hat sie wachsen lassen, um nicht wiedererkannt zu werden. Und wenn wir morgen zur Hetzjagd auf einen kraushaarigen Bärtigen blasen, braucht er nicht mehr als eine halbe Stunde, um sein Gesicht zu verändern. Dasselbe denkt auch Efthymoglou, denn als ich vorschlage, den Bodybuilder mit den Fahndungsbildern in der Datenbank zu vergleichen, meint er:

»Und wer sagt uns, daß ihn die Aufnahme in unserer Datenbank mit Bart zeigt? Eine Möglichkeit wären die Augen, aber auch auf dieser Datenbasis spuckt uns der Computer vielleicht hundert Personen aus, die ihm ähnlich sehen. Wenn wir seinen Namen wüßten, wäre es viel einfacher.«

»Wir wissen weder, wer er ist, noch, wo er wohnt. Sein Gesicht sehe ich heute zum ersten Mal.«

»Hm, dann bleibt keine andere Lösung, als es einfach zu versuchen, aber das braucht Zeit, und keiner kann Ihnen ein eindeutiges Resultat garantieren.«

Ich ersuche ihn, ein paar Abzüge auszudrucken, damit ich sie Gikas zeigen und an die Presse verteilen kann, obwohl ich sicher bin, daß der Mörder sein Aussehen verändern wird, sobald die Fotografien in Umlauf sind.

Der Gedanke kommt mir, als ich im Wagen sitze und zur Dienststelle fahre. Er ist ein wenig herbeigezwungen, aber in diesem Fall ist ohnehin vieles an den Haaren herbeigezogen, so daß wir eigentlich nichts zu verlieren haben. Nach meiner Ankunft auf dem Alexandras-Boulevard komme ich erst in Gikas' Büro wieder zu Atem.

»Kann ich rein?« frage ich Koula. »Es ist dringend.«

»Er hat gerade mit mir eine Besprechung, damit er nicht ans Telefon muß«, entgegnet sie lachend. Und dann, etwas leiser: »Er will nicht mit dem Minister sprechen.«

Ich finde ihn an seinem Schreibtisch mit einem offenen Aktenordner vor, über dem er vor sich hinbrütet.

»Haben wir Glück oder fischen wir weiter im trüben?« fragt er mich, noch bevor ich Platz genommen habe.

Ich gebe keine Antwort, sondern lege den Briefumschlag mit den Fotografien auf seinen Schreibtisch. Langsam öffnet er ihn und betrachtet eine ganze Weile das Gesicht des Bodybuilders.

»Hier haben wir ja unser Schätzchen«, bemerkt er.

»Wie ein Schätzchen sieht er nicht gerade aus, aber das ist er zweifellos.«

»Verteilen Sie das Foto sofort an die Zeitungen, die Fernsehsender, einfach überall.«

»Gut. Ich habe eine Datenbankabgleichung angeregt, vielleicht stimmen seine Daten mit einer gespeicherten Person überein. Aber das braucht seine Zeit, da alle Ähnlichkeiten abgeklärt werden müssen.« Dann atme ich durch und füge hinzu: »Wir könnten noch etwas anderes probieren.«

»Und das wäre?«

»Der Schlüssel zu diesem Fall ist in meinen Augen die Luger-Pistole aus der Besatzungszeit.«

»Jetzt lenken Sie aber ab«, sagt er unangenehm berührt. »Ich will zuerst in Erfahrung bringen, wer hinter dieser miesen Fresse steckt.«

»Lassen Sie mich ausreden. So wie sie aussieht, muß diese miese Fresse irgendeiner nationalistischen, rechtsextremen Organisation angehören. Und wenn an der Theorie, daß die Pistole am ehesten von einem Angehörigen der Sicherheitsbataillone stammt, was dran ist, dann muß der Anstifter den Täter im rechtsextremen Milieu aufgegabelt haben.«

Sein Blick sagt mir, daß er nicht versteht, was ich damit meine. »Und worauf wollen Sie hinaus?«

»Darauf, daß diese Ganoven, die das Schiff entführt haben, ihn vielleicht kennen.«

»Das ist doch an den Haaren herbeigezogen.«

»Schon, aber angesichts der Lage der Dinge können wir keine Möglichkeit außer acht lassen.«

Er hebt den Telefonhörer ab und sagt zu Koula: »Ich möchte Stathakos sprechen.«

Zehn Minuten später tritt Stathakos ein. Ich habe mich auf Kreta so an seine Einsatzuniform gewöhnt, daß mich sein Büro-Outfit befremdet. In Zivil zirkuliert er ohnehin nie, da er meint, seine Autorität könnte darunter leiden.

»Loukas, wir haben den Verdacht, daß diese Möchtegern-Gangster, die das Schiff entführt haben, möglicherweise den Werbebranchen-Mörder, der uns hier zum Wahnsinn treibt, kennen oder mit ihm zu tun haben. Daher schlage ich vor, daß Kostas sie diesbezüglich vernimmt.«

Ich bin sicher, daß Stathakos Einwände haben wird, und sehe mich bestätigt. Nach einem kurzen Schweigen heftet er seinen Blick auf Gikas und meint mit gespieltem Bedauern: »Ich fürchte, das geht nicht, Herr Kriminaldirektor.«

»Und wieso nicht?«

»Weil sie momentan streng isoliert sind und von uns, der Antiterrorabteilung, und vom griechischen Nachrichtendienst vernommen werden.«

»Sie werden immer noch vernommen?« fragt Gikas, als hätte er sich verhört.

»Ja, wir untersuchen ihre Verbindungen zu anderen terroristischen Vereinigungen.«

»Das heißt, ihr sucht danach, ob irgendein Thymios, Jurkas oder Vlassis Beziehungen zur al-Qaida, zur ETA, zur IRA oder gar zu den Tupamaros hat?« frage ich mit dem Gesichtsausdruck eines Vollidioten.

Stathakos unterzieht sich nicht der Mühe, mir zu antworten. Sein ausschließlicher Gesprächspartner ist nach wie vor Gikas. »Es gibt eine Lösung, Herr Kriminaldirektor. Kostas soll mir sagen, was er wissen will, und ich vernehme sie aufgrund des bereits bestehenden Kontakts persönlich.«

»Kann sein, daß du bereits einen Draht zu ihnen hast, aber ich kenne den Mörder am besten, der draußen frei herumläuft und nach Gutdünken zuschlägt. Zudem weiß ich, daß jetzt gerade die Fernsehsender vor dem Ruin stehen und die Gefahr besteht, daß sie auch uns mit in den Abgrund reißen. Folglich weiß ich am besten, was ich herausfinden will.«

»Ich teile Kostas' Einschätzung«, sekundiert mir Gikas.

»Dann fürchte ich, daß wir ein Problem haben, Herr Kriminaldirektor.«

»Welches Problem denn?«

»Ich kann dem griechischen Nachrichtendienst gegenüber so eine Verantwortung nicht übernehmen.«

»Schön, dann rufe ich jetzt gleich den Minister an und bitte ihn, daß er die Verantwortung übernimmt, da Sie sich weigern. Sie können sicher sein, daß er es sofort tun wird, weil sein Posten auf dem Spiel steht. Wo Sie bei der nächsten Beförderung dann landen, dafür bin ich nicht zuständig.«

Gesagt, getan. Gikas will schon den Hörer zum Ohr führen, als ihm Stathakos zuvorkommt.

»Einen Augenblick, Sie haben mich mißverstanden... Ich wollte nur sagen –«

Gikas läßt den Hörer sinken. »In zehn Minuten will ich

einen Einsatzwagen sehen, der den Kommissar zum Aufenthaltsort dieser Ganoven fährt.«

»Alles klar«, lautet Stathakos' knappe Antwort, als er sich erhebt und aus dem Büro tritt.

Gikas und ich blicken einander an, und jeglicher Kommentar ist überflüssig.

## 45

Auf der Autobahn Richtung Korinth sind wir zu einem mir unbekannten Zielort unterwegs. Wir fahren nicht im Streifenwagen, sondern in einem Ford Mondeo. Dieses Modell wird von der Polizei für geheime Einsätze verwendet. Der Wagen ist zusammen mit dem zugehörigen Fahrer aufgetaucht, und neben mir hat Stathakos Platz genommen. Nicht zufällig hat man ihm im Polizeikorps den Spitznamen »Betonkopf« verpaßt. Was man auch vorbringt, er setzt seinen Willen durch oder versucht zumindest, soviel wie möglich davon durchzudrücken. Nachdem ihm Gikas die Vernehmung aus der Hand genommen hatte, war es das Nächstliegende für ihn, mich zu begleiten.

Der Wagen biegt von der Autobahn Athen–Korinth nach Aspropyrgo auf eine breite Straße ab, den Dimokratias-Boulevard, wie ich einem Schild entnehme. Kurz danach biegen wir wiederum rechts ab.

»Das hier ist die Fylis-Straße«, erläutert mir Stathakos. »In keinem anderen Land würdest du wissen, wohin wir von jetzt an fahren, weil der Aufenthaltsort der Terroristen geheim ist.«

»Warum verbindest du mir nicht die Augen?«

Ich meine es ironisch, aber er nimmt die Bemerkung ernst. »Eigentlich müßte ich das tun«, entgegnet er.

»Hör mal, Stathakos«, sage ich so gelassen wie möglich.

»Daß du Abteilungsleiter bei der amerikanischen Nationalen Sicherheitsbehörde wirst, steht ohnehin nicht zur Debatte. Daher sind all diese Tricks heiße Luft.«

Er reagiert beleidigt und straft mich zu meiner großen Freude mit eisigem Schweigen.

Immer noch fahren wir die Fylis-Straße entlang, bis wir in einer verlassenen Gegend anlangen, deren Straßen keine Schilder mehr tragen. Nach einer Kurve bleibt der Wagen vor einem zweistöckigen Neubau stehen. Es ist weit und breit das einzige Gebäude im Niemandsland. Die Haustür ist verschlossen und codegesichert. Stathakos steckt seine Karte hinein und tippt seinen Code ein. Die Tür geht langsam auf, und wir treten in einen großen Flur. Neben dem Eingang liegt ein Kabuff, in dem zwei junge Männer in Zivil sitzen.

»Kommissar Charitos, zur Vernehmung«, sagt Stathakos knapp.

Wie es scheint, hat er sie vorab informiert, denn der eine junge Mann erhebt sich und sagt: »Kommen Sie, Herr Kommissar.«

Wir treten in den Fahrstuhl, doch statt hochzufahren begeben wir uns ins Kellergeschoß, wo die Zellen liegen. Der junge Beamte sagt dem Wachmann in Polizeiuniform: »Kommissar Charitos, zur Vernehmung.«

Der Wachmann öffnet die Gittertür und führt mich in einen Raum neben dem Eingang zu den Häftlingszellen. Der Raum erinnert mit seinen vier nackten Wänden aus hellgrauem Beton eher an eine Naßzelle. Fenster gibt es keine, und die Naßzelle wird von einer an der Decke klebenden Neonröhre erleuchtet. In der Mitte steht ein Schreibtisch, ebenfalls nackt und kahl. Direkt gegenüber wurden fünf Holzstühle plaziert. Ein ekliger, muffig-abgestandener Geruch erfüllt den Raum.

Kaum habe ich mich fertig umgesehen, führt der Wachmann auch schon fünf Burschen herein, die auf den ersten Blick keinerlei Gemeinsamkeiten aufweisen. Zunächst einmal unterscheiden sie sich im Alter – sie sind zwischen dreiundzwanzig und gut über dreißig –, dann im Körperbau: Zwei von ihnen sind baumlange Kerle und ähneln dem »Mörder des Großaktionärs«. Der dritte, der vom Aussehen her der Älteste, ist großgewachsen und schlank, trägt einen Vollbart und wirkt wie ein Ingenieur oder Jurist. Der vierte muß Mitte zwanzig sein, er ist mittelgroß und knochig, aber durchtrainiert, und sein finsterer Blick ist mörderisch. Der letzte, kleingewachsen und dünn, scheint der Jüngste zu sein. Der dritte sieht aus wie der Planungsstratege, der vierte wie der Mörder der Truppe, sage ich mir, doch der Augenschein trügt manchmal. Die Hände aller fünf sind gefesselt.

»Nehmen Sie ihnen die Handschellen ab«, sage ich zum Wachmann.

Der reagiert verunsichert und ringt nach einer Antwort. »Wir haben strenge Anweisungen«, entgegnet er verlegen.

»Tun Sie's, auf meine Verantwortung.«

Doch hier drin habe ich nicht viel zu sagen, und der Wachmann geht nach draußen, um sich Rat zu holen. Ich nütze die Wartezeit, um sie in aller Ruhe der Reihe nach zu mustern. Diese fünf und der eine, der bei der Befreiungsaktion getötet wurde, hatten dreihundert Personen in ihrer Gewalt, darunter auch meine Tochter und meinen zukünftigen Schwiegersohn. Jetzt, wo ich sie vor mir sehe, beeindrucken sie mich kein bißchen. Ich frage mich, ob es daran liegt, daß seither einige Zeit vergangen ist, oder eher daran, daß es Katerina wieder gutgeht. Vielleicht liegt es aber auch daran, daß jede Festnahme auch eine Entmystifizierung mit sich bringt, die den Täter zuweilen in ein armes Würstchen verwandelt. Von den fünfen ist derjenige mit dem Mörderblick der einzige, der mich seinerseits beharrlich und feindselig mustert. Der »Professor« gibt sich gelassen und mißt mich mit seinen Blicken, um herauszufinden, was ich im Schilde führe. Die beiden Hünen tuscheln leise miteinander, während der Blick des Jüngsten auf den Fußboden geheftet bleibt.

Die Tür öffnet sich wieder, und der Wachmann bedeutet mir, nach draußen zu kommen, wo Stathakos auf mich wartet.

»Was sagt der Wachmann mir da? Du willst, daß man ihnen die Handschellen abnimmt?«

»Ja, ich will, daß sie sich entspannen.«

»Entspannen? Du willst, daß diejenigen, die in Bosnien Unheil angerichtet und dreihundert Passagiere in Geiselhaft gehalten haben, sich entspannen sollen?«

Ich bemühe mich, meinen Ärger im Zaum zu halten, denn wenn wir uns in die Haare geraten, wird alles nur noch schlimmer. »Hör mir zu, Loukas, mir liegt sehr viel an einer Information, von der absolut nicht sicher ist, ob ich sie von ihnen kriege, selbst wenn sie etwas wissen sollten. Meine einzige Hoffnung ist, daß ich sie auf die sanfte Tour überrumple.«

»Das sind wilde Tiere. Die können über dich herfallen.«

»Sie werden nicht über mich herfallen, aber sollten sie es dennoch tun, rufe ich nach euch, und ihr stürmt herein.«

Er zuckt mit den Schultern. »Hm, ich bin mit deinem Vorgehen nicht einverstanden, aber da du grünes Licht von Gikas hast...«

Er bedeutet dem Wachmann, in den Raum zu treten, doch für alle Fälle kommt er auch mit. Dann nimmt ihnen der Wachmann die Handschellen ab.

»Wir warten draußen«, sagt Stathakos bedeutungsvoll beim Hinausgehen.

Ich lasse die Tür ins Schloß fallen und wende mich dann an die fünf. »Ich bin Kommissar Charitos.«

Ich erhalte keinerlei Antwort. Alle fünf reiben sich eifrig die Handgelenke. »Ich bin hier, um eine Information einzuholen, die nichts mit dem Fall, weswegen ihr hier sitzt, zu tun hat. Wenn ihr mir helft, werde ich mich erkenntlich zeigen.« Ich halte inne und warte, doch wiederum erhalte ich keinerlei Antwort. Sie warten ab, worauf ich hinauswill, um zu entscheiden, ob sie mit mir sprechen und welchen Preis sie dafür verlangen wollen. »Wir suchen einen jungen Mann etwa euren Alters, der sich aller Wahrscheinlichkeit nach in euren Kreisen bewegt. Daher möchte ich von euch wissen, ob ihr ihn kennt.«

Dann ziehe ich die Fotografie aus meiner Tasche und überreiche sie dem »Professor«. Der wirft einen flüchtigen Blick darauf und meint dann zu mir: »Weswegen suchen Sie ihn?«

»Er hat vier Menschen getötet, und wenn wir ihm nicht Einhalt gebieten, wird er noch mehr umbringen.«

Der »Professor« sieht sich die Aufnahme wortlos an und

gibt sie den anderen weiter. Alle schauen sie sich gleichermaßen ausdruckslos an, aber ein paar Blicke, die sie einander zuwerfen, bringen mich zu der Annahme, daß das Foto ihnen etwas sagt.

»Wenn ihr mir entgegenkommt, garantiere ich euch, daß der Staatsanwalt eure Mithilfe berücksichtigen wird«, sage ich zu ihnen.

»Dazu müssen wir erst mal vor Gericht gestellt werden«, meint der Jüngste.

»Natürlich werdet ihr vor Gericht gestellt. Alle bekommen ein Verfahren, es ist noch keiner in den Kellergeschossen verschwunden. Die Frage ist nur, wann ihr wieder rauskommt.« Sie tauschen bedeutungsschwere Blicke aus, doch ihren Mund machen sie nicht auf. Ich beschließe, mein Gebot zu erhöhen.

»Ich könnte ein gutes Wort für euch einlegen, damit ihr von hier in eine normale Haftanstalt verlegt werdet.«

Wieder keine Reaktion. Ich probiere es bei jedem einzelnen, ob vielleicht einer die Meinung ändert, wenn er persönlich angesprochen wird, doch ich handle mir nur drei aufeinanderfolgende Absagen ein. Der einzige, der sich nicht auf ein trockenes Nein beschränkt, ist der mit dem Mörderblick.

»'n Klasseweib, deine Tochter, Kommissar«, sagt er mit herausforderndem Lächeln zu mir. »Auf die wär ich abgefahren. Von der träum ich immer noch.«

Er will mich provozieren, aber der Trick stammt aus der muffigsten Mottenkiste. »Du wirst so viele Jahre hinter Gittern wandern, daß du am Schluß sogar von den Katzen in deiner Nachbarschaft träumen wirst«, entgegne ich ruhig.

Der andere will die Auseinandersetzung fortführen, doch einer der beiden Hünen kommt ihm zuvor. »Halt den Mund, du Wichser«, sagt er heftig. »Jetzt ist nicht der Zeitpunkt für Scherze.«

»Er kommt hierher und spielt den Großzügigen, um uns zu überrumpeln, und danach wird er sich verziehen«, protestiert derjenige, der wie ein Mörder aussieht.

»Halt endlich den Mund!« Diesmal fährt ihm der Professor übers Maul.

Ich starte einen letzten Versuch beim Jüngsten, handle mir jedoch nur die fünfte, diesmal wortlose Absage ein.

»Bevor ich gehe, sage ich euch noch etwas, und zwar zu eurem Besten: Wenn ihr etwas wißt und nichts sagt, wird das Folgen haben. Die Rede ist von vier Morden, das ist kein Witz.«

Einer der beiden Hünen wendet sich lachend an die anderen. »Typisch Bulle. Wenn er mit seinem Angebot auf Granit beißt, greift er zu Drohungen.«

»Es ist nur eine Warnung. Wenn sich herausstellt, daß ihr mir verschwiegen habt, daß ihr ihn kennt, kommen noch ein paar Jährchen dazu.«

»Du hast uns gefragt, und wir haben nein gesagt, was willst du noch?« mischt sich der Jüngste ungeduldig ein.

Aus der Traum, sage ich mir. Ehrlich gesagt, hatte ich nichts Besseres erwartet. Am ehesten hoffte ich auf ein Wunder, aber die gnadenreiche Madonna war anderweitig beschäftigt.

»Ist was rausgekommen?« fragt mich Stathakos, als ich den Raum verlasse.

»Nein. Sie behaupten, ihn nicht zu kennen.«

»Selbst wenn sie ihn kennen, werden sie es dir nicht sagen«, meint er fast fröhlich. »Die brauchen eine andere Behandlung, um zu singen.«

Ich habe keine Lust, das Gespräch fortzusetzen, und gehe zum Fahrstuhl.

»Der Fahrer wird dich zurückbringen. Ich bleibe hier.«

Keine üble Option. Wenigstens entgehe ich so seiner Gesellschaft.

## 46

Vor den Polizeicomputern hole ich erst einmal tief Luft und steuere direkt auf Rosakis zu, einen Dreißigjährigen, der als Hacker begann, in Großbritannien umgeschult wurde und nun als unser Computer-As gilt.

Er sitzt vor einem Bildschirm, der in zwei Hälften geteilt ist. Auf der linken Seite ist das Gesicht des Täters zu sehen. Alles andere – die Straße, die Vespa und der Körper des Bodybuilders – ist verschwunden. Auf der rechten Bildschirmhälfte taucht ein Gesicht nach dem anderen auf und verschwindet nach ein, zwei Minuten. Die aufgerufenen Gesichter scheinen dem des Täters zu ähneln, aber beschwören kann ich es nicht.

»Wohin ist denn der Körper des Typen verschwunden?« frage ich.

»Den hebe ich mir für später auf, damit ich nicht durcheinanderkomme«, entgegnet er, ohne den Blick vom Bildschirm zu lösen. »Wenn ich das passende Gesicht finde, füge ich den Körper hinzu, um zu sehen, ob sie zusammengehören. Das ist dann die Gegenprobe.«

»Hast du was gefunden?«

»An die zweihundert Personen hab ich gefunden, und hier liegt auch das Problem. Das eine Mal paßt das Gesicht, das andere Mal die Augen, aber es gibt keine völlige Übereinstimmung. Denken Sie nur: Erst dreimal war ich soweit, den Körper hinzuzufügen, um die Gegenprobe zu machen. War aber immer negativ.«

»Wann kann man auf ein Resultat hoffen?«

Er zuckt mit den Schultern. »Hm, vielleicht in den nächsten fünf Minuten, vielleicht muß ich die ganze Datenbank durchgehen, ohne fündig zu werden.«

Ich überlasse ihn seiner freudlosen Aufgabe und kehre an die Dienststelle zurück, um zunächst einmal Gikas zu informieren. Meinen Mißerfolg bei den griechisch-orthodoxen Bosnienkämpfern hat er schon durch Stathakos erfahren.

»Na ja, ich bin in keine Depression verfallen, denn ich hatte ohnehin keine großen Hoffnungen«, sagt er zu mir. »Uns war klar, daß die Idee an den Haaren herbeigezogen war.«

»Schon, aber auch die Datenbank liefert bislang keinen Hoffnungsschimmer.«

»Das ist eine reine Nervensache, ich weiß. Hoffen wir, daß sich Hinweise aus dem Publikum ergeben, wenn das Täterbild in Fernsehen und Presse veröffentlicht wird.«

Diese Bemerkung ruft mir in Erinnerung, daß ich noch keine Hotline organisiert habe, um die Anrufe der Bürger entgegenzunehmen und ihre Hinweise aufzuzeichnen. Ich fahre in mein Büro hinunter und rufe Vlassopoulos und Dermitsakis zu mir.

»Alles klar: Wir werden nicht mehr wissen, wo uns der Kopf steht«, bemerkt Dermitsakis.

»Wieso, hast du den Eindruck, daß wir es jetzt wissen?«

Er betrachtet es als überflüssig, mir seine Meinung zu sagen, und beeilt sich, die Hotline zu organisieren.

»Gib Anweisungen an alle Polizeiwachen heraus, daß sie die Stammlokale der rechten Szene durchkämmen, die Versammlungsorte der neofaschistischen Chryssi Avji, aber auch der Punks, der Heavy-Metal-Fans oder wie auch immer all diese Randgruppierungen heißen«, sage ich zu Vlassopoulos. Früher haben wir sie in national Gesinnte und Kommunisten unterteilt, und damit war Schluß. Heute tragen sie zig verschiedene Bezeichnungen, wie die Länder, die seit dem Jahr '89 aus dem Boden geschossen sind.

Sowie ich mit der Organisation der Telefon-Hotline und der Art und Weise, wie die Täterbilder in Umlauf gebracht werden sollen, fertig bin, taucht Sotiropoulos auf. Er wirkt etwas ruhiger und zuversichtlicher.

»Ich sehe, Sie haben sich etwas entspannt. Demnach sind Sie noch auf Ihrem Posten«, sage ich ohne jegliche Spur von Ironie.

»Die Fotografie, die Sie uns geschickt haben, hat uns allen wieder Mut gemacht. Jetzt, wo ihr sein Gesicht kennt, werdet ihr ihn kriegen. Da gibt es doch Mittel und Wege…«

»Leider wissen wir nicht, wie lange wir brauchen werden, um ihn aufzustöbern.«

»Jedenfalls kommt es mir unwahrscheinlich vor, daß er noch einmal zuschlägt. Höchstwahrscheinlich wird er jetzt, wo ihn ganz Griechenland kennt, auf Tauchstation gehen.«

»Was heißt da ganz Griechenland, Sotiropoulos? Erstens kennen wir nicht einmal seinen Namen, zweitens kann er jederzeit seinen Bart und seine Haare abrasieren, und drittens schlägt er immer mit Helm zu.«

»Okay, schon richtig, nur ist es jetzt nicht mehr dasselbe.«

Plötzlich schießt mir ein Verdacht durch den Kopf. »Ich hoffe, jetzt werden eure Chefs nicht übermütig und fangen wieder an, Werbespots zu senden. Die sollen bloß die Auferstehung nicht schon am Karfreitag feiern. Da liegt nämlich noch der Karsamstag dazwischen.«

»Nein, nein«, beeilt er sich zu versichern. »Sie haben alle werbewirksamen Sendungen aus dem Programm genommen und bringen statt dessen irgendwelche uralten Filme, Dokumentationen und Serien, die sie nicht mehr ausstrahlten, weil sie für Werbeschaltungen unattraktiv waren.« Er macht eine kurze Pause und fügt dann hinzu: »Nun, die Fotografie hat jetzt schon Positives bewirkt. Sie haben noch keine Entlassungen angekündigt, sondern warten erst mal ab.«

Sotiropoulos geht, und ich rufe Dermitsakis an, der mit der Hotline befaßt ist.

»Gibt es irgendwelche Anrufe?«

»Machen Sie Witze, Herr Kommissar? Wir kommen gar nicht nach. Kaum war das Täterbild auf Sendung, haben sich innerhalb einer Stunde an die hundert Anrufer gemeldet. Der eine schwärzt den Kioskbesitzer vor seinem Haus ein, die andere den Sohn ihrer Nachbarin. Als ich sie fragte, wie lange sie ihn kennt, sagt sie: Von Kindesbeinen an, aber was hätte das schon zu bedeuten, man wisse nie, wann ein Mensch durchdreht.«

Mir ist klar, daß er Schwerstarbeit leistet, und er tut mir leid. Man muß auf hundert Armleuchter und Strohköpfe eingehen, in der Hoffnung, auf die richtige Spur zu stoßen, was jedoch nur selten vorkommt. Mit dem Fernsehen, den Nachrichtensendungen und den Realityshows hat sich die

Zahl der publicitygeilen Armleuchter vervielfacht, die alle davon träumen, auf der Mattscheibe groß rauszukommen.

Drei weitere Stunden verbringe ich im Büro am Telefon mit zwei Kretern, nämlich Rosakis und Dermitsakis, und Gikas, der alle fünf Minuten anruft. Doch wir treten auf der Stelle, nur der Minister taucht überall – in den Zeitungen, im Radio und in den Fernsehsendern – auf, um zu erklären, daß sich mit dem Täterbild das Szenario ändere und wir den Täter praktisch schon fast in der Hand hätten.

»Sagen Sie ihm, er soll sich nicht zu früh freuen«, meine ich zu Gikas, als er mir seine Presseerklärungen hinterbringt. »Schon ein anderer Minister hat einmal verkündet, wir hätten die Terrororganisation ›17. November‹ praktisch in der Hand, und dann hat es noch fünfzehn Jahre bis zur Festnahme gedauert.«

Schließlich stoße ich an die Grenzen meiner Belastbarkeit und beschließe, nach Hause aufzubrechen. Ich finde Adriani verärgert vor dem Fernseher vor.

»Was ist denn in die gefahren, daß sie lauter langweilige Filme, doofe Serien und Komödien senden, die zum Heulen sind!« meint sie erregt. »Wenn schon aufgrund der entgangenen Werbeeinnahmen Trauer angesagt ist, dann sollten sie besser klassische Musik senden, damit wir wissen, woran wir sind.«

»Klassische Musik wird nicht nur bei Staatstrauer gesendet.«

»Sondern wo sonst noch?«

»Auch in der U-Bahn.«

Sie wirft mir einen scheelen Blick zu, und um sie zu beruhigen, richte ich ihr Sotiropoulos' Kompliment aus.

»Ob man in Griechenland Tomaten auf dem Wochenmarkt oder ein Fernsehprogramm verkauft, es steckt immer dieselbe Denkweise dahinter«, bemerkt sie verächtlich. »Man sieht zu, durch faule Ware sein Geld zu machen.«

»Du bist verärgert, und ich bin erschöpft. Wollen wir auswärts essen gehen, damit wir zur Ruhe kommen?«

Ihre Stimmung schlägt in Sekundenschnelle um. »Bravo, mein Kostas, prima Idee. Mir scheint, wir beide sind seit Jahren nicht mehr zusammen essen gewesen.«

Wir gehen in eine kleine Taverne, zwei Straßen von unserer Wohnung entfernt, die früher gelbes Erbsenpüree und überbackene dicke Bohnen anbot, heute jedoch Rucola-Salat mit Parmesan und Steinpilzen serviert. Adriani nimmt Hackfleischbouletten und ich ein Schweinekotelett. Und zu unserem Glück hat der Bauernsalat auf der Speisekarte überlebt.

# 47

Das Telefon reißt mich um sieben Uhr morgens aus dem Schlaf. Mein erster Gedanke ist: ein weiteres Opfer des Serienmörders. Doch schon beim Klang der unbekannten Stimme am anderen Ende der Leitung beruhige ich mich.

»Kommissar Charitos?«

»Am Apparat.«

»Doktor Kakoudis, Herr Kommissar. Ich rufe vom Thrassio-Krankenhaus in Elefsina an. Gestern abend ist ein Patient eingeliefert worden, der seit seiner Ankunft hier nachdrücklich darauf dringt, mit Ihnen zu sprechen.«

»Wie heißt er?«

»Sein Name wurde als Periklis Stavrodimos angegeben.«

»Und wie wurde er zu Ihnen gebracht?«

Ein kurzes Zögern folgt, und bei der Antwort klingt die Stimme des Arztes verunsichert. »Ein Streifenwagen hat ihn hergebracht, und uns wurde gesagt, es handle sich um einen gefährlichen Straftäter. Momentan liegt er in einem bewachten Krankenzimmer.«

»Hat man Ihnen gesagt, wo er in Haft war?«

»Nein, das ist ja das Seltsame. Üblicherweise muß es angeführt werden, damit wir wissen, an wen wir uns wenden sollen. Hier wurde uns einfach gesagt, der Wachmann wüßte Bescheid.«

Er atmet tief und nachdenklich ein, dann fährt er fort:

»Er wurde mit starken Magenbeschwerden eingeliefert. Das Röntgenbild zeigte nichts Auffälliges. Aber als wir mit ihm alleine waren, hat er uns gesagt, er hätte Gips geschluckt, um aus der Haft verlegt zu werden und mit Ihnen zu sprechen.«

Er verstummt und wartet auf meine Antwort. Da uns bislang kein Weg aus dem dunkeln führte, wage ich nicht zu glauben, daß ich diesmal auf eine Lichtung gelangen könnte.

»Ich würde gerne mit ihm sprechen.«

Etwa zehn Minuten vergehen, in denen der Arzt – wie ich vermute – den Patienten in sein Büro bringen läßt.

»Kommissar, wir müssen reden.«

»Kennen wir uns?« frage ich, um mich zunächst einmal telefonisch abzusichern, ob er tatsächlich einer von den Besagten ist.

»Sie haben mich gestern gesehen. Ich war der letzte in der Reihe, ich saß neben dem, der von Ihrer Tochter gesprochen hat.«

Der kleingewachsene junge Mann, der ständig auf den Fußboden starrte. »Und was willst du?«

»Reden.«

»Gut, in einer Stunde bin ich da. Gib mir den Arzt.« Der Arzt ist sofort am Apparat. »Wer weiß sonst noch davon, daß er mit mir sprechen will?«

»Niemand. Er hat mich gebeten, nichts zu sagen, und ich habe so getan, als würde ich ihn zu weiteren Untersuchungen abholen lassen.«

»Schön, verlieren Sie kein Wort darüber, bis ich da bin.«

Ich habe keine Lust, daß Stathakos durch den Wachmann

davon erfährt und vor mir im Krankenhaus anlangt. Ich lasse mir von Adriani den Kaffee ins Schlafzimmer bringen und trinke ihn im Stehen, während ich mich anziehe.

Die schnellste Verbindung nach Elefsina bildet die Attika-Ringstraße. Die Straße liegt frei vor mir, weder Staus noch rote Ampeln behindern meinen Weg, und in einer halben Stunde bin ich am Eingang des Krankenhauses angekommen. Man erklärt mir, daß Kakoudis Oberarzt an der 1. Pathologischen Klinik ist, und schickt mich in die zweite Etage hoch.

Er erwartet mich bereits in seinem Büro. An seiner angespannten Miene kann ich seinen Gemütszustand ablesen.

»Wir haben eine Magenspülung vorgenommen, und normalerweise müßte ich ihn morgen entlassen«, erklärt er mir.

»Lassen Sie mich erst mit ihm sprechen, und dann sehen wir weiter.«

»Das Schlimme ist, daß der Chefarzt auf einem Kongreß im Ausland ist und die Verantwortung auf meinen Schultern liegt.«

Darüber ist er gar nicht glücklich, und ich versuche ihn zu beruhigen. »Vielleicht müssen Sie ja gar keine Verantwortung übernehmen, und wir entscheiden, wohin wir ihn verlegen.«

Das erleichtert ihn einigermaßen. »Wo wollen Sie mit ihm sprechen?«

»In seinem Zimmer.«

Er führt mich in die vierte Etage hoch. Das Krankenzimmer erkenne ich am Wachposten, der zu Tode gelangweilt vor der Tür sitzt. Als er uns herankommen sieht, steht er mühsam auf.

»Ist dieser Herr Arzt?« fragt er Kakoudis.

»Kommissar Charitos, ich möchte den Häftling vernehmen.«

Er blickt mich betreten an und weiß nicht, was er tun soll. Er wagt nicht, mir den Eintritt zu verbieten, andererseits fürchtet er Ärger mit Stathakos.

»Sagen Sie Kommissar Stathakos, ich sei wegen einer zusätzlichen Vernehmung hier gewesen. Er weiß Bescheid.«

Ich erachte es als überflüssig, seine Antwort abzuwarten, und trete in das Krankenzimmer. Kakoudis bleibt diskreterweise vor der Tür. Ich hatte richtig geraten: Es ist der schmale, kleingewachsene junge Mann, der nicht zur übrigen Truppe passen wollte. Sobald er mich erblickt, setzt er sich im Bett auf, während er gleichzeitig das Gesicht verzieht vor Schmerz.

Ich nehme mir einen Stuhl und setze mich an sein Bett. »Ich hoffe, du hast mich nicht umsonst herbestellt«, sage ich.

»Gestern haben Sie gesagt, Sie würden uns helfen, wenn wir Ihnen Informationen über den Typen liefern.«

»Ja, das sage ich auch heute, aber nur, wenn die Informationen korrekt sind und kein leeres Geschwätz.«

»Sie sind korrekt.«

»Und warum hast du gestern nicht geredet und lieber Gips gefressen, bevor du deinen Mund aufgemacht hast?«

»Weil ich Angst hatte. Und ich fürchte mich immer noch. Wissen Sie, was die mir antun können, wenn sie rauskriegen, daß ich geredet habe?« Fast schreit er seine Angst heraus. »Ich will dort raus, verdammt noch mal. Ich bin am Ende meiner Kräfte. Wie bin ich da bloß reingeraten?«

»Darüber kannst du lange genug im Gefängnis nachdenken, denn darum kommst du garantiert nicht herum. Was ich für dich tun kann, ist folgendes: Ich hole dich dort raus, wo du jetzt bist, und lasse dich in eine normale Haftanstalt verlegen. Und dem Staatsanwalt kann ich sagen, daß du kooperiert hast, damit er dir das als mildernden Umstand anrechnet.«

»Besser als gar nichts. Statt der ganzen Hand nehme ich auch den kleinen Finger, wie meine Oma immer sagt.« Er erinnert sich an seine Großmutter, dann nacheinander an seine Familie, sein Zuhause, sein Zimmer, seine Stereoanlage, und er bricht in Tränen aus.

Sein Weinen bekräftigt, daß sein Trotz gebrochen ist und er bereit ist auszupacken, sollte er sich dadurch auch nur einen einzigen Tag Haft ersparen.

»Dann sag mir, was du über den Typen weißt.«

»Er heißt Lefteris Perandonakos, und er war mit uns in Bosnien.« Plötzlich erinnert er sich, über welchen Umweg er eigentlich hierhergeraten ist, und Beklemmung macht sich auf seinen Zügen breit. »Jedenfalls müssen Sie wissen, daß ich in Bosnien keiner Fliege etwas zuleide getan habe.«

»Laß Bosnien aus dem Spiel«, sage ich streng. »Ich führe keine Vernehmung zum Thema Bosnien durch, ich interessiere mich nur für diesen Perandonakos.«

»Wie gesagt, er war mit uns in Bosnien. Von ihm kam die Idee, die Fähre mit der Forderung, die Vernehmungen einzustellen, zu besetzen. ›Wir müssen wie die Palästinenser vorgehen, um unsere Haut zu retten‹, sagte er zu uns. Aber im letzten Augenblick ist er abgesprungen.«

»Wieso?«

»Er meinte plötzlich, Bosnien sei was ganz anderes gewesen, und jetzt hätten wir es nur mit Hühnerkacke zu tun. Schließlich erklärte er offiziell, wenn wir weitermachten, würde er aussteigen, weil er Wichtigeres vorhabe. Da brach ein großer Streit aus, die einen nannten ihn Hosenscheißer, die anderen Verräter, ihn aber ließ das völlig kalt. Zum Schluß ist Lefteris endgültig abgesprungen, Stamos hat das Kommando übernommen, und wir haben die Sache durchgezogen.«

»Welcher ist Stamos?«

»Der Lange mit dem Bart, Sie haben ihn gestern gesehen.«

»Kannst du dich erinnern, wann Perandonakos begonnen hat, wankelmütig zu werden?«

»Vor einem Jahr. Seitdem er den Alten kennengelernt hatte.«

Ich hatte es ja gewußt, daß der Bodybuilder einen Mittäter hat und daß der älter sein mußte – ich könnte jetzt vor Freude in die Luft springen. Mühsam unterdrücke ich diesen Impuls. Sotiropoulos hatte ich gesagt, alles hänge von einem glücklichen Zufall ab, und jetzt ist es soweit.

»Wer ist dieser Alte?«

»Ich kenne ihn nicht persönlich. Ich habe ihn noch nie gesehen. Lefteris nannte ihn seinen geistigen Großvater. ›Andere haben einen geistigen Vater, ich habe einen geistigen Großvater‹, erzählte er uns lachend. ›Ihr habt keine Ahnung, was der schon alles miterlebt hat.‹ Doch er hat ihn uns nie vorgestellt. Jedesmal wenn wir uns beschwerten, wann wir ihn endlich kennenlernen würden, stellte er sich taub. Wer weiß, vielleicht weil es ihm gefiel, ein Geheimnis zu haben, oder auch weil der Alte nicht wollte.«

Die zweite Möglichkeit paßt besser zu meiner Theorie. Hätte es in der Macht des Bodybuilders gelegen, hätte er ihnen den Alten vorgestellt und sich mit der Bekanntschaft gebrüstet.

»Hat er euch nie erzählt, was für eine Beziehung er zu diesem Alten hatte, außer, daß er ihn als seinen geistigen Ziehvater betrachtete?«

»Er hat uns erzählt, der Alte hätte eine große Sache in Planung, aber dafür müßten wir auf die Kaperung des Schiffes verzichten. Damit waren aber die anderen nicht einverstanden, und so trennten sich unsere Wege.«

»Wieso bist du bei den anderen geblieben und hast dich nicht Perandonakos angeschlossen?« Das frage ich aus reiner Neugier, denn für die Ermittlungen hat es keine Bedeutung.

Er zuckt die Achseln. »Meine Meinung zählte ohnehin nicht. Ich habe mich, wie alle Angsthasen, der Mehrheit angeschlossen.«

»Weißt du, wo dieser Perandonakos wohnt?«

Diesmal sehe ich, wie er zögert. Er läßt sich auf sein Polster zurückfallen und blickt zur Decke. »Ja, ich habe jetzt ausgepackt, aber keinerlei Sicherheit, daß Sie Ihr Wort halten werden.«

»Richtig, die hast du nicht, aber ich stehe zu meinem Wort. Was hat es für einen Sinn, nach dem Geständnis noch etwas zurückzuhalten? Jetzt, da wir seinen Namen kennen, werden wir ihn finden. Es ist nur so: Wenn du uns die Adresse nennst, gewinnst du Pluspunkte und ich Zeit.«

»Er wohnt in Tris Jefyres. Fahren Sie den großen Boulevard hinunter, der nach Patissia führt, dann biegen Sie nach rechts ab. Ich weiß nicht, wie die Straße heißt, aber an der Ecke steht eine Grundschule. Das Haus ist zweistöckig, und er wohnt im Erdgeschoß. Oben drüber wohnt seine Tante, die ihm die Wohnung vermietet hat, aber, wie er selbst sagt, lebt sie die meiste Zeit bei ihrem Sohn in Schweden.«

»Was macht er beruflich?«

»Soviel ich weiß, arbeitet er bei einem Kurierdienst, aber ich weiß nicht, bei welchem.«

Wenn wir die Wohnung nicht finden, können wir ihn über die Kurierdienste ausfindig machen, obwohl ich diesen Weg lieber vermeiden würde, damit er nicht vorzeitig Verdacht schöpft. Ich habe keine weiteren Fragen mehr an ihn und erhebe mich. Auch er setzt sich auf und blickt mich angstvoll an.

»Vorläufig bleibst du hier, bis wir die Formalitäten für deine Verlegung in eine Haftanstalt erledigt haben.«

»Wohin?«

»Das kann ich nicht sagen. Vermutlich nach Korydallos, vielleicht auch nach Chalkida.«

Er wirkt erleichtert. »Kann ich etwas zu lesen haben, damit mir die Zeit nicht so lang wird?«

»Was denn?«

»Comics. Jede Art von Comic-Heften.«

Ich trete aus dem Krankenzimmer und gehe unverzüglich in Kakoudis' Büro, das ich jedoch leer vorfinde. Ich bitte die Oberschwester, ihn zu benachrichtigen, und nehme wieder in seinem Büro Platz. Nach zehn Minuten kommt er.

»Was gibt's?« fragt er, als erwarte er einen Report von mir.

»Sie werden ihn heute noch hierbehalten, vielleicht auch noch morgen, bis wir ihn in eine Haftanstalt verlegen können.«

Die Idee begeistert ihn wenig. »Ich möchte Sie nur bitten, daß sich die Sache nicht allzulange hinzieht, einerseits, weil Bettenmangel in den Krankenhäusern herrscht, und andererseits, weil es die Patienten und ihre Angehörigen beunruhigen könnte, einen uniformierten Wachposten vor dem Krankenzimmer zu sehen. Das ist Stoff für die Gerüchteküche.«

»Wie gesagt, zwei Tage höchstens.« Ich ziehe einen Geldschein aus meiner Tasche und lasse ihn auf dem Schreibtisch liegen. »Und lassen Sie ihm vom Kiosk ein paar Comic-Hefte kommen, damit er einen Zeitvertreib hat.«

Von meinem Handy erledige ich zwei Anrufe. Zuerst melde ich mich bei Koula, damit Gikas auf mich wartet, da ich ihm wichtige Neuigkeiten mitzuteilen habe. Danach rufe ich Vlassopoulos an und gebe ihm Perandonakos' Personalien durch, mit der Anweisung, die örtliche Polizeiwache möge die Wohnung ausfindig machen.

## 48

Gikas' Blick funkelt, sein Lächeln ist wieder erblüht, und sein Gesicht strahlt. Seit Monaten habe ich ihn nicht mehr so aufgeräumt erlebt. In der letzten Zeit war alles schiefgelaufen. Zuerst die Entführung der El Greco, dann die Befreiungsaktion der Marine, der schlechte Draht zum Minister, und zu allem Überfluß auch noch das Tohuwabohu in der Werbebranche. Mit der Auffindung des Mörders gewinnt er beim Minister, bei den Werbeleuten und beim Vorsitzenden der Griechischen Industriellenvereinigung an Autorität und Ansehen. Seine Aktien befinden sich im Aufwind, und die Chancen, doch noch Polizeipräsident zu werden, stehen wieder gut.

Und wie wird sich erst der Minister freuen, wenn er die angenehmen Neuigkeiten erfährt. Bislang wankte sein Ministersessel, nun aber hat er wieder festen Boden unter den Füßen und kann mit dem forschen Gang eines erfolgreichen Krisenmanagers einherschreiten. Gikas wollte ihn unverzüglich benachrichtigen, doch ich hielt ihn zurück, da wir uns zuerst eine Taktik ausdenken mußten.

»Heißt das, wir können ihn jetzt gleich schnappen?« fragt er mich überglücklich.

»Können wir, würde ich aber nicht empfehlen.«

»Wieso nicht?«

»Weil er einen Mittäter hat. Ab einem bestimmten Punkt

war ich mir so gut wie sicher, aber Stavrodimos' Aussage hat jeden Zweifel beseitigt. Es ist der ›Alte‹, von dem Perandonakos seinen Kumpanen ständig erzählte.«

»Ja, aber seine Beziehung zu Perandonakos war doch eher geistiger Art. Das hat er selbst gesagt, das wurde auch von diesem... – wie heißt er noch – bestätigt.«

»Stavrodimos.«

»Genau.«

»Er ist nicht nur sein geistiger Ahnvater, sondern auch der Urheber der Morde. Er hat ihm die Luger-Pistole gegeben, er hat mit den Sendern und den Werbefirmen gesprochen. Er war es, der auch mich angerufen hat. Erinnern Sie sich, wie ich Ihnen berichtet habe, daß sich seine Stimme greisenhaft anhöre und daß es mir seltsam vorkam, daß er für Schwule die Bezeichnung ›warmer Bruder‹ verwendete? Das war der Alte.«

»Ja gut, aber wer sagt uns, daß Perandonakos in der Zwischenzeit nicht einen weiteren Mordversuch unternimmt?«

»Wir werden ihn rund um die Uhr beschatten. Obwohl, wahrscheinlich wird er nichts weiter unternehmen, solange sich die Werbebranche zurückhält.«

Diese Möglichkeit begeistert ihn wenig. Einerseits will er den Fall so schnell wie möglich ad acta legen, andererseits kann er das nur tun, wenn er auch den Mittäter zu fassen kriegt.

»In Ordnung, versuchen wir es zwei Tage lang mit einer Rund-um-die-Uhr-Überwachung, dann sehen wir weiter«, meint er schließlich. »Sie werden aber mit Stavridis, unserem Beschattungsspezialisten, zusammenarbeiten. Da lassen wir nur Profis ran.«

»Einverstanden.«

Er informiert Stavridis per Telefon und reicht mir dann den Hörer weiter.

»Wo ist die Überwachung geplant, Kostas?« fragt mich Stavridis.

»In der Eleftheroudaki-Straße, in Tris Jefyres.« Wir benötigten nicht einmal zwei Stunden, um Perandonakos' Wohnsitz ausfindig zu machen.

»Schön, ich schicke einen von meinen Leuten zur Begutachtung hin, und in etwa zwei Stunden komme ich bei dir im Büro vorbei.«

Ich beschließe, den kleinen Ausflug mitzumachen, doch nicht im Mirafiori, denn der könnte dem Täter aufgefallen sein, sondern mit Stavridis' Mitarbeiter.

»Habt ihr ihn gefaßt?« fragt mich Koula, als ich aus Gikas' Büro trete.

»Noch nicht, aber wir wissen, wo er zu finden ist.«

»Dann kann ich ja auch endlich in Urlaub gehen, Herr Charitos! Ich weiß gar nicht mehr, wie viele Wochen vergangen sind, seit ich ursprünglich wegfahren wollte. Zuerst gab es wegen der El-Greco-Entführung Urlaubssperre, dann saß ich wegen dieses Serienmörders hier fest.«

»Wir haben ihn!« ruft Vlassopoulos triumphierend, als er mich auf dem Flur erblickt. »Gerade wurde ich vom Polizeiabschnitt angerufen, der die Überwachung übernommen hat. Er wurde beobachtet, wie er aus dem Haus kam und in einen alten Skoda Favorit gestiegen ist.«

Deshalb also hat er den Helm auf der Fotografie abgenommen. Um in seinen Wagen zu steigen. Er klaute das Motorrad und parkte es irgendwo. Dann fuhr er mit dem

Wagen los, nahm das Motorrad, um den Mord auszuführen, ließ es stehen und fuhr mit dem Wagen wieder zurück.

Unten in der Garage wartet ein bärtiger junger Mann mit kurzem Haar auf mich, er trägt ein T-Shirt, zerrissene Jeans und Turnschuhe. Er öffnet mir die Tür zum Beifahrersitz seines Hyundai.

»Ist das dein Alltags-Outfit oder bist du in bestimmter Mission unterwegs?« frage ich ihn lachend.

»Dieser Tage erledige ich Büroarbeit, daher habe ich heute morgen geduscht«, entgegnet er. »Wenn ich im Dienst bin, rieche ich manchmal etwas streng, um glaubhafter zu wirken.«

Er ist ein angenehmer Zeitgenosse, dessen Mundwerk niemals stillsteht. Wenn ihm der Gesprächsstoff ausgeht, dann legt er sich mit den anderen Autofahrern an. Meistens beschimpfen ihn die anderen, und er macht sich über sie lustig. Die Fahrt nach Tris Jefyres vergeht wie im Flug. Der junge Mann namens Andonis parkt an der Einmündung der Nirvana-Straße in den Acharnon-Boulevard, und wir bringen den Rest der Strecke zu Fuß hinter uns. Wie wir jetzt so nebeneinander herlaufen, könnte man uns für Vater und Sohn halten.

Die Eleftheroudaki-Straße ist kurz und schmal, sie führt von der Nirvana-Straße direkt auf die Kindertagesstätte zu. Das Haus, in dem Perandonakos wohnt, liegt ungefähr in der Mitte. Es ist ein gepflegtes zweistöckiges Wohnhaus, mit einem kleinen Balkon voller Blumentöpfe im oberen Stockwerk. Die Rolläden im Erdgeschoß sind allesamt geschlossen.

»Ein Kinderspiel«, meint Andonis zufrieden. »Der einzige Ausgang liegt zur Nirvana-Straße, und von dort geht er höchstwahrscheinlich entweder nach rechts zum Acharnon-Boulevard oder die Iakovaton- weiter zur Patission-Straße.« Er hält kurz inne und fährt dann fort: »Nur der Hort macht mir Sorgen. Da müssen wir sehr vorsichtig sein, denn solche Typen schrecken nicht davor zurück, ein paar Kinder in ihre Gewalt zu bringen, um ihre Haut zu retten.«

Diese Einschätzung teilt Stavridis, der eine Stunde später eintrifft. Er legt die Standorte fest, von denen aus das Haus überwacht werden soll. Und einen Beamten setzt er als »Springer« ein, der Perandonakos unterwegs mit dem Motorrad auf der Spur bleiben soll. Andonis bringt den Gedanken ins Spiel, Beamte in Zivil in der Kindertagesstätte zum Schutz der Kinder einzusetzen.

»Machst du Witze? Dann gehen alle Betreuer und Eltern auf die Barrikaden, und die ganze Überwachung ist für die Katz«, meint Stavridis. »Den Hort werden wir unauffällig von außen überwachen.«

Es ist vier Uhr, und ich habe nichts weiter zu tun. Daher beschließe ich, nach Hause aufzubrechen. Von jetzt an beginnt ein Geduldsspiel, aber ich glaube nicht, daß sich heute noch etwas ereignen wird.

Ich finde die Wohnung leer vor. Katerina und Adriani sind ausgegangen. Daher gehe ich unter die Dusche, und dann mache ich es mir im Bett mit dem Dimitrakos-Wörterbuch gemütlich – das beste Mittel gegen Stress und Muskelverspannungen, das ich kenne.

*beschatten: 1. jmdm., einer Sache Schatten geben, verschaffen [u. vor der Sonne schützen]: die Augen mit der*

*Hand b.; Bäume beschatten den Weg; 2. heimlich [polizeilich] beobachten, überwachen: einen Agenten b. [lassen].*

»Hier bist du also?«

Adriani steckt ihre Nase zur Schlafzimmertür herein. Ich war ganz vertieft in mein Buch und habe die Tür nicht gehört.

»Ja, ich entspanne mich.«

Sie läßt mich allein, denn jetzt ist es Zeit für sie, vor dem Fernseher Platz zu nehmen, während ich mich vor den Abendnachrichten nicht in seiner Nähe aufhalte.

*überwachen: 1. genau verfolgen, was jmd. (der verdächtig ist) tut; jmdn. durch ständiges Beobachten kontrollieren (1): einen Agenten ü. 2. kontrollierend für den richtigen Ablauf einer Sache sorgen: die Ausführung einer Arbeit, eines Befehls ü.; die Polizei überwacht den Verkehr.*

»Kostas, komm schnell!« höre ich Adrianis Stimme rufen.

»Was gibt's?«

»Sie haben ihn!«

»Wen?«

»Den, der die Werbeleute ermordet hat! Sie haben ihn!«

Ich springe aus dem Bett und rase ins Wohnzimmer, wo mich die »Sondersendung« bereits erwartet.

»Gerade erfahren wir, verehrte Zuschauer, daß es der Polizei gelungen ist, den berüchtigten ›Mörder des Großaktionärs‹ aufzuspüren. Es handelt sich um den sechsundzwanzigjährigen Kurierdienstfahrer Eleftherios Perandonakos. In einer Blitzaktion ist es der Abteilung für Terrorismusbekämpfung gelungen, den gefährlichen Straftäter festzunehmen. Er wurde aus heiterem Himmel überrumpelt und konnte keinen Widerstand leisten. In Kürze werden wir Ihnen Bilder von Eleftherios Perandonakos' Festnahme übermitteln.«

Doch die Übermittlung wird durch Werbeeinschaltungen aufgeschoben. »Hast du denn gar nichts davon gewußt?« wundert sich Adriani.

»Abwarten und Tee trinken«, sage ich, um Zeit zu gewinnen und um mir darüber klar zu werden, was mir sonst noch bevorsteht.

Die Werbespots hören auf, und die Moderatorin taucht wieder auf. »Nun sehen Sie, wie Eleftherios Perandonakos' Festnahme abgelaufen ist.«

Die Tür zum zweistöckigen Wohnhaus in der Eleftheroudaki-Straße öffnet sich, und zwei ellenlange Kerle von unserer Truppe halten den Bodybuilder, dem sie Handschellen angelegt haben, fest im Griff. Auf dem gegenüberliegenden Bürgersteig haben sich Beamte der Antiterroreinheit in Einsatzkleidung und mit Maschinenpistolen aufgestellt. Die Kamera fährt langsam zu den Dächern der umliegenden Häuser hoch und zoomt die Scharfschützen heran, die das Haus in der Eleftheroudaki-Straße anvisieren. Es sind Stathakos' übliche spektakuläre Tricks.

Am rechten unteren Rand des Bildschirms öffnet sich ein Fenster, und der Korrespondent des Senders erscheint.

»Gibt es irgend etwas Neues, Manos?« fragt die Moderatorin den Korrespondenten.

»Der Einsatz war durch und durch erfolgreich, Eleni. Der Streifenwagen, der Perandonakos zum Polizeipräsidium Attika bringen wird, hat sich vor kurzem auf den Weg gemacht. Nun kehrt wieder Ruhe in der Straße ein.«

»Können Sie uns den Ablauf des Einsatzes im einzelnen erläutern?«

»Die Polizei hatte das Haus seit dem Mittag unauffällig überwacht. Indessen bereitete im Polizeipräsidium die Abteilung für Terrorismusbekämpfung unter der Leitung von Loukas Stathakos den Einsatz detailliert vor. Die Einheiten der Antiterrorabteilung hatten sich langsam und unauffällig in der Umgebung verteilt.«

Auf dem Bildschirm erscheint ein Plan von den Örtlichkeiten, der zeigt, wie sich die Männer der Antiterroreinheit im Umfeld der Eleftheroudaki-Straße postierten. »Kaum war Perandonakos nach Hause zurückgekehrt, stürmte die Antiterroreinheit in Sekundenschnelle die Wohnung, und er wurde ohne jede Gegenwehr festgenommen. Übrigens stieß man in Perandonakos' Wohnung auf ein ganzes Arsenal von Kalaschnikows, Pistolen und Handgranaten.«

Den weiteren Unsinn warte ich nicht mehr ab. Ich laufe ins Schlafzimmer und beginne mich anzuziehen. Innerhalb von drei Minuten bin ich abmarschbereit. »Ich fahre ins Präsidium, warte nicht mit dem Essen auf mich«, rufe ich Adriani im Vorübergehen zu und stürme auf die Straße, bevor sie anfängt, Fragen zu stellen.

Mein Kopf dröhnt, als ich in den Mirafiori steige. Ich sehe keinen Grund dafür, daß sie den Einsatz hinter meinem Rücken durchführen mußten. Die Festnahme eines Mörders gehört zu meinen Befugnissen, und Gikas kann sie nicht einfach einem anderen übertragen. Gut, vielleicht stuft er Perandonakos als gemeingefährlich ein und rief deshalb die Antiterroreinheit auf den Plan. Aber er hätte mich zumindest informieren und am Einsatz beteiligen müssen.

Im Grunde weiß ich natürlich, warum er mich umgangen hat. Er wollte keine Zeit durch eine tagelange Überwachung verlieren, sondern rasch zum Ziel kommen. Daher hat er alles klammheimlich mit Rambo Stathakos abgemacht.

Als ich mit getrübtem Blick und Denkvermögen beim Präsidium ankomme, fahre ich schnurstracks in die fünfte Etage hoch, wo Gikas' Büro liegt. Sobald ich aus dem Fahrstuhl trete, fallen mir die Reporter und Kameraleute ins Auge, die kaum mehr in sein Büro passen, und mir wird klar, daß er gerade eine Presseerklärung abgibt. Da tauche ich lieber erst auf, wenn er fertig ist, um ihn von Angesicht zu Angesicht zu sprechen. Koula ist gegangen. Offenbar ist man auch sie losgeworden, aus Angst, sie könnte mir etwas zuflüstern, weil alle ihre Sympathie für mich kennen.

Ich trete wieder in den Fahrstuhl, der in der vierten Etage anhält, wo Stavridis zusteigt. Bei meinem Anblick hebt er verzagt die Hände.

»Tut mir leid, Kostas«, sagt er. »Als ihr mit Andonis aus der Eleftheroudaki-Straße zurückgekommen seid, war es schon beschlossene Sache. Ich habe es dir nur nicht gesagt, weil es Gikas' Anweisung war und ich zu Gehorsam verpflichtet bin. Wir kennen uns schon so lange, ich wollte nicht, daß du glaubst, ich hätte dich verschaukelt.«

»Ich danke dir, Charis«, sage ich zu ihm und steige aus.

Ich werfe einen Blick in Vlassopoulos' und Dermitsakis'

Büro, das ich leer vorfinde. Auch sie hat man im unklaren gelassen. Ich setze mich, lasse jedoch meine Bürotür offenstehen, um die vorüberziehenden Reporter und Aufnahmeteams zu hören. Ich versuche, meine Gedanken und Argumente Gikas gegenüber zu ordnen, doch das erweist sich als unmöglich. Mein Kopf liegt schwer in meinen Händen, und ich spüre, wie sich darin völlige Leere breitmacht. Der einzige Gedanke, den ich fassen kann, ist folgender: Mit der Festnahme haben wir die Möglichkeit verspielt, den Urheber der Verbrechen zu fassen, der Perandonakos die Luger zugespielt und zur Tat angestiftet hatte. Er kann nun ruhig schlafen, denn Perandonakos wird nicht reden, und wir haben nicht den geringsten Hinweis, um ihn unter Druck zu setzen. Wir haben die wesentlichen Erkenntnisse dem äußerlichen Erfolg geopfert, aber wir leben eben im Börsenzeitalter. Und der Börsenwert der aufsehenerregenden Festnahme eines Bodybuilders mit Kalaschnikows, Revolvern und Handgranaten ist viel höher als der Börsenwert der Festnahme eines alten Großvaters, so gefährlich er auch sein mag.

Am Lärm, der aus dem Treppenhaus ertönt, merke ich, daß die Journalisten auf dem Abmarsch sind. Ein paar Minuten warte ich noch, dann schlage ich den Weg zum Fahrstuhl ein. Wie es scheint, teilt auch er meinen Zorn und meine Empörung, denn er kommt auf der Stelle.

Gikas sitzt zusammen mit Stathakos in seinem Büro. Sie wenden sich um und blicken mich mit offenkundig unterschiedlichen Gefühlen an. Stathakos kann seine Befriedigung nicht verhehlen. Gikas hingegen habe ich auf dem falschen Fuß erwischt. Er hat nicht erwartet, daß ich heute abend noch auftauche, und dachte, er hätte die ganze Nacht lang Zeit, sich das Märchen zurechtzulegen, das er mir auftischen wollte.

»Es war eine Anweisung des Ministers«, sagt er, um mir zuvorzukommen. »Sobald ich ihn informiert hatte, gab er die Anweisung, die Festnahme sofort durchzuführen, weil er einerseits der Meinung war, es sei zu gefährlich zu warten, und er andererseits den Schaden der Fernsehsender begrenzen wollte.«

Ich sage nichts, doch wie durch ein Wunder klart mein Denkvermögen wieder auf.

»Der Einsatz wäre ohnehin mit Hilfe der Antiterroreinheit abgelaufen«, fährt Gikas fort, als er sieht, daß ich nicht reagiere. »Eine einfache Festnahme wäre in Perandonakos' Fall zu risikoreich gewesen.«

»Warum haben Sie es vor mir geheimgehalten?« frage ich ganz ruhig. »Hätten Sie mich nicht informieren müssen, und sei es auch nur der Form halber?«

»Ich wollte Sie im nachhinein informieren, weil ich weiß, daß Sie Einwände gehabt hätten, und wir durften keine Zeit mit fruchtlosen Diskussionen verlieren. Ich kenne Sie: Wenn Sie sich in etwas verrannt haben, dann ändern Sie durch nichts Ihre Meinung. Jedenfalls habe ich in der Presseerklärung an die Journalisten erwähnt, daß die Festnahme dank Ihrer Ermittlungen zustande gekommen ist.«

Sein Gesicht strahlt, da er annimmt, daß ich mich dadurch geschmeichelt fühle. Nach so vielen Jahren der Zusammenarbeit müßte er eigentlich wissen, daß mich Lobhudelei kalt läßt. Deshalb bleibe ich auch auf meinem Posten und Dienstgrad sitzen.

»So haben wir die Gelegenheit versäumt, den eigentlichen Urheber zu fassen«, sage ich.

»Das habe ich dem Minister auch gesagt, und er hat mir geantwortet, wir könnten es nicht zulassen, daß wegen eines alten Großvaters ein Mörder frei herumläuft und die Werbebranche Riesenverluste einfährt.«

»Keine Sorge, ich weiß, wie man solchen Typen die Zunge löst«, mischt sich Stathakos voller Selbstbewußtsein ein.

»Wie willst du sie ihm lösen, Stathakos? Du hast keinerlei Indiz, um ihn mit dem Alten in Verbindung zu bringen. Wie willst du ihn also unter Druck setzen? Willst du ihn foltern? Die Zeiten sind vorbei. Der letzte, der in der Bouboulinas-Straße gefoltert hat, sitzt jetzt in einem Altenheim in Nikea und quält das Pflegepersonal.«

»Wir haben die Luger gefunden«, wendet Gikas ein. »Er soll uns sagen, wo er sie herhat. Luger-Pistolen gibt es nirgendwo mehr in ganz Griechenland, haben Sie doch festgestellt.«

»Er wird Ihnen erzählen, daß er sie von seinem Vater oder von seinem Onkel bekommen hat oder daß er sie während einer Deutschlandreise in einem Antiquitätenladen gefunden hat.«

»Schon gut, stell dich nicht so an«, meint Stathakos zu mir. »Hannibal Lecter wird uns nicht entgehen. Was soll ein griechischer Großvater noch groß anstellen?«

»Wie man's nimmt. Ich wollte nicht nur die ausführende Hand, sondern auch den Kopf, der dahintersteckt. Kann sein, daß Sie beide das anders sehen.«

»Der Einsatz jedenfalls lief wie am Schnürchen«, erklärt

Stathakos voller Stolz. »Das neue Werbezeitalter hat mit einer Bombenwerbung für die Polizei angefangen.«

»Da hast du ja was von der Marine gelernt«, sage ich und trete aus dem Büro.

Mir ist bewußt, daß mein Nadelstich Gikas mehr schmerzen muß als Stathakos, aber selbst das ist nicht sicher.

Diese ganze Geschichte hat auch ihr Gutes, denke ich mir auf dem Nachhauseweg. Sie hat meine Beziehung zu Gikas wieder ins rechte Lot gerückt und wieder zurück auf die Grundlage des Argwohns gestellt. Die Periode der Vertraulichkeiten und der gegenseitigen Unterstützung war eine Anomalie, die mich nur eingelullt hat. Denn wenn ich weiterhin argwöhnisch geblieben wäre, hätte ich ihm nichts von Perandonakos erzählt. Ich hätte ihn überwachen lassen und Gikas die beiden Festnahmen zusammen serviert.

Ich treffe Adriani vor dem Fernseher an, während ein wahrer Regen von Werbespots über sie hereinbricht.

## 49

Ich sitze mit Adriani in der Küche und trinke meinen Kaffee. An den gestrigen Tag versuche ich so wenig wie möglich zu denken, und zum Teil gelingt es mir sogar. Vielleicht weil ich die ganze Nacht über kein Auge zugetan habe und meine Denkkraft erschöpft ist. Oder vielleicht weil heute Samstag ist und die ganze Familie mit Fanis zusammen essen wird. Die bittere Pille, daß selbst die Tätigkeit der Polizei von der Werbeindustrie diktiert wird, muß ich alleine schlucken.

Adriani ist schweigsam, wie jeden Samstagmorgen, weil all ihre grauen Zellen damit beschäftigt sind, sich das bevorstehende Menü für Fanis auszudenken. Vergeblich versucht Katerina sie davon zu überzeugen, daß sie sich nicht den Kopf zerbrechen soll, weil Fanis alles ißt.

»Einmal in der Woche bekommt er was Anständiges, Katerina. Sollte er das nicht genießen?«

Ihre Entscheidungsfindung beginnt stets mit einem Rückblick. »Am vorletzten Samstag habe ich ihm Auberginen Imam zubereitet, am vergangenen Samstag Kalbsgulasch mit Reisnudeln im Tontopf.« Dann folgt ein großer Rundgang durch das Kochbuch, und gegen halb zehn ist sie bereit zum Einkaufen.

Genauso zelebriert sie es auch heute, doch ihr Aufbruch wird durch Katerinas Eintreffen unterbunden, die mit zwei

Einkaufstüten aus dem Supermarkt in die Küche tritt. Katerina geht üblicherweise nicht aus freien Stücken für den Familientisch einkaufen, so daß ihr Erscheinen mit zwei Supermarkt-Tüten bereits an sich außergewöhnlich ist.

»Mama, kannst du mir die Küche abtreten?« fragt sie ihre Mutter.

Adriani dreht sich zu mir und starrt mich an. »Was willst du denn hier drin?« fragt sie ihre Tochter.

»Kochen.«

»Kochen? Du?«

»Ja. Ich möchte euch ein paar Entscheidungen für meine Zukunft mitteilen und auch das dazugehörige Essen zubereiten.«

»Und wo hast du kochen gelernt?«

»Bei Fanis.«

Adriani sitzt sprachlos mitten in der Küche und blickt auf ihre Tochter. Ehrlich gesagt, traue auch ich meinen Ohren nicht.

»Na gut, Katerina, jahrelang habe ich dir immer wieder angeboten, dir das Kochen beizubringen, und dann gehst du hin und lernst es hinter meinem Rücken bei Fanis?«

»Ja, weil du mich unter Druck setzt. In Fanis' Küche habe ich das eine Essen anbrennen lassen, das andere in den Müll geworfen und vor Wut ganze Kochbücher zerfetzt, bis ich schließlich doch etwas gelernt habe.« Adriani blickt sie an und ringt nach Worten. »Laßt mich jetzt also anfangen, denn ich bin nicht von der schnellen Truppe, sonst bin ich nicht rechtzeitig fertig.«

»Was willst du denn machen?« frage ich sie.

»Grüne Bohnen in Öl und Hackfleischbällchen.«

Ich nehme Adriani am Arm und geleite sie ins Wohnzimmer, während Katerina hinter uns die Küchentür schließt. Adriani läßt sich mit leerem Blick aufs Sofa plumpsen.

»Was sagst du dazu? Ich biete ihr an, ihr ein paar Gerichte beizubringen, und sie lernt hinterrücks kochen, weil ich sie angeblich unter Druck setze?«

Wie könnte ich es wagen, ihr zu sagen, daß ich Katerina verstehe und daß sie des öfteren ihre Mitmenschen unter Druck setzt? Ich muß mich nur daran erinnern, was ich während meiner Krankheit mitmachte, doch ich schweige lieber. Zwei Tragödien hintereinander – die eine beruflicher Natur gestern abend und die andere familiärer Natur heute morgen – wären zuviel für mich. So schlage ich ihr vor, einen Kaffee trinken zu gehen. Damit verfolge ich zwei Ziele: Zum einen möchte ich sie beruhigen, zum anderen davon abhalten, vor lauter Neugier alle fünf Minuten an der Küchentür zu erscheinen und Katerina auf die Nerven zu gehen.

Daher begeben wir uns in ein Café auf dem kleinen Platz vor der Lazarus-Kirche. Ich bestelle einen süßen Mokka, den ich schweigend trinke, und Adriani zwei Eiskugeln – Pfirsich und Erdbeer –, die sie nachdenklich verspeist.

»Diese Geschichte mit dem Kochen hat vielleicht auch ihr Gutes«, meint sie, als sie ihr Eis fertig gegessen hat.

Alle Menschen verfügen über Selbstschutzmechanismen, Adriani darüber hinaus auch über einen Selbsttröstungsmechanismus. Sie findet stets einen Weg, sich über eine Enttäuschung hinwegzuhelfen. Dieses Talent hat uns im Laufe unseres Ehelebens in unzähligen Krisen gerettet.

»Ja?« ermuntere ich sie.

»Vielleicht hat sie beschlossen, Fanis zu heiraten, und übt sich jetzt darin, beim Kochen seinen Geschmack zu treffen.«

»Wahrscheinlich hast du recht«, sage ich, um das Thema zu beenden und sie in hoffnungsfroher Erwartung nach Hause zurückzubringen. Und tatsächlich geht sie ganz in diesem Gedanken auf, denn bei Fanis' Eintreffen ist sie wieder die alte.

»Hast du Katerina das Kochen beigebracht?« frage ich Fanis, als wir beide einen Augenblick alleine bleiben.

»Nein, sie hat es sich selbst beigebracht. Ich war nur das Versuchskaninchen. Seid auf jeden Fall nicht zu streng mit ihr, denn seit drei Tagen ist sie schon nervös.«

Zu Unrecht, denn ihr Essen ist vielleicht nicht perfekt, aber durchaus passabel. Sie hat bei den grünen Bohnen etwas zu viel Öl erwischt, weil sie fürchtete, daß sie ihr zu wäßrig geraten, und die Hackfleischbällchen haben einen Tick zu viel Kreuzkümmel abbekommen.

»Du hast ein gutes Händchen, mein Kind«, sagt Adriani zu ihr. »Sowohl die grünen Bohnen als auch die Hackfleischbällchen sind wunderbar gelungen. Man sagt doch, Autodidakten hätten mehr Erfolg im Leben, und das stimmt auch«, fügt sie als philosophisches Diktum hinzu.

»Es ist nur ein bißchen zuviel Kreuzkümmel dran«, bemerkt Fanis und bestätigt meinen Eindruck.

»Fanis war mein Vorkoster. Das werde ich ihm mein Lebtag nicht vergessen«, meint Katerina, begeistert von so viel Lob.

»Wie hast du das überstanden?« frage ich ihn. »Das kommt einer Strafversetzung gleich.«

»Nicht doch, sie hat schnell gelernt. Nur einmal war ich der Verzweiflung nahe und habe ihr gesagt: ›Mädchen, warum gehst du nicht zu deiner Mama und lernst bei ihr kochen? Dann wäre uns allen geholfen.‹«

»Das war, als ich drei Koteletts hintereinander verkohlt habe«, erklärt Katerina lachend.

»Jedenfalls, Adriani, auf eines gebe ich dir mein Wort: Ich mache ihr keinen Heiratsantrag, bevor sie mir nicht gefüllte Tomaten zubereitet hat.«

»Fanis, um Himmels willen! Soll sie erst mit vierzig heiraten? Wann soll sie dann Kinder kriegen!«

»Deine spitze Bemerkung hast du dir doch nicht verkneifen können«, sagt Katerina zu ihr, und just in diesem Moment läutet das Telefon.

Ich stehe auf, um abzunehmen, und innerlich flehe ich darum, daß weder Gikas noch Stathakos, noch einer meiner Assistenten dran ist, um mir die gute Laune zu verderben. Mein Flehen wird erhört, denn Sissis ist am Apparat.

»Gestern abend habe ich im Fernsehen gesehen, daß ihr ihn gefaßt habt.«

»Ja, wir haben ihn«, entgegne ich so neutral wie möglich.

»Interessierst du dich immer noch für die Angehörigen der Sicherheitsbataillone?«

Tue ich das tatsächlich? Einerseits möchte ich diese Geschichte so schnell wie möglich vergessen. Andererseits juckt es mich zu erfahren, wer hinter alldem steckt. Vielleicht hege ich die heimliche Hoffnung, ihnen – genauso wie Perandonakos – auch den Anstifter der Morde zu liefern. Vielleicht will ich aber auch gar nichts beweisen, sondern tue es, was auch das Naheliegendste wäre, einfach aus Neugier.

»Ja, ich interessiere mich immer noch dafür.«

»Dann komm gegen sieben bei mir vorbei, dann stelle ich dir einen Freund von mir vor.«

Gerade genoß ich noch sorglos das familiäre Beisammensein, und nun drängt sich mir der Gedanke an das bevorstehende Treffen auf und läßt mich teilweise abwesend wirken. Dazu trägt auch die Tatsache bei, daß Katerina ihre Zukunftspläne offenbart, die sie mir bereits dargelegt hat. Daher muß ich mich nicht hundertprozentig auf den Familientisch konzentrieren. Katerinas Pläne finden ohnehin allgemeine Zustimmung, so daß ich mich nur den Beifallsbekundungen anschließen muß.

Als ich nach sechs Uhr nach Nea Philadelphia aufbreche, kocht Athen vor Hitze. Die Straßen sind wie leergefegt. Die Athener ruhen sich für ihre samstagabendlichen Rendezvous aus. Nach einer halben Stunde etwa lange ich in der Ekavi-Straße an und finde Sissis mit seinem Freund auf der Veranda vor.

»Darf ich dir Thodoris vorstellen?« sagt er.

Ein ungleicheres Paar kann ich mir kaum vorstellen. Sissis ist groß und knochig, hat ein runzeliges Gesicht, und die Hälfte seiner Zähne fehlt. Ich weiß nicht, ob Thodoris gleich alt ist, er wirkt jedoch wesentlich jünger: mittelgroß, wohlgenährt und mit rosigen Backen. Sissis hat abgetragene Shorts, ein Leibchen mit Hosenträgern und Flip-Flops an. Thodoris trägt ein weißes Hemd, eine Hose mit akkurater Bügelfalte und Mokassins. Die beiden sind wie Tag und Nacht.

»Seit dreißig Jahren sind wir beide unzertrennlich.«

»Auch wenn wir sehr unterschiedlich sind«, ergänzt Thodoris, dem meine vergleichenden Blicke nicht entgangen sind.

»Er hat immer schon Wert auf eine elegante Erscheinung gelegt«, bemerkt Sissis. »Marx hat ihn davor bewahrt, ein eitler Geck zu werden.«

»Hör nicht auf ihn, Herr Kommissar. Ich habe geheiratet und eine Familie gegründet. Lambros ist ein Hagestolz geblieben und nun im Alter einsam und allein. Das ist der Unterschied.«

Sissis geht mir einen Kaffee kochen, und ich bleibe mit Thodoris zu zweit zurück.

»Lambros hat mir erzählt, daß du etwas über die Sicherheitsbataillone erfahren willst.«

»Nicht generell über die Sicherheitsbataillone. Ein Mitglied muß den Kraftprotz, den wir gestern geschnappt haben, mit einer Luger-Pistole aus der Zeit der deutschen Besatzung ausgerüstet haben. Diese Person suche ich.«

Sissis bringt mir den Kaffee und nimmt wieder in seinem Sessel Platz. Er hält sich zurück und überläßt Thodoris die Initiative. »Weißt du, es sind nicht mehr viele übrig. Die meisten sind tot, genau wie unsere Leute.«

»Wenn dir jemand sagen kann, wie viele noch am Leben sind, dann Thodoris. Seit Jahren beobachtet er sie und führt Buch darüber«, bemerkt Sissis.

»Derjenige, den ich suche, muß besonders fanatisch und uneinsichtig sein, da er nicht einmal in hohem Alter Ruhe gibt.«

»Ich kenne zwei, auf die deine Beschreibung paßt. Natürlich kann ich nicht sagen, ob es wirklich die Gesuchten sind, aber ich kann sie dir nennen. Der eine ist der berüchtigte Kostaras.«

»Kostaras ist es nicht«, unterbreche ich ihn. »Den habe ich gecheckt. Er lebt in einem miesen Altenheim in Nikea. Der ist zwar unbelehrbar, aber ungefährlich.«

Ich werfe einen Blick auf Sissis. Kostaras war der Grund, weshalb wir uns kennengelernt haben. Er blickt in den Hof auf seine Blumentöpfe, scheinbar gleichgültig, als ob der Name ihm nichts sage. Aber ich weiß, daß er sich an ihn erinnert. Kostaras ist keiner von denen, die man leicht vergißt. Doch er schweigt, vielleicht um das Gespräch nicht in falsche Bahnen zu lenken, vielleicht aber auch, weil das Aufrühren alter Geschichten nicht zu seinem Charakter paßt.

»Dann gehen wir zum zweiten Fall über, der auch der üblere ist«, meint Thodoris. Er hält kurz inne und fragt mich dann: »Sagt dir der Name Sachos Kommatas etwas?«

»Nein.«

»Niemandem sagt er was. Und dennoch ist er einer der blindwütigsten Mörder, die Griechenland je gekannt hat. Unter uns gesagt, damals haben wir alle getötet. Doch ihm hat es Spaß gemacht.«

Er verstummt und wartet auf eine Reaktion, doch Sissis schweigt, weil er sich der Autorität des anderen beugt, und ich schweige aus Unkenntnis der Dinge.

»Haben sie euch in der Polizeischule je über das Massaker von Kalavryta erzählt?« fragt mich Thodoris.

»Man sagte uns, die Angehörigen der griechischen Volksbefreiungsarmee hätten ein paar deutsche Soldaten gefangengenommen, und die Deutschen hätten dann als Vergeltungsaktion die Einwohner von Kalavryta umgebracht und den Ort dem Erdboden gleichgemacht.«

»Nicht ein paar Deutsche, sondern genau einundachtzig. Die Deutschen schickten Unterhändler vor, damit die griechische Volksbefreiungsarmee die Soldaten freiließe, und sie drohten mit schweren Vergeltungsmaßnahmen. Die Volksbefreiungsarmee hat nicht klein beigegeben. Dann haben die Deutschen das berühmt-berüchtigte Bataillon Ebersberger ausgeschickt. Dabei handelte es sich um etwa achthundert Deutsche mit Hans Ebersberger an der Spitze. An ihrer Seite waren aber auch dreihundert Angehörige der griechischen Sicherheitsbataillone in deutscher Uniform. Weitere tausendfünfhundert von ihnen hatten die ganze Umgebung abgeriegelt, damit keiner entkommen konnte. Die Deutschen hatten die generalstabsmäßige Planung und die Aufsicht übernommen, die Mitglieder der Sicherheitsbataillone das Töten. Kommatas war einer der dreihundert, und er tötete die meisten. Einer von den Dolmetschern der Deutschen sagte später, die Deutschen hätten ihn ständig ermahnt: ›Sachos, keine Frauen und Kinder!‹ Doch er tat so, als hätte er nichts gehört. Er steigerte sich in einen Blutrausch hinein. Die wenigen Überlebenden fangen an zu zittern, wenn sie sich an Sachos erinnern, wie vor einem blutrünstigen wilden Tier, wie vor einem Massenmörder, den man, hat man ihn einmal gesehen, nie wieder vergißt. Und sie haben nicht nur das alte Kalavryta in Brand gesteckt, sondern auch die umliegenden Dörfer, Melissia, Vrachni, Mega Spileo und noch drei oder vier andere.«

Während ich Thodoris zuhöre, wird mir klar, daß Sachos Kommatas derjenige ist, den ich suche. Er hat das Modell des Massakers von Kalavryta aufs neue angewendet. Damals waren die Deutschen die Planungsbehörde, und unsere Leute mordeten, nun war er der führende Kopf und fand Perandonakos als ausführendes Organ. Und hätten die anderen fünf nicht die El Greco entführt, dann hätte er sogar sechs ausführende Organe gehabt.

»Sachos war der Grund, warum ich zu den Partisanen gegangen bin.« Thodoris' Stimme unterbricht meine Gedanken. »Ich stamme aus Melissia. Sie hatten meinen Vater und meinen Bruder umgebracht. Durch Zufall überlebte ich, weil ich in Ejio war. Als ich ins Dorf zurückkehrte, fand ich sie im Leichenhaufen der Hingerichteten. Meine Mutter habe ich nie wiedergesehen, wahrscheinlich ist sie in den Flammen ums Leben gekommen. Ich war mutterseelenallein, da machte ich mich aus dem Staub und ging als Partisan in die Berge.«

»Weißt du, wo sich Sachos Kommatas aufhält?«

»Immer mit der Ruhe, so weit sind wir noch nicht. Ein großer Teil der Mitglieder der Sicherheitsbataillone, die an dem Massaker beteiligt waren, wurde von der griechischen Volksbefreiungsarmee bei Meligalas niedergemacht. Sachos aber war schlau, er hatte sich rechtzeitig abgesetzt und verhielt sich ruhig. Nach dem Dezember-Aufstand ergab er sich den Briten. Damals setzten die Briten in der neu gegründeten griechischen Armee und in der Polizei ab und zu Angehörige der Sicherheitsbataillone ein. Das kam ihnen zupaß, weil man sie in der Hand hatte und mit ihnen nach Gutdünken umspringen konnte. Sachos jedoch wagten selbst sie nicht aufzunehmen. Er hatte ein langes Sündenregister, schon seit der Metaxas-Diktatur, und er war als

Straftäter registriert. Schließlich erklärten sie ihn für verrückt und sperrten ihn in der Irrenanstalt auf Leros ein. Aber es war ein abgekartetes Spiel. Er hatte ein eigenes Zimmer und alle Annehmlichkeiten, unter der Bedingung, sich nicht draußen sehen zu lassen. Sonst hätte er alle Privilegien verloren. Als die Anstalt durch den Druck der Europäischen Union geschlossen wurde, wollte eine Anzahl von psychisch Kranken, die als geheilt betrachtet wurden, nicht fort, weil sie nicht wußten, wohin. So wurde die Anstalt in ein Heim umgewandelt für diejenigen, die nirgendwo anders hingehen konnten. Doch Sachos ging lieber, weil er sonst fürchten mußte, entdeckt zu werden. Und noch einmal verwischte er seine Spuren.«

»Weißt du, wo er sich jetzt aufhält?« frage ich erneut.

»Klar weiß ich das. Den habe ich nie aus den Augen verloren. Er lebt in einer Hütte außerhalb von Stamata. Wenn du von Stamata Richtung Amygdalesa fährst, findest du sie rechterhand. Es ist ein kleiner Bau, der einem Bahnwärterhäuschen ähnelt. Dort wohnt er.«

Schweigen macht sich breit. Keiner von uns sagt ein Wort. Kurz darauf wendet sich Sissis zum ersten Mal mir zu und blickt mich an.

»Was hast du vor?« fragt er mich.

»Ich will ihn aufsuchen.«

Thodoris blickt mich an, und ein Zweifel blitzt in seinen Augen auf. »Stell dir bloß vor, nach vierzig Jahren schicke ich Sachos die Polizei auf den Hals«, sagt er. »Nach vierzig Jahren«, sagt er wieder, als müßte er es noch hundertmal wiederholen, um es zu glauben.

Dann sinkt sein Kopf nach vorne, als sei er müde oder

eingeschlafen. Nun wirkt er weder wohlgenährt noch rosig, sondern wie ein unförmiger Fettkloß. So wird Sissis, der nur Haut und Knochen ist, nie aussehen.

## 50

Ich lasse den Sonntag verstreichen, da ich nicht ausgerechnet an dem Tag zu Kommatas fahren will, an dem alle Leute Fisch und Grillfleisch in Fischtavernen und Ausflugslokalen essen gehen und auch die Polizei aufgrund des Feiertags auf Sparflamme agiert.

Ich beschließe, mir einen vollkommen arbeitsfreien Sonntag zu gönnen. Das Mobiltelefon schalte ich ab und Adriani zwinge ich – unter nahezu polizeilicher Gewaltanwendung – in den Mirafiori. Denn sonst weigert sie sich stets standhaft und nimmt hundertmal lieber ein Taxi oder den Bus, weil sie fürchtet, daß der Mirafiori mitten auf der Strecke liegenbleibt und sie gezwungen sein könnte, die Karre zu schieben. Ich fahre ohne konkretes Ziel in Richtung Meer. Am Autobahndreieck Faliro biege ich mechanisch nach Piräus ab, und so landen wir am Mikrolimano. Die meisten Lokale sind Pseudotavernen oder Touristenkaschemmen, aber mein Sinn steht nicht nach lukullischen Genüssen. Ich begnüge mich mit ein paar Barben vom Grill, und Adriani, die Meerbrasse bestellt hat, findet Gelegenheit zum Nörgeln, da ihr Fisch hart und trocken geraten ist und ihrer Meinung nach ganz Griechenland voller gerissener Geschäftsleute ist, die einen bei jeder Gelegenheit – vom Wochenmarkt bis zu den touristischen Fischtavernen – nach Strich und Faden betrügen.

Die Rückfahrt gerät zum Martyrium, wir stecken in einer riesigen Autoschlange voll von satten Fischessern, zu denen wir auch gehören, und kriechen in Richtung Syntagma-Platz. Adriani verwendet eine der Sonntagszeitungen als Fächer, während sie genervt feststellt, daß ein Sonntag der ungeeignetste Tag für einen Mittagsausflug ist.

»Alle, die vor und hinter uns dahinrollen, werden deine Ansicht teilen«, sage ich.

»Wieso gehen sie dann aus?«

»Weil Athen an den Sonntagen im Sommer heiß wie ein Dampfkessel ist und alle das kühlste Plätzchen suchen.«

Auch am Nachmittag lasse ich mein Handy ausgeschaltet und erkläre Adriani, ich sei für keine Anrufer außer Katerina und Fanis zu sprechen. Dann vertiefe ich mich in die Sonntagsausgaben der Zeitungen, und am Abend schlage ich ihr einen Kinobesuch vor.

»Was ist denn in dich gefahren, daß dich heute nichts in der Wohnung hält?« fragt sie mich erstaunt.

»Erstens ist es unerträglich heiß, und ich halte es zu Hause trotz der Klimaanlage nicht aus, und zweitens habe ich Lust, die Open-Air-Kinosaison zu eröffnen.«

Den dritten Grund, daß ich ungeduldig die Stunden bis zum nächsten Morgen zähle, bis ich Sachos Kommatas besuchen kann, behalte ich für mich.

Nun ist es neun Uhr morgens, und ich biege von der Marathonos-Straße auf den Drossias-Stamatas-Boulevard. Ganz bewußt habe ich mich frühmorgens auf den Weg gemacht, um der Gluthitze zu entgehen und frisch zu sein, wenn ich Kommatas begegne. Denn so, wie ihn mir Thodoris beschrieben hat, muß Kostaras im Vergleich zu ihm ein sanftes Lämmchen sein.

Um neun Uhr morgens wirkt Drossia noch ziemlich verschlafen. Ob die Leute blaumachen oder es ihnen schlicht zu heiß ist, bleibt dahingestellt. Vermutlich ist es der Tatsache zuzuschreiben, daß Athen zehn Kilometer vom Zentrum entfernt zur Provinz verkommt und hier sein Puls langsamer schlägt. Die Läden öffnen spät, die Leute bewegen sich gemächlich, und die Autos fahren noch gemächlicher, da die Straße zum Strand von Marathonas stark befahren ist. Und ich komme ins Schwitzen.

Als ich den Drossias-Stamatas-Boulevard hinter mir lasse, bin ich verwirrt. Es kommt mir vor, als würde ich Richtung Meer fahren, obwohl kein Salzgeruch in der Luft liegt. Ich bleibe vor einem Lieferwagen mit Melonen stehen und frage den Typen, wie ich nach Amygdalesa komme.

»Da bist du hier ganz falsch. Du mußt zurückfahren«, sagt er und erklärt mir den Weg.

Ich wende und fahre zurück, immer den Anweisungen folgend, die mir der Fahrer des Lieferwagens gegeben hat. Kaum bin ich aus Stamata draußen, erblicke ich rechts das Häuschen. Es sieht tatsächlich einem Bahnwärterhäuschen ähnlich und bildet einen schreienden Gegensatz zum Nachbarhaus, das einen halben Kilometer entfernt liegt: eine Villa mit kanariengelb gestrichenen Seitenflügeln und einem Mittelteil aus Naturstein, an dessen Fensterchen die Dame des Hauses stehen und mit dem Taschentuch winken kann. Vor den beiden Häusern – der Burg des Robin Hood und der Hütte des Hanswurst – erstreckt sich ein Feld mit vertrockneten Gräsern und Disteln.

Ich lasse den Mirafiori am Ende der Straße stehen und gehe zu Fuß weiter. Die Disteln stechen mich durch die Socken hindurch, und das erinnert mich an den Fund aus dem Polizeilabor: die Gräser und Disteln an der Harley-Davidson, die Perandonakos für die drei ersten Morde benutzt hatte. Ein weiterer Beweis, daß er Kommatas besucht hat und Kommatas derjenige ist, den ich suche.

Die Tür steht halb offen. Ich stoße sie auf und trete ein. Das kleine Zimmer wirkt riesig, da es nur ganz wenige Möbel enthält. In der Ecke ganz hinten kann ich ein Sofa erkennen. Ein Stück weiter steht der klassische Klapptisch der Armseligen, darauf eine elektrische Herdplatte, ein Kochtopf und ein Schnabelkännchen für den Kaffee. Zwei Teller und zwei Gläser stehen oben auf dem Regal. An der gegenüberliegenden Wand sehe ich unter dem einzigen Fensterchen ein Waschbecken und daneben eine Truhe, auf der ein paar Kleidungsstücke liegen. Das ist alles. Und einen Mann unbestimmbaren Greisenalters in der Mitte des Raums, der in einem ramponierten Rollstuhl sitzt. Auf seinen Knien hält er ein Transistorradio von der Sorte, wie sie in den sechziger Jahren modern waren. Er hat keine Haare, nur an den Schläfen sind ein paar einzelne, vergessene Strähnen übriggeblieben. Im Halbdunkel kann ich nicht erkennen, ob er einen Bart trägt, und seine Augen sind so wäßrig, daß man nur mit Mühe das Weiße von der Iris unterscheiden kann.

»Bist du Sachos Kommatas?« frage ich ihn.

»Und wer bist du?«

»Kommissar Charitos. Wir haben am Telefon miteinander gesprochen.« Dann verstumme ich und warte auf seine Reaktion.

Er lacht auf, doch kein Ton ist zu hören. »Ja, du warst es, der geglaubt hat, ich würde warme Brüder umlegen. Nun, jetzt lernen wir uns persönlich kennen«, sagt er nur. Dann macht er eine Handbewegung nach hinten. »Dort steht ein Stuhl. Hol ihn dir und nimm Platz.«

Ich stelle den Stuhl an seine Seite. »Warum hast du das getan?« frage ich ohne Umschweife. Einleitende Floskeln sind hier nicht nötig. »Warum hast du Perandonakos angestiftet, vier Menschen umzubringen? Warum wolltest du die Werbespots unterbinden?«

Kann sein, daß er mich anschaut, aber sein Blick ist trübe und verliert sich im Dunkeln. »Diese Welt läuft aus dem Ruder«, sagt er in demselben ruhigen Tonfall. »Du bist Kommissar, du mußt es spüren.«

»Nein, das spüre ich nicht. Was läuft aus dem Ruder?«

Er lacht auf, und ich zähle drei Zähne unten und zwei oben. »Die Welt ist wie das Zifferblatt einer Uhr, deren Mitte die Zwölf ist und deren Zeiger sich von fünf vor zwölf bis fünf nach zwölf bewegen – von Mitte links bis Mitte rechts. Das übrige Zifferblatt haben wir den Arabern, den Zuwanderern und den Schwarzen überlassen.«

»Nehmen wir mal an, das stimmt. Hätte sich durch Perandonakos' Morde daran etwas ändern können? Die er mit der Luger-Pistole aus Kalavryta begangen hat? Von dort ist dir die Waffe geblieben, nicht wahr? Aus Kalavryta.«

Er antwortet nicht direkt. »Schöne Zeiten waren das«, meint er nostalgisch. »Damals wußten wir, was wir wollten und worauf wir uns verlassen konnten. Wir und auch die anderen.«

Bei mir verstärkt sich der Eindruck, daß sich bei ihm in

den Jahren im Irrenhaus ein paar Schrauben gelockert haben. Er scheint meine Gedanken zu erraten und lacht auf: »Du weißt, daß ich fünfzig Jahre auf Leros war?«

»Ich weiß.«

»Und du meinst, daß ich am Schluß auch verrückt geworden bin. Das ist es doch, was du glaubst? Du irrst dich. Würden wir die Kalavryta-Methode auch auf die Albaner, die Araber und auf diese ganze Hundemeute von Einwanderern anwenden, weißt du, wie viele uns heute zujubeln würden?«

»Du hast aber keine Einwanderer umgebracht, sondern Leute aus der Werbebranche.«

Er schüttelt ergeben den Kopf. »Bei der Polizei wird euch gar nichts mehr beigebracht. Nichts, nicht mal eine Stecknadel oder eine Unterhose verkauft sich heutzutage ohne Werbung. Die Werbung ist in unserem Dasein der Großaktionär. Unterhöhle die Werbeindustrie, und ganze Unternehmen und die Fernsehsender brechen zusammen, die Menschen verlieren ihre Arbeit und stehen auf der Straße. Dann beginnen alle, nach einem starken Mann zu rufen, der Recht und Ordnung wiederherstellen soll: Geld für die wenigen und Brot für die vielen. Das war mein Plan, aber diese Mistkerle haben ihn mir versaut, weil sie, statt an meiner Seite zu kämpfen, die Fähre entführt und die Geiseln genommen haben. Purer Unsinn! Nur Lefteris hat an mich geglaubt. Alle anderen hattet ihr innerhalb einer Woche fertiggemacht. So viele andere, die stärker und besser organisiert sind, haben nicht durchgehalten: die Iren... die Basken... Alle erklären sich nun für brav und gesetzestreu, was heißt, sie haben sich irgendein Plätzchen rechts oder links von der Mitte ausgesucht. Dasselbe wird auch den Arabern passieren, es ist nur eine Frage der Zeit. Blindwütig zu töten bringt nichts. Am Schluß nehmen die Leute es hin wie einen Unfall, als wären zwei Züge kollidiert oder ein Flugzeug abgestürzt. Du mußt planvoll und systematisch töten. Wenn ich nicht nur Lefteris gehabt hätte, sondern noch fünf weitere, dann hättet ihr sehen sollen... Dann hätte ich alles aufgemischt, und die kleinen Leute würden nach einem starken Mann wie Metaxas rufen.« Er hält inne, weil er husten muß. Er ächzt wie eine Dampflok seines Alters.

»Du lebst in anderen Zeiten, Kommatas«, sage ich ihm. »Du warst fünfzig Jahre im Irrenhaus und hast nicht mitgekriegt, wie sich die Welt verändert hat. Jetzt sind wir in der Epoche der Europäischen Union und der Demokratie, und Griechenland ist eine Republik. Danach, woran du glaubst, kräht kein Hahn mehr.«

Sein Husten verwandelt sich in ein Lachen, das ihn zu ersticken droht. Er öffnet den Mund, um Luft zu holen, und ich zähle wieder seine Zähne.

»Was für eine Republik haben wir? Eine präsidiale?«

»Eine präsidiale, klar. Hast du nicht mitgekriegt, daß ein Plebiszit stattgefunden hat?«

»Doch. Damals war ich auf Leros, aber ich hatte einen Fernseher. Griechenland ist eine präsidiale Republik, die wie ein Königreich regiert wird und zwar von drei Königsfamilien: den Karamanlis, den Papandreous und den Mitsotakis. Die bestimmen jedesmal den Thronfolger.«

»Es gibt keine Königsfamilien, wir haben Parteien. Und Wahlen. Wir sind weder in Metaxas' Zeiten noch in Kalavryta unter fremder Besatzung.«

Lachen und Husten wechseln sich bei ihm ab. »Sag mal, wer war Simitis?« fragt er mich.

»Wer schon? Premierminister.«

»Du irrst. Er war Vizekönig. Sobald der rechtmäßige Thronfolger, der älteste Papandreou-Sohn, volljährig war, hat er ihm die Macht abgetreten. Und damit du nicht meinst, ich hasse die einen und sympathisiere mit den anderen: Auch in unserer verwässerten Rechten war Evert nicht wirklich Führer der Nea Dimokratia, sondern Vizekönig. Sobald der rechtmäßige Thronfolger volljährig war, hat er ihm die Macht übergeben.«

Er verstummt und hustet weiter. Irgendwann hört der Husten auf, und er kommt langsam keuchend wieder zu Atem. »Das ist eure präsidiale Republik«, meint er voller Verachtung. »Drei Königsfamilien, dazwischen ein paar Vizekönige, und ein Volk, das den Thronfolger wählt, den man ihm vorschreibt. Wenn du die Werbeindustrie zum Einsturz bringst, fällt auch für diese Meute die Werbung weg, und sie verschwinden von der Bildfläche. So, jetzt kannst du mich festnehmen und mich zur Polizei bringen. In meinem Alter und in meinem Gesundheitszustand kann man mich ohnehin nicht mehr einsperren. Höchstens in irgendeine Anstalt können sie mich wieder schicken. Und soll ich dir die Wahrheit sagen? Mit den Verrückten bin ich besser klargekommen.«

Ich bin drauf und dran, den Rollstuhl zu packen und ihn nach draußen zu schubsen, halte mich jedoch im letzten Augenblick zurück. Er hat ganz recht. Man wird ihn entweder in eine Anstalt oder in eine Klinik sperren. Und in beiden Fällen wird er umsorgt und umhegt sterben, während ich mir lieber vorstellen möchte, wie er um einen Laib Brot bettelt und sich mühselig sein Essen macht. Und wie er langsam und qualvoll stirbt, ausgehungert und unglücklich. Und meinen Vorgesetzten will ich auch nicht die Befriedigung verschaffen, im Fernsehen aufzutreten und stolz zu verkünden, daß der Urheber der Morde gefaßt sei. Weder Gikas noch dem Minister. Kommatas serviere ich ihnen nicht auf dem Tablett wie Perandonakos.

Ich wende mich um und gehe ohne ein Wort zur Tür. »Wohin gehst du?« ruft er hinter mir her.

Ich antworte nicht, trete hinaus und schließe die Tür hinter mir. Kommatas' letzte Tage sollen schlimmer sein als die von Kostaras, und Gikas und der Minister sollen niemals die ganze Wahrheit erfahren. Das ist meine Rache, und ich freue mich daran. Eine kleine Rache, zugegeben. Aber ich stehe dazu, ein mittelständischer Kleinbürger zu sein, dessen Leben sich zwischen kleinen Freuden und kleinen Rachefeldzügen abspielt.

# Petros Markaris
# im Diogenes Verlag

»Markaris zeichnet ein überaus lebendiges Bild von der Athener Gegenwart. Mit Witz, Charme und Ironie erzählt er eine reizvolle, geschickt verwobene Kriminalgeschichte mit überaus lebensnahen Figuren. Eine glatte Zuordnung nach Gut und Böse geht nicht auf, Täter wie Opfer werden gleichermaßen als gebrochene und zumeist rätselhafte Gestalten präsentiert.«
*Christina Zink/Frankfurter Allgemeine Zeitung*

»Kommissar Charitos hat längst Kultstatus. Spannung, Humor und Sozialkritik verbindet Markaris zum Gesamtkunstwerk.« *Welt am Sonntag, Hamburg*

»Petros Markaris gefällt mir außerordentlich.«
*Andrea Camilleri*

*Hellas Channel*
Ein Fall für Kostas Charitos. Roman. Aus dem Neugriechischen von Michaela Prinzinger

*Nachtfalter*
Ein Fall für Kostas Charitos. Roman. Deutsch von Michaela Prinzinger

*Live!*
Ein Fall für Kostas Charitos. Roman. Deutsch von Michaela Prinzinger

*Balkan Blues*
Geschichten. Deutsch von Michaela Prinzinger

*Der Großaktionär*
Ein Fall für Kostas Charitos. Roman. Deutsch von Michaela Prinzinger

*Wiederholungstäter*
Ein Leben zwischen Istanbul, Wien und Athen. Deutsch von Michaela Prinzinger

*Die Kinderfrau*
Ein Fall für Kostas Charitos. Roman. Deutsch von Michaela Prinzinger
Auch als Diogenes Hörbuch erschienen, gelesen von Tommi Piper

## *Martin Suter*
## *im Diogenes Verlag*

Martin Suter, geboren 1948 in Zürich, ist Schriftsteller, Kolumnist und Drehbuchautor. Bis 1991 verdiente er sein Geld auch als Werbetexter und Creative Director, bis er sich ausschließlich fürs Schreiben entschied. 1997 erschien sein erster Roman *Small World*. Seine Kolumne ›Business Class‹ für die Schweizer *Weltwoche* und das *Magazin* des *Tages-Anzeigers* und die Geschichten um Geri Weibel für das NZZ-*Folio* erfreuen sich großer Beliebtheit. Suter lebt mit seiner Familie in Spanien und Guatemala.

»Für die *page turner*, die Bücher also, die in einem Atemzug zu lesen sind, ist seit geraumer Zeit vor allem einer zuständig: Martin Suter!«
*Wolfgang Paterno / Profil, Wien*

*Small World*
Roman

*Die dunkle Seite
des Mondes*
Roman

*Business Class*
Geschichten aus der Welt des Managements

*Ein perfekter Freund*
Roman

*Business Class*
Neue Geschichten aus der Welt des Managements

*Lila, Lila*
Roman

*Richtig leben
mit Geri Weibel*
Sämtliche Folgen

*Huber spannt aus*
und andere Geschichten aus der Business Class

*Der Teufel von Mailand*
Roman
Auch als Diogenes Hörbuch erschienen, gelesen von Julia Fischer

*Unter Freunden*
und andere Geschichten aus der Business Class

*Der letzte Weynfeldt*
Roman
Auch als Diogenes Hörbuch erschienen, gelesen von Gert Heidenreich